NATIVE
COMPTE À REBOURS

LAURENCE CHEVALLIER

LA SAGA NATIVE

ROMAN

NATIVE

Compte à rebours

* * *

Tome 5

© 2020 Laurence Chevallier
Illustration de couverture : ©Patrice Peyronnet

BLACK QUEEN
ÉDITIONS

Relecture finale : Émilie Chevallier Moreux

ISBN - 9798570295728

Première Édition
Dépôt légal : décembre 2020

❀ Réalisé avec Vellum

À mon mari,

RAPPEL DES PRINCIPAUX PERSONNAGES

Isabelle Valérian :
Native immortelle.
Fille de Gabrielle Chène et d'Éric Valérian.
Pouvoirs : télékinésie, puissance (force et vitesse), télépathie sélective, pouvoir projectif.

Connor Burton Race :
Roi des natifs
Natif immortel.
Fils de Magnus Burton Race et de mère inconnue, demi-frère de Carmichael et de Prisca Burton Race.
Pouvoirs connus à ce jour : télékinésie, puissance (force et vitesse), soumission au toucher.
Proclamé roi après l'abdication forcée de Gabrielle Chène et de son frère, Carmichael.

Raphaël :
Natif immortel.
Fils de Carmichael Burton Race et de mère inconnue.
Pouvoirs : télékinésie, puissance (force et vitesse), soumission au toucher, télépathie sélective.

Gabrielle Chène :
Reine déchue des natifs
Native immortelle.
Fille d'Isabelle Castellane, « *L'incendiaire de Lédar* », et de Nathanaël Chène.
Pouvoirs : télékinésie destructrice, télépathie sélective, soumission au toucher, unique femme native à posséder le don d'attraction.
A quitté ses fonctions de reine pour vivre son amour avec Éric Valérian, son amant.
A retrouvé son mari et roi Carmichael après 39 ans d'absence.
A abdiqué à la suite de la séquestration et des menaces pesant sur sa fille, Isabelle Valérian.
Serait l'élue de la prophétie d'Égéria sur l'Avènement des natifs ou la destruction du monde terrestre.
Surnommée « *Gabrielle, la tentatrice* ».

Carmichael Burton Race :
Roi déchu des natifs
Seigneur déchu du Territoire du Milieu
Natif immortel.
Fils de Magnus Burton Race et de mère inconnue.
Arrière-petit-fils d'Isabelle Castellane « *L'incendiaire de Lédar* ».
Mari de Gabrielle Chène.
Pouvoirs : télékinésie, puissance (force et vitesse), télépathie sélective et captation d'images sensorielles, soumission au toucher, unique homme natif à posséder le don d'attraction.
A abdiqué à la suite de la séquestration et des menaces pesant sur son fils, Raphaël.

Serait l'élu de la prophétie d'Égéria sur l'Avènement des natifs ou la destruction du monde terrestre.

Prisca Burton Race :
Seigneur du Territoire de l'Est
Native immortelle.
Fille de Magnus Burton Race et de mère inconnue, demi-sœur de Carmichael et de Connor Burton Race.
Pouvoirs connus à ce jour : télékinésie, puissance (force et vitesse), soumission au toucher.

Ethan Chêne :
Natif immortel.
Frère de Gabrielle.
Pouvoirs : télékinésie destructrice, télépathie sélective, soumission au toucher.
Pourrait être l'élu de la prophétie d'Égéria sur l'Avènement des natifs ou la destruction du monde terrestre.
Surnommé en secret dans la communauté native « *Ethan, le Fou* ».

Stella Percy :
Seigneur du Territoire du Milieu
Native mortelle
De père et de mère inconnus.
Pouvoirs : Puissance (force et vitesse).
Accède à la seigneurie à la suite de l'abdication de Carmichael Burton Race, après avoir occupé la fonction de première assistante du roi.

Éric Valérian :
Natif décédé.
Fils d'Adriana Ferloni
Pouvoir : puissance (force et vitesse).
Amant de Gabrielle Chêne qui quitte, par amour pour lui, ses fonctions de reine jusqu'à ce qu'il décède des suites d'une crise cardiaque.

Thomas Valérian :
Natif mortel.
Fils d'Adriana Ferloni et de Guillaume Valérian Sr.
Premier amour de Gabrielle Chène.
Pouvoir : puissance (force et vitesse).
Marié à Laetitia Valérian, père de Guillaume Valérian Jr.
Directeur financier des affaires natives au niveau mondial, retraité.

Guillaume Valérian :
Natif mortel.
Fils de Thomas Valérian et de Naomi.
Pouvoir : puissance (force et vitesse).
Nouveau directeur financier des affaires natives au niveau mondial, à la suite de son père.

Johnny Forbe :
Humain.
Fils d'Elias Forbe.
Époux de Jésus De La Vega.
Meilleur ami de Gabrielle.
Responsable de l'organisation des événements natifs à travers le monde, retraité.

Elvis Forbe :
Humain.
Fils d'Elias Forbe et frère de Johnny.
Époux de Soraya et père des jumeaux, Elias et Wassim.
Hérite de la charge du vignoble d'Altérac à la suite du décès de son père, Elias Forbe.

Pia Petersen :
Native mortelle.
Fille de Laura et Jorgen Petersen.
Amie proche d'Isabelle Valérian.
Pouvoir : télépathie.

Laura Petersen :
Native mortelle.
Mère de Pia Petersen.
Pouvoir : télépathie.
En charge de tout le réseau cyberinformatique du royaume natif.

Estelle Monteiro :
Native mortelle.
Fille de Paul et Sélène Monteiro.
Épouse de Léonard et mère d'Édouard.
Descendante native sans pouvoirs.
Intendante du château d'Altérac.

Magnus Burton Race :
Natif décédé.
Immortel pulvérisé durant « *la guerre des Six* ».
De père et de mère inconnus.
Père de Carmichael, Prisca et Connor Burton Race.
Père adoptif d'Ethan Chène.
Ancien Grand Maître des natifs, avant d'être déchu par son fils, Carmi-
chael, avec l'appui de sa sœur Prisca.

Blake Burton Race :
Natif décédé.
Immortel pulvérisé par Gabrielle Chène.
De père et de mère inconnus.
Frère de Magnus Burton Race et oncle de Carmichael, Prisca et Connor.
Instigateur de la « première mort » de Gabrielle.

Nicolas et Abigaël Souillac :
Natifs mortels.
Frère et sœur.
Pré-cogs, les plus puissants voyants de la communauté native.

Les Six :

Natifs décédés

Althéa, mère d'Isabelle Castellane, « *L'incendiaire de Lédar* » et grand-mère de Gabrielle Chêne.

Priam, Soban, Thélion, Élinor, et Ludmila, ses frères et sœurs.

De père et de mère inconnus.

Immortels tués « définitivement » durant la guerre qui les oppose au camp de Gabrielle Chêne et Carmichael Burton Race, communément appelée « *La guerre des Six* », après plus de 3 000 ans d'existence.

Probablement les ancêtres de tous les natifs.

Égéria :

Native décédée.

Sœur des Six.

Immortelle pulvérisée par Gabrielle Chêne.

Voyante et oracle de la prophétie native.

Les natifs :

Les natifs sont majoritairement des êtres mortels dotés de pouvoirs tels que la télépathie, la puissance (force-vitesse), la télékinésie (plus rare) et la voyance (rarissime).

Très peu d'entre eux ont hérité du don d'immortalité, c'est même exceptionnel.

Les immortels arrêtent de vieillir dès leur « première » mort.

Mais, même avant cela, leur vieillissement ralentit dès l'apparition de leurs pouvoirs. C'est ce que l'on appelle l'éveil natif, qui intervient lors du passage à l'âge adulte, voire un peu avant. Tous les natifs ont vécu cet éveil, mais rares sont ceux qui deviennent éternels.

Les conditions de vie d'un immortel n'ont pas vraiment d'impact sur leur apparence physique, et chacun d'eux peut « vieillir » différemment, et cela, jusqu'à la « première » mort.

Un immortel ne peut mourir « définitivement » que lorsque son corps est totalement détruit.

PROLOGUE

Il arpenta les couloirs froids du bâtiment, un sourire aux lèvres. Son plan se déroulait comme prévu. Après l'explosion du château, il était maintenant sûr que ses doléances seraient toutes acceptées. Il ne pouvait réprimer cet air satisfait plaqué sur son visage. L'excitation parcourait ses membres, sa joie n'aurait pu être plus manifeste. Il pensait à la requête qu'il venait tout juste d'envoyer à Connor Burton Race. L'homme riait déjà en imaginant la mine stupéfaite du nouveau roi natif quand il découvrirait sa nouvelle exigence. Après tout, c'était à lui qu'il devait sa couronne, il lui paraissait donc normal qu'il lui impose quelques conditions.

Ses pensées accompagnèrent son trajet jusqu'à son rendez-vous. L'homme savait déjà qu'il serait bref.

— Monsieur Burns est prêt à vous recevoir, lui lança la secrétaire en clignant des yeux et en contemplant son visage.

— Merci, Mademoiselle.

— Serena, se présenta-t-elle.

— Serena, répéta l'homme d'une voix plus rauque

Elle rougit et l'invita à entrer dans le bureau. L'homme salua Burns en lui serrant la main. Ce dernier l'invita à s'asseoir d'un geste du bras.

— Ce que vous m'avez envoyé dépasse l'entendement ! lâcha Burns, qui tentait vainement de dissimuler son exaltation.

— Je savais que vous étiez un homme raisonnable. J'ai été heureux que vous preniez contact avec moi.

— Comment aurait-il pu en être autrement ?

L'homme lui sourit. D'un sourire presque sinistre. Burns se tortilla sur sa chaise.

— Mais vous savez que vous risquez de déclencher un cataclysme, si vous faites cela, le prévint Burns.

— Bien d'autres étapes sont encore à franchir avant d'en arriver là.

Burns se leva et se posta près de la fenêtre. La décoration ostentatoire de son bureau, son costume trois-pièces sur mesure, son port de tête et ses boutons de manchette en diamant en disaient long sur sa richesse. Il n'était pas difficile pour l'homme de deviner ses pensées, car Burns était tout à fait le genre d'individu qui savait estimer ses intérêts malgré les risques. Ce dernier resta muet encore un moment, puis se retourna vers l'homme d'un œil décidé.

— J'attendrai votre appel, dit-il enfin. Si vous vous décidez, je vous aiderai dans cette démarche.

— Je suis ravi de l'entendre.

Ils se quittèrent après avoir discuté des termes de leur accord. L'homme proposa à la charmante Serena d'aller boire un café. Elle accepta aussitôt et lui donna rendez-vous plus tard dans l'après-midi. Il lui baisa la main avant de partir.

En parcourant le chemin inverse, l'homme se dit qu'il n'avait pas vraiment besoin de Burns. Mais si les choses tournaient mal, il devait s'assurer de sa sécurité. Burns avait beaucoup de relations, il pouvait le protéger. Lui devait faire profil bas s'il voulait réussir.

L'homme pensa, avec excitation, que, bientôt, il signerait le dernier acte de sa vengeance. Il partit, réprimant une envie de taper dans ses mains.

LE COMPTE À REBOURS COMMENÇAIT.

CHAPITRE 1

*G*enoux à terre, je reste là, figée, terrassée. Le sang coule sur ma nuque. Un nuage de poussière s'étend autour de ce qu'il reste du château. Il me pique les yeux et la gorge. C'est à peine si je vois les décombres. Je hurle. Mon cri déchire l'atmosphère.

Guillaume accourt à la vitesse du son et s'arrête subitement. Son regard empli d'effroi ne quitte plus la bâtisse en flammes. Hébété, il est tétanisé devant cet horrible spectacle. Le berceau des élus vient d'exploser. Je le regarde, les yeux hagards. Mes larmes creusent des sillons blanchâtres sur mes joues salies par la poussière grise et épaisse. Mon cousin ne bouge pas, ses bras tremblent. Je trouve la force de me lever et porte ma main derrière ma tête. Elle me fait mal. J'ai mal. J'ai heurté un arbre de plein fouet, à cause du souffle. La violence du choc rugit encore sous mon crâne. Je me dirige vers mon cousin.

— Il y a peut-être des survivants, dis-je à Guillaume d'une voix incertaine.

Il ne réagit pas. A-t-il seulement remarqué ma présence ? Je lui attrape le bras.

— Guillaume, nous devons chercher les survivants ! Nous devons chercher ma mère !

Mais il reste là. Ses yeux ne me distinguent pas. Pourtant, je me tiens devant lui.

— Je t'en prie ! Guillaume !

Je crie son prénom si fort qu'enfin son regard se porte sur moi. Il secoue la tête et fixe mon visage.

— J'ai besoin de toi ! Je suis blessée. Je n'ai plus mes pouvoirs. Il faut faire vite. Viens !

Mes mots sont décousus. Je pleure. Je tire sur son bras. Il fait un premier pas, puis s'élance enfin. Je le suis, avalant ma salive et refoulant mon angoisse. Où est ma mère ? Est-elle morte ? Son corps a-t-il été soufflé et répandu dans les airs ? Je ne peux le croire. Je ne peux m'y résoudre. Alors j'arpente les décombres et constate les outrages subis par le château vieux de plusieurs siècles. La structure des ailes sud et nord est quasiment restée intacte, malgré les flammes qui les consument. L'aile est a subi de graves dégâts, et l'aile ouest a presque entièrement disparu. Des colonnes noires de fumée s'en échappent. Mes larmes coulent sans discontinuer. Je suis anéantie.

Nous commençons autour de l'aile ouest. Grâce à sa force et sa puissance, Guillaume réussit à soulever d'innombrables blocs de pierre qui se sont amoncelés en tas, à une hauteur stupéfiante. Mais rien. Non, rien ne se trouve en dessous des débris. J'ai peur. J'ai si peur que ma mère ait disparu de la surface de la Terre. Je ne peux pas le croire. Je m'y refuse. Je poursuis mes recherches, mais les flammes ralentissent ma progression. Le visage de Guillaume est couvert de suie. La fumée nous pique atrocement les yeux. Nous toussons sans arrêt. Mon regard se porte alors à plusieurs mètres, où d'autres décombres jonchent la terre à l'extérieur de l'enceinte. Je demande à mon cousin d'en soulever autant que possible. Il s'exécute avec des gestes emplis de rage. Son corps est tendu comme un arc.

— Izzy ! me lance-t-il.

J'accours. Il me faut du temps pour comprendre que c'est une jambe qui se dévoile sous nos yeux. Elle est si carbonisée que les orteils ont disparu. Les os noircis du talon émergent sous une énorme roche, le pied menace de se détacher du reste de son membre. Guillaume soulève le gigantesque bloc de pierre, puis d'autres, plus petits. L'odeur qui se dégage du corps est insoutenable. Je porte une main devant mon nez. Mon cœur manque un battement, ma respiration se coupe. Je sais déjà que ce que je découvre va habiter mes songes pour l'éternité. Je hurle à pleins poumons. Mes larmes se déversent en torrent. Le corps calciné de Carmichael est allongé sur un autre, et il ne me faut pas longtemps pour deviner que c'est celui de ma mère.

À leurs postures, Guillaume et moi comprenons que Carmichael a tenté de protéger son épouse en faisant barrage de son corps. Mais il n'a pas été assez rapide. Tous deux ont été écrasés et brûlés par le souffle. Le large buste de mon beau-père a tout de même réussi à préserver le visage de ma mère. Mais les brûlures sur ses bras et ses membres inférieurs ont noirci sa peau. Ses os sont visibles en quelques endroits. L'image est terrifiante, atroce. Les émanations de chair carbonisée me soulèvent l'estomac. Je manque de m'évanouir, mais Guillaume me rappelle à l'ordre.

— Izzy, ce n'est pas le moment de flancher ! Son corps est en un seul morceau. Elle va renaître.

Je ne réponds pas. Mes yeux ne quittent pas ma mère, morte et brûlée vive. Il me secoue. Il me secoue fort et me crie des paroles inaudibles. Il me gifle pour que je reprenne mes esprits. C'est à peine si je ressens la brûlure cuisante de son geste. Mais je tourne enfin mon regard vers lui et reviens à la douloureuse réalité.

— Je vais chercher les autres ! me crie-t-il.

Il part en quête de survivants, tandis que j'allonge le corps de Carmichael sur le côté, prenant soin de ne pas lui arracher un membre. Il est méconnaissable. Écrasé, brûlé, terrassé. Horrifiée, je détourne les yeux. Je m'empare du corps de ma mère, nettement moins lourd que celui de son mari, et je le place délicatement à ses côtés. C'est alors que toutes larmes cessent de couler. Je ne suis même plus capable de penser. La vue de ma mère dans cet état a provoqué un choc tel que je ne réalise pas que Guillaume me hurle de venir le rejoindre.

Lorsqu'enfin je lève les yeux vers lui, je me mets en mouvement, l'esprit vide. Je gravis les décombres pour me rendre dans ce qui fut jadis la cour-jardin.

— Il a voulu protéger Pia, déclare Guillaume, la voix étranglée.

Je baisse les yeux et vois Raphaël, étendu mort au-dessus du corps de Pia. Cette image me serre la gorge. J'en arrête de respirer. Tout comme son père, il a fait écran de son corps pour protéger Pia. Incapable de réfléchir, d'éprouver quoi que ce soit, et anéantie par le chaos, je refuse de me confronter à cette réalité. Je relève mon regard hébété vers Guillaume, qui s'approche et me tient les bras.

— Izzy, reste avec moi ! Ils vont renaître !

— Pas Pia, murmurai-je.

Je baisse à nouveau les yeux sur elle. Malgré la protection de Raphaël, un énorme bloc de pierre a atterri sur sa jambe, et toute la partie gauche de son corps est atrocement brûlée. Certes, elle n'est pas aussi atteinte que Carmichael et ma mère, mais ses brûlures sont vives, de son cou jusqu'à la taille, en passant par son bras. Raphaël porte les mêmes marques sur toute la longueur de son dos et de ses jambes. Ses mains sont encore agrippées à la tête de Pia.

Guillaume soulève le corps de Raphaël et le place sur le dos. Je tombe à genoux, mes mains se posent sur son torse. Une partie de son visage est arraché, laissant entrevoir la chair boursouflée sous sa peau. Un frisson d'horreur me traverse. Je ne peux émettre le moindre mot. Seules mes mains ressentent son corps, si froid, inerte, et sans vie. Soudain, un son presque imperceptible me sort de ma transe. Un souffle s'échappe de la gorge de Pia.

— Elle est vivante !

Guillaume est sur le point de déplacer le bloc de pierre sur sa jambe, quand je lui hurle de se raviser.

— Ne la touche pas ! Elle pourrait mourir si tu l'enlèves.

Au loin, des sirènes se font entendre. Un bataillon de pompiers, d'ambulances, ainsi que toutes les autorités du coin se dirigent vers le château. Ils ont dû être alertés par les habitants du village. L'explosion n'est pas passée inaperçue, même à des kilomètres de là.

— Qu'est-ce qu'on fait ? demande Guillaume, paniqué.

Je passe ma main sur la partie épargnée du visage de Raphaël et relève les yeux vers mon cousin. Je trouve la force de parler.

— On doit s'enfuir.

— On va les laisser comme ça ?

— Certainement pas. Nous allons emporter les corps.

— Les emporter ?

— Peut-être que parmi les secours, des gens veulent les exterminer. On ne peut pas prendre un tel risque. Amène-les dans ton pavillon au bord du lac et, bordel, appelle Ethan !

— Et Pia ?

— Pia a besoin de soins, nous devons la laisser ici. Ethan saura quoi faire.

Je caresse des doigts la chevelure encore intacte de Pia.

— Je vais m'occuper de toi, murmuré-je. À mon tour, mon amie.

Après un dernier regard pour elle, je pars en direction du lac, en faisant un crochet par là où, plus tôt, je suis tombée. J'y ramasse ce que j'ai lâché lors de *ma chute. Durant ce temps, Guillaume fait des allers-retours et emporte, avec délicatesse, les corps de Raphaël, Carmichael et ma mère, jusqu'à son pavillon.*

Les secours emmènent Pia à l'hôpital le plus proche. Nous ignorons encore qu'ils ont trouvé d'autres corps. Nous n'en prenons conscience que lorsque nous les voyons emporter trois sacs mortuaires dans le fourgon du légiste, alors que nous sommes dissimulés à l'orée du bois pour ne pas être repérés. Je sais déjà qui ils sont. Estelle, l'intendante du château, et proche amie de ses propriétaires, ainsi que son mari et son fils Édouard.

Je hurle intérieurement. Je veux tout détruire. Je veux pleurer et massacrer les auteurs de cet acte monstrueux. Mais je reste là, à observer de loin le ballet des secours, anéantie et tenant fermement dans ma main le carnet bleu de Connor.

— CONNOR !!! hurlai-je en me réveillant de mon cauchemar.

Mais ce n'était pas un cauchemar.

Tout cela s'était passé.

Le château avait explosé.

Et, depuis, je ne dormais plus…

CHAPITRE 2

 *ondres,*

Derrière la vitre qui me séparait de la chambre de ma mère, je ne bougeais pas. C'était à peine si je clignais des yeux. Des yeux secs qui ne pouvaient plus verser la moindre larme. Je n'avais pas dit un mot depuis l'arrivée de son corps, deux semaines plus tôt. Et j'avais à peine dormi. Mes cauchemars m'en empêchaient.

Un mouvement sur ma gauche me fit tourner la tête.

— Cela va prendre du temps, déclara Ethan, d'une voix sombre. Son corps a été trop endommagé pour que son réveil soit prompt.

Je restai muette et reportai mes yeux à l'intérieur de la chambre. Un drap couvrait le corps calciné de la reine déchue, allongé aux côtés de celui de son mari. Carmichael n'était même plus reconnaissable, même si quelques grains de peau commençaient à parsemer sa chair meurtrie.

— Tu devrais te reposer, me lança mon oncle.

Je fis non de la tête. Ethan resta encore longtemps à mes côtés, silencieux, puis me quitta.

Il avait aménagé cet entrepôt en hôpital, en graissant la patte de quelques membres influents du conseil d'administration du Royal London Hospital. Non loin de la tour Canary Wharf, sur les docks londoniens, l'endroit était secret. Il l'avait loué, peu après l'explosion, et fait rapatrier tous les corps, ainsi que celui de Pia. Elle occupait une chambre médicalisée, voisine à celle de Raphaël. Un tas de tuyaux parcourait ses membres. Les brûlures sur son corps étaient exposées à l'air libre. Un respirateur l'aidait à se maintenir en vie ; une toile transparente entourait son lit. J'allai la voir et ne fus pas surprise d'y trouver Ethan. Mon oncle ne l'avait plus quittée depuis son arrivée. Il ne l'avait jamais rencontrée avant l'explosion, mais dès que Pia était arrivée à Londres, il avait décidé d'installer un lit auprès d'elle. Il passait chaque nuit à ses côtés, guettant une réaction, un mouvement, ou un signe de réveil. Après plus de deux semaines de coma, l'attente devenait insoutenable. Quant à moi, je dormais face aux chambres des trois autres victimes. Du moins, quand j'y arrivais. Ainsi, je pouvais les voir dès que je levais suffisamment la tête.

Le reste de l'entrepôt était presque vide, froid, tout comme les corps des morts y gisant. C'était une immense structure en métal. De larges poutres soutenaient la tôle du toit, de hautes fenêtres dominaient les murs en brique. Un salon était disposé près d'un brasero de fortune. Des cloisons en PVC et des vitres en plexiglas avaient été installées pour l'aménagement des quatre chambres médicalisées. Deux docteurs, humains, se relayaient jour et nuit auprès de Pia. Ils avaient été recrutés par Ethan en échange d'une très grosse somme d'argent. Ils parurent surpris en découvrant trois corps sans vie, se demandant sans doute pourquoi nous les conservions. Mon oncle leur avait fait passer l'envie de poser davantage de questions, et comptait sur Prisca Burton Race pour effacer leurs souvenirs, une fois que le pouvoir de vie éternelle aurait réalisé son prodige.

J'allai ensuite dans la chambre de Raphaël. On l'avait tourné sur le ventre, et son dos nu était à l'air libre. Ses jambes semblaient retrouver une couleur presque normale, mais le haut de ses omoplates était encore noirci, malgré quelques bouts de peau rose commençant à se former ici et là. Je passai une main dans ses cheveux et me refusai à regarder le côté de son visage arraché. Je posai un baiser sur sa joue intact et rejoignis mon lit pour me coucher. Je me savais pourtant incapable de trouver le sommeil.

LE LENDEMAIN, un bruit aux portes de l'entrepôt fit sortir Ethan de la chambre de Pia à la vitesse d'une fusée. Le corps sous tension, il attendit avec un regard à vous pétrifier, jusqu'à ce qu'enfin Prisca apparaisse. Je perçus un soupir de soulagement chez mon oncle.

Prisca Burton Race était seule. Ethan avait fait appel à elle, et seulement à elle, car nous savions désormais que partout, nous étions cernés par des traîtres.

CHAPITRE 3

*P*risca portait un tailleur-pantalon noir, qui contrastait singulièrement avec sa chevelure d'un blond soyeux. Elle me salua d'un signe de tête, puis avança vers Ethan et lui prit la main. Le regard qu'ils échangèrent montrait toute la sollicitude qu'ils s'accordaient dans ce moment si solennel. Sans un mot, Ethan l'amena devant la chambre de Carmichael et de ma mère. Ils restèrent là, dans un silence de plomb, observant chacun leur frère et sœur respectifs. La main de Prisca serra celle d'Ethan.

— J'ai besoin de toi, Prisca, déclara Ethan, qui n'avait pas pour habitude de demander de l'aide.

Surprise, elle détourna les yeux dans sa direction. Il lui tira le bras et l'emmena dans la chambre de Pia. Je les suivis en silence. La sœur de Carmichael resta un moment interdite devant le corps de la jeune femme.

— Qui est-elle ? demanda Prisca.

— C'est mon amie Pia, lui répondis-je. Elle était dans le château quand il a explosé. Raphaël a tenté de la protéger, mais cela n'a pas suffi à sauver sa jambe. Elle est dans le coma, depuis.

Mes yeux se posèrent sur le membre absent de Pia. Elle avait été amputée, avant même d'être emmenée à l'hôpital. Ses brûlures recouvraient toute la partie gauche de son corps et remontaient jusqu'à son cou délicat. Sa poitrine, révélée à l'air libre, se soulevait sous l'action du respirateur. Prisca s'approcha d'elle pour évaluer les dégâts.

— J'ai tenté de la soumettre à mon toucher, lui confia Ethan, mais elle ne se réveille pas.

— C'est peut-être mieux ainsi, murmura Prisca, elle va souffrir le martyre si je la réveille.

Ethan savait que la sœur de Carmichael était la plus douée de tous les immortels pour soumettre ses volontés au toucher. Tous les êtres éternels avaient ce pouvoir. Moi, j'ignorais si j'en étais capable. Avec Pia, cela n'avait pas fonctionné.

— Le docteur dit qu'il faut qu'elle se réveille si on souhaite la traiter du mieux possible, lança Ethan. Il pourra peut-être lui faire une greffe de peau et la mettre sous morphine. Mais elle doit se réveiller.

Prisca inclina la tête, surprise, je le supposai, de l'intérêt d'Ethan pour Pia. Je l'étais moi-même. Je ne l'avais jamais vu se soucier de quelqu'un d'autre que sa sœur. Pourtant, sa compassion envers Pia était étrangement tangible.

Prisca ne discuta pas plus avant et alla poser sa main sur le front de Pia, fermant les yeux et se concentrant sur sa tâche. Au bout d'une longue minute d'un silence tenu, elle retira sa main.

— Si j'ai réussi, son réveil ne devrait plus tarder.

Ethan hocha la tête, et nous sortîmes tous trois de l'atmosphère étouffante de la chambre.

Nous gagnâmes le salon de fortune installé près de la chambre de Raphaël. Ethan alla chercher du vin et de quoi grignoter. Boire de l'alcool nous parut nécessaire en ces circonstances, et chacun prit son verre, l'avalant presque d'un trait.

— J'ai des nouvelles concernant les traîtres, lâcha Prisca, après avoir reposé son verre.

Les yeux d'Ethan lancèrent des flammes. Mes mains tremblèrent à la seconde où mon cerveau assimila cette information. Je serrai les poings.

— Après l'explosion du château, j'ai demandé à mes sujets de fuir le palais, par précaution, reprit-elle. Mais avant cela, j'ai sondé tous les esprits pour m'assurer qu'aucun traître n'était parmi eux. J'en ai découvert trois.

Ethan et moi restâmes silencieux. Nous n'étions pas étonnés, ils étaient partout.

— Ils ne savaient presque rien, poursuivit Prisca, mais j'ai tout de même appris deux éléments d'importance.

— Ne fais pas durer le suspense, la somma Ethan d'une voix sombre. Qu'as-tu découvert ?

— Les natifs qui s'attachent à nous détruire se font appeler « *Le Collectif Delta* ».

— Le Collectif Delta ? répétai-je.

— Ils sont nombreux ? demanda Ethan.

— Je pense que oui. Ils avaient organisé la chute de Carmichael et de Gabrielle depuis de nombreuses années.

— Sait-on pourquoi ?

— Beaucoup ont perdu des êtres chers lors de la guerre des Six. Mais ça, nous le savions déjà, et ce n'est certainement pas la seule raison de tout cela.

— L'autre élément d'importance ? lâcha Ethan, sans plus d'émotion.

— Ils ont un immortel à leur tête.

— Un immortel ?! m'étonnai-je, effarée.

— Certainement un inconnu qui n'a jamais été répertorié. Aucun des trois traîtres ne l'avait rencontré, alors je n'ai pas pu l'identifier. Une chose est certaine, cependant : il a Carmichael dans le viseur depuis très longtemps. Les trois traîtres ont découvert cette information juste avant l'explosion. Ils étaient conviés à une réunion animée à distance. Un homme leur demandait de recruter d'autres natifs, en distillant dans les esprits des idées contestataires à l'encontre de mon frère et de Gaby.

— Mais ils ont abdiqué ! déclarai-je, excédée. À quoi ça rime d'enfoncer le clou alors qu'ils ne sont plus à la tête du royaume ?

— Cela veut dire que les griefs de cet immortel sont très personnels, lança Ethan, l'expression inchangée. Il doit considérer qu'il n'en a pas fini avec eux. L'explosion d'Altérac le prouve. Il n'a pas dû être difficile pour lui de convaincre des natifs ayant perdu des proches de s'allier à lui en se servant de la guerre des Six. Mais je suppose que ses motivations à lui sont tout autre, et concernent directement Gaby et Carmichael.

— C'est sans doute pour cette raison que tu n'as pas été menacé, commenta Prisca, à juste titre, puisqu'Ethan était tout aussi coupable que ma mère lorsque tous deux provoquèrent l'effondrement de la montagne d'Eos, il y a quarante ans de cela.

Ces dernières révélations laissèrent place au silence. On n'entendait que le léger murmure des bips provenant des machines de la chambre de Pia. Je me rappelai alors les mots de Connor rédigés dans son carnet bleu. Il était temps que je soumette l'idée qui s'était installée dans mon cerveau, au moment même où Prisca avait évoqué le passé de Carmichael.

— Il faut que j'aille voir Connor, dis-je, sans me faire d'illusions sur leur réaction.

Et elle ne se fit pas attendre. Ils tournèrent la tête en même temps. Le regard de mon oncle me transperça la poitrine, qui se glaça tant son ire était manifeste.

— Pas question ! lâcha Ethan, la voix déraillant presque tant ma suggestion lui paraissait absurde et révoltante.

— Non, Isabelle ! répliqua à son tour Prisca en posant une main sur mon genou. Tu ne peux pas y aller. C'est trop dangereux !

— Je ne cours aucun danger. Il m'a déjà aidée à prendre la fuite face à ce Collectif, et il me protégera.

— C'est une blague ?! s'exclama-t-elle, ahurie, m'observant comme si j'étais devenue aliénée. Il ne t'a pas protégée, il t'a enfermée ! Et quand la situation lui a échappé, il t'a libérée. Mon frère doit payer pour ses actes !

— Vous allez devoir me faire confiance, les implorai-je, sachant justement tout des actes de Connor, contrairement à eux.

— NON ! gronda Ethan en se levant brusquement.

Je me levai à mon tour et le toisai avec un air de défi. Je n'avais pas encore révélé à mon oncle les confidences de Connor. Était-ce bien nécessaire, d'ailleurs ? Je pouvais sentir sa haine se répandre dans chacune de ses veines. Même si je décidais d'utiliser mon pouvoir de projection pour lui montrer la vérité, aucune image provenant du carnet

28

bleu n'aurait le pouvoir de le faire changer d'avis. D'autant que le nouveau roi natif n'y avait pas caché son penchant pour la couronne, qu'il avait ravi à son propre frère en toute connaissance de cause. Même si je savais que c'était sous la menace qu'il avait réalisé tous ses méfaits, sa soif de pouvoir et les conséquences de ses actes resteraient impardonnables aux yeux d'Ethan.

— Il détient les journaux de Carmichael, repris-je sans me démonter. Si nous voulons savoir qui est le traître immortel, alors c'est le meilleur moyen de le trouver.

— Comment ça ? Et pourquoi ce serait toi qui t'en chargerais ?

— Car je pourrai m'y projeter.

Je leur dévoilai alors le don qui s'était révélé à moi pendant ma séquestration, dans le bunker de Copenhague, hérité de ma grand-mère Adriana Valérian. Ma faculté à visualiser les événements décrits dans les mémoires de Carmichael pourrait être la clé pour découvrir qui était à la tête de cette machination. À cette déclaration, ils restèrent un moment dans un silence tenace, le temps d'assimiler cette révélation ubuesque.

— D'accord, mais on t'accompagne, déclara enfin Prisca.

— Non. Vous resterez ici auprès d'eux, répliquai-je en désignant les chambres. On ne peut pas les laisser. Et Connor ne vous confiera jamais ces journaux.

— Et pourquoi te les confieraient-ils, à toi ?

— Parce qu'il l'a déjà fait, affirmai-je, et il sait que les secrets qu'ils renferment seront bien gardés avec moi. Il me fait confiance.

Cette remarque laissa un nouveau silence. Interloqué, Ethan semblait vouloir lire sur les traits de mon visage. Prisca fronçait les sourcils. Je détournai les yeux vers l'endroit où gisaient tous les corps et respirai un grand coup.

— Je m'en irai demain.

— Il n'en est toujours pas question ! pesta Ethan, excédé. Le jour où tu reverras Connor, il mourra de mes mains. Tu entends ?!

Mon oncle se retira sur ce mouvement d'humeur. Il n'allait pas être facile à convaincre.

CHAPITRE 4

*P*ia se réveilla le soir même. Ethan était sorti précipitamment de sa chambre, en nous criant de venir à l'instant même où elle bougea un index. Prisca et moi fonçâmes le rejoindre.

Au début, c'est à peine si elle cligna légèrement des paupières. Puis quelques légers soubresauts agitèrent ses membres. Le docteur, en combinaison blanche, se tenait au-dessus d'elle et vérifiait ses constantes. Il retira le tube logé dans sa gorge, soulagé de découvrir que sa patiente pouvait désormais respirer seule. Il changea alors la poche de liquide de sa perfusion et sortit de l'abri en toile transparente après avoir fait coulisser la fermeture à glissière.

— Elle devrait reprendre conscience d'ici quelques minutes, déclara-t-il tout de même avant de quitter la chambre.

Nous profitâmes de ce laps de temps pour nous désinfecter et enfiler une combinaison, des gants et un masque chirurgical. Nous pénétrâmes sous la toile, et je pris la main de Pia. Ethan et Prisca se tenaient l'un près de l'autre, de l'autre côté du lit. Mon regard s'attarda sur le bras gauche de mon amie. Le docteur avait retiré de nombreux lambeaux de chair durant son coma. Je serrai les dents en pensant à la souffrance qu'elle allait bientôt ressentir.

Pia ouvrit les yeux vingt minutes plus tard. Sa mâchoire se crispa aussitôt. Elle tenta de se cabrer sous les premiers effets de la douleur.

— Je suis là, Pia, lui soufflai-je à l'oreille. Tu es vivante, mon amie. Cette souffrance, c'est toi revenant à la vie.

Le docteur revint et lui injecta une dose de morphine. Prisca toucha son front et soulagea sa douleur grâce à son pouvoir de soumission au toucher. Les muscles du corps de Pia semblèrent se détendre, malgré la douleur marquée sur son visage. Ses pupilles se dilatèrent largement. Elle tenta de parler, mais ce ne fut qu'un faible son qui s'échappa de sa gorge. Le médecin lui expliqua que c'était à cause de l'intubation et qu'elle retrouverait rapidement l'usage de ses cordes vocales. Elle hocha la tête, crispa encore les lèvres, et des larmes lui montèrent aux yeux. Puis le docteur appuya sur une télécommande, qui activa la levée de la partie haute du lit. Pia étouffa un petit cri. Ethan fusilla le toubib du regard, prêt à lui sauter à la gorge. Il se calma quand il apprit que c'était une étape indispensable pour faire circuler le sang dans ses membres, afin d'accélérer la guérison. C'est alors que la jeune fille comprit qu'elle n'avait plus de jambe gauche. Ses pleurs redoublèrent. Je tentai vainement de la réconforter, mais ses yeux ne quittaient plus son membre fantôme. Puis elle m'adressa un regard larmoyant, empli de douleur. Je passai une main sur ses cheveux.

— M… Ma… Mère ? réussit-elle à articuler, dans un son étranglé.

Je levai les yeux vers Ethan. Il me regarda avec une intensité qui m'ébranla et fit non de la tête. Je m'adressai à Pia :

— Ta mère n'est pas ici, Pia. Mais tu auras bientôt de ses nouvelles, je te le promets.

Elle tourna son visage vers Prisca. Cette dernière lui envoya un sourire affable et s'approcha du lit.

— On ne se connaît pas, lui dit-elle. Je suis Prisca Burton Race.

— C'est la sœur de Connor, révélai-je, quand je vis Pia écarquiller les yeux.

— J'aurais aimé faire ta connaissance dans d'autres circonstances, poursuivit Prisca. Tu es très courageuse.

Le regard de Pia se tourna alors vers Ethan. Lui fixait son visage, mais il ne se présenta pas. Un silence s'installa, puis mon oncle plissa les yeux sous le sourire que cachait son masque chirurgical. Pia, même si elle était submergée de douleur, y répondit, et je restai là, spectatrice de cette rencontre, qui enveloppa ma poitrine d'une étreinte bouleversante. Ils n'échangèrent pas un mot, pourtant. Prisca releva son regard, et j'y lus que, comme moi, elle avait remarqué cet étrange changement dans l'atmosphère. Nous décidâmes de les laisser seuls.

— Elle va s'en sortir, affirma-t-elle, alors que nous prenions place chacune dans un fauteuil.

— C'est une jeune femme étonnante, dis-je, un léger sourire jouant sur mes lèvres au souvenir des conversations échangées avec Pia lorsque j'étais enfermée dans le bunker.

Prisca m'observait attentivement, cherchant visiblement ses mots. Je lui envoyai un regard interrogateur. Son visage se ferma, ses yeux se plissèrent.

— Mon frère doit payer pour ce qu'il a fait, lâcha-t-elle, soudain cinglante.

Surprise par ce ton qu'elle employait rarement, je marquai un mouvement de la tête.

— Connor a des circonstances atténuantes, lui révélai-je.

— Si c'est ce que tu penses, je suis étonnée, Izzy ! Enfin, c'est à cause de lui que tu as pourri de longs mois dans un bunker, et que tu es morte pour la première fois.

— En effet.

— Alors, explique-moi quelles excuses tu lui trouves ! s'exclama-t-elle, effarée par ma réponse.

— Je sais de source sûre qu'il a été manipulé.

— Il a obtenu ce qu'il a toujours voulu : la couronne. Je doute qu'il ait été manipulé pour parvenir à ses fins.

Elle pencha le haut de son corps. Ses bras se posèrent sur ses genoux. Son regard se fixa sur mon visage.

— Je sais que tu l'as aimé, déclara-t-elle, après avoir pris une profonde inspiration. Votre relation n'a pas duré longtemps, mais je sais que tu l'as aimé. Je l'ai vu dans tes yeux, dans ta manière de te comporter avec lui. Et je sais aussi que mon frère a éprouvé des sentiments pour toi. Mais ne vois-tu pas que sa soif de pouvoir a supplanté son affection ? Il a commis le pire pour devenir roi. Comment peux-tu dire qu'il a des circonstances atténuantes ?! Je ne te comprends pas, Izzy.

— C'est ton frère, Prisca.

— Je sais qui il est et ce qu'il est capable de faire. J'ai eu plus de deux siècles pour connaître tout de sa nature profonde. Toi, tu ne l'as connu que quelques mois, et il a réussi à t'en faire sacrément baver durant cette courte période. Que peux-tu lui trouver comme excuses ? Je te l'avoue, Izzy, je suis sidérée par tes propos. L'aimes-tu toujours ?

— Ce n'est pas ça.

Je baissai les yeux et repensai au carnet bleu. « *Tu es l'objet de mon désir. Tu possèdes mon âme... Je t'aime, Isabelle.* »

— Je sais de source sûre qu'il n'a pas eu le choix de faire ce qu'il a fait, lançai-je fermement, en relevant mon regard vers elle, pensant que Prisca avait le droit de savoir.

— Comment le sais-tu ?

— Il me l'a dit. Enfin, il me l'a écrit.

— Quand ?

— Juste avant l'explosion. La mère de Pia m'a confié un carnet où il me racontait tout ce qu'il s'est passé. Il m'a demandé de n'en parler à personne.

Je lui narrai alors l'étendue des révélations de Connor, en omettant les passages me concernant et les sentiments qu'il éprouvait à mon égard. Le visage de Prisca se crispa à plusieurs reprises en découvrant, de ma bouche, les dessous de cette machination dont nous étions les cibles. Lorsque j'eus terminé, elle resta songeuse.

— J'ai besoin de toi pour convaincre Ethan de me laisser partir. Connor ne me fera rien.

— Ça, nous ne pouvons en être certaines, dit-elle d'une voix sombre.

— Moi, je le sais, affirmai-je.

— Il a pris le pouvoir, Izzy. Il aurait pu nous avertir, Carmichael et moi. Mais il ne l'a pas fait, car il voulait la couronne !

— Il a accepté de collaborer, car ils menaçaient de tous nous tuer ! répliquai-je, alors que la colère m'envahissait. Il n'avait aucune idée de là où étaient placées les bombes, si ce n'est à Altérac, où un système très élaboré les aurait fait exploser si elles avaient bougé d'un millimètre. Il pensait qu'elles avaient été retirées, que le collectif avait tenu parole, et a vérifié qu'il n'y en avait plus. Mais il a été doublé ! Il a soupçonné que ton palais, la tour de Londres, et son manoir étaient piégés eux aussi. Alors, oui, il a obtenu la couronne, et je sais qu'il l'a voulue. Mais, soyons honnêtes, avait-il d'autres choix ? Tu n'étais pas au château quand il a explosé. Moi, si. Et je peux maintenant te dire que Connor nous a évité un bain de sang. Ton frère, ma mère et Raphaël se réveilleront. Pia va s'en sortir. Estelle et sa famille sont mortes. Mais ça aurait pu être pire !

— Pourquoi ont-ils fait sauter Altérac, si Connor a accepté toutes leurs conditions ?

— Je crois savoir pourquoi...

Des larmes envahirent mes yeux. Je serrai mes mains l'une contre l'autre, ma gorge s'assécha, car je n'osais exprimer le fruit de mes réflexions à ce sujet. C'était ma faute.

— Je pense que, d'une manière ou d'une autre, ils ont compris que Connor m'avait tout confié dans ce carnet. J'ignore comment ils l'ont su. Il ne devait rien dire. Et s'il l'a fait, c'est uniquement parce qu'il ne supportait plus que je le haïsse pour ce qu'il m'avait fait.

— Est-ce le cas ?

— Quoi ? m'étonnai-je, en rencontrant le regard insondable de Prisca.

— Tu le hais encore ?

Je baissai la tête.

— Non. Je ne le hais pas. Je ne l'ai jamais vraiment haï, d'ailleurs. Et cela même avant de me projeter dans ses révélations.

— Tu l'aimes, n'est-ce pas ?

Je restai silencieuse. Avec tout ce qu'il s'était passé depuis la lecture du carnet, j'ignorais si j'étais capable de tels sentiments. Et il y avait Raphaël... Prisca comprit sans que je dise un mot et posa une main sur mon genou.

— Je vais convaincre Ethan, dit-elle. Tu dois partir là-bas, et pas uniquement pour les journaux de mon frère. J'ai parlé à Carmichael avant qu'il meure dans l'explosion. Il m'a dit que tu partageais une relation étrange avec son fils.

— Je dois beaucoup à Raphaël.

— C'est pour cette raison que tu dois voir Connor. Lorsque nous déciderons de nous venger, nous devrons savoir s'il est véritablement de notre côté. Te concernant, tu ne seras pas capable d'avoir les idées claires tant que tu ne te seras pas confrontée à lui de vive voix.

Elle retira sa main de mon genou et cala son dos au fond de son fauteuil, ne cessant pour autant de m'observer. Son attention me mit mal à l'aise.

— Je suis une personne horrible, lui murmurai-je.

— Pourquoi ça ?

— Depuis que j'ai lu le carnet, je ne fais que penser à Connor. Raphaël est là, mort, et moi je ne pense qu'à Connor.

— C'est bien pour ça que je te conseille d'éclaircir la situation. Ce n'est pas ta faute, tout ça, Izzy. Tu ne pouvais pas savoir ce qui se tramait dans ton dos. Si le Collectif Delta n'avait pas mis son plan à exécution, tu serais peut-être encore avec mon frère.

— Raphaël ne mérite pas ça.

— Il n'est pas vraiment mort et tu le sais. Raphaël a trois cent vingt-neuf ans. Tu en as vingt sept. Tu découvres la vie, Izzy. Tu découvres l'amour. Raphaël et Connor ont eu leur compte de vie, toi non. Ils sauront accepter tes décisions, car ils ont une expérience que tu n'as pas. Fais-moi confiance.

— Je ne veux pas avoir à choisir. Ce n'est pas le but de mon voyage à New York de toute façon. Nous devons trouver les commanditaires de ce complot, et nous venger.

Je relevai la tête et fixai mon regard sur elle.

— J'ai tant envie de les faire souffrir que j'en ai du mal à respirer, déclarai-je alors que des larmes atteignaient mes yeux.

— Quand l'heure sera venue, lança Ethan qui s'approchait, nous ferons couler le sang et ce sera la fin de nos ennemis. Crois-moi, nous allons faire plus que nous venger.

Il posa une main sur mon épaule. La serra un peu, et le silence s'abattit sur le hangar.

CHAPITRE 5

*P*risca et Ethan étaient restés de longues minutes à parler sur les quais. Une semaine avait passé, et mon oncle refusait toujours de me laisser partir à New York. J'en étais venue à envisager la fuite, mais je savais qu'il aurait tôt fait de me rattraper. Je ne me faisais aucune illusion sur sa capacité à me maîtriser, connaissant ses pouvoirs, aussi puissants que ceux de ma mère. C'est Pia qui réussit finalement à le convaincre, et c'est Prisca qui endigua sa colère. Il avait finalement abdiqué.

Je me trouvais dans la chambre de Pia quand il me demanda de venir le rejoindre dans notre salon de fortune. Mon amie m'envoya un léger sourire, vite effacé par la douleur qu'elle ressentit aussitôt que la peau de son cou brûlé s'étira.

— Le docteur dit qu'elle devrait se sentir mieux d'ici quelques semaines, m'informa Ethan, le regard s'attardant vers la chambre de mon amie. Sa peau guérit vite.

— Je suis heureuse de l'entendre.

— Mais ses poumons sont très abîmés. Quand elle sera suffisamment remise, nous verrons pour lui trouver une prothèse pour sa jambe. Elle a du mal à se faire à cette idée.

— Qui ne le serait pas ?

Le regard de mon oncle se reporta sur la chambre de Carmichael et de ma mère.

— Leur épiderme commence à se reconstruire. Prisca pense qu'il faudra peut-être un ou deux mois avant qu'ils se réveillent.

— Je suis impatiente que ça arrive.

— Moi aussi.

Un silence s'immisça entre nous tandis que nous partagions les mêmes sombres pensées. La vue de leurs corps décharnés et calcinés était toujours aussi insupportable. Ethan couvait sa douleur, mais je pouvais ressentir cette colère qui ne le quittait plus, maintenant que nous étions connectés. Il en était transi.

Depuis ma mort, je pouvais entrer en contact par télépathie avec les membres de ma famille, partageant l'héritage du sang de ma lignée. Le mélange des gènes Castellane et Burton Race avait accompli son miracle. Je repensai alors à mes conversations muettes avec Raphaël, quelques semaines plus tôt, dans le bunker.

— Il mettra moins de temps à se réveiller, déclara Ethan qui avait deviné où mes songes m'emportaient.

— Je sais.

— Si j'ai bien compris, vous étiez devenus proches, Raphaël et toi, avant l'explosion.

— En effet.

— Il t'a aidée lors de ta fuite, au Danemark, d'après ce que m'a dit Prisca, poursuivit Ethan.

— Lui et Connor.

— Ne me parle pas de Connor.

— Je te réponds, c'est tout.

— Prisca m'a expliqué.

— Alors tu sais pourquoi il a fait ce qu'il a fait.

— Je n'y crois pas une seconde, lâcha-t-il, sa fureur couvant dans chacun de ses mots.

— Je l'ai vu en me plongeant dans son esprit, répliquai-je, il ne fait aucun doute qu'il a été manipulé.

— Ton pouvoir de projection, n'est-ce pas ?

— Oui.

— Et il ne t'est pas venu à l'esprit qu'il te manipulait, toi aussi ?

— Je ne crois pas que ce soit possible.

— Tu n'en sais rien, en réalité, pas vrai ?

Je baissai les yeux. Il avait raison, je ne le savais pas. Puis je me souvins des émotions ressenties à la lecture du carnet. Elles étaient si réelles que je pouvais encore les éprouver, alors je relevai la tête.

— Je suis certaine de la sincérité de ses confidences. Il n'est pas exempt de tout reproche, mais...

— Un euphémisme, me coupa Ethan.

— Mais je sais qu'il dit la vérité.

— Il est roi, aujourd'hui. Son frère, son neveu et ma sœur gisent là, morts et carbonisés. Alors si Connor pensait pouvoir gérer ça tout seul, c'est qu'il est stupide, et sa stupidité nous a coûté cher.

— Il a sans doute fait les mauvais choix.

— Il n'y a pas de doute à avoir. La vérité est là, funeste et sombre. Il est roi aujourd'hui, c'est tout ce que je constate.

— C'est beaucoup plus compliqué que ça, Ethan, et tu sais que j'ai raison.

Il assimila cette dernière phrase en soupirant. Sa nonchalance me donnait envie de le secouer. Un nouveau silence s'abattit entre nous. Seule l'activité en dehors de l'entrepôt, des bruits de métal, de machines et de voix lointaines, le troubla durant les longues minutes qui suivirent.

— Tu partiras demain, annonça fermement mon oncle.

— D'ac... d'accord, balbutiai-je, tentant en vain de cacher ma stupéfaction.

— Je veux que tu gardes ton téléphone près de toi, à toute heure de la journée et de la nuit. Il ne doit jamais te quitter. Et si ça sent le roussi, tu m'appelles. Je vais envoyer quelques hommes à moi, non loin de son manoir. Prisca va sonder leurs esprits afin de s'assurer de leur loyauté. Un numéro sécurisé nous alertera aussitôt que tu te sentiras un danger.

— D'accord, répétai-je.

Son regard insondable ne me quitta pas. Je pouvais y voir ses pensées s'agiter en tous sens.

— Si je consens à ce que tu y ailles, reprit-il, c'est uniquement parce que nous devons avancer dans nos investigations. J'ai si hâte d'en découdre. J'espère que je ne fais pas une grosse erreur.

— Nous n'avons pas vraiment le choix.

— Je te l'accorde. J'en ai la nausée de savoir que tu vas te retrouver auprès de cet enfoiré.

— Je ferai attention, je te le promets.

— Ne te laisse pas amadouer par Connor. Ne sois pas stupide.

— Je n'y vais pas pour lui.

Ethan hocha la tête. Nous nous étions enfin entendus. Mais dans un coin de ma tête, je ne pouvais réprimer le sentiment qui me submergeait à l'idée de revoir Connor. Je tentai de dissimuler mon soudain émoi en affichant un air impassible.

— Quand tu seras là-bas, demande aux parents de Pia de venir à Londres.

— Vraiment ? m'étonnai-je. N'as-tu pas peur qu'ils révèlent notre cachette ?

— Prisca les accueillera à l'aéroport et s'assurera qu'ils n'ont rien à voir avec tout ça. Je doute qu'ils aient commandité l'explosion du château en sachant leur fille à l'intérieur. Mais s'ils sont mêlés, de près ou de loin, au Collectif Delta, nous les enfermerons.

— Tu ne les tueras pas, alors ?

— Je ne ferai pas ça à Pia. Mais si elle le décide, je le ferai sans sourciller.

— Elle ne fera jamais de mal à ses parents, et cela même s'ils sont des traîtres.

— Ce sont déjà des traîtres ! tonna Ethan, la voix empreinte d'une colère sourde. Ils sont complices de ton kidnapping à Copenhague. Je ne me fais aucune illusion sur eux.

— Ils n'ont pas eu le choix, Ethan. Ils menaçaient leur fille.

Il médita un instant sur mes propos, mais je savais une chose au sujet de mon oncle : il changeait rarement d'avis.

— Je le fais pour Pia, dit-il fermement. Ils resteront ici tout le temps que durera sa convalescence et ne sortiront que lorsque je l'aurai décidé. Dis-leur bien ça.

— Entendu.

Il allait se retirer, mais je le retins par le bras.

— Pia, tu l'apprécies beaucoup, n'est-ce pas ? Je veux dire... elle a touché ton âme.

Ses yeux m'observèrent, sans expression. Ses lèvres s'étirèrent un peu, à peine une seconde. Mais je l'avais vu. J'avais vu son sourire.

« Fais bien attention à toi, ma nièce. »

LE LENDEMAIN, je partais pour New York.

CHAPITRE 6

ew York

— *Manor Bakersfield*, *please*, lançai-je au chauffeur de taxi, en sortant de l'aéroport.

Le type au volant fit la grimace. Le manoir se situait bien à l'extérieur de la ville et j'avais appris, en consultant le GPS sur mon téléphone portable, que quarante minutes au moins me séparaient de l'endroit.

Le taxi démarra en trombe, le chauffeur ne voulant visiblement pas perdre plus de temps que nécessaire. Dès que nous quittâmes l'aéroport JFK, mes mains devinrent moites, mon cœur se mit à battre la chamade. Je tentai de me concentrer sur l'extérieur tandis que nous parcourions le Queens. Mais rien ne pouvait atténuer mon angoisse, et le paysage new-yorkais m'indifférait. Mon regard était perdu dans les méandres de mes pensées.

Je vais revoir Connor...

Les sept heures de vol s'étaient déjà révélées un supplice pour mes nerfs. Pour me rassurer sur ma démarche, j'avais emporté le carnet bleu qu'il m'avait confié avant l'explosion, ne cessant d'en relire les dernières lignes.

« Je ne pense qu'à toi. Tu es l'objet de mon désir. Tu possèdes mon âme...
Je t'aime, Isabelle,
Mon amour, ma princesse.
Connor »

Je lus sa déclaration d'amour avec la même émotion que la première fois où je l'avais découverte, rédigée de son écriture incomparable. La tristesse du gâchis de notre relation s'abattit sur moi, aussitôt que les derniers mots défilèrent sous mes yeux. Comme à chaque fois... La gorge serrée par la culpabilité et par le désir de refouler mes émotions, je me remémorais les raisons de ce trouble que je ne pouvais réprimer.

La première : Connor m'avait menti, enlevée, enfermée durant des mois, à la merci de ses complices qui m'avaient tuée dès lors qu'il avait eu le dos tourné.

La deuxième : Il avait volontairement accepté de se soumettre à la volonté de ceux qui voulaient voir Carmichael et ma mère déchus de leur trône. Même s'il n'avait pas eu vraiment le choix, sa soif du pouvoir n'avait pas mis longtemps à le décider. Il avait voulu gérer seul la situation. Son échec s'était révélé cuisant, et son ambition n'était pas étrangère à ses mauvaises décisions.

La troisième : il aurait pu tout me dire... il en avait eu maintes fois l'occasion. J'aurais pu l'aider à faire face. Nous aurions peut-être pu nous y prendre d'une autre manière. Mais, là encore, son ambition l'avait emportée...

La dernière, et sans doute la plus perturbante : j'avais débuté une relation avec Raphaël juste avant l'explosion. Notre séquestration dans le bunker avait tissé entre nous une relation sincère et solide. Il avait vu ma mort en face. Il avait été là, après le massacre de Copenhague... Je n'arrivais toujours pas à mettre des mots sur les sentiments qu'il m'inspirait, car il s'y mêlait admiration, tendresse, reconnaissance, et quelque chose que je ne parvenais pas encore à définir, si ce n'était sa force troublante et envoûtante.

Et voilà que j'étais ici, à quelques minutes de revoir Connor. Jusqu'à ce que je lise les lignes de ce carnet, j'étais déterminée à lui vouer une haine féroce jusqu'à la fin des temps. Seulement, je devais reconnaître que la découverte de l'histoire de son enfance avait quelque peu ébranlé cette résolution. Malgré ses actes, j'avais toujours ressenti pour lui une inclination que je tentais désespérément de refouler. Après la lecture du carnet, elle avait ressurgi, plus intense que jamais, car j'avais vu... j'avais ressenti... j'avais éprouvé... Et cela m'habitait encore... Et Raphaël ne méritait pas ça.

J'AVAIS SU, dès notre rencontre, que j'éprouvais pour Connor une passion irrévocable. Jusqu'à ce que je rencontre Raphaël... Cet homme splendide et protecteur. Quand nous avions tous deux été enfin libres, nous avions fait l'amour. M'en remémorer étira un sourire sur mes lèvres. Il me manquait. Je savais qu'il ne se réveillerait pas de la mort avant des semaines. Et voilà que j'étais partie, laissant son corps inerte, alors que je lui avais promis de ne plus jamais le quitter. Mais les circonstances l'exigeaient. Du moins, j'essayais de m'en convaincre, car je ne pouvais nier mon profond désir de revoir Connor. Ce désir qui avait émergé telle une éruption, après la lecture de son carnet. Je savais bien que les journaux n'étaient pas la seule raison de ma venue à New York, mais je refusai de penser de la sorte, préférant me persuader que mes intentions fussent convenables. Je me mentais à moi-même...

Seule ma soif d'en découdre avec les instigateurs de la conspiration s'affirmait avec force dans mon esprit. Si limpide et vengeresse. Mon aspiration à punir ceux qui avaient tué ma mère et Raphaël était devenue si insoutenable que j'en avais du mal à respirer. Je ne dormais plus, ou très peu, depuis l'explosion. Je n'avais fermé l'œil que quatre heures sur les trois derniers jours. Le corps assassiné de ma mère surgissait dans chacun de mes songes, m'arrachant un cri à mon réveil.

Alors, comment pouvais-je penser à Connor autrement qu'en lui en voulant à mort, pour ne pas nous avoir confié plus tôt ce qui se tramait contre nous ? Comment pouvais-je concevoir que sa traîtrise, qui causa ma première mort et l'explosion du château, revêtait le sens qu'il voulait bien lui donner ? Pourtant, je savais qu'au moment où j'avais lu la dernière ligne de ce carnet, je lui avais pardonné. Je devais être devenue folle...

Le taxi avala les kilomètres, et les minutes s'égrainèrent rapidement. Nous arrivions déjà à Woodbury, État de New York, un peu à l'extérieur de la ville, où se trouvait le manoir. Et ce ne fut qu'à deux kilomètres de là que je découvrais enfin la demeure du nouveau roi natif.

— Je crois que je vais vous laisser devant le portail, Mademoiselle.

Le chauffeur avait pris peur face aux immenses clôtures à haute tension qui cernaient l'endroit. Les panneaux d'interdiction ne paraissaient même pas utiles. Derrière le portail, quatre hommes armés faisaient le pied de grue et scrutaient le taxi qui s'avançait lentement près de la grille en fer noir. Le chauffeur sortit du véhicule, ouvrit le coffre et déposa la valise à terre, avant même que j'aie pu sortir mes billets pour payer la course. Je fis un pas dehors, et dès lors que la portière se ferma, le taxi démarra en trombe et me laissa là, face aux gardes qui me toisaient avec des yeux de merlan frit. Il apparaissait évident que les résidents du manoir n'avaient pas pour habitude de recevoir des visites surprises. L'accueil était loin d'être chaleureux.

— T'es qui, toi ?! cria l'un d'eux.

— Une amie de Connor.

— Connor n'a pas d'amie.

— J'ai couché avec lui, ça compte ? dis-je, un rictus se dessinant sur le coin de mes lèvres.

Le type faillit s'en décrocher la mâchoire, les autres rirent.

— Qu'est-ce qui nous le prouve ? demanda finalement le premier.

— Eh bien, demandez-le-lui. J'attendrai.

Le natif fixa son arme sur son épaule à l'aide de la bandoulière et sortit son téléphone.

— Allô ? Warren ? C'est Ben. Y a une fille au portail qui veut voir Connor.

Un silence. Je tapotai du pied, tandis que le prénommé Warren s'entretenait avec le type.

— Elle est petite, blonde, effrontée, et dit avoir couché avec Connor.
Nouveau silence.

— Bordel, j'en sais rien, moi ! … Oui, oui, je lui demande ! lâcha-t-il
avant de se tourner dans ma direction. C'est quoi votre nom ?

— Valérian. Isabelle Valérian.

Le mec répéta mon nom à son interlocuteur, et un silence suivit sa
déclaration.

— Warren, t'es toujours là ?

Le prénommé Warren dut dire quelque chose, car le garde raccrocha
et se dirigea vers la console près de l'entrée. Les portes en fer s'ouvrirent
dans un crissement.

J'allai prendre ma valise, mais un des gardes m'en empêcha.

— Faut pas exagérer, poulette ! vociféra le garde, l'œil méprisant.
C'est pas parce que le roi t'a baisée qu'on va te laisser entrer ici comme
une fleur. T'as pas entendu ce qu'il s'est passé au château français ou
quoi ?!

Médusée de l'entendre me parler sur ce ton, comme si j'étais la
dernière des groupies de Connor, et d'humeur massacrante en raison de
mon manque de sommeil et du voyage, je ne pus m'en empêcher… En
moins d'une seconde, je m'élançai à la vitesse du vent, l'attrapai par le
cou et le soulevai. Ses pieds cherchèrent le sol, tandis que ses mains
tentaient de se défaire de l'étau de la mienne.

— J'ai vu le château exploser, connard ! Alors t'avises plus de me
parler de cette façon ou je me charge de transformer ta tronche en
bouillie. T'as compris ?

— Tu t'arrêtes maintenant, poupée ! cria un des gardiens en me
visant de son arme.

— Repose-le, on te dit ! hurla un autre.

Leur souffle se fit court, leur cœur pompait de l'adrénaline. Un geste
brusque de ma part les aurait décidés à appuyer sur la détente. Alors je
reposai lentement le type au langage aussi fleuri que le mien. Mon rictus
s'élargit.

— C'est OK, dis-je en élevant les mains. Fouillez ma valise si ça vous
tente et amenez-moi à Connor.

Les gardes ne baissèrent pas leurs armes pour autant. Je les avais effrayés et cette pensée me conforta. Je vis soudain un homme courir dans notre direction.

— Laissez-la passer, bande de cons !

J'observai l'homme au look de biker qui venait de surgir du manoir et qui s'arrêta face à moi.

— Venez, Isabelle, me lança-t-il, en tendant la main pour me saluer.

Je la lui serrai et franchis le portail, levant fièrement la tête devant les gardes qui me toisaient avec mépris. Je leur envoyai un sourire de satisfaction pendant que le biker prenait ma valise. Mes yeux se portèrent à nouveau sur la bâtisse. Sa couleur ocre contrastait singulièrement avec le ciel d'un bleu limpide, au-dessus de son toit en ardoise grise. Des tourelles en flèche bordaient les extrémités de la façade, donnant à la demeure un charme tout particulier. Les fenêtres trouaient la structure dans un alignement impeccable sur les trois étages. De chaque côté, des chemins sinuaient dans les profondeurs d'un parc verdoyant, où les premières pousses des arbres frémissaient au vent. Des toits de maisons surgissaient, disséminés, au-dessus des feuillages. Je montai l'escalier, cerné de massifs de fleurs, le cœur menaçant de me percer la cage thoracique, les jambes dangereusement molles.

Je vais revoir Connor...

JE PORTAIS UN JEAN, des escarpins bleus et un tee-shirt noir, dissimulé sous un manteau cintré beige. Ma chevelure blonde était détachée dans mon dos, et j'avais pris le temps de me maquiller légèrement avant de descendre de l'avion. J'aurais pu éviter cela, évidemment, mais je ne voulais pas me présenter à Connor le visage marqué par mes nuits d'insomnie. J'avais besoin de savoir que je lui plaisais encore, et je me fis honte rien que d'être effleurée par cette pensée. La découverte du manoir m'aida à refouler cette réflexion de mon esprit.

Le biker me fit entrer dans le vestibule. La pièce était sombre. Les murs et le plafond étaient en bois foncé, ornés de moulures très élégantes. Le dénommé Warren posa ma valise. Il portait un blouson et des bottes en cuir, un jean élimé et un sweat-shirt gris près du corps. Son allure contrastait singulièrement avec le cadre. Quand ses yeux noirs se levèrent vers mon visage, il parut se demander ce que je foutais là. Je ne pouvais pas lui en vouloir, je me posai la même question. Je retirai mon manteau et pris la liberté de l'accrocher sur une patère, près de la porte. Ses yeux parcoururent mon corps et le déshabillèrent presque. Il me prit l'envie de lui coller une gifle tant son inspection devenait intrusive, mais je décidai de me contrôler puisque j'avais déjà fait forte impression après ma démonstration près du portail.

— Connor ne m'a pas dit que vous veniez, déclara-t-il d'un air suspicieux.

— Il n'est pas au courant de mon arrivée.

— C'est bien ce que je pensais. Je vais vous amener à lui.

Il allait partir, mais je le retins par le bras. Il se détourna vivement, son regard s'attardant sur ma main autour de son biceps. Je la retirai aussitôt.

— Pouvez-vous d'abord faire venir Laura et Jorgen Petersen, je vous prie ?

Il plissa les yeux, semblant examiner ma requête, puis hocha la tête. Cinq minutes plus tard, Warren revint aux côtés de la mère de Pia et se posta dans un coin du vestibule, déterminé à entendre ce que j'avais à dire. Je ne fis aucun commentaire, sa présence m'indifférait. J'étais trop absorbée par le regard de Laura, dont l'émotion plaquée sur son visage meurtri m'affligeait. Ses cernes et ses yeux gonflés laissaient entrevoir sa souffrance de n'avoir aucune nouvelle de sa fille.

— Bonjour Isabelle, me dit-elle d'une voix brisée.

— Bonjour Laura.

— Est-ce que Pia... ?

Je tendis la main et pris la sienne. Elle pleura dès que je la touchais.

— Elle a été gravement blessée lors de l'explosion.

— Oh, Seigneur... Je savais qu'elle était vivante, et j'espérais que...

Elle ne finit pas sa phrase. Mon cœur se serra pour elle. Je savais que Prisca avait contacté son frère peu après l'explosion. Laura n'avait eu aucune nouvelle depuis, et je n'osais imaginer l'angoisse qui devait la ronger depuis tout ce temps.

— Elle s'est réveillée d'un long coma il y a une semaine, lui appris-je en posant mon autre main au-dessus de la sienne.

— Com… Comment va-t-elle ?

Deux fauteuils étaient installés dans un coin de l'entrée. J'invitai Laura à s'y asseoir, me disant qu'il fallait la ménager avant d'entendre ce que j'avais encore à dire.

— Pia a été gravement brûlée sur une partie importante du corps.

Je fis un geste avec mes mains pour lui indiquer les parties les plus atteintes. Je voulais la préserver du mieux possible, espérant que la découverte du corps abîmé de sa fille ne soit pas le choc que j'imaginais pour elle. J'espérais l'atténuer, mais je savais bien que ma démarche serait vaine. Laura serait brisée à la minute où elle découvrirait Pia dans cet état.

— Un bloc de pierre s'est abattu sur sa jambe, lors de l'explosion…

Les larmes de Laura redoublèrent, elle redoutait ce qui allait suivre.

— … Les secours n'ont eu d'autre choix que de l'amputer.

La main droite de Laura se dressa devant sa bouche. Elle semblait ne plus respirer. J'expirai un souffle, essayant de garder le contrôle et de me montrer forte, face à la douleur d'une mère dont l'amour n'avait pas de limites.

— Mais elle est vivante, Laura. Nous avons pris bien soin d'elle, je vous le promets.

— Je vous remercie, dit-elle après un long silence étouffant. Je pensais qu'elle serait en sécurité à Altérac, mais nous ne le sommes plus nulle part, désormais.

— C'est vrai, concédai-je.

— Vous pensez que mon mari et moi pouvons aller la voir ?

— Je suis ici pour vous le proposer. Mais il y a des conditions, vous le comprendrez.

Je lui dictais les conditions d'Ethan, elle les accepta sans sourciller. Puis elle serra mes mains dans les siennes et partit à la recherche de son mari. Il ne devait pas être très loin, car j'appris plus tard qu'ils avaient quitté le manoir seulement une heure après notre entrevue.

— PUIS-JE VOIR CONNOR, maintenant ? demandai-je à Warren, une fois que l'on se trouva seuls dans le vestibule.

Il sembla hésiter à m'amener sans m'avoir annoncée au préalable. Il en avait pourtant eu tout le temps. Je commençai à croire qu'il était curieux de découvrir la réaction de son roi, lorsqu'il me verrait débarquer devant lui.

— Si vous préférez le prévenir, je n'y vois pas d'inconvénients, lui dis-je.

Il émit un léger rire et pencha sa tête sur le côté. C'était un bel homme, dans la trentaine. Ses cheveux châtains légèrement ondulés lui arrivaient au niveau des épaules ; ses yeux noirs renforçaient son air ténébreux. Il m'observa encore un moment et j'aurais aimé pouvoir lire dans son esprit.

— Vous avez l'air de savoir qui je suis, n'est-ce pas ? déclarai-je, en haussant les sourcils.

— Je suis le meilleur pote de Connor. Donc oui, je sais parfaitement qui vous êtes, Isabelle. Et je peux d'ores et déjà vous dire que votre visite va lui faire un choc, même si j'imagine les circonstances qui vous ont emmenée ici.

Sa voix était grave, son regard perçant. Un silence passa alors que nous nous étudions mutuellement. Je n'avais jamais rencontré les amis de Connor, si ce n'était Laura Petersen. Je réalisai qu'en venant dans cet endroit, j'allais mieux connaître le propriétaire des lieux, car, en réalité, j'en savais très peu sur lui.

— Je suis désolé de ce qui est arrivé à votre mère et à Carmichael, me lança Warren en m'invitant à le suivre.

— Merci, dis-je, la tristesse se rappelant à moi.

— Sachez que Connor a voulu venir vous rejoindre dès qu'il a appris ce qu'il s'est passé à Altérac. Mais vous aviez disparu de la circulation… et, pour être honnête, je l'en ai empêché. Je ne voulais pas qu'il soit confronté à vous, ou à votre oncle…

— Vous avez bien fait, le coupai-je, songeant avec effroi à ce qu'Ethan lui aurait fait subir s'il avait mis un pied à Londres.

Savoir que Connor avait voulu me rejoindre me gonfla le cœur malgré moi. Je suivis Warren et nous franchîmes des doubles portes qui menaient à une vaste entrée dallée de marbre beige. Deux escaliers remontaient de chaque côté dans une forme arrondie, encadrés de garde-corps dressés en fer noir, sertis de motifs élégants sculptés dans chaque barreau. Des moulures dorées habillaient les murs blancs et des toiles de grands maîtres en décoraient chaque pan. Nous la traversâmes et, dans le fond de la pièce, Warren fit coulisser deux autres portes en bois de chêne.

Un brouhaha parvint à mes oreilles. Des discussions s'élevaient sous un plafond vertigineux. Un carrelage en damier noir et blanc ornait le sol, du mobilier de salon était disposé en différents endroits. Une trentaine de natifs conversaient entre eux. Mon regard se porta vers la voûte, qui supportait un immense lustre en cristal. Mes yeux descendirent ensuite vers le fond de la vaste salle où une fresque sombre, représentant des hommes enchevêtrés, rejetés par le Tout-Puissant, émergeaient des nuages et cherchaient à atteindre le Paradis. L'œuvre s'étirait sur toute la largeur du mur.

Et là, je *le* vis. Il était assis sur un énorme siège en velours pourpre. Son trône. Mon cœur s'emballa. Ses cheveux noirs avaient poussé, plus ébouriffés que la dernière fois que je l'avais vu. Il portait un tee-shirt gris pâle, en col V, et un jean en denim foncé. Sa posture était étrange, son regard semblant se perdre dans le vide. Derrière lui, j'aperçus les Souillac, qui avaient aussitôt détecté ma présence. Ils m'observèrent, bouche bée, jusqu'à ce qu'Abigaël me salue timidement de la main. Je lui envoyai un sourire. Caleb et Alysson, des amis de ma mère, s'avancèrent dans ma direction dès qu'ils me virent. Une splendide jeune femme brune était penchée au-dessus de Connor et lui parlait près de l'oreille. Il écoutait, sans mot dire, sans réagir. Je reconnus alors la femme en question et m'étonnai de la trouver ici. C'était Stella, l'ancienne assistante de Carmichael. Elle avait remplacé Connor durant son absence et assurait maintenant la gouvernance du Territoire du Milieu à la place de Carmichael. En tant que Seigneur, elle aurait dû se trouver sur ses terres. Mais comme je n'avais jamais été très au fait de la politique native, je décidai de ne pas m'attarder sur cette information. Avec tout ce qu'il venait de se passer, c'était bien le cadet de mes soucis.

Warren fit un signe de la main à Caleb et Alysson pour leur intimer de s'arrêter. Puis il me demanda d'avancer. Je m'exécutai sans quitter Connor des yeux. Parvenue au milieu de la salle, les paroles prononcées à voix haute devinrent des chuchotements, puis laissèrent place au silence. Il s'était imposé dans la pièce comme s'il avait capturé la parole de tous ses habitants. Connor se rendit compte de ce changement d'atmosphère et redressa la tête. Il se leva d'un bond dès qu'il m'aperçut. Surprise par son geste soudain, Stella recula d'un pas. Ses yeux s'écarquillèrent de stupeur. Ceux du roi ne semblaient pas croire ce qu'ils voyaient. Sa bouche s'entrouvrit. Je ne pus soutenir longtemps son regard, dont l'intensité me provoquait déjà des tremblements dans tout le corps. Je baissai la tête en direction du sol, et j'entendis sa voix.

— Tout le monde quitte le manoir. Sur le champ !

Je relevai les yeux. Les siens ne me quittaient plus. J'entendis les occupants de la salle se retirer un à un. Stella sembla hésiter. Elle fit un pas dans ma direction, comme si elle voulait venir me saluer, mais, d'un geste de la main, son souverain lui intima de s'en aller. Elle le regarda, interloquée. Puis elle partit. Alysson et Caleb la suivirent, ainsi que les Souillac.

Nous étions maintenant seuls, face à face, à une dizaine de mètres l'un de l'autre. Un long silence traversa la grande pièce. Il s'avança, le pas hésitant, et je baissai de nouveau les yeux. Quand il fut plus près, ma respiration s'accéléra. Aucune parole ne fut échangée. Je vis sa main se lever en direction de mon visage. Elle attrapa mon menton et le releva. Son toucher provoqua un frisson sur ma peau et caressa mon échine. Une étrange émotion me saisit le cœur...

— Y a-t-il du nouveau concernant Carmichael et Gabrielle ? s'enquit-il.

Dans mes souvenirs, sa voix n'avait jamais été aussi douce.

Je respirai un grand coup. Il détacha sa main de mon visage. Mes yeux tristes échappèrent à son regard.

— Leurs corps ont subi de graves dommages. Il va falloir du temps. Ethan et ta sœur s'occupent d'eux, ainsi que de Pia.

— Oui, je suis au courant. Ma sœur m'a contacté. Mais elle ne m'a pas dit que tu venais ici.

— Tu le regrettes ? demandai-je, ne sachant comment interpréter son étrange expression.

— Tu sais bien que non.

Il m'observait, alors que les mots se bloquaient dans ma gorge. Entendre à nouveau sa voix renforçait la réalité de ma présence en ces lieux. Je réalisai alors la proximité de nos corps, de nos souffles, de ses yeux fixés sur mon visage.

— Prisca a découvert qu'un immortel était dans le coup, réussis-je à dire, incapable de soutenir l'attention de Connor, alors j'ai besoin des journaux de Carmichael. Peut-être qu'en fouillant dans son passé, je trouverais de qui il s'agit.

— Elle m'a aussi parlé de cette découverte. Mais je ne sais pas si tu y trouveras ce que tu cherches. Si cette information est juste, c'est sans doute un immortel non référencé.

— S'il en veut tellement à ton frère, je pourrais peut-être trouver un indice dans son passé. Il a forcément dû le croiser à un moment donné.

— J'ai lu les journaux, Isabelle, me rappela-t-il, et je ne vois pas qui cela pourrait concerner. Ne te fais pas trop d'espoir.

— Mon pouvoir de projection pourra peut-être me faire visualiser un détail qu'une lecture classique ne peut pas révéler.

— C'est possible, concéda-t-il avec peu d'entrain.

Un nouveau silence. Nos regards se soudèrent, mais la gêne entre nous devenait si tangible que je luttais pour ne pas me tortiller sur place. Maintenant que j'avais lu son carnet, je connaissais les sentiments de Connor à mon égard. Grâce à mon pouvoir, je ne pouvais même pas en douter, et il le savait. J'avais aussi éprouvé la peine qu'il avait ressentie quand il avait été obligé de me droguer, de m'enfermer, pour finalement découvrir mon rapprochement avec mon voisin de cellule, son neveu, et qu'il n'avait pas pu empêcher. Quant à mes propres sentiments, je ne savais dire ce qu'ils étaient vraiment. Mais, à cet instant, mes yeux rivés aux siens, il me semblait les partager. Ce fut alors que l'image de Raphaël surgit dans mon esprit, et je reculai d'un pas. Ma réaction le surprit. Il avança, ne souhaitant pas qu'une nouvelle distance nous sépare.

— Et si je te montrais ta chambre ? suggéra-t-il, comme s'il n'avait pas remarqué mon soudain émoi. Tu as l'air épuisée.

Je hochai la tête, sans mot dire. Il m'attrapa la main et son toucher attisa une chaleur dans mon bras, qui se répandit jusqu'à ma poitrine. Il m'emmena vers le vestibule. Alors que nous traversions le seuil de la porte qui y menait, je retirai ma main de la sienne, ne supportant plus la brûlure provoquée par cette soudaine proximité sur mes doigts. Connor se figea.

— Où sont tes bagages ?

— Je les ai laissés dans l'entrée, répondis-je.

Il regarda ma main qui s'était plus tôt détachée de la sienne, et, après un temps d'embarras qui me parut infini, me guida vers un des escaliers. Nous le montâmes sans échanger une parole. J'admirais les portraits Renaissance et les toiles de l'époque colonialiste du premier étage, tandis que je progressais. Nous passâmes une série de portes quand Connor s'arrêta devant l'une d'elles. Il l'ouvrit.

La pièce était majestueuse. La couleur bleu pâle des murs se mariait à merveille avec le voilage des fenêtres et le tissu du mobilier, dans des tons de beige. Des coussins gris et bleus ornaient le lit monumental, lui-même assorti aux meubles en acajou. Une immense armoire ancienne habillait tout l'espace du mur de l'entrée. Un petit salon était aménagé dans la partie gauche, près de l'âtre en marbre. La lumière inondait la pièce grâce à deux grandes fenêtres. Je passai devant une commode et un bureau, puis m'avançai jusqu'à l'une des fenêtres et l'ouvris. Un balcon longeait toute la chambre. Les barreaux supportaient des jardinières contenant des pousses de fleurs printanières, et, au-delà, s'étendait la vue du jardin. La pelouse était taillée au millimètre, et je me fis la réflexion qu'un Anglais devait certainement se charger de son entretien. Une longue allée, en cailloux blancs, partait du manoir et s'étirait jusqu'à un bois, bordée de massifs de fleurs.

— C'est très charmant, déclarai-je en me retournant vers mon hôte.

Connor sourit, visiblement heureux que je trouve sa demeure à mon goût.

— Tu veux visiter le reste du manoir ?

— Avec plaisir.

Nous retournâmes dans le couloir, et il ouvrit une autre porte, face à la chambre que j'allais occuper. C'était une grande salle de bain dans les tons noir et blanc, lumineuse, avec des plantes disposées dans chaque coin. Une douche en marbre et une immense baignoire longeaient le mur, face à une double vasque et un miroir d'époque. Le lustre en bois clair devait faire un mètre de large. L'endroit me donna envie de m'y attarder après ce long voyage depuis Londres, mais j'étais curieuse de découvrir la résidence de Connor. Alors je me retournai et me confrontai aussitôt à son regard. Il observait mes réactions. Je m'élançai vers la porte. Il me suivit, puis me dépassa.

— Où se trouve ta chambre ? demandai-je.

Il se tourna vivement, ne s'attendant pas à cette question. Et, en y réfléchissant, je pouvais comprendre qu'elle lui paraisse si incongrue. Je n'avais pas réfléchi à sa tournure en l'exprimant ni au sens qu'il aurait pu lui prêter. Je rougis. Il sourit et sa fossette inimitable se dessina sur sa joue. Il tendit un doigt dans la direction derrière moi.

— Tu n'aurais pas pu trouver plus près de la mienne ? lui fis-je remarquer en haussant un sourcil.

— Plus près de la tienne, c'est dans la tienne, rétorqua-t-il, amusé.

Cette remarque enflamma un peu plus mon visage. Il s'en aperçut, mais ne renchérit pas, et m'invita à le suivre dans cette atmosphère chargée de tension et de non-dits. Il me montra toutes les pièces de l'étage, et je fus charmée par chacune d'entre elles, surprise d'y découvrir des couleurs chatoyantes, vives et mariées avec goût à tout le mobilier. Passée la visite du dernier niveau, nous redescendîmes jusqu'au vestibule.

— Tu m'as montré une dizaine de chambres, mais elles me paraissent toutes vides. Qui vit dans le manoir avec toi ?

— Personne… pour l'instant, dit-il tout bas, alors que son regard semblait se voiler.

Que signifie ce regard ?

Était-ce une façon détournée de me faire comprendre qu'il aimerait que je vive dans ce manoir à ses côtés, à l'avenir ? Pourtant, ses yeux semblèrent soudain m'éviter.

— Les autres vivent dans les annexes de la propriété, reprit Connor après un court silence. Il y a près d'une cinquantaine d'appartements, et tout le nécessaire pour que les habitants y vivent confortablement. D'autres se sont installés à Woodbury même, ou à New York.

— Tu vis donc seul, tout le temps ? me fis-je confirmer, surprise qu'il ne soit pas plus entouré, comme l'avait toujours été son frère, Carmichael.

— J'aime ma solitude, avoua-t-il en entrant à nouveau dans la vaste pièce où j'avais fait irruption un peu plus tôt.

Les murs étaient nus, peints d'une couleur taupe jusqu'aux élégantes moulures blanches qui les longeaient, et se rejoignaient au niveau de l'immense fresque qui avait attiré mon regard dès mon arrivée. Au-dessus des moulures, de hauts murs blancs s'élançaient vers un plafond du même ton, orné de sculptures représentant des duos de visage en médaillon, dans chaque angle.

— On l'appelle la salle de Vertumne.

— C'est un nom étrange, relevai-je.

— Pas tant que ça, déclara-t-il en étirant un sourire énigmatique.

Son expression m'intrigua. Nous traversâmes la fameuse salle avant de parvenir à la cuisine. Le mur de gauche mesurait au moins vingt mètres. Des meubles hauts surplombaient le plan de travail en granit noir et, face à eux, une large table rectangulaire entourée de bancs trônait en son centre. Des fours dernier cri et des appareils ménagers ultras modernes s'étiraient de l'autre côté. Connor passa ensuite dans la pièce jouxtant celle-ci, la salle à manger. Deux salons étaient disposés dans chaque coin, devant deux cheminées aux dimensions élégantes. Les nuances étaient ocre et plongeaient l'atmosphère dans une ambiance plus intime. Nous passâmes une autre porte.

Je sentais le regard de Connor dans mon dos, attentif et à l'affût de chacune de mes expressions depuis le début de la visite. Je ralentis le pas et jetai un œil dans sa direction Un moment de gêne s'ensuivit, puis il repassa devant moi en m'effleurant l'épaule. Son contact me saisit, et mon cœur fit une embardée. La tension montait d'un cran, devenant plus palpable et à la hauteur de l'embarras qui existait entre nous. Nous ne savions plus comment amorcer une discussion, même banale. La dernière fois que nous nous étions rencontrés, c'était après une fuite sanglante, provoquée par ma séquestration dont il avait été le comman-ditaire. Comment aurions-nous pu nous retrouver dans des conditions relativement normales, après cela ? Il paraissait évident que chacun de nous ne savait comment s'y prendre…

Je parcourus un large couloir au plafond vertigineux, parsemé de puits de lumière sur toute sa longueur. À ma gauche, une vaste salle, entièrement vitrée, était dédiée exclusivement au sport. Un immense tatami habillait tout le sol de la pièce, à l'exception de celui de l'entrée, jusqu'au mur garni de bancs et de vestiaires. Des sacs de frappe étaient suspendus dans les angles, des appareils de musculation se dressaient aux côtés d'armoires contenant des accessoires de combat. Le tout était disposé sous de larges fenêtres. Mes yeux s'attardèrent à l'intérieur. Connor s'approcha. Je détournai le regard vers lui. Il posa une main sur le creux de mes reins. Je sentis la chaleur de sa paume, et son geste m'incita à avancer. Puis nous passâmes une autre porte menant à une piscine couverte. Des colonnes s'étiraient jusqu'au plafond d'une immense véranda, habillée de fer gris. Des massifs de fleurs et des plantes de toutes sortes étaient disposés dans les angles. La lumière était douce, agréable. L'eau de la piscine, d'un bleu captivant, me donna aussitôt l'envie de m'y plonger. Je me tournai vers Connor dont les yeux semblaient être fixés sur l'arrière de ma tête. Une chaleur m'enveloppa et une sensation agréable se répandit sur mon visage.

— Je te montrerai l'extérieur plus tard, me dit-il après avoir pris conscience de mon trouble, tu devrais te reposer.

— J'ai l'air si exténuée que ça ?

— Tu as l'air de ne pas avoir dormi depuis un siècle.

— Alors je vais suivre ton conseil.

Il me ramena jusqu'au seuil de ma chambre. Mes bagages étaient déjà dans l'entrée. Il avait dû utiliser sa vitesse surpuissante pendant que nous visitions son manoir, avant de revenir aussitôt auprès de moi.

— Si tu as besoin de quelque chose, je serai dans la salle d'entraînement, ajouta-t-il.

— D'accord.

Je passai la porte et la refermai devant lui. Je ne savais pas quoi penser de ces retrouvailles, après le cauchemar des derniers mois, mais les mots de son carnet virevoltaient toujours dans ma tête. « *L'objet de mon amour. Tu possèdes mon âme* ». Soudain, je me posai une question déroutante : se pourrait-il qu'il n'éprouve, désormais, plus les mêmes sentiments que lorsqu'il écrivait ces lignes ? Il n'avait pas été très démonstratif depuis mon arrivée et n'avait pas parlé de ce carnet ni des mots qu'il y avait couchés. Cette pensée m'attrista et j'eus peine à me ressaisir jusqu'à ce que je songe à Raphaël. Je m'étais sentie si proche de lui, après des mois enfermée sous le joug de Connor. Mais alors, pourquoi les mots de ce carnet ne voulaient-ils pas s'extirper de mon esprit ? Je repensai encore à la sensation lorsque je m'étais projetée dans les écrits du nouveau roi. Il m'aimait, il l'avait avoué. Et ces révélations avaient tout remis en question. Je ne le réalisai vraiment que maintenant. Étais-je un monstre de penser à cela, alors que Raphaël gisait dans un hôpital de fortune, mort, après avoir sauvé la vie de Pia ? Après m'avoir fait éprouver des sensations dont les souvenirs enveloppaient ma poitrine dès leur évocation ?

Je suis un monstre.

Je m'écroulai sur le lit et me recroquevillai, espérant laisser les affreuses images de son corps calciné tapies dans un coin de mon esprit.

CHAPITRE 7

*C*inq heures plus tard, je me levai en nage. Même si cela faisait longtemps que je n'avais pas autant dormi, mes rêves étaient toujours habités par mes fantômes. Je revoyais encore l'explosion d'Altérac, mes découvertes macabres, le corps brûlé de ma mère dans une chambre stérile, ma captivité durant des mois, et ma fuite sanglante de Copenhague. Tout se mélangeait. Les événements d'Altérac avaient provoqué un choc post-traumatique, et je redoutai de fermer les yeux. Je rassemblai le courage nécessaire pour me lever, ressentant un besoin urgent de me laver. Il faisait déjà nuit. Mon estomac commençait à ressentir la faim. Je rangeai mes vêtements dans ma commode et choisis une robe noire, toute simple, et un fin gilet beige. Je me rendis dans la salle d'eau attenante à ma chambre et passai du temps sous la douche. Je savais que j'allais revoir Connor dans la soirée et j'éprouvai encore de l'appréhension. La gêne entre nous était tangible, ce qui n'était pas étonnant si on considérait le chaos qu'avait pu être notre relation dès ses débuts, sous la menace d'un collectif de traîtres en puissance. Après avoir séché mes cheveux, je passai la robe et me rendis pieds nus jusqu'aux escaliers ; il y régnait un silence oppressant. Je me dirigeai vers la salle de Vertumne, puis parvins à la salle d'entraînement. Je n'y trouvais pas Connor. Mon estomac réclama les cuisines, alors je m'y rendis. C'est là que je le découvrais enfin, faisant cuire un repas sur les feux d'un gigantesque piano. Il venait de prendre sa douche, lui aussi, à en croire ses cheveux humides, et portait un tee-shirt noir et un jean clair, au-dessus de ses pieds nus. Mon visage marqua l'étonnement de le voir ainsi, en train de faire sauter une poêlée de légumes, dont l'odeur me donna tout de suite l'envie d'y goûter.

— Je ne savais pas que tu cuisinais, dis-je en m'adossant contre la table, à deux pas de lui.

Il se retourna vivement, surpris par mon intrusion. Il était si concentré sur ce qu'il faisait qu'il ne m'avait pas aperçue. Il esquissa un sourire qui creusa une petite ride adorable aux coins de ses yeux et reprit sa besogne. Ses bras tatoués jusqu'aux phalanges se mouvaient avec précision, tels ceux d'un virtuose culinaire.

— Tu sais peu de choses à propos de moi, affirma-t-il, à raison d'ailleurs.

— C'est ce que je constate.

— Et, pourtant, tu en sais bien plus que la plupart des gens.

Je devinai qu'il parlait là de ses jeunes années douloureuses, en Irlande, et à son petit frère décédé sous les coups de son propre père. J'avais découvert ce terrible secret lors de ma lecture des journaux de Carmichael. Je pensais même être la seule, en dehors de l'auteur, à connaître ce détail intime de son passé.

— Je peux dresser la table, si tu veux ? suggérai-je, préférant changer de sujet.

— Volontiers. Placard du haut à gauche.

— OK.

Je m'élançai à l'endroit indiqué et y trouvai des assiettes et des verres. J'en pris deux de chaque et me mis en quête des couverts. Connor laissa son plat sur le feu et vint près du plan de travail, à la recherche d'une bouteille de vin. Alors que j'ouvrais un tiroir, son bras effleura ma nuque. Rien que ce court toucher agita mon corps d'un soubresaut. Il tourna la tête vers moi et me sourit sans dire un mot. Il ouvrit la bouteille et la posa sur la table. Je plaçai les couverts, nous positionnant l'un en face de l'autre.

— Installe-toi, princesse.

Je m'exécutai, mon cœur tressautant malgré moi à l'écoute du surnom dont il m'avait toujours affublée.

Il nous servit le vin, puis versa le contenu de la poêle dans mon assiette. Il se saisit de la sienne, ainsi que de son verre, et les rapprocha. Il s'assit à mes côtés, sa jambe effleurant la mienne.

— J'aurais aimé te revoir en d'autres circonstances, dit-il après avoir bu une gorgée de vin.

— Moi aussi, affirmai-je pensivement.

Mes yeux restèrent rivés sur mon assiette. Les souvenirs de l'explosion réveillèrent une douleur poignante sous mon crâne. Comme si je pouvais encore ressentir la brutalité du choc quand ma tête avait heurté un arbre.

— Ils s'en remettront, lança Connor pour me rassurer.

— Sans doute, murmurai-je, mais je n'en dirais pas autant pour Pia. Et nous avons perdu Estelle et sa famille. Ma mère va être effondrée en l'apprenant.

— Carmichael le sera aussi, il connaissait Estelle depuis sa naissance.

— Oui, je sais.

Un silence. L'embarras refit surface. Connor et moi n'étions pas doués pour exprimer nos pensées, et ce moment le confirma.

— Quand pourrais-je disposer des journaux de ton frère ? demandai-je.

— Dès demain.

— À partir du numéro 42.

— Entendu.

— Je partirai à Londres dès que je les aurais.

— Ça, ça ne va pas être possible, lâcha-t-il nonchalamment, après avoir lentement avalé une bouchée de son plat.

— Et pour quelles raisons ?

— Je t'ai déjà dit que ces journaux restent avec moi.

Je l'observai. Il faisait comme si rien ne troublait son repas.

— Est-ce la seule raison ? m'enquis-je, me demandant s'il ne m'imposait pas cela uniquement pour que moi aussi je reste auprès de lui.

— C'est la seule, asséna-t-il, tandis qu'une lueur de déception traversait les traits de mon visage.

Nouveau silence. Je ressentais sa présence à nulle autre pareille. Mon regard glissa vers ses bras tatoués. Je plantai ma fourchette dans mon assiette et goûtai ce qu'avait concocté le chef de maison.

— C'est délicieux ! m'extasiai-je, après avoir tout avalé.

Connor sourit et m'observa. Mes yeux restèrent un instant fixés sur les siens, puis les quittèrent quand je repensai à Raphaël. Il m'était impossible de refouler la culpabilité qui me rongeait en éprouvant la présence magnétique de Connor.

— Alors, comment as-tu trouvé le manoir ? demanda ce dernier en reposant ses couverts.

— Je suis sous le charme, avouai-je, une légère rougeur remontant sur mes joues. Mais tu dois te sentir un peu seul dans un endroit si vaste, non ?

— Pas vraiment.

— J'imagine que chaque jour tu reçois dans la grande salle.

— La salle de Vertumne n'a jamais été aussi occupée que depuis que je suis roi.

— Vertumne, répétai-je. Pourquoi ce nom ?

— C'est la prêtresse Égéria qui l'a baptisée ainsi. Elle fut longtemps la compagne de mon père et…

— Je sais qui elle est et ce qu'elle a fait, le coupai-je, n'ayant aucune envie de m'attarder sur le passé de cette femme qui avait fait tant de mal à ma mère. Mais pourquoi la salle de Vertumne ?

— En référence à la salle de Pomone, à Altérac.

— Elle aimait baptiser des salles ? C'était son passe-temps ?

Mon ironie méprisante le fit rire. Puis il se cala sur son fauteuil, un grand sourire aux lèvres.

— Égéria a baptisé toutes les grandes places natives. Elle aimait faire référence à la mythologie grecque ou romaine. Elle a d'ailleurs long-temps vénéré les dieux de l'Olympe.

— Vertumne était donc un dieu ?

— On dit qu'il était le dieu des saisons et des arbres fruitiers, raconta-t-il d'une voix soudain plus rauque. La légende dit qu'il était fol amoureux de Pomone, une nymphe d'une incroyable beauté et déesse des fruits. Voyant qu'elle était difficile à approcher, il a compris qu'elle ne se laisserait pas conquérir facilement. Vertumne a donc utilisé la ruse pour parvenir à ses fins. Et quand Pomone découvrit son stratagème, elle ne pouvait plus lui en vouloir, car elle était déjà éprise de lui. Alors, elle accepta son amour.

Son regard soudain intense se riva dans mes prunelles. Mes joues s'embrasèrent, je manquai une respiration. Nos yeux se lièrent. Le récit de Pomone et Vertumne avait investi mes pensées d'une douce mélodie.

— C'est une très belle histoire, déclarai-je enfin, la voix presque chevrotante.

Il étira un sourire. J'y répondis. Mais le reste du repas se passa en silence. Gênée par la tournure des événements, et marquée par le décalage horaire et les heures de sommeil qui me manquaient, je quittai Connor en le remerciant pour son invitation à dîner et regagnai rapidement ma chambre. Après avoir contacté Ethan pour le rassurer sur mon arrivée au manoir, j'enfilai une chemise de nuit et me faufilai dans les draps. Mon regard se perdit dans les ombres du plafond, et l'image de Connor en train de faire la cuisine passa devant mes yeux fatigués. Le moment que nous venions de partager ne ressemblait à aucun autre. Les épisodes douloureux des derniers mois avaient érigé un mur infranchissable entre nous, et il ne nous était plus aussi aisé de communiquer comme avant qu'il m'enlève. Et même si j'avais désormais toutes les explications quant à ses actes, je n'arrivais pas à tout lui pardonner et ne savais pas comment aborder les sujets abordés dans son carnet. Je m'endormis sur ces obscures pensées.

TROIS HEURES PLUS TARD, je me réveillais en hurlant. Le cauchemar mettait en scène ma mère en train de brûler, enfermée dans une des cellules du bunker, et moi frappant à tout rompre la vitre blindée, tentant en vain de la briser. Je pus à peine reprendre une inspiration que ma porte s'ouvrit dans un claquement sonore. La seconde d'après, Connor s'asseyait sur le lit, le souffle court.

— Qu'y a-t-il ?

Je l'observai, les yeux écarquillés, haletante et surprise par son apparition soudaine.

— J'ai fait un cauchemar.

Il sembla soulagé, mais son visage était toujours marqué par l'inquiétude.

— Ça t'arrive souvent ?

— Toutes les nuits depuis l'explosion, répondis-je.

— Tu l'as vue de tes yeux, n'est-ce pas ?

— J'étais si près que j'ai failli être emportée par la déflagration.

Il serra le poing, et sa main s'enfonça dans le matelas. En lui couvait une colère sourde et il tentait vainement de la dissimuler.

— Que puis-je faire pour que tu dormes ?

J'avais déjà tout tenté. Même les cachets ne faisaient pas effet. Je baissai le regard vers son torse nu et tatoué. Il ne portait qu'un pantalon souple. Quand je relevai mon visage vers le sien, je compris que cela lui plaisait que je l'observe ainsi.

— Déjà, tu pourrais mettre un tee-shirt, lançai-je, désireuse de soulager l'atmosphère. Ou retourner dans ta chambre, par exemple.

Il sourit et se pencha au-dessus de moi. Ma respiration se coupa.

— Je pourrais enfiler un tee-shirt et rester ici.

J'eus à peine le temps d'émettre un hoquet de surprise qu'il partait dans sa chambre et revenait, trois secondes plus tard, vêtu d'un tee-shirt blanc et retrouvant sa place. Je me redressai sur le lit. Ses yeux parcoururent ma poitrine cachée sous ma chemise de nuit, avant de les relever et de se fixer aux miens. Il me désirait, et mon corps captait clairement ses pensées. Mon cœur fit une embardée, mais je ramenai mes jambes contre moi pour ne rien en laisser paraître.

— C'est toi qui as découvert les corps ? demanda-t-il, le visage soudain plus soucieux.

Je baissai la tête. Le souvenir était enraciné dans mon esprit.

— C'était atroce, avouai-je, des larmes envahissant mes yeux. Après la fuite sanglante du Danemark, je pensais être plus forte. Mais voir ma mère morte, à moitié calcinée, un corps que je devinais être celui de Carmichael, Raphaël sans vie, et Pia en train de mourir, cela m'a… Je n'arrive pas à m'extirper ces images de la tête. Je sais qu'ils vont se réveiller. Mais je ne peux pas m'empêcher d'y penser. C'est comme si mon esprit n'absorbait plus.

— Je comprends.

— Je sais que tu me comprends.

Mon regard se reporta vers son poignet, où un bracelet en argent soutenait un médaillon à tête de lion. Celui de son petit frère. Ses yeux suivirent le même chemin. Il souleva son bras.

— Je suis parti à la recherche de sa tombe dès que je t'ai laissée à Nîmes. Je l'ai enterré dans le cimetière du manoir.

Ma main se posa sur son bras, dans un geste de sollicitude. Il releva ses yeux couleur océan.

— Allonge-toi et essaie de dormir.

Lasse, je me glissai à nouveau sous la couette et me roulai en boule sur le côté, ma main toujours posée sur son bras. Je fermai les yeux et trouvai, enfin, un sommeil sans rêves.

CHAPITRE 8

*L*e lendemain, je me levai vers huit heures. Connor n'était plus là. Les journaux de Carmichael étaient posés à côté de mon lit ; un petit mot couvrait le premier volume.

« Princesse,
Ils sont à toi, tant qu'ils sont ici. Et tant qu'ils sont ici, tu restes auprès de moi.
Connor »

Je souriais en lisant ces mots. Ceux qu'il n'avait pas prononcés la veille.

J'observai les piles de livres avec un regard ému, en resongeant au bunker. Ils m'avaient accompagnée durant mes quatre mois de séquestration. Mais je ne me faisais pas une joie de m'y immerger à nouveau. Certains passages s'étaient révélés glaçants. Après ce que je venais de vivre, je ne me sentais pas encore prête à en ouvrir un autre ni à me replonger dans les aventures du plus vieux natif de ma connaissance. Mais le temps pressait. Il nous fallait découvrir qui étaient les membres du Collectif Delta si nous voulions obtenir vengeance pour leurs actes. En repensant à l'explosion du château, je serrai les poings. Ma haine contre ces gens me saisissait à la gorge. Je voulais leur faire payer dans le sang.

Des coups à la porte m'extirpèrent de mes sombres pensées. Je me levai et allai ouvrir.

— Bonjour, me dit un homme aux yeux clairs et aux cheveux châtains, qui devait bien avoir dans la cinquantaine.

— Euh… bonjour, répondis-je, un peu gênée en réalisant que je n'avais pas passé de robe de chambre sur ma fine nuisette.

Il portait un plateau contenant un petit déjeuner aux délicieux effluves de bacon grillé.

— Je suis Jack, le majordome de Monsieur Connor, notre roi.

— Ah, euh… Entrez.

Il passa la porte et déposa le plateau sur le lit. Je l'observai. Il portait un costume trois-pièces noir, sur mesure, sur une chemise blanche au col ouvert. Des cheveux blancs parsemaient ses tempes. Une cicatrice s'étirait sur son visage, de son front jusqu'à sa joue, en passant par l'œil. Elle n'était pas récente et n'enlevait rien à son charme, même si elle conférait à ses traits un air inquiétant.

— Monsieur doit recevoir les natifs des annexes du manoir sur les coups de onze heures, pour l'entraînement. Il vous fait dire qu'il passera le reste de la journée avec vous, si vous l'acceptez.

— Oh, euh… d'accord. Il ne pouvait pas me le dire lui-même ?

Jack sourit et se rapprocha. Il m'examina, visiblement curieux de faire ma connaissance. J'en conclus que Connor avait dû lui parler de moi autrement que comme une simple invitée.

— Il y a des nombreuses choses qu'il aimerait vous dire lui-même, déclara le majordome sans se départir de son sourire, mais nous savons, vous et moi, que le dialogue n'est pas aisé entre vous, n'est-ce pas ?

Je marquai un instant de surprise. Jack n'était vraisemblablement pas un employé comme les autres. Bien qu'après tout, qu'en savais-je ? Je n'avais jamais rencontré de majordome avant lui !

— Qu'est-ce qui vous fait dire ça ? demandai-je, intriguée qu'il en sache autant sur Connor et moi.

— Eh bien, parce que je connais très bien Monsieur et qu'il se confie à moi, parfois.

— À vous ? Et pourquoi ?

— Je suis le seul à aller et venir dans ce manoir comme je l'entends. Je connais Monsieur depuis très longtemps. Il me fait confiance.

— Alors, il vous a dit que nous n'arrivons pas à communiquer. Vraiment ?

— En effet. C'est même la première chose qu'il a évoquée quand nous avons petit-déjeuné ce matin. Et cela peut se comprendre...

Curieuse d'en savoir plus grâce à cet homme, je l'invitai de la main à s'asseoir sur le divan. Je pris mon plateau au-dessus du lit et le déposai sur la table basse. Jack voulut m'en empêcher pour le faire lui-même, mais je lui ordonnai d'un geste de rester assis, avec un sourire à son attention.

— Vous êtes au service de Connor depuis combien de temps ?

— Trente ans.

— Je comprends mieux pourquoi il vous fait confiance. Il vous a donc parlé de moi ?

— De nombreuses fois depuis son dernier séjour à Altérac.

Entendre le nom du château me pinça le cœur. Jack remarqua mon trouble.

— Monsieur a très mal vécu la nouvelle de son explosion. Il vous a cru morte, au début.

— Vraiment ? m'étonnai-je.

— Il a voulu partir en France à la minute où il a su ce qu'il s'était passé, mais des obligations l'en ont empêché, ainsi que certains proches. Fort heureusement, il a appris quelques jours après que vous vous en étiez sortie. Je ne l'avais jamais vu si soulagé. Le temps nous a paru long ici, avant qu'il l'apprenne.

— Vous semblez vraiment très bien le connaître.

— En effet.

— Vous savez donc pourquoi je suis ici ?

— En effet, répéta-t-il.

— Je dois trouver les commanditaires de cet acte atroce.

— Est-ce vraiment votre seule motivation ?

Surprise, je rougis aussitôt. Je savais, en mon for intérieur, que j'avais eu envie de retrouver Connor à la minute où j'avais terminé de lire les dernières lignes de son carnet. Un besoin irrépressible, que même ma raison n'avait pu atténuer. S'il n'y avait pas eu cette explosion, je pensais même que je serais venue, malgré Raphaël, malgré tout... Car, durant un instant, juste avant que le château disparaisse sous les décombres, cette décision s'était presque imposée à moi. Je lui en voulais de m'avoir kidnappée et enfermée. Je lui en voulais de m'avoir tout caché depuis le début de notre relation. Mais je savais que la première fois où nous avions fait l'amour, la passion entre nous n'avait pas été altérée par les menaces des instigateurs de mon enlèvement. Non. Connor avait ressenti pour moi ce que j'avais ressenti pour lui, à la seconde où mes yeux avaient rencontré les siens. Je me souvenais encore de cette nuit, comme si c'était hier.

— C'est la seule raison, mentis-je, bien malgré moi.

Les lèvres de Jack se retroussèrent, ce qui étira un peu plus la cicatrice sur sa joue. Il n'était pas dupe. Et comme j'étais aussi lisible qu'un livre ouvert, cela ne m'étonna pas.

— Je suppose que c'est le mieux, lâcha-t-il alors que ses traits se refermaient.

— Pourquoi pensez-vous cela ?

— Eh bien, à cause du mariage, cela va être...

— Le mariage ?! relevai-je, effarée. Quel mariage ?

— Le mariage de Monsieur avec Stella Percy, vous n'êtes pas au courant ? dit Jack, sachant pertinemment que je ne l'étais pas.

— Stella ?!

Le sang disparut de mon visage. Je me souvins alors de Stella, penchée au-dessus de Connor lorsque j'étais arrivée dans la salle de Vertumne. Elle, l'ancienne assistante de Carmichael, qui était devenue Seigneur du Territoire du Milieu à sa place, formée par Ethan et Prisca depuis peu. Mon cœur s'assécha en pensant à Stella et Connor, ensemble. Pourquoi me l'avait-il caché ? Pourquoi allait-il se marier après m'avoir confié dans son carnet les sentiments qu'il éprouvait pour moi ?

— Je me doutais qu'il ne vous en avait pas parlé, lança le majordome qui n'avait pas franchement l'air de regretter sa bourde.

— Je vous confirme, commentai-je, la voix sombre.

— Alors voici pourquoi je vous le révèle, Mademoiselle, poursuivit Jack. Je sais que Monsieur ne veut pas vous l'avouer, car il ne veut pas vous faire de mal. Vous en avez déjà bavé à cause de ses décisions, même si nombre d'entre elles ont été prises sous la contrainte. Il épouse Stella uniquement parce qu'il y est obligé. Votre vie a été menacée, et de nombreuses vies le seront s'il n'accepte pas ce mariage.

— Il a été victime de chantage ?

— En effet, et ce n'est pas nouveau, comme vous le savez. Il a reçu un pli juste après l'explosion du château d'Altérac. Il doit se soumettre aux exigences de ses maîtres chanteurs, et ce mariage fait partie de leurs volontés.

— Mais pourquoi Stella ?

— Elle est désormais Seigneur. Le Collectif Delta, dont le nom nous a été révélé par la sœur de Monsieur, dit vouloir unifier les Territoires. Ce qui veut dire que Prisca est menacée, elle aussi.

— Prisca ?

— Ils ont laissé entendre qu'elle n'était pas destinée à rester à la tête du Territoire de l'Est et, maintenant, ils tiennent Connor sous leur coupe, car il tient beaucoup à sa sœur, et à vous... Depuis l'explosion, il sait qu'ils ne reculeront devant rien.

— Il aurait dû m'en parler...

— Nous savons tous les deux que vous n'arrivez pas à dépasser ce qu'il s'est passé depuis votre enlèvement. Comment le pourriez-vous ? Cela prendra du temps. Croyez-vous qu'il allait vous accueillir avec une nouvelle pareille ?! Je m'en charge pour vous rendre service à tous deux. Ce mariage va compliquer un peu plus votre relation.

— Mais nous n'avons pas de relation ! m'insurgeai-je.

Puis je murmurai :

— Nous n'en avons plus...

— Si c'est ce que vous affirmez, alors ce sera sans doute plus simple pour Monsieur... Et, maintenant que vous êtes au courant pour le mariage, cela sera plus aisé pour vous deux de vous exprimer sans détour.

Abattue par cette nouvelle, je reportai mon regard sur les journaux de Carmichael près de mon lit.

— Je devrais fuir avec les mémoires de Carmichael.

— Je vous en prie, ne faites pas ça, me supplia soudain le majordome.

— Il va se marier, Jack, je n'ai rien à faire ici !

Ma voix était étreinte par un sanglot étouffé. Cette nouvelle m'avait ébranlée, et une épine douloureuse me perçait le cœur. Mes yeux se dirigèrent vers la table basse. Je n'avais plus faim. Je couvais des larmes. Jack vint s'asseoir à mes côtés, dans un geste de sollicitude.

— Le mariage n'aura pas lieu avant un mois, révéla-t-il.

— Mais je ne peux pas rester, vous comprenez. Et le mariage n'en est pas la seule raison.

— L'autre raison, c'est Raphaël, n'est-ce pas ?

— Comment le savez-vous ? m'enquis-je, stupéfaite par la quantité d'informations en possession de ce majordome.

— Monsieur m'a parlé de son neveu. Il m'a dit que vous vous étiez rapprochés au Danemark. Votre situation commune a fait émerger des sentiments qui n'auraient peut-être pas éclos si vous ne l'aviez pas vécu. Ne pensez-vous pas ? Ou alors, peut-être que vous l'aimez ?

Je n'osai répondre. Je ne connaissais pas Jack ; pourtant, sa bienveillance et son calme m'apaisaient, malgré ses révélations qui me brisaient le cœur. Je commençais à comprendre pourquoi Connor avait choisi un homme tel que lui comme domestique et, visiblement, comme ami. Mais il n'était pas encore le mien, et il m'était étrange qu'il en sache autant sur moi.

— Je dois m'habiller, lui dis-je, souhaitant changer au plus vite de sujet.

— Très bien, me lança Jack en se levant, mettez donc une tenue confortable. L'entraînement débute à onze heures, et les natifs du manoir seront presque tous présents. Monsieur les entraîne au combat tous les jours.

— Cela devrait me faire du bien de me défouler.

Jack me sourit et se dirigea vers la porte avant de se retourner quelques instants.

— Essayez de ne pas trop l'abîmer.

Il rit un peu et me quitta.

CHAPITRE 9

*J*e me trouvai derrière la vitre qui s'étirait sur tout le mur de la salle d'entraînement. Connor se battait à main nue contre Warren, l'homme qui m'avait invitée à pénétrer dans le manoir, lors de mon arrivée. Sur le côté du tapis, une vingtaine de natifs assistait à la démonstration, dont deux des gardes rencontrés à l'entrée. D'autres se battaient en duo, aux côtés du roi. J'aperçus Stella, en sueur, se diriger vers un banc. La voir m'arracha une grimace. Je ne parvenais pas à réprimer ce sentiment d'amertume. Je l'avais pourtant appréciée dès notre rencontre à Altérac, mais savoir, maintenant, qu'elle allait épouser Connor me soulevait l'estomac. Je me souvins alors de quelques paroles échangées avec elle, avant son départ pour New York. Carmichael venait de lui confier l'intérim à la tête du Territoire de l'Ouest, durant l'absence de son Seigneur. Son sourire et sa satisfaction m'avaient révélé toute son ambition. Je l'avais félicitée, à l'époque. Tout à coup, cette discussion prit une autre forme dans mon esprit. Je me souvenais de ses mots. « *Cela ne doit pas être évident d'être constamment dans l'ombre de ta mère* », avait-elle dit. Cette remarque m'avait heurtée, mais j'ignorais pourquoi. Est-ce que Stella pensait vraiment que c'était une faiblesse d'être moins importante et puissante que la reine native ? L'ancienne reine native… Après tout ce que ma mère avait accompli, et les sacrifices qu'elle avait endurés pour la communauté, aucun natif ne pouvait lui arriver à la cheville. Mais je ne me sentais pas moins importante pour autant, j'étais seulement admirative. Stella aurait dû l'être aussi. Se pouvait-il qu'elle soit une femme prête à tout pour parvenir à ses fins ? Si cette réflexion se confirmait, alors Connor et elle formeraient un joli couple. Ou alors elle l'aimait... Et dans ce cas, je ne pouvais que m'incliner et laisser ma rancœur de côté.

— Isabelle, nous sommes si heureux de te revoir !

Je me retournai vivement pour faire face à Nicolas et Abigaël Souillac, les pré-cogs de la communauté.

— Quel bonheur c'est, pour moi aussi ! lançai-je en les serrant dans mes bras chacun leur tour.

Abigaël m'observa avec un sourire qui s'effaça presque aussitôt. Nicolas paraissait aussi affligé que sa sœur.

— Nous n'avons rien vu de l'explosion, murmura-t-il, son visage révélant la culpabilité qui le rongeait.

— Et nous n'avons toujours pas récupéré pleinement nos pouvoirs, poursuivit sa sœur, nous n'avons même pas prédit ta venue.

— Vous avez été drogués durant un long moment, vous ne pouvez pas vous en vouloir.

— Mais cela fait des mois que nous ne le sommes plus. C'est comme si la substance qu'on nous a inoculée à notre insu avait fait disparaître une partie de nos capacités, à jamais.

Loin de réaliser que c'était à ce point, leur tristesse m'ébranla. Je serrai la main d'Abigaël avec sollicitude.

— Vous ne pouvez porter la responsabilité de tout ce qu'il s'est passé, déclarai-je. Aucun de nous n'a à le faire.

— Certains, si, affirma Nicolas, la voix sombre.

Son regard se reporta vers l'intérieur de la salle, en direction de Connor. Je savais que personne n'était au fait de l'ultimatum du Collectif Delta ni de la menace planant sur nous, telle une épée de Damoclès s'apprêtant à frapper. Elle s'était pourtant abattue sur Altérac. Je réalisai alors que beaucoup pensaient Connor responsable de l'explosion du château. Cette pensée m'horrifia et, quand j'étudiais mieux les Souillac, je perçus un sentiment de peur mêlé à une profonde colère. Je demandai alors des explications aux pré-cogs, qui m'apprirent que la rumeur courait au sein de la communauté. Au début, l'explosion avait été mise sur le dos de natifs qui soutenaient Connor avec conviction, et il semblait que le roi avait été, dans un premier temps, épargné des accusations de complicité dans cet acte terrible. Mais, visiblement, les soupçons commençaient à se porter sur lui.

— Il n'y est pour rien, affirmai-je. Il n'aurait jamais attenté à la vie de son propre frère.

— Il t'a enlevée pour devenir roi à sa place ! s'insurgea Nicolas. Comment peux-tu encore le défendre ?

— Je pense qu'une grande différence réside entre utiliser des moyens extrêmes afin de parvenir à ses ambitions, et commettre un fratricide. Prisca le sait. Même Ethan l'a compris !

Les Souillac intégrèrent ma remarque à la mention de mon oncle. Même si personne n'avait connaissance des actes secrets de Connor, et même si je devais les taire afin d'éviter d'autres pertes, je ne pouvais me résoudre à laisser penser que le nouveau roi était impliqué. Si Prisca, Seigneur du Territoire de l'Est, et Ethan, celui qui avait provoqué l'effondrement d'une montagne, et bien connu pour son manque de complaisance, ne croyaient pas en l'implication de Connor, alors rien n'autorisait les autres à penser différemment.

— Tu as sans doute raison, concéda Abigaël, qui n'avait pourtant pas l'air totalement convaincue.

Sa remarque clôtura cette conversation pesante. Les Souillac me quittèrent, encore sous le coup de mes réflexions, et je me décidai enfin à ouvrir la porte menant à la salle. Un silence s'installa tandis que je me rendais auprès de Stella. Connor se tourna vivement dans ma direction, et Warren profita de cette seconde d'inattention pour lui coller un poing au visage. Connor l'expulsa d'un geste du bras, qui l'éjecta à dix mètres derrière lui. Warren se releva aussitôt et fonça sur le roi, encore absorbé par ce qui se passait aux abords du tapis.

— Bonjour, Stella, la saluai-je, alors qu'elle enfilait ses chaussures.

Elle était en nage. Ses pointes de cheveux noirs, lâchés, lui collaient à la peau. À ses côtés, une autre femme, ruisselante d'un récent effort, se leva.

— Bonjour, je suis Patricia.

— Bonjour, Patricia, dis-je en serrant sa main moite de sueur.

Stella se leva à son tour, le regard hésitant à fixer mon visage. Une lueur étrange traversa ses yeux sombres.

— Bonjour, Isabelle.

— Tu viens de t'entraîner à ce que je vois, lui lançai-je alors que je détaillais sa plastique parfaite.

Mon cœur se serra en imaginant Connor vivre sa nuit de noces auprès d'un corps aussi sublime. J'étais pourtant mal placée pour me montrer aussi possessive, quand on savait que j'avais vécu des nuits torrides en compagnie de Raphaël. Mais je me souvenais de l'expression de Stella lorsque j'étais arrivée au manoir, et réalisai alors qu'il était empli d'une certaine défiance. Je comprenais mieux pourquoi...

— Nous nous entraînons tous les jours, dit-elle, Connor y tient.

— Et tu ne voudrais surtout pas aller à l'encontre des volontés de ton futur mari, n'est-ce pas ?

Cette phrase m'avait échappé. Certes, je voulais que Stella sache que j'étais au courant de son futur mariage qui ferait d'elle une reine, mais j'aurais aimé retenir mon ton acerbe. Je lus de la colère dans ses yeux durant une infime seconde. Étrangement, cela me réjouit d'avoir provoqué cette réaction. Je n'aurais pourtant jamais pensé avoir de mauvaises pensées à l'encontre de cette femme, moi qui l'avais admirée et appréciée lors de mon arrivée à Altérac, huit mois plus tôt. Patricia se racla la gorge, un silence pesant s'attarda. Stella porta ses yeux sur Connor, dont le regard oscillait vers nous, hanté par une lueur d'inquiétude.

— Mon mari et moi serons aussi très heureux d'assister à tes noces, quand tu sauteras le pas avec Raphaël, me lança-t-elle d'une voix volontairement mielleuse. Je suis certaine qu'il ne tardera pas à te faire sa demande après qu'il ressuscitera, seul, sans toi à ses côtés.

Je l'observai, pas dupe du sous-entendu que recelait cette phrase, mais choquée de l'entendre de sa bouche. Les traits de son visage se contractèrent, ses lèvres se plissèrent en une ligne fine. Pour elle, je n'étais clairement pas la bienvenue au manoir, et l'insistance de son regard me le fit comprendre très clairement. Elle qui m'avait toujours paru affable et d'une gentillesse incomparable semblait être devenue une autre personne. Cela dit, je ne l'avais pas volé ; ma précédente remarque était déplacée. Mais je n'étais pas prête à me démonter. Je devais le reconnaître : je lui en voulais à mort, et cela même si ce mariage devait avoir lieu sous la contrainte. C'était plus fort que moi, et ma gorge se serra en pensant à ce futur événement, me confirmant que je n'allais pas l'accepter aussi facilement.

— Vous vous mariez dans un mois, si j'ai bien compris, déclarai-je, ignorant sa dernière pique.

— J'espère que tu y assisteras, malgré tout.

— Malgré quoi ? soulevai-je en haussant un sourcil.

— Malgré ta relation passée avec Connor. Nous savons toutes deux qu'avant ton enlèvement, vous aviez amorcé une ébauche de relation. Certes, elle n'a pas duré, et je peux comprendre ton ressentiment envers lui, après tout ce qu'il t'a fait. Mais ce mariage, c'est le mieux pour la communauté, c'est ça l'essentiel.

— Un mariage d'amour, en somme, lâchai-je.

— Cela pourrait le devenir, rétorqua-t-elle avec un rictus.

La connasse ! Patricia hocha la tête avec de grands yeux ronds et partit sans demander son reste. Je toisai Stella avec une lueur de défi dans le regard. Le serpent de la jalousie s'était lové autour de ma poitrine et m'étreignait jusqu'à la gorge ; je tremblais presque de rage. L'envie de régler ça sur le tatami avec elle me traversa l'esprit. Je devais cependant me maîtriser, d'autant que je n'avais pas à exprimer mon point de vue sur la question, au regard de ma situation avec Raphaël. Je dirigeai mon regard vers Connor. Il était assailli par plusieurs combattants, et son regard vrillait sans arrêt dans notre direction. Cela ne l'empêchait pourtant pas d'esquiver chaque attaque, et d'expulser chacun de ses assaillants en retenant ses coups.

Mes yeux se reportèrent vers Stella. Je lui envoyai un sourire qu'elle ne comprit pas. J'enlevai mes chaussures et ôtai mon sweat-shirt. Je portai un jogging souple et un débardeur blanc près du corps. Je pris un élastique dans ma poche pour nouer mes cheveux en queue de cheval. Warren s'approcha et me salua, son regard s'attardant sur ma poitrine. *L'enfoiré !*

— Vous allez combattre ?! s'étonna-t-il.

— Tu peux me tutoyer, Warren, et regarder, si ça te plaît.

Je m'élançai sur le tapis, tandis que Connor éjectait un natif à l'autre bout de la salle. La majorité d'entre eux était des puissants, et je savais déjà qu'aucun ne lui arrivait à la cheville. Transie de colère comme je l'étais, contre Stella, contre lui et contre moi, il était grand temps d'expulser mes sombres pensées en me défoulant un peu. Connor me remarqua dans son champ de vision et plissa le front.

— Tes adversaires ne sont pas à la hauteur, clamai-je en faisant craquer mon cou et mes doigts, nous le savons tous les deux.

Une attaque à sa gauche fut stoppée par télékinésie. Le natif écarquilla des yeux stupéfaits et râla.

— On avait dit pas de télékinésie, Connor !

— Sortez tous du tapis, lança ce dernier avec un large sourire, tout en se dirigeant vers moi.

Il s'approcha et pencha la tête. Mes yeux s'attardèrent sur son torse tatoué, ruisselant de sueur. Je dus avaler ma salive. *Putain, que j'aime cette vision !* Savoir que, bientôt, Stella pourrait le toucher attisa soudain une colère sourde, qui commença à se propager dans mes veines. D'ailleurs, rien ne me disait qu'ils n'avaient pas déjà couché ensemble, ces deux-là. Cette réflexion m'agaça. Je ne me maîtrisais presque plus.

— Tu veux te mesurer à moi ? s'enquit-il, ses lèvres toujours retroussées.

— Il faut bien qu'un adversaire à ta taille s'en charge.

— Je n'ai pas envie de te frapper, princesse.

— Moi si, lâchai-je en levant mon menton par défi.

— Tu sais. C'est ça ? demanda-t-il, mal à l'aise. Jack te l'a dit ?

Il avait deviné juste, si ce n'était que je n'arrivais plus à penser à autre chose depuis que je l'avais appris.

— Oui, je sais, répondis-je froidement. Les félicitations sont de rigueur, apparemment ?

J'entendis des murmures derrière moi. La trentaine de natifs présents dans la salle n'en rataient pas une miette, et Stella la première.

— Je n'en demande pas autant, dit-il en baissant les yeux.

Je m'approchai et envahis son espace. Sa respiration se hacha, mais il ne bougeait pas, ses yeux bas trouvèrent les miens.

— Izzy, je n'ai pas le choix, murmura-t-il.

— Tes choix n'ont pas toujours été les bons, Connor, chuchotai-je sans que nos regards se quittent. Je pensais que ces derniers mois t'auraient fait réfléchir.

— Ils te menacent. Ils menacent ma sœur.

— Je sais. Mais te marier…

— Ta mère a fait le même choix à une époque.

— Ma mère éprouvait des sentiments pour Carmichael. En éprouves-tu pour Stella ?

Il ne répondit pas, ses yeux semblant m'implorer de changer de sujet.

— Elle est belle, avouai-je, elle saura peut-être te rendre heureux.

— Personne n'a cette capacité.

— Alors, ne l'épouse pas.

— Tu sais bien que je le dois.

— Non, je ne le sais pas. Si la meilleure stratégie est d'exécuter les moindres volontés du Collectif, rappelle-toi que ça n'a pas réussi à Altérac.

— Je ne veux pas prendre ce risque.

— Et moi, je veux que tu le prennes !

Cette fois, je ne chuchotai plus. Laisser Connor s'enfermer dans ce mariage pour me sauver la vie était insoutenable, et je savais que Prisca, si elle avait été au fait de toute la vérité, aurait été d'accord avec moi.

— Elle sera ma femme, asséna Connor qui n'en démordait pas. Tu vas devoir t'y faire, Isabelle.

Ces mots m'infligèrent une douleur si cuisante que mes mains se projetèrent violemment sur son torse. Il fut éjecté en arrière. En se relevant, ses yeux marquèrent la surprise. Puis la seconde d'après, il reprit sa place comme s'il ne s'était rien passé. Un sourire s'imprima sur son visage.

— Tu es jalouse, on dirait ?

Je répétai mon geste et il fut projeté encore plus loin. Un murmure d'effarement traversa les spectateurs se tenant sur le bord du tapis. Mais Connor revint, et sa bouche s'approcha de mon oreille.

— Alors, si j'en crois ta réaction, tu m'aimes, princesse…

Je détournai mon visage à quelques centimètres du sien. Je pouvais sentir son souffle chaud sur mes joues. La seconde d'après, je m'élançai derrière lui. J'attrapai son épaule et lui fis une clé de bras qui lui arracha une grimace. Des « *Oh !* » choqués s'élevèrent aux abords du tatami. Connor ne chercha pas à s'écarter, malgré la douleur que je lui infligeais. Il tourna sa tête de quelques degrés et me regarda en coin.

— J'ai déjà connu plus romantique comme déclaration, me lança-t-il en riant.

Je le lâchai et le poussai en avant. Il se retourna d'un mouvement rapide. Je lui fonçai dessus et lui collai un poing dans le ventre. Il leva des yeux effarés et se jeta sur moi. J'esquivai ses coups tandis que nous investissions chaque espace de la zone de combat. Puis sa main trouva ma gorge. Il ne serra pas l'étau autour de mon cou ; ses lèvres se relevèrent. J'attrapai son bras avec mes mains et le forçai à détacher ses doigts de ma gorge. Je balançai la jambe en direction de son estomac, mais il réussit à échapper à cette attaque et attrapa mon mollet. Il me fit voler dans les airs. Je retombais lamentablement sur le tapis. Je me relevai et le fixai rageusement. Son visage semblait redouter ma réaction. Je lui souris à mon tour et fonçai sur lui. Après de multiples esquives, des jeux de bras et de jambes, Connor parvint à m'attraper les poignets et écarta mes bras en rapprochant son corps du mien.

— C'est mal si je te dis que ça m'excite, chuchota-t-il à mon oreille.

— C'est ta future femme qui va être contente en l'apprenant, assénai-je, déstabilisée.

— Tu es mal placée pour me faire la morale, on dirait que tu oublies un grand homme brun aux cheveux longs ? Je me trompe ?

Je me défis de son étreinte, le souffle court. Vexée qu'il ait parlé de Raphaël, et consciente qu'il avait parfaitement raison. Je me dirigeai vers la sortie, mais Connor m'en empêcha en faisant écran avec son corps.

— Ne pars pas. On n'en a pas fini.

— Si, on en a fini, Connor.

Mes yeux se soudèrent aux siens. J'allais dire une phrase de plus, mais je me ravisai. Je repensai à Raphaël et la culpabilité m'oppressa.

— Ne pense plus à lui, me déclara Connor, la voix plus sombre.

— Je ne peux pas, répliquai-je.

— S'il n'était pas mort, serais-tu ici, avec moi ? Serais-tu venue me rejoindre après avoir lu ce que je t'ai avoué ?

— Je n'ai pas eu le temps d'y penser, mentis-je.

Je réalisai que c'était la première fois que l'on parlait du fameux carnet bleu. « *Tu es l'objet de mon désir. Tu possèdes mon âme* ».

— Je ne veux pas que tu partes.

— Je n'ai pas envie de partir, avouai-je sans quitter ses yeux, mais... tu vas te...

— Pas avant un mois, me coupa-t-il.

— Et ça change quoi ? Tu crois que je vais rester un mois ici en attendant que tu te maries à une autre femme ?

Il fonça sur moi et m'attrapa les bras. Je me dégageai et le repoussai. Il recommença et je l'esquivai, puis s'ensuivit une danse de combat et d'esquives ahurissante.

— Reste avec moi, dit-il entre deux attaques.

— Pas question, ripostai-je.

Soudain, il prit le dessus et parvint à se positionner dans mon dos en m'attrapant par la taille. Je tentai de me dégager, mais son emprise était trop forte. Je reculai d'un pas. Il contra mon geste et je trébuchai en avant. Il tomba sur moi, m'écrasant de tout son poids. Ma joue plaquée au sol, mes bras retenus en arrière, je n'étais plus capable de bouger. Son souffle haletant caressa ma nuque. Une longue minute passa sans que nous émettions le moindre mot, saisis par ce moment d'une intensité insoutenable. Quand je sentis son membre enfler sur mes fesses, je hoquetai de surprise, sa chaleur irradiant mon corps et provoquant des effets que je dus contenir en serrant les cuisses.

— Tu vois dans quel état tu me mets, murmura-t-il à mon oreille, on fait comment, maintenant ?

Nous restâmes un moment dans cette position, mais cela ne fit qu'aggraver son état et le mien.

— Sortez tous ! ordonna-t-il d'une voix forte, sans que son corps ne bouge d'un millimètre.

Et tous se dirigèrent vers la sortie. Mais comme j'étais coincée, le visage à l'opposé des spectateurs et de Stella, ce fut le silence qui me confirma que nous étions désormais seuls.

— Lâche-moi ! le sommai-je.

— Non, rétorqua-t-il, sa bouche se rapprochant de ma joue libre.

— Connor, laisse-moi.

Ma voix était tremblante. Son érection sur mes fesses m'empêchait de penser et, durant un instant, je me pris à espérer être nue sous son corps en feu, refoulant l'envie de relever le bassin pour mieux apprécier ses proportions vertigineuses.

— Je ne veux plus te lâcher, dit-il. Jamais.

En disant cela, il resserra son étreinte sur mes bras et se frotta à mes fesses dans un geste lent et sensuel. Je devins écarlate d'excitation. Puis il lâcha mes bras et posa ses mains de chaque côté de ma tête. Je pouvais désormais me dégager de lui en me soulevant à l'aide de mes bras, mais je ne le fis pas. Je voulais encore le sentir contre moi, et il le savait. Sa bouche effleura ma joue. Je sentis son membre vibrer et se déplacer d'avant en arrière, simulant l'acte érotique à travers le tissu de mon pantalon. Je luttai pour ne pas me retourner, je luttai pour ne pas l'embrasser, je luttai pour ne pas me déshabiller, et faire l'amour avec lui, là, maintenant, en me moquant de tout le reste. Mon sang bouillait dans mes veines. La chaleur de son corps se diffusait sur ma peau. Le frottement de ses hanches me faisait perdre la raison.

— Putain ! Je te veux, princesse.

Je ne dis rien, et mon silence l'invita à continuer, tant cela m'excitait. Ses mouvements sensuels faisaient basculer ma lucidité.

— On pourrait finir tout ça dans ma chambre, qu'en dis-tu ? me murmura-t-il à l'oreille, d'une voix rauque de désir.

Je respirais fort et repris mes esprits quand les images de Raphaël et de Stella s'imposèrent à mon esprit. Je m'extirpai alors de l'emprise de Connor d'un mouvement leste et me relevai, à bout de souffle. Il se leva à son tour. Nos regards fiévreux restèrent soudés l'un à l'autre.

— On ne peut pas, assénai-je.

— Je ne veux pas que tu partes, répéta-t-il, désarçonné.

— Et pourtant, j'ai très envie de le faire. Je n'aurais qu'à prendre les journaux de Carmichael.

— Non, je te l'ai dit ! Les journaux ne sortiront pas d'ici !

— Tu me laisseras les prendre, Connor ! Ma mère devrait se réveiller dans quelques semaines, je veux être à ses côtés lorsque cela se produira. Je veux la voir. Ce que je ne veux pas voir, en revanche, c'est toi épousant Stella.

Je l'avais dit, et je n'aurais pas dû, car je n'avais aucun droit de le faire. Il baissa les yeux et je m'en allai.

CHAPITRE 10

*J*e remontai dans ma chambre pour y trouver Jack, déposant des affaires sur le lit. Il se retourna vivement en entendant mes pas.

— Je vous ai préparé de quoi vous baigner.

Mes yeux se reportèrent sur le lit, où étaient disposés un maillot de bain deux pièces de couleur rouge et un peignoir blanc.

— Après un peu d'entraînement, une baignade est la bienvenue, lança Jack avec un sourire.

— Alors, c'est ce que vous allez faire, Jack ? Me préparer mes affaires, mes repas et vous occuper de moi pour que je me sente ici comme chez moi ?

— Loin de moi cette idée, dit-il avec une moue malicieuse.

— Vous ne voulez pas que Connor se marie, c'est ça ?

— Je ne souhaite pas que Monsieur se marie… avec Stella.

Sa phrase resta suspendue dans les airs.

— Vous vous mêlez peut-être de ce qui ne vous regarde pas, assénai-je.

— Sans doute, avoua-t-il.

— Et que verriez-vous comme avenir pour votre maître ?

— Un avenir avec vous.

— C'est impossible.

— Je ne crois pas.

— Et pourquoi avec moi ?

— Parce qu'il vous aime. Et que vous l'aimez.

— Je ne crois pas avoir dit une chose pareille.

— Vous n'avez pas besoin de le dire.

— Je suis déjà engagée dans une autre relation, Jack.

— Vous savez que non.

— Vous êtes mal renseigné.

— Je ne crois pas.

— Vous êtes têtu !

— C'est un fait.

Il sourit et s'approcha plus près, m'observant de ses grands yeux clairs et perçants. Je croisai les bras et haussai les sourcils.

— Vous savez, dit-il, je suis un natif dénué de pouvoir. Mais je ne me sens pas inférieur pour autant, car je sais lire dans les âmes comme personne. Et, Mademoiselle, je sais lire dans la vôtre, ne vous y méprenez pas.

— Vous aimeriez donc que je vous avoue des sentiments pour Connor ?

— Oh, non, pas à moi. À lui. Je crois savoir qu'il vous a confié les siens.

— Vous tenez beaucoup à lui, n'est-ce pas ? déclarai-je, mes yeux marquant la surprise en comprenant l'étendue des confidences de Connor auprès de son majordome, et l'attachement de ce dernier.

— Suffisamment pour ne pas vouloir qu'il s'enferme dans un mariage qui tournera au désastre.

— Vous êtes une entremetteuse, en quelque sorte ?

— Je n'avais jamais eu à l'être jusqu'ici, lâcha-t-il en riant, car Monsieur ne m'en a jamais donné l'occasion, mais aujourd'hui je ne peux me taire.

— Et pour quelle raison ?

— Car vous êtes immortelle, qu'il vous aime, et que vous l'aimez.

— Comme vous y allez !

— Il ne serait pas content de savoir que je vais à l'encontre de ses projets, mais je pense qu'à nous deux, nous pourrions empêcher ce mariage stupide.

— Alors, c'est là votre but ?

— Absolument.

Je l'étudiai un moment, puis lui souris. Les mots de Jack me touchaient. J'éprouvais encore plus de sympathie à son égard, car sa loyauté et l'amour qu'il vouait à Connor étaient admirables. Il répondit à mon sourire et me tendit le maillot de bain.

— Monsieur va toujours piquer une tête dans la piscine, après son entraînement.

Je saisis le maillot de bain. Mon complice triompha et posa ses mains sur mes épaules.

— Vous êtes celle qu'il lui faut.

Je fis non de la tête, mais il n'en eut cure.

QUELQUES MINUTES APRÈS, et évitant de penser à ce que j'étais en train de faire, je m'aventurai en direction de la piscine. Connor y faisait des longueurs. Quand il toucha le mur en faïence, il se redressa et secoua sa tête, ses cheveux mouillés le rendant plus séduisant que jamais. Il leva ses yeux sur moi, puis entrouvrit la bouche de surprise, examinant mon bikini rouge qui ne couvrait presque rien.

L'angle de la piscine déroulait des escaliers jusque dans l'eau profonde. Je descendis les marches lentement. Connor s'approcha, détaillant mon corps sous toutes ses coutures.

— Un mois ? lui dis-je.

— Un mois.

— Je resterai au manoir.

— J'en suis heureux.

— Pour lire les journaux de Carmichael.

— Tu es ici chez toi.

— Il ne se passera rien durant tout ce temps, déclarai-je, tu en es conscient.

— Évidemment, affirma-t-il avec un sourire qui disait tout le contraire.

Il s'approcha et posa ses mains sur mes épaules. Son contact provoqua un frisson exquis sur ma peau. Son visage se rapprocha du mien. Ses doigts parcourent mes clavicules, puis mes bras, dans une caresse haletante. Je tentai de me dégager, mais ses mains enserrèrent mes épaules et son regard se fit plus intense. Mon souffle se raréfia. Ses lèvres s'approchèrent de mon cou et y déposèrent des baisers qui embrasèrent ma poitrine d'une chaleur ardente.

— Tu n'as pas l'air de m'avoir bien comprise…

— Ton corps m'a tant manqué, me chuchota-t-il à l'oreille.

Ma raison fut engloutie sous ses lèvres parcourant ma peau. Je posai mes mains sur son torse. Mes doigts caressèrent ses pectoraux, puis descendirent lentement jusqu'à son ventre.

— Quand allons-nous parler de ce que tu as écrit dans ce carnet ? demandai-je timidement, pensant que c'était le moment d'aborder la question.

— Je ne sais pas comment en parler, dit-il, le souffle court.

— Tu as dit que tu m'aimais.

Il s'écarta pour contempler mon visage, avant de se fixer sur ma bouche.

— Que veux-tu me faire dire, maintenant ?

— Je ne sais pas, répondis-je, les mots que j'ai lus ont…

J'hésitai à poursuivre, la respiration incertaine.

— « Ont », quoi ?

Un silence embarrassant s'imposa. Finalement, il n'était pas encore tant de s'exprimer sur ce sujet, je n'étais pas prête. Lâche et consciente que la situation me dépassait, je sortis de l'eau et enfilai mon peignoir. La seconde d'après, Connor m'attrapa le bras et m'obligea à le regarder, son visage tout près du mien.

— Tu aimerais que je te répète les mots, c'est ça ?

— Laisse-moi, Connor, l'implorai-je d'une voix faible.

— Réponds-moi. C'est ça que tu veux entendre ?!

— Non. Ce n'est pas ce que je souhaite.

— Alors, que veux-tu ?

— Je ne sais pas ! criai-je en retirant brusquement mon bras de l'étau de ses doigts.

Des larmes menaçaient d'envahir mes yeux. Ma culpabilité resurgissait. Je m'élançai vers la sortie, laissant Connor en plan au bord de la piscine. Dans les escaliers qui menaient à ma chambre, je jugeai ma conduite inconvenante et je pleurais.

CHAPITRE 11

*E*n regagnant ma chambre, je jetai un coup d'œil aux journaux de Carmichael. Je n'avais aucune envie de m'y plonger maintenant. Encore ébranlée par ma dernière rencontre avec Connor, je filai sous la douche, espérant me détendre. Quand je sortis de la salle d'eau, enroulée dans une serviette de bain, je me trouvai nez à nez avec le majordome.

— Bordel, Jack ! Vous ne pouvez pas entrer comme ça, à votre guise !

— Pardon, Mademoiselle. Je suis venu vous apporter votre déjeuner.

— Oh.

Effectivement, le couvert était dressé sur la table basse. Un succulent wok de légumes au bœuf répandait son odeur alléchante dans la pièce.

— C'est Monsieur qui l'a préparé.

Jack s'inclina et me quitta. Je restai un moment les yeux fixés sur le plat concocté par Connor, avant de m'attabler pour le déguster. Le roi natif était décidément très doué dans les arts culinaires.

Trente minutes plus tard. Jack toquait à la porte.

— Encore vous ? Vous ne savez plus vous passer de moi, Jack ?

— Veuillez m'excuser, mademoiselle Isabelle, répondit-il avec un sourire. Voici.

Il me tendit un pli et se retira. J'ouvris l'enveloppe et en extirpai la carte qu'elle contenait. Je reconnus aussitôt l'écriture de Connor.

« Princesse,
Je t'invite à sortir, ce soir, 19 heures. Mets-toi sur ton trente-et-un.
Si tu es d'accord, fais-le-moi savoir.
Connor »

Je ne pus réprimer un sourire quant à cette invitation écrite, même si je savais déjà que ce n'était pas une bonne idée… J'allai m'installer à mon bureau et écrivais à mon tour un mot à son attention.

« Connor,
Si c'est une invitation à un dîner romantique, je crois que tu n'as pas bien saisi le sens de mes mots quand je t'ai dit : « Il ne se passera rien durant tout ce temps ».
Merci pour l'invitation, je l'accepte.
Izzy »

Une envolée de papillons jaillit dans mon ventre et parcourut ma poitrine tel un tourbillon délicieux. Un sourire effleura mes lèvres. Je n'avais pas la force de réprimer ce sentiment d'excitation qui s'emparait de ma raison. Ce que j'éprouvais s'imposait à moi, aussi limpide que la sensation du crayon entre mes doigts lorsque j'écrivis *« Je l'accepte »*.

J'ouvris la porte et rencontrai aussitôt le regard de Jack. Il tendit sa main, paume vers le haut, en haussant un sourcil. J'y déposai ma réponse, lui lançai un clin d'œil et refermai la porte. J'allai m'asseoir sur le lit et ouvris le n° 42 des mémoires de Carmichael. Je parcourus le nombre de pages et les dates inscrites. Elles s'étendaient de 1809 à 1810. J'observai avec une certaine émotion l'écriture de mon beau-père, me souvenant de mes lectures dans le bunker. J'allais en lire les premières lignes quand on toqua de nouveau. Jack me tendit une nouvelle enveloppe avec un sourire.

« Princesse,

Rassure-toi, pas de dîner romantique. Une simple envie de sortir de cet endroit en ta compagnie. Tu peux enfiler des baskets si tu le souhaites vraiment. Connor »

Je laissai échapper un petit rire. Finalement, je reposai le journal de Carmichael, incapable de me concentrer. Mon cœur palpitait frénétiquement à l'idée d'un dîner en la compagnie de Connor. Je ressentais encore son souffle sur ma peau, lorsque plus tôt, dans la piscine, il y avait déposé des baisers. D'un autre côté, je me serais donné des gifles de penser à lui de cette manière, mais je ne pouvais retenir cette émotion. J'avais envie de sa compagnie, j'en avais besoin. Et la culpabilité m'enserra aussitôt la gorge…

Je fouillai l'armoire en quête de vêtements. On toqua encore à ma porte. J'allai ouvrir.

— Peut-être que je peux vous aider ? lança Jack avec un sourire.

— Jack, vous êtes flippant ! Pourquoi aurais-je besoin de votre aide ?

Il sortit de derrière son dos une housse et entra dans la chambre sans que je l'invite à le faire. Je levai les yeux au ciel. Puis il ouvrit la fermeture éclair de la housse et en sortit une robe absolument splendide. Elle était cousue en fine dentelle noire et je savais déjà qu'elle épouserait mes formes jusqu'aux genoux. Ni provocante ni vulgaire, elle était élégante et subtile.

— Elle vous plaît ?

— Beaucoup, Jack, avouai-je, mais pouvez-vous me dire pourquoi je devrais porter une robe pareille si ce n'est pas à l'occasion d'un dîner romantique ?

— Je ne sais pas.

— Je ne vous crois pas.

— Ces chaussures seraient parfaitement assorties à la tenue, dit-il, ignorant ma remarque et sortant une paire de sandales à talons, dont les lanières devaient arriver un peu en dessous des mollets.

— De mieux en mieux… lâchai-je en croisant les bras.

— Et ces sous-vêtements seront du meilleur effet, sous ce fourreau.

Mes yeux s'écarquillèrent. Il avait sorti de la housse une culotte, dont le tissu destiné à recouvrir les fesses était composé de rubans en satin se rejoignant en ligne verticale et masquant ainsi la fente du postérieur. L'avant était en dentelle transparente. Le soutien-gorge était du même acabit.

— Vous plaisantez ?! m'exclamai-je, effarée.

— Pas du tout.

— J'ai mes propres sous-vêtements, vous savez ?

— Aucun des vôtres ne ressemble à ce petit bijou.

— Et comment le savez-vous, Jack ?

— Je me suis permis de regarder. Uniquement pour connaître votre taille, bien sûr.

— Et quel est votre objectif en me proposant des dessous aussi sexy, dites-le-moi ?

— Absolument aucun, mentit-il effrontément. Mon seul et unique objectif est de vous rendre agréable aux yeux de Monsieur. Voilà tout.

— Parce que vous pensez que les yeux de *Monsieur* vont se glisser sous ma robe ?

— On ne sait jamais.

— Vous êtes buté, Jack. Vous le savez, ça ?

— On me l'a déjà fait remarquer.

— Comme je l'ai dit à Connor, il ne se passera rien entre lui et moi.

— Bien entendu, dit-il sans en penser un mot, ce que je devinais à sa mine impudente. Et voici le manteau, vous risquez d'en avoir besoin.

— Donc vous savez où nous allons ? glissai-je.

— Pas du tout.

— Jack, vous êtes un sacré baratineur !

— Je vous laisse vous changer, Mademoiselle.

Je lâchai un sourire en constatant, sur ses traits, sa mauvaise foi évidente. La situation l'amusait. Quand il me quitta, je décidai d'essayer la robe. Elle m'allait à la perfection, évidemment. Les dessous aussi, et je ne pouvais réprimer l'impression de me sentir particulièrement sexy en sentant, sur mes fesses, le tissu de la robe caresser ma peau entre les rubans en satin. En observant les chaussures, je souris en me souvenant du dernier pli de Connor, « *pas un dîner romantique* ». Je décidai donc d'associer ma tenue à des sneakers vintage. Devant le miroir, j'imaginais déjà Connor découvrir la palette de ma tenue, et deux heures plus tard, je ne fus pas déçue.

— Si ces chaussures sont destinées à gâcher ton allure, tu t'es lourdement trompée, déclara-t-il après s'être esclaffé.

Je ris à mon tour et admirai son look ravageur. Il venait de passer sa main dans ses cheveux, et ses efforts pour discipliner sa crinière furent anéantis par ce simple geste. Il portait une chemise associée à un pantalon en toile noir, dont le col long lui remontait sur la nuque. Un bouton détaché laissait entrevoir la naissance de ses tatouages. Je refoulai l'envie de l'attraper par le col tant je le trouvais captivant. *Putain !*

Il me tendit la main et je la pris. Et comme je m'en doutais, ce contact attisa le feu dans ma chair.

UNE FOIS que nous fûmes installés dans sa Lotus Eastspring dernier cri, Connor prit la direction du sud.

— Où m'emmènes-tu ?

— Pas très loin.

— Ce n'est pas ma question, lui fis-je remarquer.

— Je croyais que tu aimais les surprises, princesse.

— Venant de toi ? Pas du tout.

— Ça te rassurerait si je te disais que je ne vais pas te droguer, t'enlever ou te menacer ?

— Même pas.

— Alors, tu n'as pas d'autres choix que d'attendre.

— Sauf si tu me dis où nous allons.

— Je pourrais… dit-il en tournant sa tête dans ma direction, mais je n'en ai pas l'intention.

— Tu es impossible, Connor.

— C'est ce que tu aimes chez moi.

— Là, encore, je vais le répéter : Pas. Du. Tout.

Il rit et ses yeux se reportèrent sur la route.

J'avais pensé que nous partirions pour Manhattan, voire un restaurant chic de Woodbury, mais il n'en fut rien. Nous roulâmes durant plus d'une heure et demie avant d'arriver dans ce qui semblait être un port de plaisance. Il sortit de la voiture et vint m'ouvrir la portière. Je le devançai et sortis de l'habitacle sans son aide. Il afficha un rictus amusé. Je le suivis sur un ponton, où une lignée de bateaux de plaisance était amarrée. Le temps était froid, une bruine fine humidifiait mes joues. Nous arrivâmes à proximité de son embarcation, dont la longueur ne devait pas dépasser les vingt mètres, la cabine de pilotage surplombant sa coque. Mes yeux parcoururent la poupe, le bateau se prénommait *Cathy*.

— Une amie à toi ? demandai-je, en désignant de l'index le nom de baptême de l'engin.

— Elle était bien plus qu'une amie, laissa-t-il traîner, ce qui attisa davantage ma curiosité.

— Donc, tu m'emmènes à bord d'un bateau qui porte le nom d'une de tes ex.

Il s'approcha.

— La jalousie t'égare, Isabelle…

— Ce n'est pas de la jalousie ! m'insurgeai-je en rougissant. Une simple remarque…

— Donc, c'est inutile de te révéler que je n'ai jamais eu de relations sexuelles avec la femme qui a inspiré ce nom ?

— Tout à fait inutile.

Un coin de sa lèvre se leva. Il monta à bord et me tendit la main. J'hésitai avant de l'attraper. Son irrésistible fossette creusant sa joue me décida. Il défit le nœud arrimé au port, puis leva l'ancre. Nous investîmes alors la cabine de pilotage. Il s'assit sur le siège en cuir et fis tourner les moteurs. Le sol trembla sous mes pieds. Il détourna les yeux et observa ma réaction.

— Première fois sur un bateau ?

— Oui, admis-je, tout excitée.

— Le temps est clair malgré la bruine. L'océan est calme.

— Je l'espère. Où allons-nous ?

— Pas loin.

Ce fut la seule réponse que j'obtins malgré plusieurs tentatives. Et, finalement, je sus où nous emmenait le bateau lorsqu'il coupa les moteurs, au milieu de nulle part. Seule la lune éclairait l'océan ; aucune terre n'était visible à l'œil nu.

— Que fais-tu ? m'enquis-je, en plissant les yeux.

Il se leva de son siège, étira un sourire et passa devant moi, m'intimant de le suivre. Malgré quelques remous provoqués par une légère houle, je parvins à la cabine inférieure sans trébucher. Quand il ouvrit la porte, une pièce, tout en longueur, se dévoila à mes yeux. Au fond, sous une large fenêtre qui ouvrait sur les premières étoiles, trônait un lit surélevé. À sa gauche, une porte semblait indiquer la salle d'eau. Plus près s'étirait une kitchenette aménagée d'une petite table carrée, cernée de deux bancs en tissu beige, qui se mariaient à merveille avec le bois clair du mobilier.

— Peut-on savoir ce qu'on fait ici, Connor ?

Il ne répondit pas et partit en direction du réfrigérateur. Il en sortit deux boîtes en carton, contenant des plats de traiteur, et attrapa une bouteille de vin rouge dans le placard du haut.

— Connor...

Il m'ignora et déposa les boîtes sur la table, puis se mit en quête de couverts, qu'il trouva dans un tiroir proche de l'évier.

— Connor ?

Il détourna ses yeux vers moi et se mit à rire.

— Bordel, mais qu'est-ce qu'on fout là ?! tonnai-je, partagée entre la charmante surprise que je soupçonnais, et le sentiment amer qu'il s'était à nouveau joué de moi.

Il sourit encore et me demanda de m'asseoir d'un geste de la main. Je haussai un sourcil, retirai mon manteau et m'exécutai, consciente qu'il ne me dirait rien tant que je ne me serais pas assise. Il prit place à son tour et ouvrit les boîtes. Trois barquettes en plastique contenaient une salade composée, une tranche de bœuf avec des pâtes froides assaisonnées, et un cheese-cake framboise-spéculos en dessert. J'ouvris des yeux ronds et les reportai sur lui. Il s'amusait intérieurement de la situation, tandis qu'il versait le vin dans nos verres. Puis il posa la bouteille sur la table et un silence s'ensuivit. Son regard se fixa dans le mien.

— Je te connais, la fugitive, déclara-t-il en posant ses coudes tatoués sur la table. Si nous sommes au manoir, tu t'éclipses. Si je décide de t'emmener au resto, tu pourras t'éclipser. Ici, tu ne peux pas t'enfuir.

— Je peux rejoindre la côte en lévitant, répliquai-je en relevant fièrement la tête.

— Cela aurait été possible si j'avais filé tout droit, mais ce n'est pas ce que j'ai fait. Si tu t'enfuyais en volant, tu pourrais te tromper de direction et peut-être atteindre la France, dans une dizaine de jours. Ou peut-être plus, sans GPS.

— Tu as pensé à tout, je vois...

— Jack n'a eu que quelques heures pour tout organiser, voici pourquoi je te propose un plateau-repas.

— Jack t'est décidément très dévoué.

— Oui, je le sais. Il peut s'avérer être un complice efficace.

— Sais-tu qu'il aimerait que tu renonces à épouser Stella ?

— J'ai cru le comprendre.

— Il souhaite que je l'aide à faire capoter ton mariage.

— Je ne suis pas étonné, déclara Connor en esquissant un sourire. Mais je suis curieux, que lui as-tu dit quand il a demandé ton aide ?

— Que je ne pouvais rien y faire.

Son absence de réaction m'intrigua. Il m'observa durant un long moment, puis planta sa fourchette dans sa salade, la portant à sa bouche avec un geste que je trouvai fascinant. *Pente glissante.*

— Tu as déjà couché avec elle ?

Merde, j'ai demandé. Je rougis de honte. Ma jalousie déplacée me rendait dingue, et me faisait dire n'importe quoi. Je me faisais l'effet d'une gamine prépubère, incapable de se contrôler, mais c'était plus fort que moi. Je n'avais jamais éprouvé ce sentiment auparavant, et ne savais pas comment le gérer. Je n'avais plus qu'à attendre la réponse, que j'espérais négative. Connor s'esclaffa et posa ses couverts.

— Si je te disais que c'est arrivé, à quoi ça servirait ?

— Sans doute à rien, je suis curieuse, c'est tout.

Pathétique...

— Tu es jalouse.

— Pas du tout !

— Oh, si !

— Non.

— OK, alors je vais te le dire.

— Très bien.

Je posai mes couverts à mon tour et attendis sa réponse, mes yeux soudés aux siens.

— J'ai couché avec elle.

— Putain d'enfoiré !

Je me levai d'un bond. Ma gorge sembla se serrer dans un étau d'acier. Connor s'enfonça dans son siège et rigola, se délectant de ma réaction.

— Donc, tu es jalouse, dit-il sans se départir de son sourire dévastateur.

— Putain, oui, je suis jalouse ! Stella, bordel ! Je la connais ! Elle est belle, athlétique, intelligente et ambitieuse. Elle est parfaite pour toi. Ramène-moi, maintenant !

Je voulus ouvrir la porte de la cabine, mais Connor se matérialisa devant, à quelques centimètres de mon visage.

— Oh non, princesse ! Tu ne peux pas t'échapper, souviens-toi.

Je tentai de lui coller une gifle, mais il retint mon bras dans un geste éclair. J'allai réitérer avec l'autre, mais il l'immobilisa aussi facilement. Il m'avait prise dans le piège de ses mains ; il avança, et avança encore, alors je dus reculer jusqu'à ce que mes jambes butent sur le lit derrière moi. Il haussa deux fois les sourcils, me signifiant ses intentions.

— Certainement pas ! lui criai-je folle de rage.

— Et pourquoi donc ?

— Demande à ta future femme !

— Elle ne sera pas ravie.

— Tu m'étonnes !

— On n'a qu'à rien lui dire.

— Va te faire foutre !

Je tentai de me dégager, mais sa poigne était trop forte. Je voulus m'échapper à l'aide de ma télékinésie, mais il était trop près, et la douleur de l'étau de ses mains sur mes poignets m'empêchait d'utiliser pleinement ce pouvoir, ou était-ce ma volonté ? Il me rendait folle.

— Laisse-moi, Connor !

— Non.

— Mais que veux-tu de moi, putain ?!

— Tout ! tonna sa voix profonde, qui me fit sursauter.

— Mais ce n'est pas possible !

— Pourquoi ?

— Il y a tant de raisons que je ne peux même pas te les énumérer.

— Essaie toujours.

— Raphaël !

— Lutter contre un mort, ce n'est pas du jeu, lança-t-il. Et nous savons tous les deux que s'il était vivant, tu le quitterais pour moi.

— Pas du tout !

— Bien sûr que si.

— Non, Connor ! ripostai-je, la voix emplie de rage. Ce ne serait pas aussi simple ! Lui ne m'a pas brisé le cœur, menti, droguée, enfermée, isolée. Il n'a pas provoqué ma mort, ne m'a pas non plus fait pleurer toutes les larmes de mon corps. Seul toi as fait ça ! Raphaël a pris soin de moi quand tu m'as trahie !

— Tu sais pourquoi je l'ai fait ! cria-t-il, le ton empreint d'une colère sourde à l'écoute de ces mots.

— J'aimerais le croire ! Mais nous savons tous les deux que tu as toujours voulu le pouvoir, et dès que cet homme mystérieux t'a exposé son plan, à Altérac, ce fut la première chose qui t'est venue à l'esprit. Tu ne peux pas me mentir, je me suis projetée dans tes pensées !

— Je ne voulais pas que ma famille meure, je ne voulais pas que *tu* meures !

— Je sais ça !

— Alors, laisse-moi une chance.

— Non, Connor. Et je te rappelle que tu vas te marier avec ton amante ! Réjouis-toi de ce happy end pour tous les deux !

Il plissa les yeux, esquissa un sourire en coin et me poussa sur le lit. Je voulus m'échapper, mais la seconde d'après, son poids écrasait tout mon corps. Une de ses mains se ficha dans ma chevelure, l'autre m'attrapa le menton.

— Je n'ai pas couché avec elle, petite princesse idiote ! Je n'ai pas couché avec qui que ce soit depuis toi. Tu m'entends ?

Derrière cette révélation, je ne pus émettre un mot. Je hochai seulement la tête, des larmes envahissaient mes yeux. Il rapprocha ses lèvres des miennes.

— Je t'aime. Tu le comprends, ça ?!

Je voulus m'extirper de sa prise, mais il m'en empêcha, sa main d'acier serrant le bas de mon visage, son membre enflant sur ma cuisse, sa chaleur irradiant mon corps et enveloppant mon échine d'une douce brûlure.

— Dis-moi que toi aussi tu m'aimes ! m'adjura Connor, son souffle chaud caressant ma peau.

Tandis que je me débattais avec ce que m'imposait la raison, des larmes coulèrent sur mes tempes, mes yeux refusant de se river aux siens. Il se frotta contre moi, ses genoux cherchant à écarter mes jambes, ses doigts se resserrant sur mes joues.

— Dis-le-moi, Isabelle !

Mon cœur battait à tout rompre, ma tête s'enflammait, mes jambes tremblaient. Mes yeux larmoyants allèrent à la rencontre des siens.

— Je t'aime, chuchotai-je.

Il recula un peu, émit un sourire triomphant et défit son étreinte autour de mon visage.

— Répète !

Je le giflai pour réponse. Le geste partit comme un réflexe. Il sourit de plus belle, se mordit la lèvre et bloqua mes bras au-dessus de ma tête avec une seule main, d'un geste si vif que je n'eus pas le temps de le voir avant de le sentir.

— Répète !

— Je t'aime ! m'écriai-je.

Ses lèvres s'écrasèrent sur les miennes. J'aurais aimé être assez forte pour le repousser, mais il fallait être lucide, je n'en avais aucune envie. Car j'aimais cet homme, passionnément, ardemment, irrévocablement, malgré tous ses défauts, malgré toutes ses mauvaises décisions, malgré tout ce qu'il m'avait fait. Je l'aimais, et je l'avais toujours aimé. Sa bouche enflamma mon visage. Son corps attisa le feu qui couvait dans ma poitrine, depuis le jour où mes yeux s'étaient posés sur lui, dans la salle de Vertumne. Sa langue rencontra la mienne. Ses dents mordillèrent ma lèvre inférieure. Ses lèvres parcoururent mon cou et mes épaules. Ses mains étaient partout sur moi. Je suffoquai sous ses caresses ardentes. Puis ses mouvements ralentirent ; ses doigts s'enchevêtrèrent dans ma chevelure. Sa bouche se détacha de la mienne ; ses yeux se rivèrent aux miens. Sa main caressa ma joue. Elle descendit lentement sur mon cou, s'attardant sur une clavicule, puis sur mon bras. Nous nous regardâmes longtemps, tandis qu'il me touchait avec une lenteur suffocante. Puis il se releva, me laissant là, pantelante, allongée sur le lit, face à lui. Il ôta mes chaussures et galéra un moment avec mes lacets, ce qui me fit sourire. Il retira mes chaussettes et déposa des baisers sur mes chevilles. Puis il gravit mon corps et se positionna au-dessus, de façon à enlever ma robe. Je dus me cambrer pour qu'il atteigne la fermeture éclair, qu'il fit glisser d'un geste habile. Il me retira mon fourreau.

— Putain de merde ! lâcha-t-il en découvrant mes sous-vêtements.

Ni une, ni deux, il me retournait et je me trouvai sur le ventre, sans qu'il me touche durant un long moment.

— Ce serait sacrilège de te retirer une chose pareille !

— C'est Jack qui les a choisis, lui confiai-je en souriant.

Un silence s'installa, perturbé uniquement par nos respirations haletantes, et le clapotis des vagues sur la coque du bateau.

— Rappelle-moi de l'augmenter, déclara Connor après une profonde inspiration.

Il fit lentement glisser ma culotte et la laissa choir sur le sol. Le soutien-gorge fut ôté la seconde d'après. Puis ses mains se posèrent sur mes hanches. Il me retourna sur le dos, entièrement nue. Je le laissai faire, incapable d'avoir le moindre empire sur mon corps. Tout son être avait pris possession du mien, et je lui avais avoué mes sentiments. Ce que je n'avais jamais fait pour personne, car, avant lui, je ne les avais jamais éprouvés. Mes yeux se figèrent sur son torse tandis qu'il retirait sa chemise, débouclait sa ceinture et ôtait chaussures et chaussettes. Une bosse proéminente étirait les coutures de son boxer. Quand enfin il le retira, mes joues s'enflammèrent devant cette vision majestueuse. Son corps orné de tatouages se pencha. Ses bras attrapèrent mes chevilles et me tirèrent de façon à ce que mes fesses atteignent le bord du matelas. Je lâchai un hoquet de surprise quand il se mit à genoux et que sa bouche se posa à l'intérieur de mes cuisses. Sa langue explora mes chairs. Mon corps se cabra. J'empoignai ses cheveux en jurant. Je sentis son sourire sur ma peau fragile, puis de nouveau sa bouche, dont l'effet de succion me fit venir un premier orgasme.

— Oh, Seigneur ! criai-je alors que mon corps était traversé de spasmes.

Il releva la tête, embrassa mon ventre et lécha chacun de mes seins, mordillant mes tétons dressés et avides de sa langue titillante, tandis que ses doigts se glissaient en moi.

— Connor ! gémissais-je, la voix chevrotante, le corps secoué de tremblements.

— C'est ça, bébé, dit-il en s'approchant de mon oreille, répète mon nom.

— Connor !

— Dis-moi encore que tu m'aimes.

Je haletais. L'oxygène me manquait. Ses genoux écartèrent mes jambes. Mes yeux fixèrent sa bouche et remontèrent jusqu'à ses yeux. Il me pénétra d'un geste brusque qui faillit me faire venir dans la seconde.

— Je t'aime ! criai-je dès ce premier assaut.

Un grondement sourd remonta sa gorge.

— Tu es à moi, princesse. Toujours, tu m'entends !

Ses hanches claquèrent contre les miennes. La chaleur dans mon bas-ventre m'engloutit. Mon corps était en feu. Il accéléra la cadence. J'attrapai sa nuque, rapprochant son visage en esquissant un mouvement du bassin à chacun de ses coups. Il laissa échapper un juron, tandis que ses lèvres s'attardaient sur ma bouche, sa langue en forçant le passage. C'est alors qu'il m'attrapa par les fesses, me souleva et positionna mes jambes à califourchon autour de sa taille. Il me plaqua au mur et me pilonna. Une de ses mains lâcha mon fessier, sa force étant suffisante pour me porter d'un seul bras. L'autre attrapa une mèche de cheveux. Je cherchai sa bouche de mes lèvres. Mes joues cuisaient, mon souffle se raréfiait, mes gémissements se multipliaient.

— Nom de Dieu ! grogna-t-il.

Je criai sous la véhémence de ses impulsions, la folie s'emparant de mon esprit.

— Je t'aime, répétai-je, ma bouche contre la sienne. Je t'aime. Je t'aime, Connor.

Un grognement répondit à ma déclaration passionnée. Il me souleva en direction du plan de travail de la cuisine et m'y déposa. Ses mouvements du bassin se firent plus brutaux, plus sauvages. La passion nous habitait, nos bouches ne se quittaient plus. Ses mains se posèrent au-dessus de ma tête et pressèrent contre elle. Mon excitation au firmament, mes veines bouillonnantes, l'échine brûlante et la respiration plus haletante que jamais, je me cambrai, le corps coupé en deux quand un orgasme me frappa, provoquant des spasmes frénétiques dans tous mes membres. Le regard ardent, il cala ses mains sur mes épaules, continuant à me marteler.

— Je ne veux pas que ça s'arrête, putain ! lâcha-t-il, à bout de souffle.

Il me souleva à nouveau, posant ses mains dans mon dos en sueur, et, sans se retirer, nous allongea délicatement sur le lit. Nous restâmes un moment immobiles, le souffle court. Son visage tout près du mien, il admira mes courbes qu'il caressait d'une main. Il reprit des mouvements plus lents.

— Je ne veux pas que ça s'arrête.

Il l'avait déjà dit. Il semblait redouter que cela se finisse et je comprenais pourquoi. Tant qu'il était en moi, c'était une parenthèse enchantée, où seuls nos corps et nos cœurs pouvaient enfin s'exprimer sans détour. Nous n'avions jamais été aussi sincères l'un envers l'autre, et ce moment d'une intensité fulgurante nous avait libérés. Refusant qu'il réfléchisse dans un pareil moment à ce qui allait potentiellement se produire après, mes mains attrapèrent ses fesses, mes ongles s'enfoncèrent dans sa chair. Il se mordit la lèvre en me fixant de ses yeux fiévreux et accéléra ses mouvements.

— Viens en moi, Connor...

Il plissa les yeux, puis m'embrassa avec une passion sauvage, ses lèvres capturant une complainte, ses mains enfouies dans mes cheveux. Puis ses hanches claquèrent encore et encore, jusqu'à ce qu'il ne puisse plus se retenir, éprouvant son orgasme en jurant et grondant contre mon oreille, avant de me serrer tendrement dans ses bras.

CHAPITRE 12

*N*ous étions nus, allongés sur le flanc au-dessus de la couette, l'un en face de l'autre. Mes yeux ne pouvaient plus se détacher des siens. Il me sourit et je l'imitai tendrement. Sa main se posa sur ma hanche. Il la caressa. Mes doigts parcoururent ses épaules et suivirent les lignes de la mâchoire d'un crâne dessiné sur sa peau tatouée. Il attrapa ma main et la porta à sa bouche avant d'y déposer un baiser. Ce moment d'une rare beauté imprégnait mon cœur d'une douceur infinie. Je me perdais dans le lac bleu des yeux de Connor...

— Tu es si belle.

Je remontai ma main jusqu'à son visage. Mes doigts s'immiscèrent dans sa crinière échevelée, et mon cœur se gonfla d'un bonheur irrépressible. J'aimais cet homme, j'étais même si éprise que j'en oubliais tout. Je le voulais corps et âme, et jamais je n'avais éprouvé une émotion aussi forte. Cette âme que je savais meurtrie, je désirais la lier à la mienne, la chérir, la consoler, l'étreindre. Car je l'aimais ainsi, tel qu'il était, avec ses ténèbres et ses fêlures. Il était amoureux de moi et dans son regard, je lisais sa sincérité. Ce lien entre nous était plus immuable que jamais. Puis le retour à la réalité me happa. La culpabilité s'insinua dans mon esprit tel un serpent ondulant avec lenteur et détermination. Je retirai ma main.

— Qu'y a-t-il ? demanda Connor, qui avait remarqué mon trouble.

Je baissai les yeux et avalai difficilement ma salive. Je n'osai exprimer mes pensées, mais j'étais désormais résolue à ne plus rien lui cacher. Nous avions ouvert une voie inexplorée dans notre relation : celle de l'honnêteté. Et, même si je savais qu'il n'aurait pas envie d'entendre ce que j'avais à lui dire, je me devais de le lui confier.

— Je suis un monstre, lâchai-je dans un sanglot étouffé par des larmes qui menaçaient de jaillir.

Sa main se dirigea vers mon visage et me souleva le menton, forçant mon regard à s'accrocher de nouveau au sien.

— Ne dis pas de sottises, déclara-t-il, comprenant ce qui agitait mes pensées. Tu m'aimes.

— J'aurais pu attendre de rompre avec lui.

Cette fois, c'est lui qui retira sa main de mon visage. Un silence s'abattit dans la cabine.

— Je vais me marier dans un mois, tu le sais, Isabelle. Nous n'avons pas de temps à perdre.

— Rien ne t'y oblige.

— Tu sais que si.

— Carmichael et ma mère vont se réveiller, répliquai-je. Prisca et Ethan nous apporteront leur aide. Nous mettrons à bas ce Collectif, et tu n'auras pas à épouser Stella.

— Cela pourrait marcher si le temps ne nous était pas compté. J'avais vu juste quand je te disais qu'ils étaient prêts à tout, et l'explosion d'Al-térac me l'a définitivement prouvé. Nous n'arriverons pas à les éradi-quer avant un mois, tu sais que c'est impossible. Ils peuvent frapper à n'importe quel moment, et je ne prendrai pas ce risque.

— Je ne veux pas que tu l'épouses, confiai-je alors que les larmes venaient maintenant embuer mes yeux.

Il esquissa un sourire qu'il espérait réconfortant, et reposa sa main sur ma joue. Mais la tristesse m'accablait toujours, et mes pensées s'as-sombrirent encore...

— Je ne veux pas être ta maîtresse, Connor.

— Je ne le veux pas non plus, rétorqua-t-il.

Il resta pensif un moment, scrutant chaque trait de mon visage. Le temps sembla passer avec une lenteur insaisissable. Puis il prit une profonde inspiration avant de reprendre la parole.

— Voilà ce que je te propose, dit-il, nous allons passer ce mois tous les deux, et en profiter chaque seconde. Nous ne nous quitterons pas d'une semelle. Tu liras les journaux de Carmichael si ça te chante, et, le reste du temps, tu me le consacreras. Je doute que le Collectif tente quoi que ce soit tant que mon frère et Gabrielle ne sont pas réveillés. Ce qui va rendre difficiles mes investigations, sauf si tu trouves quelque chose d'intéressant dans les journaux de mon frère. Et là encore, je doute que tu puisses dénicher une information d'importance. Je les ai lus, et rien n'évoque un quelconque immortel non répertorié. Des gens haïssant mon frère durant sa longue vie, il y en a à la pelle, mais ils sont presque tous morts. Ce qui me force à penser que l'instigateur de ce complot est quelqu'un appartenant à son cercle, et pas si vieux que ça. Karl Johannsen n'est qu'un sombre idiot, donc ça ne peut pas être lui. J'ai enquêté sur ses proches alliés et ai demandé à mes agents d'investiguer sur ses rencontres des trente dernières années. Ils ont trouvé une certaine quantité de noms, et nombre d'entre eux ont connu des pertes dans la chute de la montagne d'Eos. Ils ont tous disparu en même temps que le vieux Johannsen.

— Alors, tu connais les noms des membres du Collectif ! m'étonnai-je, ahurie par ses révélations.

— Oui. Mais ce ne sont pas les commanditaires, j'en suis certain. J'ai déjà eu affaire à eux, et aucun n'aurait eu le cran ni l'intelligence de monter un coup pareil. Lorsque nous les aurons retrouvés, je sonderai leurs esprits et trouverai peut-être leur chef. Mais rien n'est moins sûr. Je suppose qu'il a pris soin de masquer son identité, aussi sûrement qu'il a su masquer ses intentions durant des années.

— Des années ?

— Il aura fallu des années pour échafauder un plan pareil.

— Donc, ça peut être un immortel.

— J'ai la conviction que non.

— Nous devons absolument chercher ces membres pour en avoir le cœur net, déclarai-je, la voix soudain plus sombre à l'idée de mettre la main sur eux.

— Je doute qu'ils prennent le risque de bouger avant le mariage, déclara Connor. Pourquoi le feraient-ils ? Ils s'exposeraient bêtement et risqueraient de faire capoter leurs projets. À moins qu'on les pousse à le faire.

— Qu'entends-tu par là ?

— J'ai déjà confirmé que j'allais épouser Stella. Mais ils vont avoir vent de ta venue au manoir. Ils auront peut-être des doutes et se manifesteront. Mais ils savent aussi que j'ai peur de te perdre, et que le meilleur moyen de te protéger est de faire ce qu'ils me demandent. Ils se doutent sûrement que je t'ai aidée à t'échapper, et que je t'ai révélé la vérité dans ce carnet. Sinon pourquoi auraient-ils fait exploser Altérac ? Comment l'ont-ils su ? C'est la question que je ne cesse de me poser.

— Laura ?

— Non. Elle ne ferait jamais ça. Certainement pas en sachant sa fille dans le château. J'ai lu dans son esprit, ainsi que dans celui de son mari, Jorgen. Ils ne savaient rien. Elle était pourtant la seule à connaître l'existence de ce carnet.

— Jack sait que tu m'as écrit.

— Il l'a su bien après que je te l'ai envoyé, et ignore son contenu, si ce n'est mes confidences sur mes sentiments pour toi. J'ai même sondé Stella, mais rien dans son esprit ne m'a révélé un quelconque rapport avec le Collectif Delta. De cette plongée dans ses pensées, je n'en suis sorti qu'avec une seule certitude : elle veut être reine.

Cette révélation ne m'étonna guère, maintenant que j'avais mieux analysé le comportement de Stella. Je me rappelai encore ses mots : « *Ce ne doit pas être évident d'être constamment dans l'ombre de ta mère* ». Cette femme ne souhaitait être dans l'ombre de personne.

Sur ces obscures pensées, un nouveau silence pesa. Le regard de Connor se perdit derrière moi.

— Je n'aurais jamais dû t'écrire…

— Tu ne peux pas dire ça ! soufflai-je, effarée par ses propos.

— Bien sûr que si. Si je ne l'avais pas fait, le château serait encore là. Mon frère et Gaby n'auraient pas eu à subir la mort par le feu. Estelle et sa famille ne seraient pas enterrées à l'heure où nous parlons. Pia aurait encore ses deux jambes et ne souffrirait pas le martyre !

— Tu ne pouvais pas savoir, murmurai-je d'une voix étouffée par le chagrin.

Il attrapa ma main, la posa sur son torse et la serra. L'intensité de son regard me saisit ; la force de ses intentions se lisait dans ses prunelles déterminées.

— Je veux juste passer un mois avec toi, princesse. Un tout petit mois.

— Et que va-t-il se passer dans un mois ? Nous nous quitterons ? C'est ça que tu proposes ?

— Dans un mois, j'épouserai Stella... Et... tu retrouveras Raphaël.

— Raphaël ne mérite pas ça !

— Je ne crois pas non plus le mériter ! s'insurgea Connor, élevant un peu la voix avant de se radoucir. Toi, ma princesse, tu le mérites encore moins. Mais nous sommes immortels, et Stella mourra un jour. Et, qui sait ? Si nous arrivons à décimer le Collectif, alors je divorcerai. Si ton cœur est encore à moi, après ça, et que tu décides de vivre à mes côtés plutôt qu'avec Raphaël, alors nous nous retrouverons.

— Mais je ne veux pas te quitter ! tonnai-je, ne retenant plus mes larmes.

Il attira mon corps près du sien et me prit dans ses bras. La tendresse de son étreinte entretint mes sanglots. J'étais perdue et éperdue. Et maintenant que je lui avais avoué mes sentiments, en même temps que les révéler à moi-même, je réalisai que je ne souhaitais plus qu'une chose : rester auprès de lui.

— On y réfléchira plus tard, d'accord ? dit-il à mon oreille. J'aimerais profiter pleinement de ce mois avant de me prendre la tête avec tout ça. Les emmerdes vont vite arriver. Faisons-en sorte de profiter l'un de l'autre avant qu'elles nous tombent dessus. Tu peux faire ça, pour moi ?

Sa main releva mon visage. Son souffle chaud asségha mes larmes. Il me sourit. Alors, je l'embrassai et mis toute ma passion dans ce baiser. Nos langues se mêlèrent, nos corps s'embrasèrent et nos mains se trouvèrent. Puis je me détachai de ses lèvres, décidée à laisser la culpabilité qui me rongeait dans un coin de mon esprit, et prononçai ces mots :

— Je suis d'accord.

Ses bras me positionnèrent sur le dos. Ses lèvres capturèrent les miennes. Et malgré l'ombre menaçante planant au-dessus de nous, Connor et moi fîmes l'amour…

Et ce fut lent, ardent et majestueux…

Et le compte à rebours commença…

UN MOIS…

CHAPITRE 13

*A*lors que j'étais endormie, sans qu'aucun cauchemar ne trouble mon sommeil, Connor en avait profité pour ramener le bateau au port de plaisance que nous avions quitté la veille. Après des heures à lézarder dans le lit, nous allâmes nous doucher dans la minuscule salle d'eau. Connor avait insisté pour que je me lave avec lui. J'avais éclaté de rire lorsque la cabine avait failli céder sous la pression, alors qu'il me plaquait maladroitement contre la paroi. Il laissa échapper un juron, comprenant qu'il ne pourrait pas assouvir son désir comme il l'entendait.

— Je vais devoir investir dans un yacht, putain !

Puis il m'embrassa, sa bouche dévorante ne quittant plus la mienne, tandis que l'eau chaude s'écoulait sur nos corps embrasés.

Quand je sortis de la douche, nue, Connor me suivit, m'attrapa le bras, le tira, et colla sa peau humide contre la mienne. Nous restâmes un moment, là, au milieu de la cabine inférieure, nos mains parcourant chaque centimètre du corps de l'autre. Un flot d'émotions se déversa en moi. Le temps se suspendit.

Un bruit sur la coque m'extirpa de ma transe doucereuse. Je me détachai de la bouche de Connor. Ses yeux se fixèrent sur la mienne. Je souris. C'est alors que la porte s'ouvrit soudain. Jack fit irruption, un air particulièrement enjoué sur le visage, quand il nous découvrit dans cette posture délicate. Ma tête se tourna vivement dans sa direction. Mes joues cramèrent. Je filais à la vitesse de l'éclair me réfugier sous la couette. Connor demeura planté là, me dévisagea et se mit à rire à gorge déployée.

— Bonjour, Monsieur.

— Bonjour, Jack, le salua Connor en se dirigeant vers lui, hilare.

La vue était surréaliste. Connor était de dos, son corps tatoué et ses fesses finement musclées à l'air libre, aux côtés de son majordome en costume, guindé. Ce dernier ne sembla pas s'émouvoir de la nudité de son maître et lui tendit un grand sac noir.

— Merci, Jack.

— Tout est prêt, Monsieur. Vous partez dans trois heures.

— Très bien.

Jack hocha la tête et se dirigea vers la kitchenette. Il sortit du placard un paquet de café moulu et versa un peu de son contenu dans un filtre. Il remplit ensuite la cafetière d'eau et l'actionna. Durant ce temps, Connor était venu me rejoindre sous la couette. Il s'approcha et enroula ses bras autour de ma poitrine. Moi, je restai là, hébétée.

— Mais bordel, Jack, je suis à poil ! m'exclamai-je, alors que le majordome commençait à faire cuire du beurre dans une poêle.

Connor se gaussa. Je le fusillai du regard.

— T'es sérieux ?

— Oh… Ma princesse… Je ne l'ai jamais autant été !

— Mademoiselle, j'ai déjà vu une femme nue, je vous rassure, déclara Jack en brisant la coque d'un œuf, avant de verser son contenu dans la poêle. Peut-être pas d'aussi jolie que vous, cependant.

— Je croyais que nous ne devions être que tous les deux, lançai-je à Connor, les yeux toujours aussi écarquillés.

— Nous le serons, beauté, me rassura-t-il. Avec Jack.

— Ça fait trois, si je ne m'abuse.

— Écoute. Nous n'avons qu'un mois devant nous, alors il n'y a pas de temps à perdre. Jack s'occupera de tout organiser, et nous deux, nous n'aurons plus qu'à profiter de ses bons soins, et nous laisser porter.

Il sourit et tapota mon nez avec son index.

— Cela veut donc dire que je n'aurais pas d'intimité durant un mois, si je comprends bien, répliquai-je, ahurie.

— Pas le temps pour ça, jolie princesse. Je veux être libre de te voir nue et te faire l'amour, à n'importe quel moment de la journée. Que Jack soit là ou pas.

— Je saurais me montrer discret, Mademoiselle, déclara Jack, sans quitter sa poêle des yeux.

— Vous êtes dingues tous les deux, vous en avez conscience ?

— Venez plutôt vous installer, lança le majordome, les yeux toujours fixés sur sa poêle et ignorant ma remarque. Je vous ai préparé du thé, je sais que vous le préférez au café.

Je l'observai, l'air ahurie. Puis je plissai les yeux et me levai. Je cherchai ma robe quelque part sur le sol, mais elle avait disparu.

— Dans le sac, Mademoiselle, me lança Jack, sans se tourner.

J'allai en direction du sac, l'ouvris et en sortis les vêtements que le majordome m'avait préparés. Mes lèvres glissèrent vers le haut à cette attention. Connor le remarqua et m'envoya un clin d'œil. J'enfilai mes dessous, un jean et un haut noir. Je me lançai ensuite, pieds nus, en direction de Jack et lui déposai un baiser sur la joue. Son cou se mit à rougir.

— Qu'on soit clair, Jack, murmurai-je à son oreille, si l'envie me vient de m'envoyer en l'air avec votre patron, il n'est pas question que vous assistiez au spectacle. C'est compris ?

Jack se retourna, portant sa poêle dans une main et affichant une expression amusée.

— Voyons, Mademoiselle, Monsieur plaisantait !

Connor éclata de rire. Ma tête se tourna vers lui et je la secouai tant il m'exaspérait. Je pris place à table. Jack me servit le thé et des œufs au plat, avec des tranches de pain grillées. Connor se leva, enfila un boxer et vint me rejoindre.

— Alors, quel est le programme ?

— Mon jet se trouve dans une petite ville à deux heures d'ici. Dès que tu auras posé tes jolies fesses à l'intérieur, nous partirons dans un endroit où il fait plus chaud.

Trois heures plus tard, nous nous envolâmes, Connor, Jack et moi, pour une destination qui m'était toujours inconnue.

29 JOURS...

CHAPITRE 14

*L*a Louisiane était un État où l'air était brûlant, humide, et dont l'ambiance était aussi échauffée que sa météo. Le ciel irradiait d'une jolie couleur cuivrée, les arbres déployaient leurs feuilles d'un vert soutenu dans leur écrin de forêt. Je m'y sentais bien, même si les moustiques avaient tendance à s'acharner à faire de moi leur victime.

La maison de Connor se trouvait aux portes de Bâton Rouge, en face du fleuve Mississippi. La façade blanche abritait un porche, dont les quatre colonnes soutenaient un large balcon qui prenait tout l'espace d'une immense chambre. Une chambre qui offrait une vue imprenable sur un jardin légèrement en pente et où je séjournais avec mon bel amant. En contrebas, un ponton menait jusqu'à un petit bateau à moteur, n'attendant que des passagers pour s'élancer sur le fleuve.

Je lézardais au soleil, vêtue d'une petite robe à fleurs, et portant des lunettes de soleil qui m'étaient devenues indispensables. Ma peau collait au tissu de ma robe, et mes pieds n'avaient rien connu d'autre que des sandales depuis mon arrivée, deux jours plus tôt.

Jack avait compris que je n'étais pas habituée au climat de La Nouvelle-Orléans. Alors il était aux petits soins et m'amenait, à l'instant même, un thé glacé que j'acceptais en le remerciant d'un large sourire. Je commençais à m'accoutumer à sa présence constante, et son service me permettait de profiter pleinement du propriétaire des lieux, sans m'encombrer d'autres tâches. Je pouvais ainsi me plonger dans les journaux de Carmichael dès que l'envie m'en prenait, et passer le reste du temps avec Connor. De plus, une amitié commençait à se tisser entre le majordome et moi, et son affection me touchait un peu plus chaque jour.

— C'est quelle année, cette fois ? demanda-t-il.

— 1811.

— J'espère que ça sera plus passionnant que les précédents volumes.

— Croyez-en mon expérience, Jack, il vaut mieux qu'il ne s'y passe pas grand-chose. Parfois, ces lectures m'ont tellement ébranlée que j'ai mis des jours à m'en remettre.

— À cause de votre pouvoir de projection, c'est ça ?

Je hochai la tête. Jack posa une main sur mon épaule, puis se retira. Je plongeai de nouveau dans les mémoires de Carmichael, espérant trouver un indice au sujet de l'immortel qui, d'après les pensées des traîtres que Prisca avait débusqués, serait à la tête du Collectif Delta.

« JOURNAL DE CARMICHAEL N° 47, 1811 »

« *Il n'était pas encore vingt heures quand j'entrai dans le bureau de mon père. La large pièce était sombre, comme l'ensemble du mobilier, et comme le maître des lieux. Mon regard se confronta à Égéria qui, malgré son infirmité, avait détecté ma présence à peine avais-je franchi le seuil. À ses côtés se tenaient Catherine, une proche amie de mon père, ma sœur Prisca, et Connor, mon jeune frère d'à peine quinze ans. Mes yeux balayèrent l'endroit et je me figeai quand je découvris, face à mon père, trois hommes enchaînés au mur. Leurs ventres embrassaient la pierre froide, leurs dos nus et en sueur se révélaient à mes yeux. Bâillonnés, ils émirent quelques gémissements étouffés, pensant sans doute que je pourrais leur fournir une quelconque aide. Leurs poignets, en sang, me firent comprendre qu'ils souffraient de cette position depuis un très long moment.*

— Ah. Carmichael ! me lança mon père. Tu tombes à point nommé.

J'écarquillai les yeux, puis les reportai sur Catherine. Elle se tenait derrière le bureau, les poings sur les hanches, posés au-dessus de son formidable jupon. Sa chevelure brune était relevée dans un chignon à la mode, ses yeux verts et acérés me toisaient, tandis qu'un sourire marquait son visage. Connor n'avait pas détourné la tête et fixait les prisonniers, sans expression. Ses cheveux avaient poussé depuis la dernière fois que je l'avais vu. Sa mâchoire s'affirmait, son corps était presque celui d'un homme fait. Il tourna enfin son regard insondable dans ma direction.

— Bonsoir, mon frère, le saluai-je en inclinant légèrement la tête.

Il imita mon geste, mais n'émit pas un mot. Mon père esquissa un rictus avant de s'asseoir derrière son bureau, tel un roi posant son séant sur son trône.

— Je suis ravie de te revoir, Carmichael, me lança enfin Catherine.

Elle était la tutrice de Connor et s'occupait de lui depuis le jour où je l'avais amené à Londres, cinq ans plus tôt. Magnus lui avait confié l'éducation de mon frère, s'assurant régulièrement qu'elle remplissait sa mission comme il l'entendait. Elle était devenue veuve peu de temps auparavant. Je savais pourtant qu'elle avait été l'amante de mon père durant de nombreuses années. Mais Catherine avait vieilli, et ses trente-cinq ans avaient sonné le glas de leur relation. Malgré la rudesse de cette rupture, elle n'en avait pas pris ombrage. Depuis, elle vivait seule avec Connor, et plutôt confortablement, dans le plus chic des quartiers londoniens, le tout aux frais du Grand Maître. Je détournai les yeux vers le coin de la pièce. Ma sœur se tenait droite comme un i. Son regard se posa sur moi, et il ne me fut pas difficile de deviner qu'elle était soulagée par mon arrivée.

— Peut-on savoir ce qu'il se passe, ici, père ? me risquai-je à demander, malgré la réponse évidente.

— Voici trois traîtres qui ont essayé de s'en prendre à moi. Tu imagines cela ?

— Personne ne serait assez stupide pour vous affronter, vous le savez. À moins d'être suicidaire. Qu'ont-ils fait ?

— Ils m'ont volé !

— Qu'ont-ils volé ?

— Mille livres. Tu te rends compte ?

— Ils n'ont que la peau sur les os. Ils auront voulu se sortir de leur condition, voilà tout.

— Voilà tout ! gronda mon père, offusqué par ma remarque.

— Père. Je vous ai déjà exposé mon projet de rente annuelle. Vous l'avez refusé sans vous attarder une minute sur les bienfaits qu'une telle mesure entraînerait. Vous n'auriez plus à vous soucier des voleurs ou des rebelles si vous consentiez à m'écouter.

— Tu insinues que nous devrions inciter les natifs à l'oisiveté, c'est cela, Carmichael ? émit la voix nasillarde d'Égéria.

— Cela fait des siècles que vous êtes oisive, prêtresse, rétorquai-je sans ambages. Vous êtes bien mal placée pour juger ces pauvres hommes.

— Pauvres hommes ! répéta mon père, la colère transperçant sa voix.

— Carmichael a raison, père, me soutint ma sœur. Si nous offrons une vie convenable aux membres de notre communauté, ils deviendront plus dociles et vous poseraient moins de problèmes.

Mon père écouta les paroles de ma sœur. Même si elle le décevait à bien des égards, il avait toujours fait montre d'un certain respect à son attention. Elle était sa seule fille et, comme elle lui ressemblait comme deux gouttes d'eau, son orgueil ne pouvait supporter que son caractère soit si différent du sien. C'était pourtant le cas.

— Je vais y réfléchir, lâcha-t-il, acculé.

Catherine marqua un soupir de soulagement. Prisca échangea un regard avec moi. Égéria ne montra aucune émotion.

— Cependant, ces trois-là ne vont pas s'en sortir aussi facilement, poursuivit mon père avec un sourire sinistre s'établissant sur ses lèvres. Connor, approche.

J'aurais juré qu'un frisson avait traversé mon jeune frère à la seconde où il avait entendu son prénom. Il s'exécuta. Magnus ouvrit un tiroir de son bureau et en sortit un fouet. Il le tendit à Connor, qui fixa l'objet avec des yeux éberlués.

— Tu n'as pas encore révélé tes pouvoirs, mon fils, lui lança Magnus dont la sollicitude dans la voix n'était qu'artifice. Le jour de ton éveil natif, tu devras être prêt à commettre le pire pour asseoir ton pouvoir. Car si tu es ce que je pense que tu es, alors je te nommerai Seigneur du Territoire de l'Ouest, mon enfant.

— Je l'ai vu, tonna Égéria d'une voix assurée, il sera chef, il sera même roi.

— Tais-toi, vieille femme ! la fustigea Magnus. S'il veut se nommer roi de son territoire au lieu de seigneur, c'est son problème, tant qu'il m'obéit. Mais avant, mon cher fils, il faut me prouver que tu mérites cet honneur.

— Co... comment ? balbutia Connor, alors que ses yeux ne pouvaient plus quitter le fouet dans ses mains.

Mon père se tourna dans ma direction.

— Sais-tu ce qu'a fait ton frère pour mériter mon respect, Connor ?

— Non, lui répondit mollement ce dernier.

— Il a massacré pas loin d'une trentaine de colons. Des femmes et des enfants.

— Arrêtez ça ! criai-je soudain de ma voix caverneuse.

— C'est pourtant la stricte vérité.

— Les circonstances n'étaient...

— Tu l'as fait, Carmichael, me coupa mon père, voici la seule vérité ! Et tu m'as rendu fier.

Connor leva ses yeux vers moi et m'observa un instant. Les paroles de Magnus s'insinuaient dans son esprit comme du poison. Puis, subitement, il contourna le bureau d'un pas décidé et se posta face aux trois prisonniers. Le fouet se déroula jusqu'au sol.

— Père, je vous en prie, stoppez cette folie ! l'implora Prisca. Il est trop jeune.

Les mots de ma sœur n'eurent aucun écho. Catherine observait la scène d'un œil sombre. Et moi, je restai là, conscient qu'il n'y avait plus rien à faire. Ce que je redoutais en emmenant mon frère dans cet endroit se produisait sous mes yeux.

Le claquement du premier coup de fouet déchira l'atmosphère. Une plainte s'échappa de la gorge d'un des prisonniers. Connor se figea un instant avant d'asséner son prochain coup. Catherine s'approcha de lui et posa une main sur son épaule.

— Tu es le digne successeur de ton père, lui dit-elle. Je suis fière de toi. Si tu veux devenir un homme natif digne de ce nom, tu devras commettre des actes qui te rebuteront, et ne jamais oublier tes obligations ni ton rang. Un homme bien comme il faut sait cela.

Connor échangea un regard avec sa mère adoptive.

— Vous ne pouviez me faire plus beau compliment, chère mère.

Elle lui sourit. Et le second coup de fouet claqua.

Voir Connor s'acharner sur les corps des suppliciés devint vite insoutenable. Au bout d'une dizaine de coups, il respirait comme un bœuf. Au bout d'une vingtaine, je crus voir des larmes jaillir de ses yeux. Au bout de cinquante, il n'était plus qu'un automate exécutant les ordres, laissant ses émotions tapies dans un recoin de son esprit. C'était de cette manière que mon père s'y prenait, je ne le savais que trop bien. Mais Connor n'avait que quinze ans...

Il fallut près d'une centaine de coups avant que les trois hommes meurent. Quand ce fut fini, mon frère était couvert du sang des prisonniers, l'œil hagard et la respiration incertaine. Son corps, en sueur, semblait vouloir fléchir sous son poids.

Après un long silence de mort, Magnus l'applaudit et le serra dans ses bras. Alors, je vis se dessiner ce que je n'avais jamais vu sur les traits de Connor : un sourire.

UN PEU PLUS TARD, dans cette sinistre journée, je m'apprêtais à quitter cet endroit maudit. Mon père me suivit jusqu'à ce que je monte sur mon cheval. C'est là que je décidai de lui exprimer le fond de ma pensée, et de juger sévèrement ses actes, pour la toute première fois.

— Tu commets une grave erreur avec lui.

Magnus m'observa, circonspect. Un voile de colère traversa ses yeux. Je soutins son regard, car la haine féroce qu'il m'inspirait se lisait dans le mien.

— *Depuis quand tu te permets de me tutoyer, Carmichael ?*

— *Depuis maintenant, répliquai-je sèchement. Après ce que je viens de voir dans ce bureau, je réalise que je ne te dois plus aucun respect.*

Je claquai des talons sur les flancs de ma monture, et m'élançai au galop, le laissant rouge de fureur. Je sentis alors qu'en exprimant ces mots, un poids avait quitté ma poitrine. Et, alors, moi aussi je souris. »

— TA LECTURE EST TERMINÉE pour l'instant, princesse.

Connor arracha le journal de mes mains. Je levai les yeux et rencontrai son visage. Je tentai de contenir le choc que m'avait provoqué cette immersion dans le passé. Il n'eut pas l'air de le remarquer et se pencha afin de poser un tendre baiser sur mes lèvres. Mon cœur battait à tout rompre. Dès qu'il recula un peu, je respirai un grand coup, tentant de dissimuler mon émoi. Il prit cela comme un soupir de satisfaction. Cela aurait pu être le cas, mais je repensai à ce qu'il avait dû commettre sous les ordres de son père, et la violence avec laquelle il s'était exécuté. À quinze ans… Avant qu'il se relève, j'avais repris une expression plus enjouée. Je ne voulais pas lui relater ce que j'avais lu, et ainsi le replonger dans son obscure histoire personnelle. Seul son avenir était important à mes yeux, et je comptais bien profiter des prochaines semaines à ses côtés, sans que l'ombre de son passé vienne les ternir. Je m'étais déjà promis qu'en aucun cas je ne laisserais les journaux de Carmichael ternir les moments précieux que je vivrais en compagnie de l'homme que j'aimais.

Connor élargit un sourire si ensorcelant que je n'eus plus à jouer la comédie. Sa fossette creusée sur sa joue m'envoya tout droit au paradis. Il portait des lunettes de soleil de style aviateur qui le rendait si sexy que j'eus du mal à déglutir devant cette vision. Il tendit la main, je l'attrapai et me levai. Il me serra la taille.

— Allez, viens, dit-il en me giflant une fesse.

Je le suivis à l'intérieur de la maison à l'architecture coloniale, en caressant la brûlure sur mon postérieur et en lançant quelques jurons bien sentis à son attention. Nous traversâmes le couloir menant à la porte d'entrée. Jack déposa des clés de voiture dans la main de Connor.

— Passez une belle soirée, Monsieur, déclara le majordome en me lançant un clin d'œil.

Je répondis par un sourire.

Quelques minutes plus tard, je montais dans la jeep décapotable flambant neuve de mon bel amant. Je ne demandais pas où nous allions, il ne me répondait jamais. Alors je me laissais aller et appréciais la sensation du vent sur mon visage, l'odeur des arbres s'insinuant dans mes narines, se mêlant à celle, plus forte, des marécages du bayou. Elle m'était devenue agréable, je commençais à m'y habituer. J'espérais qu'il en serait autant avec cette chaleur humide. Connor tourna la tête vers moi, posa une main sur ma cuisse et reporta son attention sur la route. Résolue à vivre l'instant présent, j'étais heureuse. Si heureuse... Je laissai les journaux de Carmichael au passé. L'enfance de Connor avait fait de lui celui qu'il était, et je l'aimais. Je l'aimais peut-être d'autant plus sachant ce qu'il avait vécu. Puis mon esprit dériva vers Ethan. Je savais que lui aussi avait été élevé par Magnus depuis sa naissance. Je n'osais même pas imaginer ce qu'il lui avait fait subir, prenant alors conscience des actes qui avaient dû bâtir la personnalité si étrange de mon oncle. Refusant de me laisser engloutir par la tristesse de cette pensée, je détournai mes yeux en direction de mon amour.

Nous arrivâmes à Bâton Rouge. Connor se gara et m'attrapa la main dès que je sortis du véhicule. Une musique entraînante résonna à mes oreilles.

— Le quartier français, m'extasiai-je en admirant la structure rectiligne des bâtiments historiques de la capitale de la Louisiane.

Connor confirma d'un clin d'œil. Une fête de tous les diables se déroulait dans la rue. Des percussions battaient le rythme des pas des badauds. La main de mon amant tira mon bras et m'incita à me mêler à la foule. Mes yeux parcoururent avec admiration tout ce qui se trouvait à leur portée, tandis que j'emboîtais le pas à Connor et tentais, en vain, de suivre la cadence de la musique. Il passa une main au-dessus de mes épaules et attira ma joue contre sa poitrine. J'appréciai vivement la chaleur de son corps, malgré celle de l'air ambiant.

Nous marchâmes une centaine de mètres avant que Connor nous extirpe de la cohue. La nuit tombait. Il ouvrit la porte du restaurant *Le Cajun* et m'invita à entrer. Un serveur nous salua et vérifia la réservation avant de nous inviter à l'arrière de la bâtisse, dans la cour extérieure. Un grand jardin était traversé par un petit ruisseau, au-dessus duquel était érigée une passerelle en bois. Des flambeaux brûlaient dans chaque recoin et des lanternes étaient suspendues aux branches d'arbres centenaires. Toutes ces lumières vacillantes renforçaient le charme romanesque de l'endroit. Nous avançâmes sur un petit chemin pavé, jusqu'à un cercle de cailloux blancs surplombé d'une table en pierre. Les flammes des chandelles oscillaient sous le ciel étoilé. Tout l'espace de la cour nous était réservé.

Je serrai la main de Connor.

— Jack s'est surpassé ! lançai-je, ébahie.

— Jack n'a fait que passer un coup de fil pour réserver, princesse.

Mes yeux se posèrent sur son visage et je me mordis la lèvre inférieure tant son air faussement vexé renforçait la beauté de ses traits. Je savais qu'il n'avait pas l'habitude de prodiguer ce genre d'attention, alors il souhaitait au moins s'attribuer le mérite de cette soirée. Je l'embrassai pour lui signifier à quel point cela me touchait.

Le serveur voulut tirer ma chaise, mais Connor s'interposa sans ménagement et faillit le faire trébucher. Je m'y installai en m'excusant à sa place et pris le menu que le jeune homme nous tendait maintenant avec des yeux effarés.

— Je te conseille la spécialité locale, le gumbo, déclara Connor, après avoir commandé le vin.

Le serveur se retira, me laissant ainsi le temps d'examiner la carte. J'étudiai la composition du plat recommandé par le roi natif, et décidai de me laisser tenter.

— C'est pas trop épicé ? demandai-je.

— Juste ce qu'il faut pour une princesse aussi « épicée » que toi.

— Vraiment, Connor ? lâchai-je sans quitter le menu des yeux. C'est la meilleure blague que tu aies trouvée ?

Il rit et posa sa main sur la table tandis que je relevai la tête en haussant les sourcils.

— OK, ce n'était pas ma meilleure sortie, concéda-t-il. Comme tu peux être... « piquante », parfois !

— Tu recommences...

— Tu me tends des perches qu'il m'est difficile de ne pas saisir.

— Je connais une perche que je saisirais bien, là, maintenant.

Il fit les yeux ronds, et je m'esclaffais à mon tour.

— Elle était vraiment nulle, celle-ci, se renfrogna-t-il.

— Tu trouves ? dis-je en posant ma main sur la sienne. J'apprends du meilleur, pourtant !

Le serveur revint et prit nos commandes. La musique provenant de la rue tintait dans les airs. La chaleur harassante n'était pas tombée, malgré la fin du jour.

— Alors, tu en es où, dans les journaux de mon frère ?

— 1811.

Une ombre passa dans ses yeux. Je lui envoyai un sourire affable.

— Je n'ai pas l'intention de me laisser déstabiliser par ton passé, le rassurai-je.

— Mon passé est le passé, et je l'assume. Je ne veux rien te cacher. Plus jamais.

Cette déclaration me toucha. Je serrai sa main. Il enchevêtra ses doigts dans les miens. Mes yeux les observèrent et je remarquai le médaillon à tête de lion suspendu à son poignet.

— Qui d'autre que moi est au courant, au sujet de ton enfance ?

— À part mon frère et toi ? Personne.

— J'ai été bouleversée par ce passage, au sujet de ton petit frère, lui confiai-je. Je n'ose imaginer ce que tu as dû ressentir lors de cette brutale séparation.

Sa main se détacha de la mienne. Il se cala dans le fond de sa chaise.

— J'en ai beaucoup voulu à Carmichael de m'avoir tiré de là. Je crois même que cette amertume ne m'a jamais vraiment quitté. Longtemps, je me suis demandé si mon petit frère serait mort, si j'étais resté auprès de lui.

Il s'arrêta de parler une minute. Je ne pris pas la parole, sentant que c'était l'heure pour lui de faire des confidences qu'il n'avait peut-être jamais faites à personne.

— Non. Je sais qu'il n'aurait pas crevé sous les coups de son père si j'avais été là, reprit-il. Je ne l'aurais jamais permis. J'étais peut-être jeune, mais je savais le protéger. Quand on m'a arraché à lui, j'ai haï mon frère et j'ai haï mon père. S'il n'y avait pas eu Cathy, je me serais enfui loin des natifs à la minute où j'ai appris la mort de Brian.

— Cathy est Catherine, c'est ça ? me fis-je confirmer. La femme à laquelle Magnus t'a confié ?

— C'est elle.

— Était-elle quelqu'un de bien ? demandai-je, voulant connaître l'opinion de Connor au sujet de la femme que j'avais découverte dans ma récente et sombre lecture.

— Elle l'était avec moi. Avec le reste du monde, elle pouvait se montrer implacable. Je lui dois beaucoup. Elle a tenté de faire d'un enfant brisé un homme « bien comme il faut », comme elle disait.

— Tenté ? relevai-je.

— Je suis loin d'être un homme « bien comme il faut ».

— Tu pourrais le devenir.

— Je ne crois pas.

— Je suppose que tu as raison, affirmai-je en détournant mon regard de lui.

— Eh bien, je pensais que tu avais une meilleure opinion de moi ! s'insurgea-t-il avec un sourire en coin.

— Tu n'as jamais été aussi loin de la vérité !

— Mon cœur saigne, dit-il en faisant semblant de planter un couteau dans son palpitant.

— Tu viens toi-même de dire que tu n'étais pas ce genre d'homme.

— C'était pour voir si tu me contredirais !

Je ris. Il m'imita, puis se rua sur son assiette lorsque les plats furent servis. Je bus une gorgée de vin. Ses yeux se plissèrent sous l'effet d'un sourire. Ses lunettes de soleil, devenues inutiles, maintenaient sa chevelure en arrière. Je le contemplai.

— Je te trouve captivant.

Ses yeux s'élargirent, sa bouche s'entrouvrit.

— Un compliment de la part d'Isabelle Valérian, je tombe des nues !

— Je fais souvent des compliments ! me défendis-je.

— Je ne me rappelle pas en avoir déjà entendu un sortir de ta bouche, si ce n'est celui que tu viens tout juste de me faire.

— C'est faux !

— C'est vrai.

Je réfléchis et essayai de me souvenir de ma dernière attention envers lui. Rien ne me vint.

— Je les dis dans ma tête, déclarai-je après avoir réalisé qu'il avait raison.

— Ça ne compte pas, puisque je ne les entends pas.

Je plissai les yeux et soupirai.

— Tu n'es pas non plus très versé dans les remarques affectueuses.

— Tu plaisantes, j'espère ! Je t'ai avoué mes sentiments je ne sais combien de fois, à l'écrit et à l'oral, alors que je ne l'avais jamais fait pour qui que ce soit !

— Je les ai avoués aussi ! lui rappelai-je.

— Oh oui ! Et ça a été si simple d'ailleurs de te les arracher ! ironisa Connor. Il a fallu que je t'emmène sur un bateau au milieu de l'océan Atlantique, que je t'y pousse grâce à la ruse, et que je t'excite jusqu'à ce que tu ne sois plus capable de réfléchir. On ne peut pas dire que ça a été évident ! D'ailleurs, j'aimerais te faire remarquer que depuis cette nuit-là, tu ne me l'as plus jamais dit.

— Dire quoi ? me moquai-je.

— Putain, tu me cherches, princesse.

— OK. Je te le concède. Je suis peut-être un peu timide.

— Timide ?! répéta-t-il, effaré. Tu me fais marcher, là ?

Je haussai les épaules et élargis un sourire crispé.

— Peut-être pas vraiment, d'accord. T'ai-je blessé pour que tu en fasses toute une histoire ?

Il s'esclaffa, but une gorgée de vin, et reposa son verre en me fixant. Son regard, dont l'intensité s'amplifiait sous ses longs cils noirs, me provoqua un frisson exquis.

— Je suis peut-être un peu blessé, en effet.

Il ne l'était pas du tout.

— Ce n'était pas mon intention, dis-je, décidée à rentrer dans son jeu. Comment puis-je me faire pardonner ?

Son index tapota son menton, pendant qu'il réfléchissait activement à ma proposition. Je commençai à regretter ma question.

— Je vais te demander de me révéler tout ce que tu as pensé de moi, le soir de notre première rencontre, au bal.

— Pourquoi ferais-je une chose pareille ? Tu sais ce que j'ai pensé de toi. On en a déjà parlé.

— Pas du tout.

— Bien sûr que si, répliquai-je.

— Jamais.

— Ta mémoire te fait défaut.

— Absolument pas, asséna-t-il sans se démonter. Tu ne m'as parlé qu'une seule fois de cette nuit-là, et c'était pour me dégager de ta chambre, après avoir entendu des paroles déplacées que je ne pensais pas.

— « *Une femme quelconque, inintéressante, banale, et un second choix comparé à sa mère.* »

— Tu ne réussiras pas à me détourner de mon objectif en répétant ces mots, Isabelle. Tu devais te faire pardonner, tu te souviens ?

— Toi d'abord.

— Pas question. Je t'ai déjà tout écrit dans le carnet.

— Bon, OK. J'ai trouvé que tu étais fascinant.

— Princesse, j'attends mieux de toi.

Je soupirai. Ses lèvres se retroussèrent. Je baissai les yeux, espérant un instant me dérober. Puis j'abdiquais. J'inspirai profondément avant de fixer mon regard sur lui, et me lançai. Je ne réalisais pas encore qu'une fois que j'aurais prononcé les premiers mots, je deviendrais inarrêtable.

— Quand je t'ai remarqué dans la salle de Pomone, ce soir-là, je me suis arrêtée de respirer un instant. Je ne t'avais jamais vu, je ne savais pas qui tu étais. Pourtant, dès que j'ai posé les yeux sur toi, il n'y avait plus personne d'autre. Évidemment, ta manière agressive de me regarder m'a douchée dès le départ, mais mon corps ne voulait rien entendre. C'est comme si une main derrière mon dos me poussait vers toi. Quand j'ai vu ton sourire, j'étais perdue. J'ai flippé comme jamais. Puis, tu es apparu devant moi, et je crois n'avoir jamais rien ressenti de tel. J'étais bouillante, je te voulais. Il n'y avait plus que toi. Tu m'as emportée à l'écart, et quand j'ai vu ton torse tatoué, ça m'a brûlé les rétines. Je t'ai trouvé sublime, torride… divin. Je n'avais plus qu'une envie, c'était de poser mes mains sur toi, sentir ta peau, te toucher. Lorsque je t'ai vu nu, j'ai suffoqué. Je n'avais jamais rien vu d'aussi somptueux. Ton corps est une œuvre d'art à mes yeux. Tes fesses sont si magnifiques que je pourrais rester des heures à les contempler. Et lorsque tu m'as fait l'amour, alors je crois avoir atteint les cieux. J'avais cette sensation étrange que tu m'appartenais, et la symbiose entre nos deux corps était si évidente et fulgurante que je croyais pouvoir mourir d'extase. Je n'avais jamais été aussi heureuse que dans tes bras, ou quand tu m'as prise avec toute la passion qui t'habitait. Je ne savais même pas ton nom, mais je m'en moquais, car j'avais le sentiment que nous étions faits l'un pour l'autre, mon corps me l'affirmait. Je suis tombée amoureuse de toi avant même de savoir qui tu étais. J'ignorais encore que les coups de foudre existaient, maintenant je le sais. Je t'aime, Connor. Je t'ai aimé à la minute où je t'ai rencontré, et je suis certaine aujourd'hui que je t'aimerai toujours.

Un long silence suivit ces paroles. Une mélodie langoureuse jouée au saxophone résonna dans l'air. Connor resta un moment figé, hébété par mes déclarations. Je me sentis soudain gênée en réalisant tout ce que je venais de déclarer, et le rose me monta aux joues. C'est alors qu'il émergea de sa transe, les pupilles embuées et dilatées.

— Princesse…

Ses lèvres laissèrent traîner mon surnom, puis, dans un souffle, et avant que je puisse réaliser ce qu'il se passait, il m'emporta avec lui derrière un immense chêne, planté dans le fond du jardin du restaurant. Son large tronc nous dissimulait de tous. Connor fit glisser les bretelles de ma robe. Le tissu tomba sur mes hanches, mes seins se dressèrent à l'air libre. Il en empoigna un tandis qu'il arrachait ma culotte. En un geste, il baissa son pantalon et me souleva une jambe, me plaquant contre l'arbre. Il me pénétra d'un coup brusque. Je laissai échapper un petit cri qu'il captura de ses lèvres.

— Tu devrais me faire des compliments plus souvent, ma beauté.

Mes mains se glissèrent dans ses cheveux. Ses lunettes de soleil tombèrent au sol. Je tirai quelques mèches et l'embrassai comme si toute raison m'avait quittée. Son bassin se mit en mouvement. Son visage s'enfouit dans mon cou. Ses hanches claquèrent contre les miennes. Je haletai et gémis, tandis qu'il dévorait ma nuque de baisers. Une de ses mains m'attrapa une fesse, l'autre m'agrippa une épaule. Le feu se répandit dans mes veines. Mon cœur battait la chamade. Mon échine irradia d'une chaleur dévorante. Mes bras s'enroulèrent autour de son torse.

— Je t'aime, soufflai-je à son oreille.

Ses lèvres remontèrent vers les miennes. Il me sourit. Le bonheur se lisait sur son visage, et je n'avais jamais rien vu d'aussi merveilleux.

NOUS FÎMES l'amour sur un air de jazz, dont l'air allait rester ancré dans mon esprit pour l'éternité.

27 JOURS...

CHAPITRE 15

« *Journal de Carmichael n° 53, 1817* »

« Mon père avait organisé un bal en l'honneur des vingt ans de son fils. Je n'avais jamais eu droit à un tel honneur, mais ne me montrais pas jaloux pour autant. Connor avait vécu tant de malheurs dans sa jeunesse que j'étais heureux qu'il puisse éprouver la sensation d'être porté aux nues par ses pairs, le temps d'une soirée. J'avais moi-même apprécié ces marques d'attention, après une vie d'esclavage. Je l'avais vécu comme une douce vengeance, après une vie de calvaire. Mon père espérait que Connor fut un immortel, et je devais convenir que cette possibilité existait. Les traits de son visage n'avaient presque pas bougé depuis ses dix-sept ans, l'âge de son éveil natif, où ses pouvoirs s'étaient révélés. Il était fort, puissant et usait de la télékinésie à sa guise. Je ne savais pas encore s'il avait hérité du don de télépathie, mais j'avais rapidement compris qu'il était hermétique à celle de mon père. Et, si on considérait que seuls les immortels restaient impénétrables à l'esprit du Grand Maître, cela confirmait cette hypothèse.

. . .

J'ALLAI *le rejoindre dans sa maison de Kensington. Une domestique m'ouvrit. Je retirai mon chapeau haut de forme et le lui tendis. Mes cheveux tressés en arrière, mes yeux émeraude fixés sur la jeune demoiselle, je souris en requérant mon jeune frère. Elle rougit et s'empressa de me faire entrer dans le salon. J'allais l'y attendre en admirant le tableau qui surplombait le linteau de cheminée. Il représentait Connor, vêtu d'une redingote d'un vert sombre, d'une chemise blanche et d'une cravate noire. Il affichait une prestance étonnante, si on considérait son jeune âge au moment de la réalisation de ce portrait. Un bruit derrière moi me fit me retourner.*

— *Quel plaisir de te voir, Carmichael ! s'exclama la maîtresse de maison.*

— *Plaisir partagé, Catherine, lançai-je en inclinant la tête.*

— *Il a presque fini de se préparer.*

— *Le fiacre nous attendra dehors des heures, s'il le faut. J'ai tout mon temps.*

Catherine tapa dans ses mains et la domestique, rencontrée un peu plus tôt, fit irruption dans la pièce. Elle lui commanda des rafraîchissements et m'invita à m'asseoir dans un fauteuil. C'est alors que Connor arriva. D'une beauté époustouflante dans sa tenue d'apparat, il vint me saluer. Ses cheveux mi-longs étaient portés en arrière, enroulés dans un ruban noir.

— *Quelle élégance, Connor !*

Il hocha la tête en guise de remerciement et m'adressa un léger sourire. Puis il prit place aux côtés de Catherine, qui l'observait avec le regard empli d'amour maternel. Je repensai alors à sa véritable génitrice et refoulai un air de dégoût. Elle l'avait si durement maltraité que pesait encore, aujourd'hui, cette lueur douloureuse dans les yeux de mon frère. Et Magnus n'avait rien fait pour qu'elle disparaisse.

— *C'est le grand soir pour toi.*

— *Je n'ai aucune envie d'assister à ce bal, lâcha-t-il sans emphase.*

— *Enfin, Connor ! s'insurgea Catherine. C'est un grand honneur !*

— *Dont je me passerais volontiers.*

Je le reconnaissais bien là. On toqua à la porte et, quelques minutes plus tard, mon père faisait lui aussi son entrée.

— *Mes deux fils dans la même pièce. Comme c'est charmant !*

Nous nous levâmes. Catherine fit une révérence et invita Magnus à prendre place à nos côtés. Son regard s'attarda sur Connor.

— *Faites-la entrer ! s'écria-t-il.*

La domestique ouvrit la porte du salon. Une jeune femme à peine adulte et belle comme le jour entra, les joues rosies de timidité.

— Connor, je te présente Cécile. Elle sera ta cavalière pour le bal.

La jeune femme leva lentement ses grands yeux bleus vers mon frère, mais ils se détournèrent rapidement dans ma direction. Mon pouvoir magnétique agissait sans que je ne puisse rien y faire. Connor remarqua le regard soudain avide que la prénommée Cécile posait sur moi, mais n'exprima aucune parole. Je me raclai la gorge d'embarras.

— Je ne souhaite pas de cavalière, déclara enfin mon frère, après avoir marqué son respect à l'attention de la jeune fille.

Mon père garda le silence une minute, couvant, je le savais, la colère qui lui montait au nez. Malgré ma volonté d'endiguer mon don d'attraction, il s'était passé ce que j'avais redouté dès l'entrée de la jeune femme. Ma gêne n'aurait pu être plus saisissante.

— Carmichael se propose de l'accompagner, lança Connor à notre père. N'est-ce pas, mon frère ?

Je l'observai, incrédule. L'intensité de son regard m'empêcha de deviner s'il était fâché ou soulagé de la considération de Cécile à mon égard. Je haussai les épaules, ne sachant que dire. Connor hocha la tête et me fit comprendre, d'un regard, que je lui rendais un fier service. Je me levai, et, au grand dam de mon père, tendis la main à Cécile, qui la prit en esquissant un petit sourire charmant. Magnus soupira, et nous nous mîmes en route pour les quais... »

QUELQUES HEURES après cette nouvelle lecture qui m'en disait plus sur la relation de Carmichael avec son frère, je partis avec Connor assister à un match de football américain. Tout le long du trajet qui nous mena au Superdrome de La Nouvelle-Orléans, il se comporta comme un gamin, tout excité à l'idée de voir ses idoles remporter ce match, visiblement d'importance, en fan absolu des News Orleans Saints. Je le laissai s'extasier de ses commentaires d'initié, et fis tout pour ne pas doucher son enthousiasme. Je ne réalisai pas encore que son engouement se prolongerait bien au-delà du coup de sifflet d'envoi.

— Lui, c'est Geoffrey Babbets, le quarterback, m'expliqua-t-il, sa voix débitant des mots à la vitesse d'une mitraillette déchargée. L'autre, à côté c'est Steve Rogers, il est excellent. Il a couvert plus de deux mille cinq cents yards depuis le début de la saison.

— Ah bon ? déclarai-je, comme si je comprenais un seul mot de ce qu'il me racontait.

— C'est le meilleur coureur du pays. Celui que tu vois là-bas, dit-il en m'indiquant un homme plus mince que les autres, c'est le receveur, Sam Ortega. Il n'est pas tout jeune, mais cumule les quatre-vingt-dix-neuf touchdown !

— Waouh ! m'exclamai-je, après avoir avalé, à la paille, une gorgée de mon soda.

— On verra peut-être le centième ce soir.

— Ça serait génial !

C'était l'exclamation de trop. Connor tourna des yeux suspicieux dans ma direction.

— Tu te fous de moi ?

— Pas du tout.

— T'y comprends rien, c'est ça ? comprit-il enfin.

— Je t'ai dit que j'aimais le basket-ball. J'ai jamais parlé de football !

— Mais comment peut-on aimer le basket-ball et se désintéresser du football ? s'étonna-t-il en me lançant un regard désespéré.

— Bah, peut-être que je ne suis pas très fan des armoires à glace.

— T'insinues que je suis une crevette à côté d'eux ?

— Peut-être pas une crevette.

Il s'esclaffa. Mais il dut se passer quelque chose d'important, car la foule se leva subitement, en criant et gesticulant. Les supporters se serraient dans les bras, frappant leur ventre les uns contre les autres. Une musique triomphale résonna dans tout le stade. Connor tourna alors vivement la tête en direction du terrain. Je le vis plisser ses yeux avant que ces derniers reviennent vers moi.

— Tu viens de me faire louper un touchdown !

— Il y en aura d'autres, ne t'inquiète pas.

— C'était le centième de Sam Ortega, lâcha-t-il, dépité.

— Ah, mince.

Il ferma les yeux, se pinça l'arête du nez, puis respira profondément. Le match se poursuivit quelques minutes, puis une pluie diluvienne s'abattit sur le stade, reportant la rencontre à une date ultérieure. Connor, excédé par cette interruption, sans parler du centième touchdown de Sam Ortega qu'il avait manqué, passa tout le trajet du retour à me reprocher mon ignorance du football et jura de se venger à sa façon. Après avoir regagné la maison, trempés jusqu'aux os, il me le fit payer en m'attachant aux barreaux du lit. Je me laissais faire, pensant que nous allions nous adonner à des activités lubriques et scabreuses. Je déchantais vite lorsque j'eus droit à un cours sur les règles du jeu pratiqué à la NFL, sans parler du test de connaissance que je subis juste après. Mais comme j'avais écouté les douces paroles tactiques de mon bel amant tatoué, je répondis juste à presque à toutes les questions, et fus enfin dûment récompensée. Finalement, un tout autre match s'était joué cette nuit-là.

25 JOURS...

CHAPITRE 16

« *Journal de Carmichael N° 62, 1823* »

« MON PÈRE DÉCIDA *de faire justice au château d'Altérac et je ne pus rien empêcher. L'homme et la femme avaient fomenté un complot pour destituer le Grand Maître. L'attentat avait échoué. Soixante-dix natifs étaient venus assister à leur mise à mort. Une estrade en bois avait été érigée dans la cour-jardin et les condamnés se tenaient fièrement devant toute l'assistance, malgré leur triste apparence. Magnus fit un geste en direction de Connor, qui gravit les marches, prêt à exécuter la sentence. Mon frère de vingt-cinq ans utilisa sa télékinésie et força les prisonniers à s'agenouiller. Un autre effort de concentration leur fit baisser la tête. Il n'avait accompli ce geste que pour les relever en leur tirant les cheveux.*

— Une dernière parole ? souffla-t-il aux suppliciés d'une voix sombre.

L'homme cracha. La femme garda la bouche close.

Mon frère brisa la nuque de la femme et arracha le cœur de l'homme. Un silence de plomb s'abattit sur le château.

Quand Connor brandit l'organe face à la foule, mon père vint le rejoindre sur l'estrade et annonça à tous qu'il le nommait enfin Seigneur du Territoire de l'Ouest. Mon frère serra Magnus dans ses bras. De sinistres applaudissements suivirent cette accolade et un rictus se dessina sur le visage du nouveau seigneur.

LE SOIR MÊME, mon père prit place dans la salle de Pomone, dans son fauteuil attitré, le regard fier en observant son fils. Connor détourna ses yeux vers lui et hocha la tête. Tous deux n'avaient plus besoin de parler pour se comprendre, et je n'avais pas besoin qu'ils le fassent pour deviner leurs pensées. Magnus avait fait de lui ce qu'il avait longtemps espéré avec moi : un homme sans cœur, sans remords ni regrets. Et comme il avait depuis longtemps compris son échec me concernant, l'arrivée de mon frère avait comblé tous ses espoirs. L'enfance meurtrie de Connor l'avait rendu plus revanchard que moi. La différence résidait dans le fait que j'avais apprécié, à sa juste valeur, tout ce qui m'avait été offert après une enfance douloureuse. De plus, j'avais été éduqué par un grand homme, Christophe, auquel je repensais avec émotion, et à qui je devais d'avoir eu la chance de me reconstruire loin de mon père. C'était sans doute là l'erreur qu'avait commise mon géniteur, et dont il s'était bien gardé avec Connor. Manipuler et instiller la haine était plus aisé lorsque la situation géographique s'y prêtait.

Notre différence ne s'arrêtait pas là. Contrairement à moi, Connor se moquait des atours et de l'existence confortable que lui assurait sa nouvelle vie, alors que j'en avais joui jusqu'à l'excès. Durant les quinze dernières années, entouré de Magnus et de Catherine, dont les ambitions dépassaient l'entendement, il n'avait eu d'autres choix que d'arpenter le chemin tortueux qui lui était réservé, après celui emprunté durant son enfance difficile. Cela me peina et je baissai la tête, car je ne pouvais plus rien faire pour lui. J'étais même la cause de tout cela, car je l'avais emmené auprès de ceux qui avaient fait de lui un monstre.

— Comment va Cécile ? s'enquit mon père d'un ton enjoué, comme si l'exécution n'avait été qu'une formalité dans son emploi du temps.

— Elle va très bien, répondis-je mollement.

Je fréquentai la belle Cécile depuis notre rencontre. C'était la première fois que j'entretenais une relation si longue avec une femme. Je ne brillai pas par ma fidélité, mais je l'estimais grandement. Elle ne cherchait pas à obtenir davan-

tage que ce que j'étais disposé à lui offrir, et cette relation semblait lui convenir ainsi.

— C'est une jeune femme charmante, déclara Catherine. Il est regrettable que tu n'aies pas souhaité aller au bal en sa compagnie, Connor.

Ce dernier détourna son regard vers elle et lui adressa un sourire impénétrable. Il savait qu'elle parlait du bal en son honneur, cinq ans plus tôt.

— Carmichael est plus doué que moi pour satisfaire les dames, asséna-t-il. Et je n'ai pas le désir de m'attacher à l'une d'elles.

— Tu me ressembles tant, s'exprima Magnus, sa satisfaction imprégnant chacun de ses mots. L'attachement est une faiblesse. Il asservit et rend négligent. L'amour est pire. C'est une défaillance qui arrache le cœur d'un homme, et tu fais bien de t'en garder.

Connor inclina la tête en signe d'acquiescement. Catherine s'insurgea aux propos de mon père, qui s'amusa de sa réaction.

— Bon, je te l'accorde, Catherine, reprit Magnus. La bagatelle est sans doute une étape nécessaire dans la construction du caractère d'un homme. C'est d'ailleurs pour cette raison que j'avais requis la présence de Cécile auprès de Connor, ce soir-là. Enfin, tu ne peux pas rester puceau à ton âge, mon fils !

Connor se leva d'un bond et fusilla Catherine et mon père du regard. J'observais cet échange avec attention, car ce n'était pas son genre de s'emporter de la sorte. Mon frère n'était peut-être pas totalement perdu...

— Je vous saurais gré de laisser ma vertu en dehors de vos conversations, lâcha-t-il d'un ton sec. Je n'ai aucune envie de m'attacher à une femme, et s'il me prend l'envie d'en trousser une, vous serez les derniers informés. Est-ce bien clair ?

Alors, c'était vrai. Mon frère n'avait jamais connu de femme. Quel étrange jeune homme... »

Je fermai le volume n° 62, ne sachant que penser de ma lecture. Je restai un moment songeuse, tandis que je recroquevillai mes genoux sur la balancelle du porche. Je réalisai que Magnus avait fait de Connor son bourreau. Un être redoutable et sans cœur. Cette pensée m'attrista. Des larmes me montèrent aux yeux. Ma projection avait été si réaliste que je voyais encore mon amant planter sa main dans la poitrine du condamné et lui arracher le cœur sans que la moindre émotion atteigne son visage. Comme la dernière fois que j'avais lu un passage aussi horrifiant, mes pensées se dirigèrent vers mon oncle, Ethan. Je commençais à entrevoir les similitudes entre Connor et lui. Ma mère m'avait expliqué qu'à leur rencontre, Ethan vouait une sorte d'adoration malsaine à son Grand Maître. Elle m'avait aussi confié qu'il avait tué des êtres humains alors qu'il était encore adolescent. Je réalisai que Magnus avait établi le même schéma auprès des deux jeunes hommes, à un âge influençable. Je repensai aussi à la réaction de Connor, quand Catherine lui parla de la nécessité de fréquenter une jeune femme. Ethan non plus ne montrait pas beaucoup d'intérêt pour la gent féminine. Mais, contrairement à mon oncle, je savais que Connor en avait connu de nombreuses durant sa longue vie, puisqu'il m'avait avoué avoir fait des enfants avec certaines d'entre elles. Se pouvait-il qu'il n'ait cherché leur compagnie uniquement pour concevoir un fils immortel ? C'était une possibilité. Je relus alors les lignes où Magnus l'invitait à renoncer à son pucelage. Il lui avait fermement tenu tête, et cela me rendit fière de lui. Mais une pensée m'accabla. Il ne s'était pas insurgé ainsi quand il s'était agi de tuer. Il avait obéi sans sourciller.

— Le déjeuner sera prêt dans dix minutes, Mademoiselle, lança Jack, m'extirpant ainsi de mes pensées lugubres. Monsieur devrait arriver sous peu avec le dessert.

J'émis un faible sourire. Jack remarqua mon trouble et s'approcha.

— Ça ne va pas ? demanda-t-il, les yeux soudain inquiets.

— Si, ça va. Ne vous en faites pas.

— Ce sont ces lectures, n'est-ce pas ?

— En effet, confirmai-je, encore ébranlée. Elles concernaient Connor et l'éducation qu'il a reçue jusqu'à ce qu'il devienne Seigneur du Territoire de l'Ouest. Ce n'était pas une lecture facile.

— Croyez-vous toujours que ce soit le meilleur moyen de trouver ce que vous cherchez ?

— Je ne sais pas, Jack. Je commence à me le demander. Mais je ne vois pas d'autres solutions pour découvrir qui se cache derrière l'immortel responsable de l'explosion du château.

— Êtes-vous vraiment certaine qu'il s'agit d'un immortel ?

— C'est ce que Prisca a découvert. Mais Connor en doute.

— J'ai fait des recherches de mon côté, moi aussi, me révéla le majordome.

— Vraiment ?

— Quand Monsieur a reçu le pli contenant l'ordre du Collectif Delta lui demandant d'épouser Stella Percy, j'ai suivi le jeune garçon qui amena l'enveloppe au manoir. J'ai vite découvert qu'il avait été grassement payé par un homme qu'il avait rencontré par hasard dans la rue. J'ai fait analyser les empreintes sur le pli, il n'y en avait aucune, si ce n'étaient celles du garçon. J'ai fait analyser le papier, il était de conception ordinaire. En somme, j'ai fait chou blanc.

— Il faudrait trouver quelqu'un de proche de celui qui se tient à la tête de cette machination. Les autres sont sans doute approchés de trop loin pour que l'on puisse remonter la filière.

— Et si nous y arrivons, vous n'aurez plus besoin de lire ces journaux.

— Vous savez, Jack. Je les trouve passionnants, dans un sens. S'ils relataient l'histoire de personnes inconnues, alors je ne pourrais plus m'arrêter de les lire. Mais ce n'est pas le cas, alors ils ont forcément un certain impact sur moi.

— Je ne suis pas certain que Monsieur ait conscience de ce que vous éprouvez. Je connais bien mon maître. Je sais qu'il a vécu des événements douloureux pour être devenu l'homme qu'il est aujourd'hui. Je l'ai vu commettre de très nombreuses erreurs. Mais depuis votre arrivée au manoir, je suis stupéfait de le découvrir sous un autre jour. Il ne s'est jamais comporté de cette manière avec quiconque, et encore moins avec une femme.

— Mais dans trois semaines, il se mariera à une autre, Jack. Vous le savez.

— Sauf si nous arrivons à le faire changer d'avis.

— Il ne changera pas d'avis. Il a peur pour moi. Il craint pour sa sœur. Je crois aussi qu'il s'inquiète pour toute la communauté.

Un silence pesa après ces douloureuses paroles.

— Il se comporte comme un roi, Jack, murmurai-je en baissant mes yeux embués.

— Vous avez raison, je dois l'admettre.

Le majordome m'observa attentivement, puis s'éclaircit la gorge avant de me confier le fond de ses pensées.

— S'il se marie avec Stella, vous pourriez rester auprès de lui. Je doute qu'il éprouve un jour des sentiments pour elle. Vous pourrez le soutenir en tant que...

— Que quoi, Jack ? le coupai-je. En tant que maîtresse ? Il n'en est pas question.

— Mais vous serez ensemble.

— Non, nous ne le serons pas, et vous le savez. Il est roi et je devrai rester dans l'ombre pendant qu'il parade avec sa reine. Je devrai accepter qu'il couche avec elle. Je devrai me mettre en retrait et accepter l'inacceptable. Je ne mérite pas ça.

Jack se pencha et m'attrapa la main.

— C'est tout à fait vrai, mademoiselle Isabelle. Vous méritez tellement plus.

Son sourire se fit sincère. Mes larmes l'étaient tout autant. Je les essuyai alors que j'entendais les pneus de la Jeep crisser sur les gravillons du chemin de l'entrée de la maison. Connor se gara dans un nuage de poussière, et sortit de l'habitacle en claquant la porte, une boîte de gâteaux à la main. D'une démarche souple, il gravit les escaliers. Son tee-shirt gris lui collait à la peau, ses lunettes de soleil cachaient ses yeux océan. Quand il m'aperçut, il sourit, puis se jeta dans la balancelle, manquant de me faire tomber. Je me mis à rire, tandis qu'il couvrait ma nuque de baisers. Il n'avait rien remarqué de mon trouble, et je m'en félicitai. Je voulais qu'il soit enfin heureux. Du moins, pour tout le temps que nous passerions ensemble. Je l'enlaçai tendrement et restai longtemps dans ses bras, le cœur lourd en pensant que le temps passait bien trop vite auprès de lui.

22 JOURS...

CHAPITRE 17

*N*ous nous envolâmes vers la Jamaïque, deux jours plus tard. Dans le jet, je lisais le n° 65 des mémoires de Carmichael, où il relatait essentiellement ses aventures scabreuses avec la belle Cécile Brighton, fille du baron Brighton et favorite de mon beau-père depuis les sept dernières années. Carmichael ne l'aimait pas, mais il avait pour elle de l'estime, et se sentait bien en sa compagnie. Il fallait aussi dire que la jeune femme n'avait pas froid aux yeux, ce que son tempérament faussement timide cachait bien. Seule ombre au tableau, son père, le baron, et son héritier, son jeune frère, Charles Brighton, qui venait tout juste de fêter ses dix-neuf ans. Les deux hommes n'avaient pas reçu de pouvoirs natifs. Cécile était devenue une puissante grâce à l'héritage génétique de sa mère. Par conséquent, son père et son frère voyaient d'un mauvais œil que Carmichael lui ait arraché sa vertu sans la demander en mariage, ce qui, dans une société conservatrice comme l'Angleterre de l'époque, ne pouvait que créer des remous dans la noble famille.

J'avais lu ces lignes avec soulagement. Connor n'avait été que peu évoqué dans les deux derniers volumes, et c'était toujours bien assez.

Chaque passage le concernant me bouleversait. Les derniers relataient les actes abjects qu'il avait commis à la tête de son territoire, sous les ordres de son père. Carmichael, de son côté, semblait se détacher de la situation. Et, pour cause, l'arrivée de son frère, et la relation qu'il entretenait avec Magnus, avaient eu pour conséquence de le laisser un peu à l'écart de Londres et des manigances politiques. Connor était désormais l'homme de main attitré de son père. Magnus le tenait entre ses griffes et Connor ne cherchait qu'à le rendre fier. Leur relation était devenue toxique, mais le fils du Grand Maître ne la considérait pas ainsi.

C'était donc avec enthousiasme que j'appréciais la lecture plus légère des amours de mon beau-père avec Cécile, bien qu'un passage que je lus, sous les yeux de mon amant, me mit le feu aux joues.

— Mon frère est encore en train de baiser, c'est ça ? lança Connor qui avait deviné, à mon visage écarlate, la teneur de ma lecture.

— Euh… Oui, c'est ça, répondis-je, tandis que j'essayais d'extirper des images scabreuses de mon esprit.

— On peut savoir ce qu'il fait dans ce passage ?

— Non, il ne vaut mieux pas.

Connor s'esclaffa.

— J'ai déjà tout lu. Tu le sais ?

— Oui, tu me l'as déjà dit. Mais lire un récit, se projeter dedans et se glisser dans la peau des protagonistes n'est pas tout à fait la même démarche qu'une simple lecture.

— C'est ce que je vois, ma petite tomate bouillante, dit-il en haussant un sourcil.

Je ris et posai mes mains sur mes joues, elles étaient en feu. Je fis les yeux ronds.

— Merde. C'est à ce point ! lâchai-je, honteuse.

— Je n'ose imaginer l'effet que ça te fait plus bas.

Il voulut le constater par lui-même et glissa sa main sous ma robe. Je la retins, car deux hôtesses arpentaient le couloir de l'avion, portant je ne savais quoi, je ne savais où. Connor dégagea mes doigts de son bras, et sa main se faufila entre mes cuisses.

— Raconte, me somma-t-il avec un séduisant sourire en coin.

— OK, abdiquai-je minablement. Il est en train de lui faire l'amour en plein conseil, dans la salle de Pomone. Et devant d'autres hommes.

— Mon frère est un sacré dégueulasse, clama Connor en s'esclaffant.

— Ah, oui ? Tu trouves ça dégueulasse ? demandai-je, doutant de sa sincérité sur ce point.

— L'acte en lui-même ? Pas du tout. Si certains aiment s'exhiber, c'est leur choix.

— Alors pourquoi le dis-tu ?

— Parce que mon frère était incapable de se retenir à cette époque. Je l'ai vu de nombreuses fois baiser des femmes, juste sous mes yeux. Ces dernières étaient tellement subjuguées qu'elles ne faisaient plus attention à rien d'autre autour d'elle. Et lorsqu'il en avait terminé, c'est alors qu'elles réalisaient enfin ce qu'elles venaient de commettre pour assouvir leur désir irrépressible. Je riais toujours de les voir détaler à la vitesse de l'éclair.

— Tu as raison, c'est dégueulasse.

— Ah, tu vois !

— Mais cette Cécile avait l'air de sincèrement réaliser ce qu'elle faisait.

— Je n'en suis pas si certain, affirma Connor en m'embrassant sur le coin de la bouche. Mais la question essentielle est, qu'est-ce qui t'excite à ce point pour que je sente cette humidité entre tes jambes ?

Je détournai le regard et lui souris.

— Ce sont les émotions que j'éprouve. Ce sont les gémissements que j'entends. Ce sont les caresses que je ressens.

— Les caresses de mon frère ! s'exclama-t-il, soudain horrifié.

J'éclatai de rire.

— Celles de Cécile, idiot ! C'est à travers les yeux de ton frère que je me projette dans cette histoire.

— C'est tordu, lâcha-t-il en fronçant le nez. Montre-moi.

— Pardon ?

— Montre-moi, répéta-t-il.

— Je ne crois pas que…

— J'ai déjà vu mon frère baiser.

— Tu l'as déjà dit.

— De nombreuses fois.

— C'est… bizarre que tu insistes.

— Donc, tu peux me montrer ce que tu viens de lire.

— Non, ce n'est pas…

Il se saisit de mes bras et posa mes paumes sur ses tempes. Un sourire étira ses lèvres tandis qu'il replaçait sa main entre mes cuisses.

— On n'a pas toute la journée, princesse.

J'hésitai. En même temps, vu la scène que je venais d'explorer, on ne pouvait pas dire que Carmichael était pudique. Je fermai les yeux.

« JOURNAL DE CARMICHAEL N° 65, 1824 »

« Cécile était décidément très surprenante… Ce soir-là, le conseil de Pomone s'attardait. Des nobles venus de Nantes se plaignaient des faibles ressources attribuées par mon père, dans le financement du commerce maritime. Je négociais avec eux un accord, quand Cécile apparut avec une simple chemise couvrant sa peau nue. Elle traversa la salle de Pomone dans un silence religieux, après que chacun de mes invités, ahuris par tant d'audace, eut pris conscience de sa présence.

— Je me sens seule, Monseigneur, dit-elle de sa voix claire.

— J'ai encore quelques affaires à régler, ma douce. Allez donc vous coucher.

— Pas avant une étreinte de vous.

— Je ne peux vous satisfaire maintenant, Cécile. Je dois encore régler…

— Nous pourrons voir ça demain, Seigneur, me lança un des nobles de la tablée.

— J'aimerais autant qu'on en termine ce soir.

Cécile contourna la table et vint subitement s'asseoir à califourchon au-dessus de moi. Ne portant rien sous sa chemise, elle prit soin de se caler de façon à ne pas me laisser insensible.

— Cécile…

— Monseigneur.

— J'ai des invit…

Je n'eus pas le temps de parfaire mon objection qu'elle passait sa main entre elle et moi et sortit l'objet de son désir. Quand elle s'empala autour de moi, des raclements de gorge traversèrent les membres du conseil et des nobles. Je n'étais plus en mesure de les voir, j'en oubliais presque leur présence. Je savais, en revanche, que Cécile avait un certain goût pour l'exhibition, malgré ses airs faussement effarouchés. Cela m'amusait beaucoup. Elle m'amusait beaucoup. Alors, il m'apparut normal, en ces circonstances, de m'amuser... »

CONNOR OUVRIT LES YEUX, ses pupilles dilatées se rivèrent dans les miennes, tout aussi malmenées.

— Vilaine petite voyeuse perverse ! Comme je le disais plus tôt, c'est tordu de s'immiscer ainsi dans les pensées intimes de ton beau-père.

— Pas si intimes, si on prend en considération le contexte. Et, pour ta gouverne, je lis tous les écrits à la suite, sans jamais savoir comment vont se dérouler les faits.

— Évidemment...

— Tu te crois bien placé pour me juger, peut-être ?

— Tu insinues que je suis tordu ?

— Je ne l'insinue pas. Je l'affirme.

Ses doigts s'agitèrent à travers le tissu. Du coin de l'œil, j'observai le va-et-vient des hôtesses et, durant une seconde, les yeux de l'une d'elles vrillèrent dans notre direction. J'attrapai la main de Connor et tentai de la retirer. Il refusa de se laisser faire et s'agrippa à mon sexe. L'effet provoqué m'arracha un petit cri étranglé. Il rigola, puis approcha sa bouche de mon oreille.

— C'est à moi de te faire éprouver des émotions, chuchota-t-il. C'est à moi d'entendre tes gémissements, et c'est à moi de ressentir tes caresses. Et putain, ça, je l'affirme !

Soudain, il tourna vivement la tête et s'adressa aux hôtesses.

— Ne faites pas comme si vous n'aviez pas remarqué que nous avions besoin d'intimité. Sortez et allez rejoindre Jack à l'avant.

Son ton sec fit pâlir les deux jeunes femmes, qui se retirèrent sans demander leur reste. J'écarquillai les yeux, puis les dirigeaient vers mon amant. J'en restai bouche bée.

— Quoi ? lâcha-t-il, ne comprenant pas ce qui lui valait ce regard.

J'avalai ma salive, certaine que mes pupilles étaient devenues noires de désir.

— Ça m'excite quand tu adoptes ce ton, avouai-je, avant de mordre ma lèvre inférieure.

Il éclata de rire et sa main passa sous ma culotte.

— Tu as envie que je te donne des ordres, princesse ?

— Pourquoi pas ?

Un silence bouillant suivit mes dernières paroles. Ses yeux se plissèrent, avides, quand il s'exprima d'une voix rauque.

— Alors, chevauche-moi maintenant, et que ça saute !

Il sourit de toutes ses dents, fier de sa formule. Et moi, je gloussai et ne me fis pas prier. La minute d'après, j'exécutai les ordres de mon bel amant tatoué et personne dans l'avion ne put plus ignorer nos activités.

Les jours s'égrainaient vite. *Pas le temps pour la pudeur.*

20 JOURS...

CHAPITRE 18

*C*onnor possédait une île ! Ce qui était assez dingue pour que je m'en ébahisse pendant trois jours. Il en avait pris possession après la guerre de Sécession, la délestant à un général confédéré, qui en avait hérité grâce à ses ancêtres colonialistes. Mon amant s'était battu du côté des Yankees, dans le seul but d'atteindre ce général. Ce dernier avait tué des natifs sans vraiment le savoir. Le Seigneur du Territoire de l'Ouest s'était chargé de le lui faire payer. Et s'il avait revêtu le costume des Nordistes, c'était uniquement pour réaliser les démarches nécessaires afin de devenir le nouveau propriétaire de l'île en question, ainsi que de toutes les possessions du général. Il y avait affranchi tous les esclaves, avant même que la guerre prenne fin, et le savoir me gonfla de joie. Même si, à cette époque, Connor faisait le mal sous les ordres de son père, il était aussi capable du bien. Cette pensée me rendit fière de lui.

L'île n'était pas très grande, son périmètre ne dépassant pas les dix kilomètres. Mais tout était là pour subvenir à nos besoins. Une montagne recouverte par une végétation dense culminait en son centre, et seul un bout de plage était habité. Une cabane, presque entièrement construite en bambou, avait été bâtie face à la mer. Sa terrasse sur pilotis permettait de tremper les pieds dans l'eau, à l'abri d'un grand porche, dont le toit était fabriqué en feuilles de palmier, et faisait le tour de l'habitation. Presque tous les espaces étaient ouverts. L'intérieur ne faisait pas plus de trente mètres carrés et était composé d'une cuisine agréable, d'un petit séjour, et d'une chambre avec un lit à baldaquin, cerné par une moustiquaire blanche.

Jack séjournait dans un cabanon, plus en retrait de la plage et suspendu entre deux arbres. Depuis trois jours, je l'appelais Tarzan, et ça l'amusait beaucoup. Le majordome aventurier préférait vivre dans la forêt, ne serait-ce que pour en apprécier la fraîcheur de l'air. Ce qu'on pouvait comprendre, puisqu'il faisait plus de trente degrés la journée, et pas moins de vingt-huit la nuit.

Quand nous arrivâmes à l'aéroport de Kingston, j'avais rapidement compris que nous nous rendions dans un endroit insolite.

— Si tu as un coup de fil à passer, fais-le maintenant, me lança Connor, avec une expression teintée de mystère. Là où nous allons, tu n'auras pas de réseau.

Ça existait encore des endroits où il n'y avait pas de réseau, sur cette planète ? m'étonnai-je, incrédule. Mais je décidai de ne pas m'épancher plus avant sur la question et passai un coup de fil à Ethan. Il répondit aussitôt. Et comme les fois précédentes je dus le rassurer sur les intentions de Connor, lui jurant que tout allait bien. Évidemment, je lui mentais sur le contenu de mes activités. Mon oncle pensait dur comme fer que je passais tout mon temps à m'immerger dans les journaux de Carmichael, et jamais je n'aurais été capable d'avouer l'accord que j'avais passé avec Connor : vivre un mois d'amour avant... avant quoi d'ailleurs ? Je ne préférais même pas y penser, car dès que je le faisais, une sensation oppressante me comprimait la poitrine, et j'éprouvais des difficultés à retrouver mon souffle.

Ethan me donna des nouvelles de Pia. Elle avait subi une greffe de peau importante et cicatrisait bien, d'après les médecins. Ses parents restaient constamment à son chevet. Elle pourrait même bientôt être transportée dans un fauteuil roulant et sortir un peu de son lit. Cette perspective parvenait à lui donner le sourire, et je compris, dans la voix d'Ethan, que cela le rendait encore plus admiratif de la jeune femme. Raphaël ne s'était toujours pas réveillé de la mort, mais la chair sur sa peau était presque entièrement revenue. Prisca avait soufflé à Ethan que son réveil ne tarderait plus. Une semaine ou deux, tout au plus. Une boule dans ma gorge se forma. Je souhaitais plus que tout qu'il ressuscite, bien sûr. Mais je craignais maintenant de le revoir... Qu'allais-je lui dire ? Comment pourrais-je justifier ma conduite ? Je préférai éluder ces questions pour l'instant, car le temps passait trop vite. Quant à ma mère et Carmichael, leurs blessures étaient bien trop graves pour que l'on espère un réveil imminent. Prisca leur donnait encore quelques semaines avant que cela arrive. Ethan s'était tout de même empressé de me dire qu'un des bras de sa sœur commençait à se recouvrir entièrement de peau. Je me réjouis à cette nouvelle, tout en essayant de refouler les images du corps calciné de ma mère. Je lui demandai de m'envoyer une photo sur mon portable, et constatais, de mes yeux, que son bras semblait reprendre forme humaine. Je n'aurais jamais pu être plus heureuse que lorsque je reçus cette image de la guérison de ma mère. Elle me manquait et je réalisai que je pourrais bientôt la revoir. Mais quelque part dans mon esprit, je redoutais sa réaction quand elle apprendrait ce que j'avais fait, en cédant mon amour à Connor, en vivant ce seul mois en sa compagnie. Mais plus les heures passaient, plus je me confortais dans ma décision. Car je l'aimais. Je l'aimais tant. Et je l'aimais encore plus, à présent...

Je prévins Ethan que je ne serai sans doute pas joignable durant quelques jours. Je reçus un copieux savon de sa part, mais lorsque je raccrochai, je laissai ça derrière moi et retrouvai Connor et Jack.

Nous parvînmes jusqu'à l'île dans un bateau de style Vedette. Le trajet fut long avant que nous arrivâmes dans un endroit, au large de la Jamaïque, où l'air se fit soudain plus frais. Un gigantesque nuage pesait au-dessus de la mer Caraïbe et rien n'émergeait derrière cet épais brouillard. C'est pourtant après l'avoir traversé que je *la* vis.

Au loin s'étendait cette montagne magnifique, entourée d'une plage de sable fin, aussi blanc que la neige. *Un paradis sur Terre.*

Nous mîmes encore une demi-heure avant de l'atteindre, et durant tout ce temps, mes yeux n'en revenaient toujours pas.

— Ton île ! m'exclamai-je, quand Connor me révéla cette information.

— Mon île.

— Elle a un nom.

— Pas encore.

— Oh.

Que dire de plus quand votre amant vous balance qu'il possède une île ! Mes yeux se perdirent vers l'horizon. La montagne abritait des arbres d'un feuillage dense et d'un vert sombre. L'eau de la mer, aux abords de la plage au sable blanc, était si translucide que l'observer long-temps me piqua les yeux.

— C'est une île mystérieuse, qui aurait sans doute beaucoup plu à Jules Vernes, déclara Connor.

— Pour quelles raisons ? demandai-je.

— Elle est indétectable.

— Vraiment ?

— Ce sont des colons anglais qui l'ont découverte au XVIème siècle, tout à fait par hasard. Quand la technologie des radars est apparue, beaucoup se sont mis à étudier cet endroit. D'après certains scienti-fiques, la montagne abrite une combinaison de minerais qui rend dingues les détecteurs. Aucune boussole ne fonctionne ici, et le brouillard que nous venons de traverser ne se dissipe jamais.

— C'est incroyable !

— C'est pour cette raison que je la voulais, m'expliqua Connor. Depuis deux cents ans, je m'évertue à ce que le monde oublie son existence.

— Tu veux dire que personne ne sait qu'elle est ici ?

— Si, certains le savent, bien sûr. Je paie grassement des Jamaïcains pour en prendre soin lorsque je n'y séjourne pas, c'est-à-dire souvent. Elle n'est pas à l'abri des typhons, et mérite un minimum d'entretien. Un moulin, niché dans la forêt, prodigue l'électricité. Ils sont aussi chargés de l'entretenir. Quand ils commencent à poser des questions trop gênantes, ou que je lis dans leurs esprits qu'ils en ont parlé autour d'eux, alors je m'arrange pour qu'ils en oublient jusqu'à son souvenir.

— Tu manipules leurs cerveaux ?

— On peut voir ça comme ça.

— Et les autorités ?

— Pareil.

— Ah.

Je méditais encore ses propos quand il m'apprit qu'elle ne se trouvait pas dans le sillage d'un couloir aérien, ce qui n'était pas non plus une coïncidence puisque Connor s'arrangeait pour faire changer d'avis les décisionnaires de la profession en soumettant leurs esprits. Ses méthodes étaient extrêmes, mais cela montrait tout l'attachement qu'il éprouvait pour cet endroit, qu'il ne voulait que pour lui, comme un jardin secret. *Le jardin d'Eden...*

— Tu es la première femme que j'emmène ici.

Je détournai vivement la tête. Il me lança un sourire séduisant qui creusa son inimitable fossette. Je me mis sur la pointe des pieds pour l'embrasser, touchée par cet honneur.

— Qui d'autre est au courant à propos de cet endroit ? demandai-je après m'être détachée de sa bouche à regret.

— Mon frère et ma sœur. Et Jack, bien sûr.

— C'est tout ?

— C'est tout.

Il me fit visiter la cabane. La surprise fut encore plus belle, lorsque sous le porche je découvris un chevalet portant une toile vierge, aux côtés d'un meuble renfermant tout le nécessaire pour peindre. Je sautai de joie, puis me jetai dans les bras de Connor.

— Tu t'es souvenu ! m'écriai-je, tout excitée.

— Évidemment, confirma-t-il avec un sourire. J'ai fait amener des chevaux aussi. Ils sont plus loin, dans une clairière. Nous pourrons faire le tour de l'île au galop.

Je frappai dans mes mains et sautillai comme une gamine un matin de Noël ; ma joie n'aurait pu être plus grande. Il s'était remémoré de ce dîner à Altérac, six mois plus tôt, lorsque je lui avais confié mes passions, et cela me toucha tant que je me blottis dans ses bras.

— Je suis si chanceuse... murmurai-je.

Il me serra fort contre lui et je devinais un sourire se dessinant au coin de ses lèvres.

Les trois jours suivants, nous restâmes dans la cabane, et nous fîmes l'amour tant de fois qu'il m'était impossible de les compter. Jack nous servait tous nos repas sur la plage, et nous dégustâmes les produits locaux, les pieds dans le sable. Je n'avais pas mis une paire de chaussures depuis notre arrivée.

17 JOURS...

CHAPITRE 19

*C*onnor se montra doux et attentionné, comme si cet endroit avait éveillé son âme romantique. Non pas qu'il ne le fut pas avant. Beaucoup de ses attentions m'avaient prouvé qu'il savait se montrer sentimental, même s'il se révélait souvent maladroit. Connor faisait des efforts pour moi. Je doutais même qu'il se sache aussi généreux et dévoué envers quelqu'un d'autre que lui-même, avant de me rencontrer. Pourtant, sur cette île, je me sentais sa princesse. J'étais sa princesse. Les deux derniers jours, nous avions fait une balade à cheval, puis nous nous baignâmes près d'une cascade après une randonnée en montagne. J'avais déjà peint deux toiles, m'inspirant du paysage sur la première, puis de Connor et Jack sur la seconde. Le propriétaire de l'île les accrocha dans la cabane, me félicitant pour mon coup de pinceau.

Le sixième jour, Connor me proposa une excursion dans la ville jamaïcaine de Montego Bay. Jack resta sur l'île, même s'il prit soin de nous dresser une liste de courses et de tout ce dont il avait besoin pour que l'on subvienne à nos besoins pour les jours à venir.

La ville de Montego Bay se révéla magnifique. Son eau turquoise, d'un bleu presque électrique, était traversée par un parc de récifs coralliens et attirait une foule de touristes. Connor m'emmena à l'hôtel où nous devions séjourner pour la nuit. Nous sirotâmes une margarita « on the rocks » sur la terrasse de notre chambre, nous prélassant, côte à côte, sur un bain de soleil deux places, face à un coucher de soleil magistral. Un air de reggae vibrait dans les enceintes de la réception, à cinquante mètres de là, et parvenait à nos oreilles dans une mélodie douce et envoûtante.

Connor, ne portant qu'un boxer blanc sur sa peau bronzée, se leva et posa son verre de margarita sur une petite table en bambou. Je l'observais jusqu'à ce qu'il disparaisse à l'intérieur de la chambre. Quand il revint, il me montra sa paume de main. Effarée, je relevai les yeux vers son visage.

— Ce sont des joints, ou je rêve ?

Il sourit et haussa les sourcils. Il m'en tendit un.

— T'as déjà fumé ? demanda-t-il en craquant une allumette, sur un paquet personnalisé de l'hôtel.

— Jamais.

— Oh putain, ça va être drôle.

— Je ne vais pas être malade ? m'enquis-je, un peu réticente, mais terriblement curieuse.

— Peut-être.

Connor savait rassurer. Il me tendit son allumette encore en flamme et j'allumais le pétard. Quand j'inspirai, la fumée me scinda la gorge en deux, mes poumons me brûlèrent, je toussai comme une dingue. Connor s'esclaffa.

— Hey, doucement, papillon. Ça se fume tranquillement ce truc.

— Ah d'accord, dis-je d'une voix enrouée, avec une tonalité proche de celle de Barry White.

Les lattes suivantes furent plus faciles à inhaler. Connor se cala sur le côté, fumant lentement et m'observant d'un œil curieux.

— Tu attends de voir si ça me fait quelque chose ?

— Je sais que ça va te faire quelque chose, déclara-t-il, un rictus amusé sur les lèvres.

— Bah pour le moment, ça ne me fait rien du tout.

Son sourire s'élargit. Mon regard se reporta sur l'horizon. Le soleil semblait plonger dans la mer, puis, quelques minutes plus tard, il disparut dans les eaux. C'est alors que je sentis un doigt de Connor se poser sous mon menton. Avec son index, il referma ma bouche. *Elle était ouverte ?*

— Quoi ? lui lançai-je.

— Oh putain ! Tu devrais voir tes yeux !

— Ils ont quoi, mes yeux ?

— Ils sont tout rouges.

— N'importe quoi.

— Ça ne te fait toujours aucun effet, alors ?

— Bah non, répondis-je en haussant les épaules.

— C'est pour ça que tu regardes l'horizon depuis une demi-heure, la bouche ouverte comme un four ?

Une demi-heure ! J'écarquillai les yeux. Il explosa de rire.

— Tu te fous de moi ?

— Putain, oui.

— Connard ! lâchai-je, la voix un peu bizarre.

— Non, moi, c'est Connor.

Il repartit de plus belle et, à force de le voir rire, je commençai à vouloir l'imiter. Je serrai les lèvres pour ne pas lui donner cette satisfaction, puis j'abandonnai. J'explosai à mon tour.

Nous rîmes encore dix minutes, tant et si bien que j'en eus mal au ventre. Mes pieds tapaient sur le matelas du bain de soleil. Je me redressai et voulus attraper mon verre de margarita posée à ma gauche, mais je faillis me casser la figure.

— Putain ! criai-je, manquant de m'esquinter le genou.

Cette fois, j'avais perdu Connor. J'allai me lever, animée par une soudaine envie de faire pipi. Mes jambes semblaient enveloppées dans du coton, mon corps me paraissait flotter sur un nuage. Je laissai Connor se moquer et rentrai à l'intérieur. Une fois que j'eus soulagé ma vessie, je revins sur la terrasse et la découvris déserte. Je fronçai un instant les sourcils et pris mon verre de margarita. J'attrapai la paille avec ma bouche, pendant que mes yeux cherchaient Connor. Je le trouvai sur la plage, quelques mètres plus bas. Ses pieds trempaient dans l'eau, son regard était perdu à l'horizon, sa main se porta à sa bouche. Il en fumait un autre !

Je le rejoignis et m'approchai dans son dos. Mes mains s'enroulèrent autour de son buste tatoué.

— Je peux tirer encore une taffe ?

— Je crois que t'as eu ton compte, fillette, asséna-t-il, sans se retourner.

Enfoiré ! Ni une, ni deux, je pliai les jambes, et mes genoux atteignirent le pli derrière les siens. Il n'eut d'autres choix que de s'affaisser sur lui-même, et j'en profitai pour lui faire une balayette. Ma vitesse le désarçonna et il tomba sur le dos, maintenant son bras qui tenait le joint en l'air, voulant sans doute lui épargner l'eau. Je n'eus plus qu'à le prendre du bout de ses doigts.

— Merci, dis-je, satisfaite.

Je poussai le bouchon en posant mon pied sur son torse. Je l'avais écrasé à plates coutures. Il resta immobile un moment, m'observant avec une lueur étrange dans le regard. J'ouvris grand les yeux et tirai quelques taffes que je me fis un malin plaisir d'envoyer dans sa direction, bien que la dernière manqua m'arracher la gorge. Ce qui enleva beaucoup à ma posture triomphale. C'est alors que Connor fusa comme un éclair et me sauta dessus, me faisant basculer brutalement en arrière. L'air fut chassé de mes poumons quand mon dos rencontra le sol. Une vague vint se fracasser contre mon visage. Fracasser était peut-être un mot trop fort, mais c'était la sensation que j'éprouvais, manquant de m'étouffer quand l'eau me submergea. Je réagis en levant brusquement les jambes, poussant le bas de son corps sur le côté, et avant qu'il ait pu dire ouf, je me plaçai au-dessus de lui, bloquant son bassin avec mes cuisses, et ses bras avec mes mains.

— Gagné, lançai-je, fièrement.

Son sourire s'élargit et il n'aurait pas pu être plus beau qu'en cet instant. Les vagues faisaient des va-et-vient sous son corps et me mouillaient les jambes. Le temps s'arrêta. Son regard d'une intensité à couper le souffle s'attarda sur mon visage, puis descendit sur ma poitrine. Il élargit son sourire. Ma tunique blanche, toute trempée, se collait à ma poitrine, mes tétons visibles se dressant à travers le tissu. Il se lécha la lèvre.

— Qu'attends-tu pour me faire l'amour ? asséna-t-il, d'une voix rauque.

— Tu te crois en position de me donner des ordres ?

— Je croyais que tu aimais ça.

Je me penchai au-dessus de lui et approchai ma bouche de son oreille.

— Peut-être bien, murmurai-je en desserrant mes doigts autour de ses bras.

— Bordel ! tonna-t-il, alors qu'il me retournait comme une crêpe.

Son boxer fut jeté à la mer, puis il souleva ma tunique jusqu'à ce que mes seins apparaissent à sa vue.

— Je vais y aller tellement fort qu'on risque de devoir annuler notre balade de demain, souffla-t-il sur mon corps, tandis qu'il le visitait de sa bouche. Tu ne pourras plus mettre un pied devant l'autre après ce que je vais te faire, ma petite princesse cochonne.

— Chiche !

14 JOURS...

CHAPITRE 20

*L*e lendemain de cette nuit à marquer dans les annales comme l'une des plus torrides de sa génération, je me levai la mine chiffonnée, les yeux bouffis, la bouche pâteuse, l'entrejambe un peu douloureux, et pas que… Connor savait tenir ses promesses. Je passai sous la douche et quand je le vis enlever son boxer pour venir m'y rejoindre, je retins la porte coulissante de la cabine et lui fit comprendre qu'il n'était pas question qu'il y rentre. Son air penaud me fit venir un rire.

— Même pas en rêve ! lançai-je en lui tirant la langue.

— Mais pourquoi ? s'étonna-t-il en prenant une expression abattue.

— Parce que je dois récupérer !

— J'y suis allé trop fort alors ? C'est à cause des joints, je…

— Un marteau piqueur n'aurait pas été plus efficace que toi ! le coupai-je en poussant ma voix assourdie par le bruit de l'eau qui coulait dans la douche.

— T'es sérieuse ? Je ne peux pas rentrer ?

— Je n'ai jamais été aussi sérieuse de ma vie, Connor ! Sais-tu qu'aux États-Unis ce que tu m'as fait est encore interdit dans pas moins de treize États ?

— On est en Jamaïque ! Le pays des découvertes !

— Nous sommes d'accord sur ce point.

Je dissimulai mon sourire. Il s'éclaffa d'un rire de ténor, puis sortit de la salle de bain en me lançant :

— Et tu n'avais pas l'air de te plaindre de mon marteau piqueur, hier soir !

— Connard ! lui criai-je.

— Non, moi, c'est Connor, entendis-je. Je te l'ai déjà dit, princesse.

DEUX HEURES PLUS TARD, nous nous promenions dans un marché tout en couleur ; il s'y mêlait des effluves de fruits et de légumes exotiques, des odeurs de crustacés, et les voix des marchands s'élevaient pour nous proposer leurs produits. Connor et moi parcourûmes les allées, bras dessus, bras dessous, nous arrêtant à quelques stands et achetant les denrées inscrites sur la liste de Jack. Nous prîmes notre mission très à cœur, mais il nous fallut plus de deux heures pour tout trouver. Connor s'avéra être un redoutable négociateur, ce qui nous fit perdre beaucoup de temps à chaque arrêt.

— Tu as les moyens de ne pas marchander, lui fis-je remarquer, après qu'il eut discuté le prix de quelques épices.

— C'est pour le principe.

— C'est naze.

Il détacha son bras autour de mon cou et recula.

— C'est naze ? répéta-t-il, outré.

— Ouais, je trouve ça naze.

— Donc sous prétexte que je suis riche, je devrais me faire avoir quand on me propose des tarifs exorbitants, tout ça parce que j'ai la gueule d'un touriste ?

— Euh… Oui.

— Dans mon monde, ça ne se passe pas comme ça.

— Dans ton monde, tu as une île.

Il haussa un sourcil, sembla méditer mes paroles. Je restai là, à le considérer, les bras croisés et loin de me montrer prête à changer d'avis. Puis ses lèvres se retroussèrent. Soudain, il lâcha le panier en osier qui percuta le sol et posa ses mains en coupe autour de mon visage. Il m'embrassa à pleine bouche, au milieu de tous les passants.

— Je t'aime.

Ces trois mots, dits à ce moment précis, me laissèrent pantoise. Son regard bleu pénétrant m'hypnotisait. Je mis quelques secondes à me remettre de cet assaut. Puis nous repartîmes en quête du reste de nos achats, et il ne discuta plus aucun prix.

LES COURSES CHARGÉES dans la voiture, nous décidâmes de faire une balade sur la jetée. Beaucoup de touristes avaient décidé de nous imiter, la vue de la plage était paradisiaque. Mais tout s'assombrit d'un coup quand Connor se figea au milieu de la promenade.

— Rentre à l'hôtel, m'ordonna-t-il sèchement, avant que sa main se détache de la mienne.

Et il disparut dans la foule. La surprise me fit cligner des paupières. Refusant d'obéir sans saisir ce qui me valait d'être renvoyée avec si peu d'égards et après une si belle journée, je tentai de retrouver sa trace à travers la multitude de badauds, mais n'y parvins pas. Il s'était éclipsé si vite que mon cerveau n'avait rien assimilé. Ne comprenant pas ce qu'il venait de se produire, j'arpentai la jetée et le cherchai des yeux dans chaque recoin. Quand je le trouvai enfin, il était à la terrasse d'un bar de plage, discutant avec un homme. Je m'avançai dans sa direction, l'humeur contrite par ce départ précipité, quand, soudain, je reconnus la personne avec laquelle il s'entretenait. C'était le messager nordique, celui qui avait déclenché ce cauchemar. L'homme qui avait imposé un ultimatum à Connor, le lendemain de notre première nuit, et celui qui avait soumis l'ordre de ma séquestration dans le bunker de Copenhague. Et si je le reconnaissais, c'est parce que mon pouvoir de projection m'avait permis de le voir très nettement à travers les yeux de Connor, lors de ma lecture du carnet bleu.

Il était brun, les cheveux courts, comme dans mon souvenir. Son regard d'acier fixait Connor, sans laisser entrevoir la moindre émotion. Son interlocuteur regardait la bière qu'il venait de commander et ses lèvres bougèrent. Je filai à la vitesse de l'éclair derrière un panneau en bois, non loin de leur table. Une place était vide ; je m'y installai. Je n'avais pas encore posé mes fesses qu'un serveur venait prendre ma commande. Je faillis lui dire de la fermer, mais je me ravisai, de peur d'attirer l'attention. Je commandai un Diet Coke en chuchotant. Le serveur afficha une moue perplexe et se retira sans parler, à mon grand soulagement.

— On ne s'est visiblement pas bien compris, monsieur Burton Race, entendis-je la voix du nordique, dont l'accent ne laissait aucun doute sur son origine.

— Je crois que si, détrompez-vous, rétorqua Connor.

— Nous vous avons demandé d'épouser Stella Percy, pas Isabelle Valérian.

— Vous m'avez aussi dit qu'Altérac ne risquait rien. Le château a pourtant explosé.

— Vous ne pouvez en vouloir qu'à vous-même.

— Je ne vois pas ce que j'ai fait qui puisse expliquer que vous trahissiez votre parole, lâcha sèchement le roi natif, qui tentait de calmer sa colère.

— Le premier à l'avoir trahi, c'est vous, monsieur Burton Race. Ce petit carnet bleu, que vous avez envoyé à Isabelle Valérian, contient toutes vos confidences. Nous vous avions pourtant prévenu…

Un silence suivit ces paroles. Ma respiration s'était coupée.

Comment peut-il savoir pour le carnet bleu ?

— Quoiqu'il en soit, reprit l'homme, vous allez rentrer à New York et épouser Stella Percy.

— C'est ce qui est prévu.

— Ça n'en a pas l'apparence.

— Isabelle Valérian restera avec moi jusqu'au mariage, ensuite elle partira.

— Ce n'est pas ce dont nous avions convenu.

— Rien à foutre de ce dont nous avions convenu ! tonna Connor, furieux. Je passerai les treize prochains jours avec Isabelle, que ça vous plaise ou non. Je m'enchaînerai à Stella à la date prévue, c'est ça le deal ! Mais enfin, vous croyez quoi ? Que j'allais la courtiser avant le mariage ?

Que j'allais préparer une cérémonie en grande pompe avec cette traînée !

— Vous ne pensez pas ce que vous dîtes, monsieur Burton Race.

— Cette femme a couché avec mon frère. Vous pensiez que je serais heureux d'épouser son ancienne favorite ?

Quoi ? C'était quoi, cette histoire ? Stella et Carmichael ? Ma mère ne me l'avait jamais dit. Était-elle seulement au courant ? Cette information impliquait bien des théories, mais je refusais d'y penser pour l'instant, et me concentrais sur la discussion derrière le panneau en bois.

— Elle est Seigneur du Territoire du Milieu maintenant et...

— J'en ai rien à foutre ! le coupa Connor, contenant sa fureur à grand-peine.

— Alors maintenant, vous allez m'écouter attentivement, monsieur Burton Race, asséna l'homme au regard d'acier, sans se démonter. Vous. N'avez. Pas. Le. Choix. Si vous refusez, on fera tout sauter. Votre « princesse » sera réduite en cendre. Votre sœur sera réduite en cendre. Votre frère, votre belle-sœur et vos amis seront réduits en cendre. *Vous* serez réduit en cendre.

— Et comment comptez-vous vous y prendre ?

— Je vous l'ai déjà dit, monsieur Burton Race. Nous sommes partout. Et, Seigneur, ne vous attardez pas à essayer de lire mes pensées. Je suis impénétrable.

Un bruit de chaise racla le sol.

— Renvoyez Isabelle Valérian immédiatement, et préparez votre mariage. Résistez, et les conséquences de vos actes iront bien au-delà de ce que vous imaginez. C'est assez clair pour vous ?

— Je vous préviens, rétorqua Connor, d'une voix à me faire pâlir d'effroi, s'il arrive quoi que ce soit à Isabelle, ou à un membre de ma famille, votre mariage, vous pourrez vous le foutre au cul, et peu m'importeront les conséquences. C'est assez clair pour vous ?

L'homme se leva et un silence suivit cet échange musclé. Puis il partit sans un mot en direction de la jetée. Il était en short et portait un polo blanc. Il posa son chapeau panama sur sa tête, regarda à droite, puis à gauche, et se fondit dans la foule. Je me levai à la vitesse de l'éclair et le suivis, après avoir laissé un billet sur la table.

. . .

SON TAXI s'arrêta près d'un hôtel miteux, un peu à l'écart de la ville. J'avais discrètement lévité tout le temps que dura son trajet. Le messager rentra dans une des chambres et prit son téléphone. Je me postai, dissimulée derrière un buisson, à l'angle de la fenêtre, et tendis l'oreille.

— Le message est passé.

Un silence. Le type hocha la tête.

— Je crois qu'il va le faire, oui. Et j'aurais rempli ma part du contrat.

S'ensuivit des « humm », « d'accord », « très bien ».

— Oh, je pense qu'ils seront ressuscités sous peu. Nous ne savons pas encore où ils sont, et de toute façon nous ne pouvons pas agir avant le mariage. Si nous les faisons disparaître avant, il ne l'épousera pas. Je ne pense pas qu'ils seront réveillés, d'ici là.

Putain !

... « humm », « d'accord », « très bien »...

— Non. Nous avons des ordres. Il ne veut pas qu'on touche à un cheveu de la tête d'Isabelle Valérian. Il ne doit rien lui arriver. Mais cette petite garce commence à nous poser des problèmes. Le roi est fou amoureux d'elle, si j'en juge à ce que j'ai vu hier soir sur la plage. Putain, c'est une sacrée salope, celle-là !

L'enfoiré ! Le messager éclata de rire à la réplique de son interlocuteur. Je fulminais.

— OK. Très bien. On en reparle après le mariage.

Il raccrocha, et la minute d'après j'explosai sa porte et me ruais sur lui. Ses yeux effarés ne mirent pas longtemps à comprendre que, pour lui, les problèmes ne faisaient que commencer.

13 JOURS...

CHAPITRE 21

*J*l s'était évanoui au moment où mon poing rencontra sa mâchoire. Je le portai et partis, à la vitesse du vent, au milieu d'une forêt dense. Les bruits d'animaux et d'insectes auraient pu me paraître inquiétants, mais c'est à peine si je les entendis. Ma fureur était telle que tous mes membres en tremblaient. Je tenais enfin l'un des hommes qui avaient tué ma mère ! Je n'avais pas les responsabilités de Connor, aussi je me fichais qu'il puisse me menacer. Je voulais lui soutirer tout ce qu'il savait, et j'étais prête à tout. Vraiment à tout.

J'utilisai des lianes pour l'attacher à un arbre. Son corps était enroulé autour d'un tronc, ses bras maintenus par ce qui faisait office de cordes. Cela ne m'avait pris que quelques minutes.

La lune éclairait le visage du messager. La nuit était tombée depuis déjà bien longtemps.

Je lui appliquai quelques gifles pour le réveiller. Il eut des difficultés, mais au bout d'un moment, il réussit à maintenir sa tête à l'endroit.

— Mais qu'est-ce que…

— Tu la fermes et tu m'écoutes ! lâchai-je, placide.

— Mademoiselle Valérian ?

Je lui filai un coup de poing dans le ventre. Il cracha du sang. Je souris.

— Je t'avais dit de la fermer ! pestai-je. Alors, voici ce qu'il va se passer : je pose des questions, t'y réponds. N'essaie pas tes phrases alambiquées et menaçantes avec moi ou je te torture. C'est assez clair pour toi, enfoiré ?

Il plissa les yeux, son cerveau cherchant une riposte qui ne vint pas, puis hocha la tête.

— À qui parlais-tu au téléphone, dans ta chambre d'hôtel ?

— Je ne sais pas à qui je parlais.

Nouveau coup de poing. Il toussa pour se remettre de cette nouvelle charge.

— Comment obtiens-tu tes ordres ?

— Par messagerie sécurisée.

— Pourquoi avoir appelé la personne que tu viens d'avoir en ligne ?

— Car c'était ce que l'on me demandait sur la messagerie. Je devais contacter ce numéro, après avoir rencontré monsieur Burton Race.

— Comment as-tu été mêlé à cette histoire ?

Il se tut. Je m'approchai, pris lentement un de ses doigts, caressai une de ses phalanges puis la cassais d'un coup sec. Il hurla. De mon côté, je refoulai une envie de vomir. Commettre un acte pareil ne me ressemblait pas. Mais en y réfléchissant bien, un doigt cassé était loin d'être aussi atroce que le massacre que j'avais commis à Copenhague. Cette pensée me convainquit que c'était la bonne chose à faire. Lui soutirer des informations était crucial pour mettre la main sur les commanditaires de l'explosion du château d'Altérac, et nous n'avions que peu l'occasion de les obtenir… Plus que tout, je voulais trouver mes assassins, les assassins de ma mère, et j'avais dans l'espoir qu'en obtenant les révélations du messager, je pourrais empêcher le mariage. Mon cœur se gonfla d'une excitation irrépressible à l'idée que j'étais, peut-être, sur le point de trouver une solution.

— Tu en as encore neuf intacts, lâchai-je, d'une voix polaire.

Je penchai la tête. Voyant qu'il n'était toujours pas décidé à parler, je m'approchai, quand enfin il céda.

— Je travaillais à Copenhague au service de Karl Johannsen ! cria-t-il, ses yeux gorgés de haine et de douleur. Je m'occupais de sa comptabilité.

— Tu es humain, n'est-ce pas ?

— Oui.

— Qu'est-ce qu'un humain peut bien faire au service d'un natif ?

— Je ne suis pas le seul.

— Ce n'est pas ma question.

— Monsieur Johannsen avait besoin d'une personne compétente et m'a recruté. Ce n'est qu'à ce moment-là que j'ai découvert l'existence des natifs.

— Où est Karl Johannsen ?

Un silence. Cette fois, je ne pris pas le temps de tourner autour du pot. À une vitesse ahurissante, je me postai près de sa main déjà meurtrie et lui brisai quatre autres phalanges.

— Parle ! ordonnai-je.

Mais après avoir braillé de douleur, il resta muet. Alors, je contournai son corps et lui fis face. J'appuyai si fort sur sa clavicule qu'elle se brisa sous la pression de mes doigts. Son hurlement déchira l'atmosphère.

— Je ne sais pas où il est ! beugla-t-il, des larmes menaçant de jaillir de ses yeux tant il avait mal. Mais je sais où il sera dans six semaines.

— Alors, ne fais pas durer le suspense et dis-le-moi, l'invitai-je à parler en écartant les bras.

Son teint devint rouge de fureur. Son visage était déformé par la souffrance. Mais cela ne me fit ni chaud ni froid. Je m'échauffais, ne cessant de ressasser les images de l'explosion du château et du corps calciné de ma mère, et de toute la dévastation que le Collectif avait provoquée. Ma colère allait bien au-delà de la sienne.

— Le 24 avril au soir, il sera en Sibérie, révéla-t-il en baissant la tête, visiblement honteux de cracher le morceau. Dans un chalet sur le mont Béloukha. Je crois savoir qu'il y aura une rencontre avec tous les commanditaires du Collectif Delta.

Je n'en revenais pas d'avoir obtenu une telle information ! Je dissimulai mon agitation par un masque d'impassibilité, tout en me demandant pourquoi Connor n'avait pas eu l'idée de s'immiscer dans le cerveau de ce messager. Tout cela n'était pas logique. Quelque chose clochait chez cet homme.

— Tu n'es pas un humain comme les autres, n'est-ce pas ?

L'homme releva ses yeux. Sa haine à mon encontre s'y lisait parfaitement, et j'aimais savoir qu'il me haïssait. S'il savait à quel point c'était réciproque ! À quel point mon corps tremblait d'avoir enfin l'occasion de tenir une piste, après des heures de lectures inutiles dans les mémoires de mon beau-père ! Si cet homme et les instigateurs de ce complot n'étaient pas entrés dans ma vie, je n'aurais pas vécu l'enfer du bunker ni la mort, et ma vie aurait pris un autre tour avec Connor. Je ne serais pas là, à compter les secondes en attendant qu'il épouse Stella. Je n'aurais pas vu le corps sans vie de ma mère, carbonisée. Pia ne serait ni brûlée ni amputée. Raphaël ne serait pas mort en tentant de la sauver. Et cet enfoiré venait ici, en Jamaïque, menacer Connor, me menacer moi, et promettait de détruire le corps de ma mère, de Carmichael, et de Raphaël après le mariage ! Les mots de cette conversation téléphonique résonnaient encore dans mon esprit...

— Je n'ai pas de pouvoir, répondit-il enfin d'une voix presque étranglée, mais j'ai pris un produit qui annihile, de façon permanente, la partie de mon cerveau qui peut être captée par télépathie.

— C'est quoi cette histoire à dormir debout ?

— Un scientifique à la solde du Collectif a trouvé le moyen de bloquer les ondes télépathiques. Personne ne peut s'immiscer dans mon esprit. Ça ne fonctionne que rarement, mais avec moi, l'expérience a réussi. C'est pour cette raison qu'ils m'ont envoyé.

Je le toisai avec mépris. Mon ire parcourait mes veines. Finalement, je n'en avais rien à faire de ce qu'il disait, je me contrôlais à peine. Altérac avait explosé, ma mère était morte brûlée, Estelle et sa famille reposaient six pieds sous terre. Voilà ce qui échauffait mon esprit, voilà ce que je ressassais sans cesse. Contenir ma colère devenait presque impossible.

— Comment avez-vous su pour le carnet bleu ? réussis-je à dire, mon souffle saccadé d'une façon inquiétante.

Il se tut. Je me ruai sur lui à la vitesse du vent et lui brisai son autre main. Il cria de douleur et pleura cette fois. Mais il ne pipa mot.

Je lui assénai des coups dans le ventre, mais rien n'y fit. Je devais savoir ! Un lourd silence pesa tandis que je le considérais, à bout de souffle.

Mes yeux le scrutèrent, puis se portèrent sur ma propre main. Et soudain, une idée m'apparut. Mais je n'avais jamais tenté une telle chose. Je me souvenais que seuls les immortels possédaient ce pouvoir après avoir connu la mort. J'étais une immortelle, donc je devais en être dotée, et c'était le moment d'en avoir le cœur net ! Un calme relatif s'empara de ma raison à cette pensée.

— Est-ce que tu connais Harry Potter, le nordique ?

Il plissa ses yeux larmoyants. À son air presque ahuri, et même si la douleur marquait vivement son visage, j'en conclus qu'il ne voyait pas où je voulais en venir.

— C'est une série de romans sortie à la fin du XXème siècle, repris-je, un rictus déformant les traits de mon visage. J'adore la littérature. Elle permet de repousser les limites de l'imagination et l'auteure de cette saga en avait à revendre ! Bref. Je t'explique. Ça parle d'un jeune sorcier qui rentre dans une école de sorciers, et apprend la sorcellerie pour combattre un grand méchant sorcier.

Je crus percevoir un haussement de sourcil. Je m'en foutais.

— Donc, Harry et ses amis apprennent à jeter des sorts. Le problème, c'est que les méchants lancent des sorts vachement plus puissants. Des sorts de lacération, des sorts de mort, et des sorts de… souffrance.

C'est alors que je m'approchais, tendis mon bras, posai ma main sur son front et pensai : *Douleur.*

Son hurlement fut si fulgurant que, surprise, je faillis retirer ma main. Ses yeux se révulsèrent, de l'écume se forma au bord de ses lèvres.

— Comment avez-vous su pour le carnet bleu ?! répétai-je, d'une voix sombre.

Mais il n'arrêta pas de hurler. Je retirai ma main de son front.

— Mais putain, je n'en sais rien ! cria-t-il, en larmes.

Je reposai ma main sur son front. *Douleur.* Et il hurla presque à s'en éclater les poumons. Je retirai à nouveau ma main.

— Je vous le jure, je ne sais pas ! Quelqu'un devait surveiller Altérac, vous surveiller ou surveiller monsieur Burton Race. Mais je ne sais pas qui c'était. Il y a des espions disséminés un peu partout dans certaines places fortes natives.

— Lesquelles sont piégées ?

— Aucune idée. Je sais juste que Prisca Burton Race a trouvé les trois seuls espions de son palais et les a évacués. Il était piégé.

— Court-elle encore un risque à présent ?

— Pas dans l'immédiat.

— Ça veut dire quoi ça ?

— Là où elle se trouve, elle ne court pas de risque dans l'immédiat.

— Vous savez où elle se trouve ?! m'exclamai-je en pâlissant.

Je pensai aux corps de ma mère, de Pia, de Raphaël et Carmichael, à ses côtés. Je pensai à mon oncle qui les protégeait. Pourtant, au téléphone, le messager avait dit qu'il l'ignorait !

— Non, personne ne le sait !

— Alors pourquoi as-tu dit « *dans l'immédiat* » ? demandai-je, soulagée.

— Parce que ça se saura un jour. Tout se sait !

— C'est donc une hypothèse ?

— Si vous voulez. Mais je vous en prie, tuez-moi, mais ne m'infligez plus cette douleur ! Je vous en prie.

— Qu'en est-il du manoir ? poursuivis-je, ignorant ses dernières paroles. Est-il piégé ?

— Non, il ne l'est pas. Connor Burton Race a toujours surprotégé son antre. Ses gardes sont partout. Et de toute façon, nous ne souhaitons pas sa mort.

— Pour quelles raisons ?

— Nous souhaitons qu'il règne.

— Pourquoi ?

— Nous n'avons rien à lui reprocher tant qu'il se soumettra à nos exigences.

Je le toisai, impassible. Je n'étais pas certaine d'en avoir appris vraiment plus, si ce n'était l'information cruciale au sujet de Karl Johannsen. Je me devais de creuser encore le sujet.

— J'ai une dernière question.

L'homme pleurait maintenant comme un bébé.

— Pourquoi Connor doit-il épouser Stella ?

Il ouvrit la bouche, puis la referma. Je rapprochai ma main de son front, mais il secoua la tête.

— Non, ne faites pas ça ! m'implora le messager.

— Alors réponds-moi !

— Je sais juste que ça fait partie d'un marché. Je ne sais pas pourquoi « elle ». Je sais que ça fait partie d'un accord et que mes commanditaires veulent absolument le faire respecter.

— Cela sous-entend que Stella est mêlée à cette histoire, alors ? lâchai-je, froidement.

— Je ne sais pas. Ce que je sais en revanche, c'est que si Connor ne l'épouse pas, une menace plus importante pèsera sur les natifs.

— Quelle menace ?

Il se tut.

— J'ai dit QUELLE MENACE ?!

Ma rapidité le prit de court. Ma main était déjà sur son crâne. *Douleur.*

Je laissai longtemps la souffrance irradier son encéphale, peut-être trop longtemps. Mais avant qu'il s'évanouisse, le nordique dit ces mots.

— Ils révéleront votre existence aux humains.

Puis il sombra. Je lui touchai à nouveau le front. *Réveil.* Il cligna ses yeux baignés de larmes et les agrandit en se remémorant ce qu'il venait d'endurer.

— Tu as dit « *Ils révéleront votre existence aux humains* ». Développe !

Il hoqueta dans des sanglots étouffés. Ses larmes se déversaient sur ses joues, tel un torrent.

— Développe ! répétai-je.

— Je… Je vous en prie…

— Tu te fous de moi, c'est ça ? Y'a pas cinq minutes, tu complotais froidement l'assassinat « définitif » de ma mère. Tu es mêlé à cette histoire depuis le début, et tu y prends du plaisir. J'ai vu comme ça t'ex- citait d'avoir du pouvoir sur le roi, d'exposer tes conditions. Oh oui, ça te plaît de le faire chanter. Est-ce parce que tu te sens fort en faisant cela ? Non. Ne réponds pas. Tu n'es rien à côté de Connor. Sais-tu seulement qui il est ? Sais-tu seulement dans quelles mains vous avez laissé le pouvoir natif ? Quand il saura qui sont les membres du Collectif, ils vont le regretter amèrement. Penses-tu que seul le pouvoir compte à ses yeux ? Crois-tu qu'il se pliera à votre volonté si vous réduisez sa famille en poussière ? Non. Je crois que le plan est tout autre.

— Il sera obligé d'obéir.

— Il n'y a aucune logique dans ce que tu me dis. Si vous révélez notre nature aux humains, à quoi cela aura servi de mettre Connor à la tête du royaume ?

— Ce sera l'ultime recours s'il ne répond pas à nos exigences.

— Tu mens. Il y a autre chose.

Je levai la main. Il cria d'un son si étouffé que cet acte lui brûla les cordes vocales.

— NON !

— Parle !

— Nous détenons des vidéos de vous, les immortels. Si Connor n'accepte pas nos conditions, ou qu'il agit contre nos intérêts, elles seront transmises aux médias de toute la planète.

— Les opérations spéciales européennes savent que nous existons. Cela n'a jamais posé de problèmes, depuis quarante ans que nous les aidons dans leur mission, ils étoufferont l'affaire par une pirouette et…

— Vous vous mentez à vous-même si vous pensez que tous les médias du monde se laisseront convaincre. Il ne s'agira pas là de faire passer l'effondrement d'une falaise pour un glissement de terrain. Vous serez la proie de tous les pays de cette planète !

Je pâlis. Cette dernière phrase m'avait ébranlée, car il avait raison. Rien ne pourrait étouffer une telle révélation. Les journalistes s'en donneraient à cœur joie afin d'obtenir le scoop du siècle. Sans parler des dictateurs et des présidents véreux à la tête des plus grandes puissances du monde. Si notre condition d'immortels venait à se savoir, alors nous ne deviendrions rien d'autre que des proies. Traquées sans cesse par neuf milliards d'humains. Même les opérations spéciales européennes ignoraient notre immortalité. Seul un chef d'état-major était dans le secret, et il partirait bientôt en retraite, laissant à son successeur l'héritage de cette information hautement confidentielle, puisque c'était la condition de notre soutien à leur force. La menace était plus dangereuse que jamais.

— Maintenant, tuez-moi, m'implora le messager, dont les larmes ne coulaient plus.

Mon visage resta de marbre, mais au fond je sentais mes entrailles se tordre de peur. Ses révélations avaient provoqué une angoisse que j'avais de la peine à maîtriser. Qu'adviendrait-il si, demain, la planète était au courant de l'existence des natifs ? Qu'adviendrait-il si, demain, les humains savaient que des immortels se cachaient parmi eux ? Je n'osai y songer et reportai mon regard sur le messager. Je le toisai et pris une profonde inspiration.

— Je ne vais pas te tuer.

Ses yeux se relevèrent et marquèrent sa perplexité.

— Ce n'est pas l'envie qui m'en manque, assénai-je, mais j'ai une exigence à soumettre au Collectif et je compte sur toi pour délivrer mon message.

— Je ne pourrai rien empêcher.

— Je le sais. Tu n'es qu'un sous-fifre de rien du tout. Mais c'est toi le messager, alors tu vas passer un putain de message ! Et si tu ne le fais pas, dis-toi que le jour où je te retrouverai, je te tuerai en t'infligeant cette douleur dans ton crâne jusqu'à ce que mort s'ensuive. Tu piges, là ?

Il hocha la tête, conscient que je pouvais mettre à exécution ma menace immédiatement, et attendit ma requête.

— Il me reste douze jours avec Connor, et il n'est pas question que je les passe autrement qu'avec lui. Tu vas donc rentrer à ton hôtel, prendre ton portable et dire à tes associés que Connor a certifié qu'il se marierait à la date prévue, et que tu penses que je ne serai pas un obstacle au mariage. Est-ce clair ?

— Ça l'est.

Ma télékinésie détacha sa corde. Il manqua de tomber en avant quand il fut libéré.

— Une dernière chose, dis-je sur un ton sec. Tu as dit à la personne que tu avais au téléphone qu'« il » ne souhaitait pas qu'on touche à un de mes cheveux. Comment sais-tu cela si tu n'as aucun contact ?

— Après votre mort, dans le bunker. Nous avons tous reçu ce

message : « *Le prochain qui osera porter la main sur Isabelle Valérian verra sa famille massacrée* ». C'était on ne peut plus clair.

J'assimilai ses paroles menaçantes, ne sachant qu'en penser.

Minuit sonna aux cloches d'une église.

12 JOURS.

CHAPITRE 22

$\mathcal{E}$n rentrant à l'hôtel, une tristesse indicible m'accabla. Je ne pus refouler mes larmes et dus prendre un long moment avant de me décider à retrouver Connor. Il allait épouser Stella. C'était inéluctable. Ces derniers jours, j'avais vécu en refusant de trop m'attarder sur cette pensée. Je compris alors que je n'y avais jamais vraiment cru, que je m'étais persuadée que j'allais trouver un moyen de l'empêcher avant que ce mois se termine. Je pensais que lire les journaux de Carmichael m'aiderait à obtenir des informations, mais, maintenant que je savais l'importance de la menace, je comprenais qu'aucune découverte ne pourrait plus l'éviter. Connor allait me quitter. Il n'avait pas le choix. Et moi, je devais rentrer et me tenir à ses côtés les douze prochains jours, sans lui révéler ce que j'avais appris, du moins pas les informations les plus importantes. À la minute où le messager m'avait exposé la menace s'était réveillé en moi un instinct protecteur qui m'était jusque-là inconnu. Qu'adviendrait-il si Connor était au courant ? Il se jetterait dans la gueule du loup, et les risques qu'il prendrait pourraient signer notre fin à tous. Les humains ne devaient pas savoir. Si Connor ou ma famille tentaient de battre le Collectif en Sibérie, et que l'issue finale s'avérait un échec, alors toute la communauté serait en danger. Si j'y allais seule, en revanche, le risque serait moindre. J'avais compris à travers les mots du messager qu'on me considérait comme un électron libre. En cas de débâcle, je porterais seule la responsabilité de mes actes, et ainsi le Collectif Delta n'aurait pas d'excuses pour mettre à exécution leur menace. Du moins, c'est ce que j'espérais. Comme j'espérais être assez puissante pour m'en sortir. J'allais devoir la jouer fine pour que l'issue me soit favorable. Après le mariage, j'aurais encore un mois pour y réfléchir.

Alors ce fut en traînant les pas, les larmes aux yeux et le corps las, que je retrouvai mon bel amant. Il n'était pas loin de deux heures du matin. Je respirai un grand coup, essuyai mes yeux et affichai un sourire de façade quand j'entrai dans la chambre d'hôtel. Il était allongé sur le bain de soleil, le regard perdu sur l'horizon. La pleine lune se reflétait sur l'océan, dans des lignes somptueuses. Quand il m'aperçut, il se leva d'un bond, manquant de renverser la petite table et les trois verres vides posés dessus.

— Mais bordel, tu étais passée où ?! s'écria-t-il, furax.

Je me jetai aussitôt dans ses bras et me blottis contre son torse.

— Je suis désolée.

Je relevai la tête et me confrontai à ses yeux. Son regard s'était radouci, mais chacun de ses muscles frémissait d'angoisse.

— J'ai eu une de ces peurs ! dit-il en m'attrapant le visage d'une seule main.

— Je sais, je suis navrée. J'ai cru bien faire.

— Qu'as-tu fait ?

— J'ai... J'ai suivi le messager.

Son visage marqua la surprise, puis la colère. Je m'y attendais, mais je doutais d'avoir la force de l'affronter après une soirée pareille. Pourtant, je me devais de faire comme si je n'avais rien obtenu de réellement essentiel. Et lui mentir m'était insoutenable.

— Tu as quoi ?! brailla Connor, les yeux écarquillés de stupeur.

— J'ai suivi le messager, répétai-je.

— Je t'avais dit de rentrer à l'hôtel !

— Nous avions un moyen de remonter la filière, je ne pouvais pas le laisser passer ! D'ailleurs, pourquoi ne l'as-tu pas suivi toi-même ?

— J'ai mes raisons, et je m'inquiétais de t'avoir laissée en plan au milieu de la jetée. Putain, je t'ai cherchée partout ! Qu'as-tu appris ?

— Pas grand-chose, mentis-je. Je sais juste que le Collectif a trouvé un moyen d'annihiler les ondes télépathiques de cet homme.

— Je m'en doutais. Je n'arrive pas à lire dans son esprit. Je capte certaines pensées diffuses, mais rien de probant. Autre chose ?

— Non, rien. Je suis dépitée par mon échec.

Je me détestais de lui cacher la vérité. J'avalai ma salive, prise d'angoisse à l'idée qu'il puisse deviner mes pensées, même si je savais que ça lui était proprement impossible. J'espérais que mon visage ne trahirait pas mes doutes.

— Tu réalises que tu aurais pu être tuée ?! s'emporta-t-il. Si un membre du Collectif le protégeait et t'avait vue... Pourquoi crois-tu que je ne l'ai pas suivi ? Je voulais te protéger !

— Je suis désolée...

Je me serrai contre lui et posai ma tête sur son épaule. Je contins mes larmes, tandis qu'une fatigue harassante s'emparait de moi. Lasse et accablée de tristesse, je fis des efforts surhumains pour paraître moins abattue, me répétant qu'il n'était pas question que je lui révèle la vérité, puisque Connor était déjà décidé à épouser Stella. Cela ne servait à rien de lui divulguer à quel point la menace était dangereuse pour tous les natifs s'il décidait de rompre son engagement, ou s'il tentait quoi que ce soit contre eux. Il avait bien assez de pression comme ça. Je le serrai encore plus fort, sa main s'enfouit dans mes cheveux.

— Allez, viens, me dit-il. Tu es épuisée, je le vois.

Après ces quelques instants de silence, il me souleva et m'amena dans la chambre, posant délicatement mon corps sur le lit. À son visage soucieux, je compris qu'il n'était pas dupe.

— Qu'est-ce que tu ne me dis pas, princesse ? s'enquit-il en retirant une de mes sandales.

Je dus accentuer mes efforts pour m'enfoncer dans mon mensonge. *Il doit se marier,* me répétait cette petite voix dans ma tête. *Il le doit ! Les humains ne doivent pas savoir...*

— Je suis déçue de n'avoir rien appris d'important, c'est tout... répondis-je tandis qu'il enlevait l'autre sandale.

Sa main remonta le long de ma jambe, de mon ventre, puis parcourut lentement mes épaules.

— Et il ne nous reste que douze jours...

Une lueur de chagrin voila son regard et cela m'affligea. J'attrapai sa nuque et le tirai jusqu'à ce que mes lèvres soient à portée des siennes.

— Ça va être long de t'attendre... dis-je, tandis que mes yeux se figeaient dans les siens.

— Je ne sais pas si je serai assez fort pour ça, murmura-t-il.

Ce ton accablé ne lui ressemblait pas. Je devais trouver les mots pour embellir son humeur.

— Je t'aime.

Il sourit à ma déclaration, et ce sourire réchauffa mon âme. Puis il partit prendre une douche. Je retirai ma robe et me glissai sous le drap. Mes pensées s'entrechoquaient, je voulais pleurer, et je redoutais maintenant, plus que tout, notre séparation... Quand il revint, le corps humide et les cheveux en bataille, il s'allongea face à moi. Il cala un coude sur le matelas, se tenant sur le flanc, sa tête posée sur sa paume de main. Il me déposa un baiser sur les lèvres. Puis il releva la tête, le regard concentré, ses doigts parcourant les lignes de ma nuisette en satin.

— J'ai su le jour où je l'ai rencontré que quelque chose clochait dans l'esprit de ce mec, déclara-t-il au sujet du messager. Je comprends mieux pourquoi.

— Il a dit que la substance qui lui a été inoculée pour bloquer sa télépathie ne fonctionnait que rarement.

— Il est mort ?

— Oui, mentis-je encore.

Pas assez de jours avec toi, Connor. Non je ne l'ai pas tué, j'ai acheté notre brève tranquillité.

— Il a voulu que je te renvoie chez toi, me révéla Connor sans savoir que j'avais tout entendu de sa conversation avec le messager.

— Et qu'as-tu décidé ?

— J'ai décidé qu'il devait aller se faire foutre. Il nous reste trop peu de temps. Je profiterai de chaque seconde avec toi et pas une de moins, jusqu'à ce que le mariage ait lieu.

Il m'embrassa. Ses lèvres s'attardèrent sur les miennes, ma main caressa son bras tatoué. Mes larmes menacèrent de jaillir à nouveau.

— J'aimerais que nous rentrions au manoir, lui avouai-je.

Il recula sa tête et afficha une expression ahurie.

— Mais, pourquoi ?

— Je n'ai plus envie de voyager, lui annonçai-je, la voix chevrotante, en pensant au peu de jours qu'il me restait en sa compagnie. Je veux seulement être avec toi. Je n'ai pas besoin de vivre une vie en un mois, Connor. Je ne veux que toi, durant ces douze prochains jours. Que toi, et rien pour me distraire de toi.

Il serra la mâchoire, touché, je le supposai, par cette confession. Il ne réfléchit pas longtemps, mais le silence qui précéda ses paroles me parut une éternité à elle seule. Je tentai encore de dissimuler ma tristesse, car j'étais certaine maintenant qu'il allait se marier, et chaque seconde passait bien trop vite.

— D'accord, ma princesse, dit-il, me coupant de mes sombres pensées.

Sa main attrapa ma nuque et son baiser se fit plus ardent que jamais. Quand son visage se releva, il me sourit et caressa ma joue du dos de la main.

— Alors comment as-tu fait pour lui soutirer une information sans pouvoir lire dans ses pensées ? s'enquit-il, sa main atteignant mon cou.

— J'ai utilisé le sortilège *Endoloris.*

— Quoi ?

— Harry Potter.

C'est alors qu'il comprit et s'esclaffa d'un rire de ténor. L'ambiance se détendit d'un coup. Son rire était si communicatif. Je regrettai alors qu'il n'en fasse pas plus usage, et me délectai de l'entendre, tentant de l'enregistrer au plus profond de ma mémoire. Je m'endormis avec le souvenir de cette mélodie, résonnant comme une douce musique à mes oreilles.

. . .

LE LENDEMAIN, nous quittâmes Montego Bay et partîmes rejoindre l'île mystérieuse. Nous allâmes y chercher Jack, ainsi que nos affaires, avant de repartir en direction de la côte et de rentrer au manoir.

— Va falloir lui trouver un nom à cette île ! beuglai-je, puisque les bruits de moteur du bateau couvraient ma voix.

— J'y ai pensé, figure-toi ! me cria-t-il. Depuis que tu m'en as parlé, ça me trotte dans la tête.

— T'as des idées ?

— Au début, j'ai pensé à « L'île Princesse » ou « L'île Isabelle », puis la seconde d'après avoir eu cette idée merdique, j'ai failli me coller une baffe tant je trouvais ça grotesque. Je ne sais pas ce que tu m'as fait, mais je suis en train de devenir une vraie fillette par ta faute !

J'éclatai de rire. Il me fusilla du regard.

— T'as bien fait de pas pousser tes recherches plus loin ! lui confirmai-je.

Son regard se fit encore plus menaçant.

— T'es peut-être pas obligé de lui donner un nom qui a un rapport avec moi !

— C'est mon île, rétorqua-t-il. Je l'appelle comme je veux.

— OK. Très bien, Monte-Cristo ! Pas la peine de t'énerver.

Ses lèvres se retroussèrent et son regard se perdit à l'horizon. Ses cheveux s'agitaient dans tous les sens, le bateau fusait à une allure folle.

— En réalité, j'ai trouvé son nom il y a deux jours à peine, lança-t-il sans détourner les yeux.

— Je m'attends au pire !

Son sourire s'élargit, mais son regard resta fixé à l'avant du bateau.

— Valériane.

— Quoi ?

— Je vais l'appeler *l'île Valériane.*

Cette fois, aucune répartie ne me vint. Je contemplai son profil. Il avait l'air heureux. Et j'adorais le nom qu'il avait choisi. J'étais même si touchée que mes yeux s'embuèrent. Il lui avait donné mon nom. Le nom de mon père. Connor détourna la tête vers moi et me sourit. Son bras enroula ma taille, il me colla contre lui et m'embrassa le front.

· · ·

Q<small>UATRE</small> <small>HEURES</small> <small>PLUS</small> <small>TARD</small>, nous nous envolions pour New York, laissant derrière nous *l'île Valériane*.

11 JOURS

CHAPITRE 23

Ce n'est qu'au moment de franchir le portail que je réalisai l'erreur que j'avais commise en demandant à Connor de me ramener au manoir. Les gardes n'étaient plus à leur poste. Je sentis aussitôt le propriétaire de la bâtisse se raidir en constatant leur absence. Quand les grilles s'ouvrirent, nous les passâmes en inspectant partout alentour.

— Je vais buter Warren ! pesta Connor en sortant de la voiture.

— Non, ce n'est pas la faute de Warren, déclarai-je, alors que mon amant se tendait comme un arc. Il se passe quelque chose.

Je suivis Connor tandis que Jack allait garer le véhicule. Nous montions lentement les escaliers menant aux doubles portes du manoir, quand celles-ci s'ouvrirent soudainement dans une bourrasque fulgurante. Pris par surprise, nous réussîmes tant bien que mal à nous maintenir en place, malgré la violence du vent. Lorsqu'enfin nos regards se levèrent en direction du vestibule, nous distinguâmes l'auteur de cette agression. *Ethan.*

J'écarquillai les yeux de stupeur. Connor pâlit. Ethan marchait d'un pas lent vers nous, l'expression neutre. J'eus la confirmation de mes inquiétudes lorsqu'il leva le bras. Par la pensée, il éjecta brutalement Connor en arrière. Incapable de contrer cette charge, son corps brisa la rampe en pierre et atterrit plus bas sur le sol caillouteux, après avoir glissé sur plusieurs mètres. Mon regard effaré se reporta sur lui. Avec vélocité, je lévitai dans sa direction et m'agenouillai près de son corps meurtri.

— Connor ! criai-je, en constatant que la violence du choc l'avait fait saigner de la tête.

— Merde, Ethan est vraiment cinglé !

Il n'aurait pas dû dire ça. Mon oncle, posté au-dessus des escaliers, se tenait droit comme un i et je captais clairement, dans ses intentions, ce qu'il voulait faire subir au nouveau roi natif. En entendant ces mots, il souleva le corps de mon amant par la pensée et le maintint suspendu au-dessus du sol.

— Écarte-toi, Isabelle ! m'ordonna Ethan, sans encore avoir posé un regard sur moi.

— Non !

Je tentai de ramener Connor à moi par télékinésie, mais rien n'y fit. Lui-même tentait d'utiliser ses pouvoirs, mais sa blessure à la tête l'en empêchait désormais. Et mon oncle était trop puissant… Je reportai mes yeux sur lui.

— Fais-le descendre, Ethan ! Maintenant !

— Isabelle, es-tu devenue folle ?! asséna-t-il. Cet homme a tué ma sœur et Carmichael. Il t'a tuée aussi ! Je me charge de cet usurpateur.

— Non, ce n'est pas lui ! hurlai-je.

— Mais c'est à cause de lui !

Je m'avançai de quelques pas. Les yeux de mon oncle restèrent concentrés sur Connor. Puis je perçus des mouvements sur les côtés de mon champ de vision. Les habitants du domaine s'approchaient à pas feutrés, les gardes aussi. Je reconnus les Souillac, Warren, le regard déconfit, Stella et son amie Patricia, ainsi que tant d'autres déjà croisés auparavant dans la salle de Vertumne. Ils formèrent bientôt un demi-cercle autour de nous. Mon oncle avait dû les maintenir à distance dès qu'il avait appris notre retour. Maintenant, ils avaient droit au spectacle qu'il s'était juré de leur offrir.

— Je te répète de t'écarter, Isabelle ! me somma Ethan en élevant la voix.

— Il n'a jamais voulu ça !

— À quoi s'attendait-il en détrônant son frère ?! répliqua mon oncle, véhément. Et comment peux-tu le défendre ?! Tu as vu l'état de ta mère !

— Je ne te laisserai pas lui faire du mal, Ethan !

Des larmes de colère débordèrent sur mes joues écarlates de fureur. Je lévitai et me plaçai devant Connor, soutenant le regard impitoyable de mon oncle. Ce geste surprit ce dernier, qui fronça les sourcils en me fusillant des yeux.

— Va-t'en, princesse, entendis-je la voix de Connor s'élever derrière moi.

— Et quoi ? Je le laisse te tuer ? rétorquai-je, sans me retourner.

— Va-t'en !

Mon oncle envoya une charge. Je reculai sous la force mentale de son impulsion, mais réussis à me maintenir devant Connor. Ethan avait retenu son assaut, mais je savais que ça ne durerait pas. Son regard déterminé en disait long sur sa volonté de faire du mal à celui qu'il pensait être à l'origine de la mort de sa sœur. Car seul cet acte ignoble, parmi tous les autres, nous valait la flamboyance de son courroux. Mon oncle avait déjà voulu régler cette affaire seul, après son abdication, mais ma mère l'avait retenu. Maintenant qu'elle était en sommeil, il pouvait se permettre de la venger sans entraves.

— VA-T'EN ! répéta Connor.

— Ethan ! beuglai-je, en ignorant la supplique de mon amant. Si tu veux le tuer, tu devras d'abord te confronter à moi. Je ne te laisserai pas lui faire du mal, tu entends ?! Tu devras d'abord me passer sur le corps !

Mon oncle me fixa de ses yeux insondables. Puis il articula chaque syllabe du mot qui sortit de sa bouche :

— I-nu-ti-le.

D'un geste évasif de la main, il m'envoya valdinguer à plusieurs mètres. Je parvins à atterrir sur mes pieds et m'élançai à nouveau. Soudain, je fus stoppée par une nébuleuse qui s'élevait déjà autour du corps de Connor. La poussière, les cailloux, et les feuilles mortes constituèrent rapidement une tornade, qui s'abattit sur son corps avec une force phénoménale. Je hurlai. Horrifiée, je tentai de rassembler mes esprits et me jetai à travers la tempête. J'érigeai mon bouclier de protection, mais la puissance mentale de mon oncle le transperça aisément. Je sentis partout sur mon corps les blessures provoquées par les éléments du tourbillon. Ils transformèrent mes vêtements en lambeaux et me coupèrent la peau. J'entendis crier des spectateurs et crus reconnaître la voix d'Abi Souillac. Mais j'étais si gorgée de douleur et de colère que je ne réfléchis pas quand je fonçai sur le corps ensanglanté de Connor. Mon oncle stoppa ma course, à peine étais-je parvenue à mon but, et me propulsa en dehors de la bourrasque. Puis il se concentra à nouveau sur sa tâche et chargea la tornade en direction du roi natif. L'impact fut dévastateur. Je criai, tandis qu'Ethan rappelait son phénomène et s'apprêtait à recommencer. Le vent était si violent que mes cheveux me giflaient les joues, mes larmes s'asséchaient, et la gorge me piquait à cause de la poussière. À travers le rideau meurtrier, je perçus un instant le visage de Connor. Ses paupières étaient closes, son corps était couvert de sang.

La rage m'envahit et parcourut chacun de mes membres, irradiant mes veines et galvanisant mon pouvoir. Mais cette fois, je ne fonçai pas sur mon amant. Je me ruai sur mon oncle, bien trop concentré sur sa victime pour détourner les yeux. Je m'élançai à une allure hallucinante dans sa direction. Il ne me vit pas venir alors je le fauchai et tombai sur le sol en l'écrasant de tout mon poids. Il eut une expression interdite, tandis que mes mains se plaçaient autour de son visage.

— Vois ! lui hurlai-je.

Je fermai les yeux et mobilisai mon pouvoir de projection. La respiration haletante, le cœur battant à tout rompre, je me concentrai. Dans la tête de mon oncle, je projetai la lecture du carnet bleu et n'omis aucun détail. Je lui montrai cette première nuit fabuleuse en compagnie de mon amant, sa peine à travers ses écrits, ses actes face aux menaces du Collectif, les épreuves de son passé, et les quinze derniers jours que je pouvais qualifier des plus beaux de ma vie. Je pleurai et mes larmes coulèrent sur le visage d'Ethan, dont l'expression ne trahissait aucune émotion. Réussirai-je à le toucher ? Je crus avoir réussi quand la tempête se calma et fut enfin rassurée quand elle devint un souvenir. Mes sentiments investissaient mon esprit, s'insinuaient jusqu'à mes mains et assiégeaient les pensées d'Ethan. Son visage afficha quelques contractions quand je projetai des images de la douloureuse enfance de Connor, l'effroyable éducation qu'il avait reçue de Magnus, ou quand il refusa d'annuler son mariage par peur de me perdre ou de perdre Prisca. Je sentis le corps de mon oncle se détendre, le calme l'envahir. Il ouvrit les yeux.

« *Arrête, j'ai compris.* » me lança-t-il par la pensée.

« *Il me reste onze jours !* » dis-je sans que mes larmes ne cessent « *Onze putains de jours ! Je veux les passer avec lui et tu ne m'en empêcheras pas, Ethan !* »

Sentant qu'il était décidé à laisser sa haine contre le propriétaire des lieux de côté, je me dégageai et m'assis à même le sol, l'air méfiant et le souffle court. Ethan releva son buste et m'envoya un regard chargé d'une étrange émotion. Une lueur que je n'arrivais pas à définir. Sans me quitter des yeux, il utilisa sa télékinésie et posa le corps de Connor sur le sol. Warren se rua sur lui, accompagné de Jack. Son ami le porta dans ses bras, et tous trois entrèrent immédiatement dans le manoir. Quand ils disparurent, je n'avais pas encore détaché mes yeux de ceux de mon oncle.

« *Donc, tu l'aimes.* » déclara ce dernier, après un soupir.

« *Plus que ma vie.* » confirmai-je, sans une once de doute dans ma voix mentale.

« *Alors, nous allons avoir un problème...* »

Et je compris de quel problème il s'agissait quand j'entendis une voix ténébreuse s'élever derrière moi.

— Ravi de te revoir, Plume.

Raphaël...

CHAPITRE 24

*R*aphaël me tendit la main et je la pris, mon bras tremblant de stupeur. Le contact de sa peau chaude contrastait singulièrement avec le souvenir froid de sa mort. Je le dévisageais, les yeux encore marqués par la surprise effarante de le découvrir en ces lieux, se tenant droit, vivant, et un sourire sur les lèvres. Sa beauté n'avait pas été altérée par son récent trépas, et son corps charpenté n'avait rien perdu de sa superbe. Ses yeux gris parcoururent mon corps. Je compris, à son expression contrite, qu'il n'avait pas pu intervenir contre mon oncle, mais qu'il avait été témoin de tout. Son regard chargé de reproches s'attarda ensuite sur Ethan, avant de revenir vers moi avec une expression plus douce.

— Je ne suis pas un fantôme, me dit-il de sa voix ténébreuse.

Mes mots restèrent bloqués dans ma gorge. J'étais loin de m'être préparée à son retour, et je réalisai alors que j'aurais dû le faire bien avant. Alors je chancelai et n'arrivais plus à soutenir son regard. Je baissai la tête. D'un geste délicat, il posa un doigt sous mon menton et releva mon visage.

— Tu es bien amochée, ajouta-t-il en caressant ma joue meurtrie.

— Je ne pensais pas qu'elle me contrerait, lâcha Ethan en se levant à son tour.

— Nous allons te soigner.

— Nous ? répétai-je, en relevant les yeux sur Raphaël.

Il ne répondit pas et me tira par la main. Nous traversâmes le vestibule et nous rendîmes dans la salle de Vertumne. Ma respiration était difficile. Je n'arrivais toujours pas à croire qu'il était là, me tenant la main, comme si sa mort n'avait jamais eu lieu. Comme si ces dernières semaines n'avaient pas existé. Une fois dans la vaste salle, je fus arrachée à mon mutisme quand je découvris Prisca aux côtés de Johnny, et Jésus. Je lâchai la main de Raphaël.

— Mais… Qu'est-ce que… ? bredouillai-je, ahurie. Où est ma mère ?

— Elle est toujours en sommeil aux côtés de Carmichael, répondit Ethan, qui alla rejoindre Prisca. Nous les avons installés dans une chambre du manoir. Ainsi que Pia. Elle est ici, avec ses parents. Elle se remet de sa dernière greffe et va un peu mieux.

Johnny s'avança et m'attrapa les mains. L'intensité de son regard me transperça.

— Je te croyais avec Guillaume ! déclarai-je, pas encore remise de cette apparition.

J'avais chargé mon cousin de veiller sur lui et Jésus, ainsi que sur tous les membres de la famille Forbe. J'avais voulu qu'ils soient tous en sécurité après l'explosion d'Altérac ; or, le manoir n'était pas un lieu des plus sûrs, d'après moi. La dernière démonstration d'Ethan venait de me le prouver à l'instant.

— Je ne pouvais pas laisser Gaby partir à l'autre bout de la planète sans moi ! me lança Johnny avec un clin d'œil.

Un léger sourire s'étira sur mes lèvres. J'aurais dû le deviner.

— Elvis, Soraya ? Et les jumeaux ? m'enquis-je.

— Tu sais bien que mon frère ne prend pas l'avion. Ils sont tous restés avec Guillaume.

Satisfaite par cette information, je me tournai vers Prisca. Elle me salua d'un signe de tête et se rapprocha de mon oncle. Elle murmura quelque chose à son oreille, et Ethan releva ses yeux sur elle. J'aurais juré voir un sourire accompagner son geste, mais, rapidement, son regard d'acier se reporta sur moi. Jésus s'approcha à son tour et posa une main sur ma joue. Il s'attarda sur la multitude de coupures ornant mon visage.

— Viens, ma chérie. On va soigner ça.

JE ME LAISSAI DIRIGER par Jésus et Johnny. Raphaël tenta de nous suivre, mais Johnny l'en dissuada d'un geste de la main. Soulagée que les explications que je lui devais soient repoussées pour un moment, je serrai fort les bras de mes deux amis, qui m'emmenèrent au deuxième étage, là où se trouvait leur chambre.

Je traversai la pièce à la décoration soignée et parvins jusqu'au lit où je m'assis. Jésus et Johnny se tenaient toujours près de l'entrée, sans prononcer un mot.

— Il nous restait onze jours... murmurai-je, la tristesse m'accablant.

— Pardon ?

Johnny vint s'asseoir à mes côtés, tandis que Jésus prenait un fauteuil non loin de là.

— Onze jours de quoi ? me demanda Johnny en posant une main sur la mienne.

Je relevai mes yeux dans sa direction.

— Onze jours avec Connor.

La tête de Johnny marqua un léger recul. Il plissa les yeux et échangea un regard perplexe avec Jésus.

— Mais...

— Tu ne sais rien, le coupai-je. Vous ne savez rien.

— Il est peut-être temps de nous mettre au parfum, tu ne crois pas ? suggéra Johnny.

Alors je leur racontais tout... Comme avec Ethan, je pris soin de ne pas révéler ce que j'avais récemment appris sur le Collectif et, cette fois, je ne m'éternisai pas sur le passé douloureux de Connor. Si je l'avais montré à mon oncle, c'était pour qu'il constate toutes les similitudes qui le liaient à lui, espérant ainsi attirer son empathie. Je n'avais aucun doute sur le fait qu'Ethan avait dû se rappeler sa propre enfance en découvrant son histoire. J'espérais que Connor n'apprenne jamais ce que je lui avais confié. Je savais qu'il ne l'aimait pas, comme beaucoup de nos semblables. Mais je n'avais pas eu le choix. Ethan devait se calmer.

Mon récit fut accueilli avec des « ha ! » et des « ho ! », des sourcils froncés et des bouches bées de surprise. Quand il fut enfin terminé, Johnny serra ma main très fort.

— Putain ! lâcha-t-il, n'en croyant pas ses oreilles.

Les deux époux échangèrent un regard. Jésus, dont l'affabilité n'était plus à prouver, lui sourit. Johnny secoua la tête avant de reporter ses yeux vers moi.

— Alors, tu es amoureuse de Connor ?

— Oui, répondis-je, sans relever la tête.

— Mais il est si… agaçant !

— Si c'est le seul défaut que tu lui trouves, je devrais m'en remettre.

— Je pesais mes mots ! rétorqua Johnny.

— Si tu apprenais à le connaître, commentai-je en dirigeant mon regard vers lui, je suis certaine que…

— Oh, mais je le connais ! me coupa Johnny en soupirant. Il ne sait pas tenir en place quand je le coiffe, dit rarement merci et, à l'époque où j'organisais les soirées natives de ce manoir, il surveillait toujours tout et ne pouvait s'empêcher de critiquer mes choix ! Plus chiant comme mec, on en fait peu !

Je dissimulai un sourire.

— Et ta mère va être furax ! poursuivit-il. Elle le déteste !

— Je sais. Mais… je l'aime.

Johnny porta une main à sa bouche et échangea un nouveau regard avec Jésus. Puis il se mit à rire et Jésus l'imita.

— Oh, ma chérie… tu es amoureuse ! s'extasia ce dernier, tandis que Johnny se retenait maintenant de taper dans ses mains.

Je souris de nouveau et mes joues se colorèrent. Leur réaction me faisait du bien. Pour la première fois, j'eus l'impression d'être comprise et mon cœur se gonfla.

— Je l'ai compris dès que je suis arrivée ici, leur confiai-je. Je… je sais que ce n'est pas bien. Je sais que je vais faire du mal à Raphaël, mais… je n'ai pas pu lutter. C'est Connor. Ça a toujours été Connor.

Ils se turent tous deux et me dévisagèrent avec des yeux ébahis.

— Notre petite Izzy est amoureuse, Jésus ! lança Johnny.

— C'est ce que je vois et entends, mon amour.

Leur engouement n'avait plus de limites. Avaient-ils entendu mes dernières paroles ? Ils semblaient ne porter aucune importance aux obstacles, alors que je ne voyais plus qu'eux.

— Mais il y a Raphaël, et Connor va épouser Stella, leur rappelai-je.

— Bien sûr que non, lâcha Johnny, effaré par ma remarque. Il n'est pas question que cette pimbêche mette le grappin sur lui.

— Le Collectif l'a ordonné et le menace. Il n'a pas le choix, assénai-je, résolue à ce que Johnny comprenne que c'était inéluctable. Mais je suis surprise, tu n'apprécies pas Stella ?

Johnny parut outré par mes paroles.

— Tu n'es peut-être pas au courant, ma petite, mais Stella a été la favorite de Carmichael pendant dix ans, durant l'absence de ta mère. C'est le devoir de tout meilleur ami de détester la maîtresse du mari de sa copine, non ?

— Alors, c'est ça ! tonnai-je, me souvenant des paroles de Connor, quand il avait dit au messager son dégoût à l'idée de se marier avec l'ex de son frère. Ma mère ne m'en a jamais parlé !

— La relation de Stella et Carmichael a pris fin deux ans avant que ta mère revienne au château. Elle n'en a jamais tenu rigueur à Stella et comprenait parfaitement que Carmichael puisse être allé voir ailleurs pendant quarante ans.

— Mais cela a duré dix ans !

— Oui, et c'est pour ça que je ne l'aime pas ! renchérit Johnny. On ne reste pas dix ans avec quelqu'un sans que ça marque le cœur. Ta mère a refusé de m'écouter. Pire, elle a encouragé sa promotion. Et maintenant, voilà que la belle brune incendiaire va devenir reine ! On peut dire qu'elle a su tracer son chemin, celle-là !

— D'après Connor, elle n'est pas liée au Collectif Delta.

Jésus se racla la gorge, devinant sans doute ce que Johnny allait me dire. Je compris que tous deux avaient déjà eu cette conversation.

— Ma chérie, commença Johnny, quand tu regardes un film policier, quelle est la question numéro un que se pose l'enquêteur ?

— Je n'ai jamais vu de films policier.

— Putain, t'es chiante, lâcha-t-il, exaspéré. OK, tu as déjà lu des thrillers, non ?

— Oui.

— Bon, bah c'est pareil ! Alors ?

— Comment la victime est-elle morte ? répondis-je, pensant avoir trouvé la bonne réponse.

Johnny m'observa, bouche bée. Jésus se mit à rire.

— Heureusement que tu es une native ultra-puissante, commenta le meilleur ami de ma mère, car tu n'aurais jamais pu faire carrière dans la police, putain !

— Cela n'a jamais été dans mes intentions.

— Heureusement pour eux ! Bon, voilà la réponse : à qui profite le crime ?

— À Stella ! répliquai-je, aussitôt.

— Tu déconnes, là ?

Johnny poussa un soupir et se gratta la tête.

— Donc, je pense que Stella est forcément mêlée à tout ça, finit-il par dire.

— Connor a sondé son esprit, lui révélai-je pour le convaincre du contraire. Il n'a rien vu à part qu'elle est ambitieuse et veut devenir reine.

— Elle reste quand même une garce ! répliqua Johnny. Je suis certain qu'elle a caché son jeu dès votre arrivée à toi et ta mère.

— C'est vrai que je la croyais mon amie, avant de la revoir au manoir, confiai-je. Ici, je suis celle qui risque de l'empêcher de devenir reine. Son attitude a changé.

— Elle n'a jamais été ton amie, asséna Jésus vers qui mes yeux se détournèrent. Tu te souviens du soir du bal, n'est-ce pas ?

— Oui, très bien, même.

— Je me rappelle que Stella a cherché Connor toute la soirée.

— Il était avec moi.

— En effet, remarqua Jésus avec un léger sourire, et quelques jours plus tard, elle a voulu s'inviter à notre repas de famille. Gabrielle n'était pas au courant, car Carmichael l'a aussitôt éconduite. Mais je me suis demandé pourquoi elle était soudain si prompte à rechercher notre compagnie, alors que cela faisait deux ans qu'elle ne nous avait pas approchés. Et que voulait-elle à Connor ? Je me le demande.

— Cela ne prouve rien, Jésus.

— Je suis d'accord. Mais c'est louche.

— Oui, c'est louche, confirma Johnny.

Je les observai tous les deux et compris qu'ils tentaient, eux aussi, de résoudre le mystère du Collectif depuis un moment. Mon cousin avait dû entendre nombre de leurs théories avant qu'ils le quittent et viennent ici me les livrer. Mais il y avait les révélations du messager dont ils ignoraient tout.

— Écoutez, leur dis-je. Je comprends que vous souhaitiez apporter votre aide, mais n'allez pas croire que vous réussirez à empêcher ce mariage.

— Mais…

— Non, coupai-je Jésus, dont les traits s'affaissèrent à ma rebuffade. Je n'ai plus que onze jours pour profiter de Connor. Dix jours, vu que celui-ci est déjà très largement entamé.

— Tu ne peux pas te laisser évincer aussi facilement par Stella ! s'insurgea Johnny.

Si seulement… mais les conséquences seraient terribles, et ça vous l'ignorez mes amis.

— Peut-être que si nous réussissons à démasquer les membres du Collectif Delta, alors un avenir sera envisageable avec Connor. Ou, alors, nous attendrons, longtemps, très longtemps. Mais quelques jours ne seront pas suffisants pour contrer ce complot. Et maintenant, je dois parler à Raphaël.

— Et que vas-tu lui dire ? s'enquit Jésus, qui comprenait bien que je redoutais ce moment par-dessus tout.

— La vérité… je lui dois bien ça.

Johnny reposa sa main sur la mienne. Jésus nous rejoignit et passa un bras au-dessus de mon épaule. Entre les deux hommes, je trouvai le réconfort dont j'avais tant besoin en cet instant. Et bientôt, je savais que j'aurais besoin d'eux plus que jamais…

En silence, ils me prodiguèrent des soins sur mes multiples coupures, m'invitèrent à prendre une douche, et me passèrent une chemise pour remplacer mes vêtements en lambeaux. Quand ils eurent terminé, Johnny passa sa main sur ma joue et essuya une de mes larmes.

— Tu redoutes tant de lui parler ? demanda-t-il.

— Je me suis mal comportée envers lui.

— Tu as choisi l'amour.

— C'est ce que je me dis pour me convaincre. Le fait est que j'ai trompé Raphaël alors qu'il était mort.

— Le fait est que tu as choisi Connor, car tu l'aimes. Et c'est tout. Les événements ne vous ont pas laissé la chance de vivre votre histoire comme elle aurait dû l'être. Personne ne peut t'en vouloir d'avoir fait ce choix.

Rien n'était moins sûr, et je redoutai déjà la prochaine heure.

CHAPITRE 25

*J*e trouvai Raphaël dans ma chambre. Il m'avait entendue arriver, mais ne cilla pas. Je n'aurais pas pu me sentir plus mal à l'aise qu'en cet instant. Je savais que pour lui le temps s'était arrêté juste avant l'explosion du château, soit peu après que nous ayons fait l'amour, peu après avoir vécu des moments de complicité. Nous étions si enthousiastes d'être enfin ensemble, après le bunker... Puis j'avais pris connaissance du carnet bleu, et le château avait été emporté par le souffle. Le tournant de notre histoire s'était produit ce jour-là, sans qu'il le sache.

Je pris une profonde inspiration avant d'affronter son regard.

Il était assis près de la cheminée dans laquelle un feu était allumé. Ses yeux se perdaient dans les flammes, tandis que je m'avançais à pas de loup. Ses longs cheveux bruns cascadaient sur ses épaules, sa respiration était sereine ; la mienne, malmenée. Mes mains tremblaient légèrement. Sa voix s'éleva enfin dans le silence feutré de la chambre.

— Alors, durant tout le temps qu'a duré ma mort, tu étais avec lui...

Je stoppai mes pas à un mètre derrière lui et avalai difficilement ma salive. Puis je fermai les yeux.

— Oui, avouai-je.

— Et tu viens me dire que tu me quittes... ou que tu l'as déjà fait sans que je le sache.

Ma respiration se coupa un court instant. L'atmosphère de la pièce devint étouffante.

— Oui, répétai-je dans un murmure.

Raphaël ne se retourna pas, mais je ressentis nettement le chagrin que je lui infligeais. Des larmes atteignirent aussitôt mes yeux. Je n'avais jamais voulu ça. Je le respectais trop, et j'avais laissé mon amour pour Connor l'emporter sur la morale, sur la raison. Je savais que ce que j'avais fait, en acceptant sa proposition, allait à l'encontre de tous les principes. J'avais trahi Raphaël, ne cherchant que mon bonheur, de façon égoïste. Et c'était cruel...

... Mais je ne le regrettais pas.

En cet instant, et malgré la peine que j'infligeais à Raphaël, je n'éprouvais aucun remords. Ma mère avait choisi mon père malgré la morale. Moi, j'avais connu quelques jours d'amour que même l'éternité ne réussirait jamais à extirper de ma mémoire. Dans mon esprit défilèrent toutes les images de mes jours passés avec Connor. Ces moments précieux que je chérissais maintenant avec tout l'amour que je lui portais. Mais Raphaël en souffrait. Et mes larmes coulèrent, car ce que je ressentais à travers lui me déchirait les entrailles. Rassemblant tout mon courage, je respirai un grand coup et allai m'asseoir à ses côtés. Un lourd silence envahit la pièce ; chacun de nous n'osait regarder l'autre. C'est moi qui me décidai en premier. Sentant mes yeux peser sur lui, il tourna la tête et ses prunelles sombres se figèrent dans les miennes. Son regard insondable me désarçonna.

— Je... je te demande de me pardonner.

— Ça va être difficile, lâcha-t-il, sans la moindre emphase.

— Je sais.

Nous restâmes de longues minutes à nous dévisager. Mes yeux parcoururent les traits de son visage. La nuit tombait sur le manoir et seul le feu dans l'âtre les éclairait. Un V s'était creusé au milieu de son front, et sa mâchoire se serrait sous sa fine barbe de trois jours.

— Il est à l'origine de ta mort, me rappela-t-il.

— Il a été manipulé.

— Vraiment ?

— Il m'aime.

Un nouveau silence plus étouffant que jamais traversa la chambre.

— ... et je l'aime.

Ses yeux se détournèrent vers les flammes.

— Je ne voulais pas te faire de mal, Raphaël, continuai-je, la voix tremblante. J'ai fait un choix. Connor se marie... dans bientôt dix jours. Il accepte d'épouser Stella, car je suis menacée, parce que Prisca est menacée, et que la communauté tout entière pourrait courir un grand danger s'il refuse de se soumettre. Nous ne savons pas comment ça tournera après les noces, alors j'ai fait le choix de vivre un mois avec lui, avant de le quitter.

— Car tu penses que tu pourras le quitter le moment venu ?

— Je ne serai pas sa maîtresse.

Un silence suivit ces mots.

— Ethan m'a expliqué ce que tu avais projeté dans son esprit, dans les grandes lignes, du moins, déclara Raphaël, le regard fixé sur la cheminée. Je suis disposé à croire que Connor n'a pas eu le choix de certaines de ses décisions, mais je constate qu'elles l'ont élevé très haut dans la hiérarchie native.

— Il est ambitieux, confirmai-je, pour ne pas qu'il se sente obligé d'en rajouter.

— Ne fais pas comme si tu le connaissais ! me lança alors vivement Raphaël.

La colère dans sa voix me fit tressaillir. Je baissai les yeux.

— Peut-être que je ne sais pas tout de Connor, admis-je, mais je passerai les dix prochains jours avec lui.

Le silence réinvestit la pièce. Je pris une profonde inspiration. Mes mains tremblaient.

— Je tiens beaucoup à toi, Raphaël, poursuivis-je, et j'ai vécu des moments extraordinaires avec toi. Le bunker a tissé un lien solide entre nous, je le sais. Je te serai toujours redevable de m'avoir sortie de l'enfer, et d'avoir été présent durant ces longs mois de solitude. Mais...

Son regard intense se tourna vers moi. Je gardai la tête basse.

— ... Mais j'avais déjà rencontré Connor... et je... je sais qu'il n'est pas un ange et qu'il a commis des actes atroces. Mais... je l'aime. Et je n'étais pas prête à attendre des mois, voire des années avant de vivre une histoire avec lui. Je n'étais pas prête à attendre que la menace s'abatte sur moi. Ils ont les moyens de tous nous tuer, ils l'ont prouvé. Si Guillaume et moi n'avions pas été aux abords du château, le jour de l'explosion, alors n'importe quel natif aurait pu mettre fin à vos jours, définitivement, et sans aucune difficulté. Vous étiez morts !

Je repris mon souffle.

— Je ne sais pas ce que l'avenir nous réserve, alors j'ai dit oui quand Connor m'a proposé de vivre un mois avec lui.

— Et c'est pour cette raison que tu n'as pas attendu mon réveil.

— Euh... Oui... confirmai-je, soudain balbutiante, ne sachant si sa dernière phrase était une affirmation ou un trait d'ironie.

Raphaël se leva avant que je m'attarde sur cette pensée. Ses yeux se figèrent dans l'âtre.

— Il te reste dix jours.

— Oui.

— Et que va-t-il se passer ensuite ?

— Je... je ne sais pas.

— Tu me reviendras.

— Raphaël, non, je ne crois pas que...

Je ne finis pas ma phrase tant la surprise de l'entendre espérer que je revienne me laissait pantoise. Je relevai mon regard vers lui. Avais-je bien entendu ?

— C'est à mon tour de te faire une proposition, poursuivit-il en se tournant vers moi. Je te laisse dix jours avec cet homme. Ensuite, nous vivrons tous les deux.

— Tu ne penses pas ce que tu dis !

— Et lorsque le jour viendra, tu prendras ta décision entre lui et moi.

— Je ne pourrai pas faire ça, Raphaël !

— Je lui laisse les dix prochains jours et je gagne une vie d'homme à tes côtés. Je ne crois pas être si perdant que ça.

— Tu ne peux pas être sérieux ?

— Je le suis absolument.

Je l'observai, bouche bée. Mes yeux circonspects tentaient de lire dans son âme.

— Nous sommes immortels tous les deux, reprit-il en se baissant à mon niveau, et tu m'as attiré dès notre rencontre, petite plume. Je n'ai pas l'intention de passer à côté de la chance de vivre des années à tes côtés.

— Mais… tu n'as pas bien compris, Raphaël.

Ce que j'allais dire me brûlait la gorge, mais je devais aller jusqu'au bout.

— Quand je quitterai Connor, je serai anéantie. Et bien que j'éprouve pour toi des sentiments que je qualifierai comme une forme d'amour aussi, je ne me remettrai pas de son absence dans tes bras. Je ne sais pas ce qu'il se passera après ce mariage, et pour être parfaitement honnête, à l'heure qu'il est, je m'en moque. Je veux seulement ces dix jours…

Raphaël se releva, prit une profonde inspiration et haussa la tête.

— Va le retrouver.

— Raphaël, je…

— Après le mariage, me coupa-t-il avec une voix décidée, je veux que tu viennes avec moi en Espagne.

— Raphaël…

— Nous verrons là-bas ce qu'il s'y passera. Je ne te courtiserai pas si tu ne le désires pas. Tu prendras ta décision après le mariage.

Sur ces paroles et sans que mes mots parviennent à s'extirper de ma gorge, il passa devant moi et s'apprêta à quitter la pièce. Quand il parvint sur le seuil, il répéta :

— Dix jours.

10 jours…

CHAPITRE 26

*J*l était minuit passé quand je tapai à la porte de la chambre de Connor, le souffle court après cette intense discussion avec Raphaël. Je tentais d'oublier sa proposition quand Jack m'ouvrit, un chiffon mouillé et gorgé de sang suspendu à ses doigts.

— Mademoiselle ! s'exclama le majordome.

Son visage balafré s'étira sur un large sourire. Je ne pus empêcher le mien de poindre face à cet homme en costume guindé, tenant un mouchoir ensanglanté dans une main, en total contraste avec son expression, rassurante et enjouée, plaquée sur son visage.

— Nous venons de finir de nettoyer ses plaies. Tout va bien, il râle déjà !

Je réprimai un petit rire et traversai la pièce jusqu'au lit où se trouvait Connor. Son ami Warren était là, et je le saluai tandis que je m'étendais auprès de mon amant. Lui ne m'avait pas quittée des yeux depuis mon entrée. Son visage était tailladé et un énorme bleu ornait sa mâchoire ciselée.

— Je cicatrise déjà, dit-il.

— Tu es affreux.

Il haussa les sourcils en grimaçant, et rit en découvrant mon sourire espiègle sur le coin de mes lèvres.

— Tu n'es pas très jolie non plus, tu sais ?

Il passa le dos de sa main bandée sur ma joue. Je l'attrapai et l'embrassai sur la paume.

— Mais j'ai moitié moins de blessures.

Son regard s'affermit, ses doigts passèrent sur quelques lacérations.

— Et où étais-tu depuis cette petite altercation avec ton oncle ? demanda-t-il, alors que j'étais certaine qu'il ne l'ignorait pas.

— Avec Raphaël.

Un silence passa avant que la porte claque. Warren et Jack s'étaient éclipsés après cette révélation qui promettait sans doute une discussion orageuse.

— Comment a-t-il réagi ?

— Plutôt bien, étant donné les circonstances.

— Et qu'a-t-il dit ? persévéra Connor en relevant son buste.

— Il m'a fait une proposition.

Ses yeux se tournèrent vivement vers mon visage, qui se colora dès que je saisis la colère qui s'y lisait. Il se racla la gorge et je commençai à hésiter à lui expliquer.

— Il me laisse dix jours avec toi.

— En échange de quoi ?

— Il me propose de vivre avec lui. Après toi.

— Il n'a pas mis longtemps à se décider.

Je me relevai, stupéfaite par le calme de ses dernières paroles. Mon regard marqué par l'incompréhension l'observa avec ahurissement. Je m'attendais à une réaction bien plus violente.

— Il est immortel et vit, comme moi, depuis très longtemps, reprit-il, le ton toujours aussi placide. Je sais ce que c'est. Si j'avais été dans sa position, j'aurais agi de la même manière.

— Mais... je ne vais pas vivre avec lui, après toi !

Connor me fixa de ses prunelles azur. Un geste de sa main sur mon visage m'intima de me calmer. Ses yeux ardents s'attardèrent ensuite sur mes lèvres. Puis il me rallongea près de lui et cala ma tête au-dessus de sa clavicule.

— On a dix jours, dit-il après un silence.

— Oui, dix jours.

— Puis tu partiras.

— Puis je partirai.

Nouveau silence.

— Je t'aime.

— Je t'aime.

Nous roulâmes dans le lit et nous allongeâmes face à face, afin de trouver le sommeil. Avant de m'endormir, j'espérais déjà que la nuit ne durerait pas longtemps. Le temps passait…

SIX HEURES PLUS TARD, je me levai et passai voir Pia dans sa chambre au troisième étage, laissant Connor profondément endormi. Son corps avait besoin de se remettre de ses blessures. Je rencontrai Laura, sa mère, qui me confia que sa fille dormait.

— Comment se porte-t-elle ?

— Grâce aux ressources de votre oncle, elle va mieux. Mais je m'inquiète pour ses poumons et son cœur. Ils ne semblent pas guéris, malgré l'acharnement de Prisca et Ethan à trouver les meilleurs spécialistes.

— Ils trouveront une solution, j'en suis certaine.

Laura baissa les yeux et me laissa entrer. Pia se réveilla à peine quelques minutes après mon arrivée.

— Mais que t'est-il arrivé ? demanda-t-elle en découvrant les coupures sur mon visage.

— Un léger incident, répondis-je, un sourire aux lèvres dans le but de la rassurer.

— Tu es presque aussi amochée que moi.

— Personne n'est aussi amoché que toi, déclarai-je tristement. Je suis désolée, Pia, je n'ai pas été là quand…

— Arrête ! me coupa-t-elle aussitôt. Tu m'as sauvée ! Tu m'as sortie des décombres. Tu as fait ce qu'il fallait, je le sais. Qu'aurais-tu pu faire d'autre ?

— Je ne sais pas.

Un silence traversa la pièce. Un léger chuintement s'échappait de sa bouche à chacune de ses respirations.

— Je suis si heureuse de te voir, dit-elle, d'une voix encore marquée par son long sommeil.

— J'aurais bientôt traversé l'Atlantique pour venir à ton chevet. Mais tu m'as devancée, moi qui croyais que tu n'aimais pas New York.

— New York sera bien plus intéressante avec toi, je n'ai aucun doute.

J'entendis Laura fermer la porte derrière elle. Pia releva le haut de son corps et s'assit sur son lit. Elle grimaça en accomplissant ce geste. Le côté gauche de son buste était couvert d'un tissu adapté aux soins des grands brûlés et s'étendait sur tout son bras.

— Comment te sens-tu ?

— Je ne vais pas courir un marathon demain, répondit-elle tandis que ses yeux erraient sur sa jambe absente. Mais je me sens mieux. Et c'est grâce à Ethan et Prisca.

— Ils sont d'une aide inestimable.

— Ils se sont relayés à mon chevet chaque jour et ne cessent de me demander comment je vais. Ça me rend dingue par moment, mais je ne m'attendais pas à une telle sollicitude de leur part.

— Je ne suis pas étonnée. Tu es si attachante, Pia.

— Tu parles !

— Je suis sérieuse. Sinon comment serais-tu devenue mon amie alors que j'étais séquestrée dans un bunker ?

— Il est vrai que notre rencontre brille par son originalité.

— Tu m'étonnes.

La porte s'ouvrit sur les deux immortels dont Pia louait justement les mérites. Prisca s'approcha du lit et écarquilla des yeux effarés en constatant la position assise de sa protégée.

— Nous avions dit que tu devais rester allongée ! gronda-t-elle, après avoir laissé échapper un soupir. C'est bien trop tôt !

— Si elle éprouve le besoin de s'asseoir, tu n'as pas à l'en empêcher, déclara Ethan en envoyant un clin d'œil à Pia.

— Les médecins sont formels, c'est trop tôt.

— Et si vous me laissiez respirer ? suggéra la patiente en haussant les sourcils.

— Tu rêves éveillée ! clama Ethan en s'asseyant sur le rebord du lit.

Un léger sifflement dans la bouche de Pia me fit réaliser que ses poumons avaient du mal à se remplir. Une grimace me fit comprendre que le moignon de sa jambe lui était douloureux. Ma gorge se serra, mais je n'en laissai rien paraître.

Nous discutâmes encore un moment, mais n'abordâmes pas le sujet Connor ni même celui de Raphaël. Et cette pause dans les explications sur ma conduite me fit du bien. Pia me faisait du bien. Quand je la quittai et la laissai aux bons soins des deux immortels, son sourire adoucit mon humeur. Du moins jusqu'à ce que j'aille voir le corps de ma mère.

Au début, j'expirai un souffle de soulagement en découvrant que la peau avait presque entièrement recouvert son corps, comme celui de Carmichael. Elle semblait endormie, mais lorsque je me jetais sur elle pour l'enlacer malgré la mort, son corps me parut froid comme la pierre.

— Maman, j'ai besoin de toi, murmurai-je à son oreille.

Seul le silence me répondit, et je quittai sa chambre mortuaire, le cœur lourd.

JE ME RENDIS ENSUITE à la cuisine. J'avais faim et étais déterminée à préparer un petit déjeuner pour Connor, désirant l'emporter dans sa chambre, sur un plateau bien disposé. J'y trouvai Jack, qui s'affairait aux fourneaux.

— Mais que faites-vous, Jack ?

— Du monde réside au manoir, Mademoiselle. Monsieur exige un service impeccable.

— J'ai dans l'idée que vous n'aimeriez pas qu'il en soit autrement.

— Vous devinez juste. Je vais sans doute devoir embaucher.

— Ma mère et Carmichael seront bientôt réveillés. Vous aurez alors sept invités au manoir.

— Oui, sept illustres invités, dit-il en souriant avant de lentement se rembrunir. Mais… je parlais du mariage.

Je tressaillis.

— Ah, lâchai-je.

— J'ai cru comprendre que mes espoirs d'annulation étaient voués à l'échec.

— C'est ce qu'il semble, Jack.

Il arrêta une minute de s'affairer au rangement du linge de cuisine et s'approcha, le regard chargé d'une étrange lueur.

— Je ne suis pas immortel, déclara le majordome, alors j'ai toujours espéré voir mon maître heureux avant de quitter ce monde. Je vous prie de m'excuser si je me suis mêlé de ce qui ne me regardait pas.

Les excuses de Jack me prirent de court. Mais à l'écoute de ses mots, mes lèvres dessinèrent un sourire et j'attrapai ses mains entre les miennes.

— Rien de ce que j'ai vécu ces derniers jours n'aurait été possible sans vous, Jack. Je ne vous excuse absolument pas, je vous remercie.

Il rougit et baissa les yeux, quand un bruit, derrière nous, nous fit tourner la tête vers l'entrée de la cuisine. Connor se tenait sur le seuil, déjà habillé et un blouson pendant sur son bras, malgré son visage ravagé de meurtrissures.

— Prépare tes affaires, princesse. On se casse d'ici.

Jack et moi échangeâmes un regard lourd de sens quand enfin ma raison refit surface.

— Je ne peux pas partir comme ça !

— Il t'a laissé dix jours, non ?

— Oui, mais…

— Je vais les passer avec toi, et personne ne m'en empêchera, putain ! Je ne vais certainement pas rester là, aux côtés de ce cinglé d'Ethan. Je t'emmène quelques jours à New York, Manhattan. Prépare tes robes de soirée, ma belle, tu vas briller !

Je souris à nouveau. Je ne voulais pas que ça s'arrête. Non, je le ne voulais pas du tout.

Alors je laissai ma raison de côté et, trente minutes plus tard, Jack se posta au volant de la Ford Mustang rouge de Connor, et nous quittâmes le manoir, ses invités, et mes doutes.

Et j'oubliais les journaux de Carmichael…

CHAPITRE 27

ew York, Manhattan

Je m'étais attendue à un loft immense, au sommet d'un gratte-ciel, avec une vue imprenable sur le Tout-New York. Au lieu de cela, je découvris un petit appartement à l'angle d'une rue de l'East Village, au deuxième étage d'un bâtiment de brique rouge qui n'en comptait que cinq. Le trois pièces de Connor était bien agencé et bien exposé. La teinte jaune pâle des murs, associée à des moulures blanches, rendait l'ensemble très agréable. Des toiles décoraient chaque pièce. Des œuvres d'art mettaient le mobilier en valeur, tandis que des tapis s'étendaient sur le parquet, rendant ainsi l'espace plus chatoyant. Des livres de cuisine habillaient tout un pan de mur de la pièce associée à cet art.

À mon goût, cela manquait peut-être de couleurs vives, mais l'atmosphère cosy me faisait m'y sentir bien. Connor m'expliqua qu'il occupait cet appartement quand des événements d'importance se produisaient à New York. Je compris par « événements d'importance » : matchs de basket-ball, matchs de football, matchs de base-ball, et soirées culinaires.

Jack était retourné au manoir. Les invités et les préparatifs du mariage allaient beaucoup l'occuper, et Connor n'avait confiance qu'en lui. Avant que je boucle ma valise, le majordome n'avait pas manqué de déposer deux housses sur mon lit que je m'étais empressée d'ouvrir. Deux robes splendides, l'une multicolore et l'autre en satin doré, avaient été soigneusement préparées avec les chaussures adéquates, et des dessous tout aussi scandaleux que ceux qu'il avait déjà choisis, le fameux soir où j'avais avoué à Connor que je l'aimais. J'avais souri devant cette marque d'attention et, lorsque Johnny débarqua dans ma chambre et découvrit les deux tenues, il me félicita aussitôt pour mes choix vestimentaires, essuyant presque une larme d'émotion. Je l'avais rapidement corrigé en louant les goûts du majordome, que Johnny se promit de rencontrer le plus vite possible, afin de lui faire part de ses éloges. Je riais intérieurement en imaginant le grand noir à la soixantaine affirmée s'extasier et parler chiffon avec Jack, le majordome balafré en costume guindé. Je regrettai presque de quitter le manoir, rien qu'à l'idée de manquer ça.

— Prête ? demanda Connor.

Je me tournai et lui fis face. L'expression de son visage me démontra que j'avais bien fait d'écouter les conseils de Monsieur Jack. J'avais presque complètement cicatrisé de mes nombreuses coupures ; Connor affichait encore quelques stigmates, et des yeux avides qui parcouraient mon corps.

— Cette robe… elle est…

— Dorée ?

— Ouais… lâcha-t-il en opinant de la tête.

Le décolleté était pigeonnant, la taille fine, le dos nu, et mes talons de dix centimètres allongeaient ma silhouette, ce qui n'était pas du luxe. J'avais maquillé mes yeux, coiffé ma chevelure et mis des boucles d'oreille qui plongeait presque sur mes épaules. J'esquissai un sourire en constatant sur les traits de Connor que mes efforts avaient payé. Lui n'était pas en reste. Il portait un pantalon sombre, une chemise bleue dont le dernier bouton était détaché et des chaussures hors de prix. Sa coupe de cheveux était travaillée, même si je savais qu'il ne lui faudrait pas longtemps avant qu'il anéantisse tout son labeur, et que ses épis, qui m'étaient si agréables, reviennent orner son sublime visage. Quand il s'avança vers moi, il retroussa ses manches et dévoila ses bras tatoués.

— Je ne suis plus sûr de vouloir sortir, dit-il en enroulant ses bras autour de ma taille.

— Si nous ne sortons pas, je n'ai plus aucune raison de porter cette robe.

— C'est bien ce que je dis.

Je ris aux éclats, puis frottai ma joue sur le léger chaume recouvrant sa mâchoire.

— Je n'aurais jamais dû te demander de revenir au manoir, lui déclarai-je à l'oreille.

— Je n'aurais jamais dû t'écouter.

— Mais on est seuls maintenant.

— Pour quelques jours encore, princesse...

Un sanglot remonta soudain ma gorge. Je ne desserrai pas mon étreinte, il ne relâcha pas la sienne.

— Je n'ai pas envie que ça s'arrête, avouai-je, ma voix menaçant de se briser.

Il me serra plus fort et un silence envahit la pièce. Quand le chauffeur toqua à la porte, il nous fallut quelques secondes avant de s'écarter l'un de l'autre. Puis Connor ouvrit et referma rapidement derrière lui. Je m'apprêtai à enfiler mon manteau, mais mon amant se tenait seul devant l'entrée de son petit appartement new-yorkais. Il avait ôté ses chaussures et déboutonnait le haut de sa chemise.

— Bah, où est le chauffeur ? m'enquis-je.

— Je lui ai dit de rentrer.

— On ne sort pas, alors ?

— Non.

— Mais, j'ai mis ma robe !

— Justement.

— Justement quoi ?

— Je ne vais jamais avoir la patience de passer toute une soirée à attendre de te l'enlever !

Je souris. Il s'approcha et prit mon visage dans sa main.

— Je vais faire comment sans toi, princesse ?

Mon sourire s'effaça un peu, mais je réussis à masquer la douleur que m'avait inspirée cette phrase en l'embrassant avec passion, d'un baiser presque désespéré. Puis vint le goût de ce moment dans ses bras, de ce moment que je voulais savourer, enregistrer dans ma mémoire, l'ancrant bien profondément. Ces images devaient hanter mes songes pour toutes les prochaines nuits où nous serions séparés. *Pas le temps...*

— Je te propose un plateau-repas devant un vieux film, qu'en dis-tu ? suggéra-t-il.

— J'en dis que je suis trop habillée pour une telle occasion, mais que j'accepte avec plaisir !

J'avais déjà regardé quelques films à l'époque de l'université, mais aucun ne m'avait vraiment captivée. Quand j'en fis part à Connor, il ne fut pas surpris.

— Tu as la capacité de concentration d'un poisson rouge ! se moqua-t-il.

— Pas du tout !

— OK, donc si je te propose un film de trois heures, tu sauras te tenir tranquille ?

— Trois heures ! Ça existe des films de trois heures ?

Il poussa un soupir et me demanda de m'installer sur le canapé dans ma petite robe dorée. Il appuya sur la télécommande et parcourut le catalogue d'une plateforme de vidéos à la demande. Il sélectionna la catégorie « *Fin du XXème siècle – Histoire* ». Je l'observai, enchantée, car mon penchant pour l'Histoire s'était renforcé depuis mes lectures des journaux de Carmichael. Mais j'espérais que l'intrigue ne serait pas trop assommante, car je me voyais mal restée trois heures à fixer un écran. Comme je m'étais trompée !

— *Titanic* ? me fis-je confirmer quand il appuya sur le bouton de lecture.

— Tu ne l'as pas vu ?

— Non, mais je sais ce qu'a coûté cette tragédie.

Le film commença et dès les premières minutes, j'accrochai. Je pensais même avoir regardé tout le film avec des yeux ébahis. Je ris lorsque Jack et Rose dansèrent sur le pont de la troisième classe et pleurai lorsqu'elle le retrouva, décidée à vivre avec lui malgré leur différence sociale, malgré la pression de sa mère et malgré les principes de l'époque. Connor scruta mes réactions à plusieurs reprises, et je devinais son sourire quand je me montrais tellement captivée que ma bouche restait entrouverte d'ébahissement et que mes yeux larmoyaient dès qu'une scène touchante se matérialisait à l'écran.

La fin m'arracha des larmes. Jack plongeait dans les eaux froides de l'Atlantique, laissant Rose avec son seul souvenir. La vie qu'elle se choisit fit honneur à ses promesses envers Jack, mais à aucun moment, je fus consolée par cette fin... Quand le générique défila, je n'arrivais toujours pas à quitter des yeux l'écran.

— J'étais à Queenstown, en Irlande, lors de son départ, commenta Connor.

— Vraiment ?! m'exclamai-je, stupéfaite.

— Je porte beaucoup d'intérêt aux nouvelles technologies. À cette époque, le Titanic était la dernière perle de l'avancée industrielle. Un paquebot énorme capable d'aller si vite...

— Ça n'a pas réussi à Rose et Jack.

— Tu as compris qu'ils n'avaient pas existé, n'est-ce pas ?

— Ah bon ?! lâchai-je, étrangement déçue de le découvrir.

Connor éclata de rire.

— Arrête de te moquer ! lançai-je en le tapant sur l'épaule.

— Je ne me moque pas, je me dis juste qu'il faudrait vraiment que tu élargisses ta culture cinématographique.

— Y a-t-il beaucoup de films comme celui-ci ?

— Non. Mais il y en a de nombreux autres, et même une multitude que tu apprécierais, j'en suis certain.

Et, soudain, son regard se rembrunit.

— Je te ferai une liste, dit-il en se levant.

Il savait qu'il n'aurait pas le temps de me les faire découvrir, du moins pas avant longtemps, et cela uniquement si aucune catastrophe ne venait empêcher nos retrouvailles... Après l'explosion d'Altérac, rien n'était moins sûr. Mais il nous restait encore un peu de temps ensemble, alors je refusais que son humeur s'assombrisse.

— N'empêche, il restait un peu de place sur cette porte ?

— Pardon ? dit-il en se retournant.

— Rose et Jack ! Ils auraient pu tenir à deux sur cette planche, j'en suis certaine.

— Tu as compris quand j'ai dit tout à l'heure qu'ils n'avaient pas existé ?

— Et alors ? Le fait est qu'ils auraient pu se serrer un peu. Ils se seraient tenus chaud et Jack aurait survécu. Ça aurait été plus cohérent.

— Mais nettement moins dramatique.

— Les drames, ce n'est pas mon truc.

— D'où le fait que ce film t'a captivée pendant trois heures ! Tu es juste une indéfectible romantique, Isabelle Valérian.

— Peut-être bien.

Je lui souris et il me tendit la main. Il m'aida à me lever. Sa tête se pencha et ses lèvres rencontrèrent les miennes. Ses bras s'enroulèrent autour de ma taille. Je le serrai fort contre moi. *Plus beaucoup de temps...* Mon baiser se fit plus intense, plus ardent et après cette soirée inédite en la compagnie de mon amant, il n'avait pas fallu longtemps à Connor pour me prouver qu'il était prêt à honorer toutes les promesses du changement de programme de la soirée.

9 JOURS

CHAPITRE 28

*T*rois jours avaient passé, et je commençais à réaliser que, lentement, la magie s'estompait. Non pas que notre amour s'étiolait, ou que je n'appréciais pas chaque minute passée en compagnie de Connor. Non. Putain, non. J'en goûtais même chaque seconde. Cela passait par nos silences, par cette angoisse constante que générait le temps qui s'écoule. Nous faisions comme si nous n'en avions pas conscience alors que chacun de nos gestes, de nos paroles, semblait se perdre dans cette douloureuse temporalité. Je voyais bien que nous essayions de faire comme s'il n'existait aucune échéance. Comme si rien n'allait bientôt ternir ces moments majestueux. Quelque chose sonnait faux. Mais, encore ce jour-là, je préférai l'ignorer…

— Elle est horrible.

— Pas du tout !

— J'adore tes toiles, princesse. Mais ça, c'est une croûte ou je ne m'y connais pas.

— Il est là, le problème, Connor. Tu ne t'y connais pas du tout !

— C'est faux. J'ai plein d'œuvres de maîtres qui décorent le manoir, et des toiles d'artistes locaux dans toutes mes maisons.

— Et elles sont magnifiques, je l'avoue. Je suis peut-être un peu dure avec ton goût artistique. Mais elles sont toutes… sombres !

— Pas du tout.

— Une touche de couleur pourrait vraiment mettre en valeur la déco de ton antre, et serait du meilleur effet dans ce petit appartement cosy de l'East Village.

Il recula un peu et observa la toile en question. Des mélanges de couleurs autour de la forme d'un visage aux lignes sombres. Du résolument moderne.

— Si je l'achète, tu refais la déco de l'appartement.

— Tu dis n'importe quoi !

— Je suis sérieux.

— Tu me laisserais faire entrer de la couleur dans ton refuge new-yorkais ? demandai-je, abasourdie.

Il ne lâcha pas la toile des yeux et sourit. D'un sourire qui marqua cette fossette qui me faisait chavirer. Nous avions passé les trois derniers jours à visiter des musées, boire des cafés un peu partout, nous promener dans Central Park ou dans les quartiers chaleureux de l'East Village. Faire le marché était une activité quotidienne et les petits plats de Connor ne cessaient de me surprendre à chaque repas. Aujourd'hui, c'était une sortie à l'occasion d'un vernissage. Et j'avais mis la *deuxième robe...* Mais cette fois, j'avais insisté pour que nous respections le programme !

— Absolument, répondit-il en haussant un sourcil pas innocent.

— Je pourrais te prendre au mot.

— Je l'espère bien.

— Alors, c'est vendu !

— Marché conclu, dit-il. Je vais tout de suite parler au directeur de la galerie.

Il partit et se fraya un passage entre les invités. Des regards se tournèrent pour l'observer. Il avait tout de l'allure d'un homme important, et beaucoup de gens de la haute société new-yorkaise, présents à cette soirée, semblaient se demander s'il fallait l'aborder. Sauf qu'un regard de Connor pouvait vous geler sur place, et qu'il lui manquait de sincères notions élémentaires de savoir-vivre quand on l'approchait de trop près sans y être invité. Mes yeux se détournèrent vers la toile quand mon téléphone portable se mit à sonner. Je l'extirpai de mon minuscule sac à main. Le numéro ne s'affichait pas, mais j'eus l'instinct de prendre cet appel, si incongru après vingt-deux heures.

— Allô ?

— Mademoiselle Valérian, comment allez-vous ?

Mon corps se glaça. Je reconnus aussitôt la voix du messager nordique. Mon regard épouvanté se perdit dans la foule et je n'y trouvai pas Connor. Je filai vite aux toilettes, une main posée sur le téléphone.

— Qu'est-ce que voulez ?

— Je vous appelle pour vous prévenir.

— Me prévenir de quoi ?

— J'ai bien peur que certains membres du Collectif aient décidé de vous faire la peau.

Je pâlis et serrai le téléphone.

— Je croyais que j'étais hors de danger pour les prochains jours ! clamai-je. C'était le deal pour vous laisser la vie sauve !

— J'ai respecté ma part du marché. J'ai passé votre message. Mais beaucoup ne voient pas d'un bon œil votre rôle dans les affaires du roi.

— Je ne me mêle pas de ses affaires !

— Mais vous êtes avec lui.

— Je croyais qu'on avait ordonné de ne pas toucher à un seul de mes cheveux !

— Il y a certains dissidents parmi les membres du Collectif, ces temps-ci.

— Que voulez-vous dire ?

— Écoutez, je ne vous ai pas appelée pour vous expliquer les détails des luttes internes au sein de l'organisation. J'ai passé votre message, mais vous êtes quand même menacée. Voilà pourquoi je vous appelle.

Un silence suivit ses paroles.

— Pourquoi le faites-vous ? demandai-je.

— Faire quoi ?

— Me prévenir.

— Parce que vous auriez pu me tuer, et vous ne l'avez pas fait. Au lieu de cela, nous avons passé un marché, et j'honore toujours mes marchés. Je ne veux pas que vous pensiez, s'il vous arrivait quoi que ce soit dans les prochains jours, que je n'ai pas respecté ma part du contrat.

— Ils comptent s'y prendre comment ?

— Je n'ai pas les détails, mais si j'étais vous, je surveillerais mes arrières.

Nouveau silence. Ma respiration rapide devait s'entendre à l'autre bout du fil.

— Au revoir, mademoiselle Valérian.

Et il raccrocha. Je rangeai machinalement mon téléphone et me figeai. La conversation avec le messager repassa dans ma tête. J'étais menacée. Je m'avançai vers l'immense miroir au cadre en bois de chêne et fixai mon visage dans son reflet. Je respirai un grand coup et sortis de l'atmosphère étouffante des toilettes pour dames. Connor se tenait devant la toile que nous avions choisie et l'observait toujours quand je m'approchai de lui. Je passai les mains sous ses bras, puis les enroulai autour de son buste.

— Elle sera livrée demain.

— C'est une sage décision, dis-je, la voix ne trahissant pas les pensées qui m'agitaient.

— J'en reviens pas d'avoir acheté une toile pareille !

— Tu vas t'y faire.

Il se retourna et prit mon visage en coupe entre ses mains. Son geste avait été rapide et sa prise sensuelle. Je sentis des regards se tourner dans notre direction.

— Que vas-tu encore me demander, maintenant ? Un nouveau canapé ?

— Et si on rentrait ? suggérai-je, alors que les mots du messager résonnaient encore dans mon esprit.

Connor afficha un sourire et m'embrassa du bout des lèvres.

— T'as raison. Rentrons, j'ai fait assez de folies comme ça à cause de toi.

— Tu comptes t'arrêter tout de suite ? demandai-je en clignant des yeux.

Son sourire s'élargit, comprenant que j'avais d'autres folies en tête que l'achat d'une toile. C'était aussi une manière d'empêcher Connor de deviner mon véritable état d'esprit.

— Tu rêves !

. . .

À AUCUN MOMENT de cette soirée-là, il se douta de la menace qui pesait maintenant sur moi. Nous étions rentrés, avions fait l'amour et partîmes nous coucher en nous caressant l'un l'autre, jusqu'à ce que le sommeil nous emporte. Il l'avait emporté plus vite que moi. Cette nuit-là, tout en contemplant le visage de Connor, je réfléchis à la conduite à tenir dans les prochains jours. Il me fallait éviter de sortir. Seule, surtout. J'allais devoir le convaincre de rester enfermé, et peut-être ne me serait-ce pas si difficile. J'avais remarqué que l'entrain des premiers jours s'était un peu dissipé. Il restait moins d'une semaine. Je voyais bien que nos dernières sorties ne l'avaient que peu amusé et je ne comptais plus les fois où je l'avais surpris à consulter sa montre, à mesure que les jours s'égrainaient. Le temps passait vite... trop vite.

6 JOURS

CHAPITRE 29

*L*e lendemain, je me réveillai avec la ferme intention de surprendre mon talentueux cuisinier. De plus, la cuisine était une activité qui m'empêchait de penser. Je voulais profiter de ces moments en essayant d'éluder le reste. Je devais éluder le reste. Mes gestes étaient teintés de nervosité. Le temps passait, la menace planait au-dessus de ma tête. Il restait si peu de jours...

Je démarrai les fourneaux et tentai de me concentrer sur ma tâche. Je découpais des légumes quand Connor contourna le plan de travail, seulement vêtu d'un pantalon lâche, en dessous des muscles formant le V de sa taille tatouée. Ses cheveux étaient ébouriffés ; il arborait un sourire mal réveillé sur ses lèvres encore ensommeillées.

— Tu prépares quoi ?

— C'est une surprise. Y'a un match des Yankees tout à l'heure, alors je me suis dit que je pourrais préparer un plateau maison pour le regarder.

Il arriva derrière moi et se lova autour de mes épaules.

— Je croyais que tu n'étais pas fan de base-ball.

— Non, c'est clair. Mais comme tu as fait un effort pour la toile, je te dois bien quelques concessions.

Il sourit et ses lèvres me chatouillèrent l'oreille. Il me serra plus fort, et plus aucun mot ne fut prononcé. Nous regardâmes la victoire des Yankees en dégustant mes fabuleux burgers maison et leurs pommes au four au cheddar fondu. Il adora.

IL N'ÉTAIT PAS LOIN de vingt et une heures quand Connor me demanda de passer une tenue adéquate pour aller danser. Je refusai tout net pour deux raisons, mais je n'utilisai que la deuxième pour me justifier. Déjà, je ne voulais pas être prise pour cible et mourir à ses côtés alors que nous passions des moments si extraordinaires. La seconde : j'étais affreusement nulle pour la danse. Mais il insista, même après une démonstration embarrassante. Je n'avais plus d'argument. J'essayais de me convaincre que le Collectif ne tenterait rien tant que je serais avec lui. Il ne pouvait pas risquer d'abattre le marié quelques jours avant son mariage, si ? La réponse me décida à abdiquer.

NOUS RENTRÂMES DANS *LE STORE*, et le son d'une musique funk investit nos tympans. Connor me tira la main dans le couloir du bar et me fit découvrir l'endroit. Il faisait sombre, et seuls quelques néons dans les angles et les lumières vacillantes des projecteurs éclairaient les mouvements de la foule sur la piste de danse. Connor me commanda un Cosmopolitan, puis me tendit le cocktail en sirotant son verre de whisky irlandais.

— Pourquoi m'as-tu amenée, ici ? lui répétai-je. Je n'ai pas vraiment envie de danser et...

— Qui t'a dit que je venais danser ?

— Eh bien, ce bar abrite deux pistes de danse, ça en dit long sur les activités de l'endroit.

Il se rapprocha et me serra la taille d'une main. Il esquissa un lent déhanché, qui se mariait agréablement avec la cadence rapide de la musique, devant mes yeux surpris. Je réalisai que c'était la première fois que je le voyais danser. Il rit et but une gorgée de son whisky en se serrant un peu plus. Son bassin se frottait maintenant sur mon ventre.

— Tu joues avec le feu, Burton Race, lançai-je, avant de me mordiller la lèvre inférieure.

— Tu crois ?

En réponse, je me collai contre son corps et entrepris, moi aussi, de me mouvoir en me frottant à lui. Mes gestes n'étaient pas très sensuels, n'ayant aucun sens du rythme. On pouvait même dire que j'étais à contre-temps. Pourtant, je sentis sur mon bas-ventre l'effet que cette danse provoquait chez lui.

— Tu sais pourquoi je suis venu ? me glissa-t-il à l'oreille.

— Je n'ose le deviner, répondis-je, croyant percevoir ses intentions.

C'est alors qu'il s'écarta, me fixa de ses yeux dilatés au possible, et m'emmena à l'étage du bar. Il partit si vite que je retrouvai difficilement l'équilibre quand nous nous arrêtâmes. Mon regard parcourut les tables pleines de clients, buvant autour d'une bouteille, pour la plupart de champagne. Des petits groupes s'étaient formés dans chaque coin, et derrière l'un d'eux, un écriteau indiquait clairement le chemin des toilettes.

— Pas dans les toilettes ?! Si ?

Connor se retourna, écarquilla un instant les yeux et s'esclaffa. Puis son regard se remplit d'une lueur espiègle.

— T'es vraiment une vilaine petite princesse, tu le sais ça ?

Je n'eus pas le temps de rétorquer que Connor me faisait passer par une porte dissimulée derrière un rideau de velours. Je découvris alors une petite table disposée dans une pièce sombre et des entrées disposées dans des assiettes.

— Euh… On a déjà mangé, non ? dis-je, sans cacher ma surprise.

— Grignoter plutôt.

— En plus de mes fabuleux burgers maison ! Veux-tu que je devienne énorme ?

— Le chef étoilé qui a réalisé ceci, me lança Connor en désignant théâtralement l'entrée disposée sur la table, soit une émulsion verte autour d'un œuf mollet, est en séjour à New York et repart demain. Il réside à côté du bar et j'ai loué ses services pour la soirée.

Je dissimulai un sourire. Connor était décidément la gourmandise incarnée. Si les jours ne nous étaient pas comptés, j'aurais vraiment commencé à m'inquiéter pour ma ligne.

— Donc, finalement, on ne va pas faire l'amour dans les toilettes ?

À son air stupéfait, mon sourire s'élargit. Puis il s'esclaffa et secoua sa tête en me lançant un regard lourd d'intentions.

— Putain, princesse, tu me cherches…

— Tu n'es pas difficile à trouver.

— Personne ne fait l'amour dans des toilettes.

— Il paraît que si.

— Non. On baise dans des toilettes.

— On peut baiser aussi, si tu veux.

Il éclata de rire et se passa ensuite sa langue sur la lèvre inférieure. Il était si sexy que ça en était presque douloureux de le contempler. Sa bouche s'approcha de mon oreille. Il murmura.

— Tu l'auras voulu, princesse.

Je n'eus pas le temps d'inspirer qu'il me tirait le bras. Nous sortîmes de la pièce et restâmes un instant derrière le rideau à nous embrasser. Ses mains attrapèrent mes fesses, sa langue visita ma bouche. Les conversations alentour, se mêlant à la musique entraînante, me rappelèrent que nous n'étions séparés que par un rideau du reste des clients du *Store*. Connor s'écarta, à bout de souffle, et m'emmena dans le fameux endroit. Il verrouilla la porte et souleva ma robe, ses lèvres me dévorant la nuque tandis qu'il me pénétrait sauvagement.

Ce n'est qu'à la sortie que je compris que nos activités n'avaient pas été ignorées par l'un des clients, qui avait dû passer un petit bout de temps dans la cabine voisine. Je ne pris pas le temps de me recoiffer, ce que j'aurais dû faire après une chevauchée pareille, et me dirigeai vers la sortie, l'air de rien. J'entendis Connor rire derrière moi et j'accélérai le pas jusqu'à la petite salle du restaurant d'un soir. Un homme se tenait là, et Connor alla le saluer.

— Je te présente Daryl. C'est le patron du bar.

— Bonsoir et merci de nous prêter les lieux, dis-je. Je suis enchantée de vous connaître, Daryl.

L'homme m'examina avec des yeux aimables, bien qu'il eût l'air de s'interroger sur la pagaille dans mes cheveux. Le fait que son observation dure si longtemps me fit comprendre que Connor n'avait pas l'habitude de venir accompagné dans cet endroit.

— Mademoiselle, c'est moi qui suis enchanté de rencontrer la future épouse de mon meilleur client.

Je me raidis. Connor eut un geste presque imperceptible de surprise et je pouvais déjà imaginer sa gêne.

— Vous n'avez pas affaire à la bonne personne, désolée, répondis-je, le plus aimablement possible, en retirant ma main de celle de Daryl, qui comprit aussitôt qu'il avait commis une bourde.

Il se retira en présentant des excuses pour sa maladresse, et laissa un silence pesant dans la pièce déjà sombre. J'étouffai des larmes. On venait de me prendre pour la maîtresse de Connor ! Je savais maintenant ce qui m'attendait si je me décidai à rester auprès de mon aimé malgré son mariage et malgré toute la menace qui pesait sur nous. Je serais seulement *une maîtresse*.

— Il fournit le whisky prévu pour le mariage. Il a cru que…

— J'ai entendu ce qu'il a cru, déclarai-je sèchement.

— Je n'ai pas pensé…

— Ce n'est pas grave.

L'ambiance se détendit à peine durant le repas. Je n'arrivais même pas à apprécier le plat succulent que me valait cette sortie. La phrase du patron du bar résonnait toujours à mes oreilles. *Future épouse…*

— Izzy, il ne reste que quelques jours… me lança Connor quand nous en arrivâmes aux desserts.

— Je sais.

— Ne laisse pas une phrase maladroite gâcher cette soirée.

— Ce n'est pas qu'une phrase maladroite à mes yeux.

— Tu n'es pas ma maîtresse.

— Mais tu aimerais bien, n'est-ce pas ?

— Je me dis que j'aimerais que tu n'aies pas à me quitter, en effet.

— Je sais ce que tu fais, affirmai-je.

— Je ne vois pas de quoi tu parles.

— Tu m'as demandé de refaire la déco de l'appartement. Envisages-tu que ce soit ta garçonnière ?

— Ce n'est pas ce que j'avais en tête en te le proposant.

— Tu me mens, je le sais. Je l'ai vu dans tes yeux au moment où tu m'as fait cette proposition. Tu veux que je m'y sente comme chez moi, et tu espères même que je m'y installe. Tu ne serais pas loin, tu pourrais me retrouver après avoir assuré ta charge de roi aux côtés de ta reine.

— Izzy... Arrête.

— Pourquoi arrêterais-je ?

— Pas maintenant.

— Nous aurions dû rester au manoir. Tout cela n'était qu'une illusion.

— De quoi tu parles ?

— Je parle de nous deux !

Après que furent prononcés ces mots, ses yeux s'arrondirent et son teint vira au rouge. Je regrettai aussitôt mes paroles blessantes, mais n'eus pas le temps de me rattraper qu'il se levait avec fracas. La petite assiette à dessert vola avec son contenu.

— Alors quoi ? déclara Connor sur un ton impétueux. Maintenant, tu regrettes ta décision ?

— Non. Ce n'est pas ce que j'ai dit.

— C'est une façon d'enfin m'avouer que tu vas vivre avec Raphaël, après moi. C'est ça ?!

Le sang quitta mon visage. Je le giflai, puis courus dans l'escalier du bar, assaillie de questions. Comment pouvait-il penser une chose pareille ? Croyait-il que ce serait facile pour moi de passer à une autre histoire d'amour après ce que nous venions de vivre ? Après les sentiments que nous nous étions avoués ? Arrivée près du comptoir, je m'arrêtai un instant et regardai derrière moi. Connor ne m'avait pas suivie, et je regrettai déjà d'être partie de cette manière, malgré la peine que j'éprouvais. J'avais choisi la fuite... à nouveau. Après avoir pris une décision lourde de conséquences en vivant ce mois avec Connor, et que j'assumais sans regret, j'avais de nouveau choisi la fuite.

Alors, je me tournai, et m'apprêtai à remonter quand une explosion retentit.

Et tout devint sombre…

5 JOURS…

CHAPITRE 30

D'abord, j'entendis sa voix.

— Isabelle !

Il ne m'appelait pas *Princesse*. Sa voix trahissait une lourde inquiétude.

Étrange.

Je sombrai.

MES PAUPIÈRES SE SOULEVÈRENT. Je sentis des mains errer sur mon corps. Une aiguille se planta dans mon bras. Des bips tintaient dans mes oreilles. Un curieux déchirement m'étirait la jambe. J'eus l'impression déroutante qu'on me plongeait du métal entre les côtes.

Puis je hurlai. Et entendis sa voix.

— Endormez-la, bande d'incapables !

Il était en colère. La rage bouillait dans chacun de ses mots. Puis vint le noir. Le noir complet.

Jusqu'à un nouvel éveil.

· · ·

— Je t'ai laissée. Putain, je t'ai laissée… Réveille-toi, princesse, je t'en prie. Nous n'avons pas le temps ! Réveille-toi.

Il était triste. Pleurait-il ? Je sentis quelque chose de chaud mouiller ma joue. M'embrassait-il ? Je ne le sus pas.

Les ténèbres me happèrent à nouveau.

— Je suis là, Izzy. Je suis là.

Je clignai des paupières et sentis aussitôt une douleur fulgurante me broyer les côtes. Ma vue se fit plus nette au bout de quelques minutes. Ma bouche pâteuse me fit comprendre que je venais de m'éveiller d'un long sommeil. Il me serrait les doigts. Je tentai de fixer mon regard sur son visage. Il sourit et posa le dos de sa main sur ma joue.

— On n'aurait pas dû partir du manoir, princesse.

— Cette fois, c'était ton idée.

Ma voix n'était qu'un chuchotement, mais son sourire s'élargit.

— Tu devrais savoir maintenant qu'il ne faut jamais m'écouter.

Je faillis rire, mais un élancement dans mon crâne m'arracha une grimace.

— Tout doux, princesse.

— Que s'est-il passé ? demandai-je en tentant de m'asseoir.

Ce geste entraîna une douleur si cuisante que je manquai de crier. Je me tins les côtes et sentis le large bandage qui entourait ma poitrine et mon ventre.

— Ils disent que c'est un attentat, répondit Connor, dont la contraction au niveau de la mâchoire reflétait toute la colère qu'il maîtrisait à grand-peine. Et nous savons tous les deux qui en était la cible, n'est-ce pas ?

Je levai les yeux et me confrontai à son regard. Il savait.

— Pourquoi ne m'as-tu pas dit que tu avais été menacée ? reprit-il, sans que sa voix trahisse son irritation.

— Je le suis depuis longtemps. Tu le sais.

— Tu as reçu un appel à la galerie. Le messager nordique avait l'air d'être en parfaite santé quand il t'a contactée. Je croyais pourtant qu'il était mort.

— Tu écoutes mes appels ?!

— J'ai voulu comprendre, Isabelle !

— Tu me surveilles ?

Il s'assit sur un fauteuil, se cala au fond et croisa les bras.

— Je n'écoute pas tes appels, je garde un œil sur toi. J'ai eu deux jours pour me repasser chaque minute depuis notre arrivée à New York. Tu n'étais pas naturelle, ce soir-là, à la galerie d'art. Tu aurais dû te confier à moi !

— Deux jours ? répétai-je.

— Oui, confirma-t-il, ses yeux se voilant soudain d'une lueur pessimiste.

— Deux jours que je dors ?

— Tu as été gravement blessée par une latte des lambris du bar. Elle s'est enfoncée dans ton thorax. Tu as été opérée sur le champ. Tu as subi un grave traumatisme crânien, et une poutre en acier s'est abattue sur ta jambe gauche. Je l'ai retirée avant que les secours arrivent. D'ailleurs, il ne va pas falloir tarder à partir de cet endroit, sauf si tu souhaites que le médecin en chef se mette à croire aux miracles et décide d'entrer dans les ordres.

— Dans ce cas, ne perdons pas de temps.

Je calai mes poings dans le matelas et tentai de me relever. Connor bondit et, d'un geste, m'intima de renoncer.

— Tu as été salement amochée, princesse. Laisse-moi m'occuper de toi.

Il souleva le drap. J'étouffai un cri d'horreur devant le nombre d'ecchymoses et de cicatrices d'opération sur ma jambe gauche. Je levai la tête vers Connor. Il serrait la mâchoire et les poings. Me voir dans cet état le bouleversait bien plus que ce qu'il était disposé à me montrer.

— Allons-nous-en, dis-je.

— Ça peut attendre. J'ai déjà fait disparaître tes résultats d'examen. Je peux aisément manipuler le personnel hospitalier.

— Je veux partir, Connor !

Mes yeux larmoyants accrochèrent les siens. Il se résigna et posa une main sur mon front. La douleur dans mes côtes devint un peu plus diffuse, mais j'avais mal. Si mal. Même le pouvoir de son toucher ne pouvait apaiser ce supplice. Il retira l'intraveineuse de mon bras d'un coup sec, puis passa ses bras sous mon corps. Quand il me souleva, je réprimai un cri de douleur et me mordis les lèvres. Nous sortîmes de la chambre, après qu'il se soit assuré d'un coup d'œil que le couloir était désert. Il appela l'ascenseur menant au parking. Quelques patients et employés de l'hôpital nous croisèrent. Je compris, à la contraction du visage de Connor, qu'il s'assurait mentalement de leur faire oublier notre passage. Je ne fis aucun commentaire, trop absorbée par la souffrance qui irradiait dans tous mes membres. Même allongée à l'arrière de la voiture, j'eus des difficultés à ne pas hurler. Chaque défaut dans l'asphalte me provoquait une plainte. J'avais si mal que j'étais prête à demander à mon amant de m'assommer.

— La morphine se dissipe, me lança Connor à l'avant de son bolide qui fonçait à toute allure. On est presque arrivés. Tiens le coup, et je promets de te faire moi-même le shoot.

NOUS ARRIVÂMES au manoir aux alentours de vingt heures. Dès que nous passâmes l'entrée, Jack se rua sur nous. Il marqua un temps d'arrêt lorsqu'il découvrît les marques sur mon corps, et la fine chemise d'hôpital qui me couvrait. Une migraine hurlait sous mon crâne.

— J'ai tout préparé, Monsieur. Sa chambre est prête à la recevoir.

Le maître des lieux fila immédiatement à l'étage. La montée des escaliers m'arracha un nouveau cri. Raphaël se matérialisa près de la porte de ma chambre, au moment où Connor s'y présenta.

— Ce n'est pas le moment, lâcha ce dernier d'une voix lugubre.

Raphaël l'ignora et se pencha sur moi. Son regard inquiet parcourut mon corps et s'attarda sur ma jambe gauche.

— Qu'attends-tu pour aller l'allonger ? déclara-t-il sèchement à Connor.

Je crus percevoir un sifflement s'échapper de la gorge de mon amant. Mais il ne rétorqua pas et me posa délicatement sur le matelas. Jack posta une machine à la droite du cadre du lit. Quand Connor me planta l'aiguille dans le bras, je la sentis à peine. Mon corps était si perclus de douleurs que je ne pouvais me focaliser sur rien d'autre. Puis Jack me tendit une sorte de télécommande.

— Si vous avez trop mal, vous appuyez, Mademoiselle.

J'appuyai trois fois. Connor tressaillit. Je sentis la colère monter en Raphaël.

— Les doses ne peuvent pas excéder un certain seuil, m'expliqua Jack tout en vérifiant les paramètres de la machine. Gardez-en un peu pour plus tard. D'accord ?

— Merci, Jack, murmurai-je.

— Ne me remerciez pas, Isabelle, et reposez-vous. J'ai déjà vu mon maître dans des états pires que le vôtre. Vous allez vite vous remettre.

Il m'avait appelée *Isabelle*. C'était la première fois, et entendre mon prénom dans la bouche du majordome me surprit tant que j'en souris légèrement. Jack me tint la main une minute, puis quitta la pièce. La douleur reflua un peu. Le silence envahit la chambre, puis j'entendis Connor et Raphaël se parler. Je voulus tendre l'oreille, mais mon ouïe ne parvint pas à se concentrer sur leurs voix. Un brouillard investit mon cerveau. Je plongeai dans un profond sommeil.

3 JOURS...

CHAPITRE 31

*J*e me réveillais seule dans la pièce. Cette solitude et le silence me happèrent. Mon corps me faisait un peu moins mal. Mais une heure passa sans que je puisse vraiment bouger. Mes jambes répondaient à peine, et mon ventre se déchirait en deux au moindre mouvement. Je décidai d'attendre un peu avant de tenter de me lever. L'immortalité me dotait d'une guérison rapide, mais mes blessures étaient trop profondes pour que mon rétablissement soit si bref. On toqua timidement à la porte, qui s'ouvrit sur Johnny et Jésus. Ils investirent la chambre et tentèrent aussitôt de détendre l'atmosphère.

— Que n'es-tu pas prête à subir pour empêcher ce mariage ! lança Johnny.

— C'est même machiavélique, comme plan ! le suivit Jésus.

Je souris légèrement quand Johnny m'adressa un clin d'œil. Mais ce sourire s'effaça bien vite.

— Le mariage aura lieu, assénai-je. C'est d'autant plus certain après ce qu'il vient de se passer.

— Mais ma chérie, enfin c'est pas possible ! clama Johnny en se postant à mon chevet. Il ne va pas se marier après ça. Il est fou de toi ! Je suis sûr qu'il s'apprête à annoncer qu'il y renonce.

— Alors où est-il, là, maintenant ?

Les deux époux échangèrent un regard étrange.

— Quoi ? lâchai-je, intriguée par leur comportement.

— Eh bien… il se remet de ses blessures, lui aussi.

— Il a été attaqué ?! m'exclamai-je, horrifiée.

Je tentai de me relever, ce qui m'arracha un petit cri.

Jésus posa une main réconfortante sur mon front, et prit une profonde inspiration.

— Il s'est battu avec Raphaël.

Cette révélation me laissa bouche bée. Ils s'étaient battus ?! La colère m'envahit à cette pensée. Je gisais sur un lit à moitié morte, et tous deux se battaient ? Je fus arrachée à mes réflexions par mon oncle Ethan, qui fit à son tour irruption dans la pièce. Johnny et Jésus préférèrent me laisser seule avec lui, après cette dernière révélation. Ils m'embrassèrent sur une joue moins meurtrie que l'autre, avant de disparaître.

ETHAN SE RAPPROCHA, puis marqua un temps d'arrêt en découvrant de plus près mes blessures. Son regard insondable parcourut mon corps. Il semblait voir à travers les draps.

— Ils ont cherché à t'assassiner, finalement.

— Ils ont déjà réussi une fois, lui rappelai-je.

— Comment ont-ils su où tu étais ?

— Je ne sais pas.

Il se posta près de la fenêtre, détournant les yeux comme s'il ne supportait pas de me voir dans un tel état, malgré son calme apparent. Il savait pourtant que je me remettrais vite. Il devait sans doute imaginer le souffle de l'explosion qui avait failli m'emporter, la latte d'un mètre de longueur s'arrachant du comptoir et m'empalant la poitrine, et la poutre métallique s'abattant sur ma jambe. Il était évident qu'aucun être humain n'aurait pu survivre à de telles blessures.

Je déroulai le bandage autour de ma tête. La migraine s'était apaisée, et je voulais étrangement rassurer mon oncle.

— Que s'est-il passé entre Raphaël et Connor ?

— L'inévitable, répondit Ethan en se retournant.

— Je n'ai pas voulu ça.

— Accepter de devenir la maîtresse du roi juste avant son mariage, pendant que son petit ami est mort « momentanément », est un acte qui entraîne forcément des conséquences.

— Tu me le reproches ?

— Je constate, simplement.

— Je ne regrette rien.

— Je sais.

— Ils sont très amochés ?

— J'ai laissé à ce conflit le temps nécessaire pour aboutir, déclara mon oncle en haussant les épaules.

— Combien de temps ?

— Pas très longtemps.

J'en doutais. Un silence envahit la chambre. Ethan m'observa un instant, puis se dirigea vers le guéridon où se trouvaient une carafe d'eau et un verre. Ses cheveux blancs lui arrivaient au niveau des oreilles. Ses yeux noisette se portèrent sur le verre dans lequel il versa le contenu de la carafe. Son nez droit et ses pommettes saillantes semblaient figés dans le temps. Son corps à la musculature fine et sèche se dissimulait sous un tee-shirt sombre et un pantalon en toile beige. Il ne paraissait pas réel. Tout en l'examinant, je captais dans son comportement des émotions contrariées, même si rien dans sa posture ne laissait deviner son trouble. Il me tendit le verre plein et s'assit auprès de moi.

— Les choix que nous faisons ont tous des conséquences, dit-il d'un ton soudain solennel. Ils nous emmènent dans l'inconnu, n'est-ce pas ?

— Euh… Oui… Je suppose.

— Et un mois, c'est court, mais on peut aussi le remplir de mille souvenirs.

— C'est vrai… commentai-je, la voix soudain saisie par le chagrin.

— Je… je suis épris de Pia. Du moins, je le pense.

Mon visage marqua aussitôt la stupeur. Ma mâchoire faillit se décrocher.

— Oui, c'est aussi une surprise pour moi, lança Ethan en souriant. J'ai passé beaucoup de temps avec elle.

— Ce dernier mois a été rempli de nombreux souvenirs pour toi aussi, on dirait ?

— Les débuts furent difficiles. Mais Prisca et moi avons pris soin d'elle, et l'arrivée de ses parents lui a fait du bien. Mais elle a beaucoup souffert. Elle a subi de multiples opérations, et elle fait encore des cauchemars qui la réveillent toutes les nuits. Ses poumons ne fonctionnent plus correctement, et son cœur est faible.

Il ne mentionna pas qu'en plus de cela, elle avait perdu une jambe. Écoutant Ethan énumérer les épreuves que mon amie avait traversées me noua la gorge de culpabilité. Une autre des conséquences d'avoir fait le choix de vivre tout un mois avec Connor. Je ne l'avais pas soutenue dans les moments les plus difficiles de sa vie, quand elle avait toujours été présente durant les miens. Mon oncle cerna mes pensées.

— N'oublie pas que tu es partie pour une autre raison : les journaux de Carmichael.

— J'ai lu plus de vingt volumes, mais j'ai arrêté après ton arrivée ici, le jour où nous avons fui le manoir.

Je réalisai alors que Connor m'en avait fait oublier ma mission première ; mon amour pour lui m'avait ôté toute raison.

— Je pense que tu devrais continuer tes recherches, affirma Ethan. Qui sait, la clé se trouve peut-être dans ces mémoires ?

— Et dans ce cas, j'ai perdu un temps précieux.

— Ça va peut-être te surprendre, mais je te comprends mieux que tu le penses. Moi, je donnerai cher pour que Pia puisse survivre au temps, malgré son mal.

— Je ne peux qu'imaginer ce que tu dois ressentir de la voir comme ça.

— Je ne l'ai jamais connue autrement.

— C'est vrai, pardon. J'avais oublié. Tu semblais si proche d'elle avant mon départ pour les États-Unis que cela m'a donné l'impression que tu la connaissais déjà depuis longtemps.

— J'aurais bien aimé, dit-il en se dirigeant vers la porte.

— Dois-tu vraiment partir maintenant ?

— Tu voudrais que je reste ?

— Oui. Cela semble si insensé que je parle avec mon oncle ! Pour une fois que tu discutes vraiment !

— Je « discute » toujours vraiment.

— Non, Ethan, pas toujours. Non. Et tes visites sont toujours rapides comme l'éclair !

— Eh bien, celle-ci ne fera pas exception. Je dois parler de mon costume pour le mariage avec Johnny. Je serais bien resté, crois-moi.

— Johnny s'occupe du mariage ?

— Johnny donne un coup de main à Jack, et, surtout, il a viré l'organisateur. Divergence d'opinions. Je crois que Connor lui a confié cette tâche, car Johnny respectera ses volontés. Il veut quelque chose de sobre, et Jo, qui n'approuve pas ce mariage depuis qu'il connaît tes sentiments pour le marié, saura se montrer plus modéré qu'un inconnu en ces circonstances.

— Raphaël et toi allez assister à la cérémonie, si je comprends bien.

— Et toi aussi.

— Il n'en est pas question !

— Isabelle, tu viens d'être attaquée. Et on ne sait combien de menaces planent encore sur nous. Tant que nous n'aurons pas débusqué les traîtres, il nous faudra marcher droit. Peu importe notre amertume. Nous devons nous protéger ! Et ce mariage est peut-être l'occasion d'en apprendre plus. Tu vas continuer à lire ces journaux, jusqu'à ce que Carmichael et Gaby se réveillent. Et lorsqu'enfin nous mettrons la main sur ce Collectif, alors ce sera le moment de nous venger. Mais avant cela, tu dois montrer que tu as compris le message. Ce ne sera peut-être pas qu'une bombe, la prochaine fois. Alors, choisis une robe, tiens-toi droite, et assiste à cette parodie d'union la tête haute.

Ses mots résonnèrent en moi et des larmes me montèrent aux yeux. Mon oncle me salua de la tête avant de quitter la pièce. Il avait raison. Je devais assister au mariage. Et moi seule savais que la menace était encore plus réelle que ce qu'il imaginait. La tristesse m'accabla. J'allais voir Connor s'unir à Stella. Ma belle aventure avait connu sa fin…

QUAND JACK se présenta une heure plus tard, je le suppliai de m'épargner les visites de Connor et Raphaël. Je n'avais pas le cœur à comprendre ce qu'il leur était passé par la tête en se battant comme des adolescents. Je préférais m'enfoncer dans ma peine et protéger mon cœur déjà dévasté. Je n'avais plus aucun doute sur le fait que j'allais avoir des difficultés à me remettre émotionnellement de cette aventure, après mon départ du manoir. Je n'arrivais même pas à l'imaginer. Mes entrailles se tordaient à l'idée de m'éloigner de Connor. Le Collectif avait ruiné mes derniers jours avec mon bel amant, et j'étais trop faible pour quitter New York.

Et je devais assister au mariage…

Jack, après s'être acquitté de transmettre mon message, revint. Mais cette fois avec un pli dans la main.

— Vous ne vouliez pas lui parler alors…

J'arrachai le papier plié dans le creux de sa main et ne pus retenir un léger sourire à son attention. La complicité de Jack dans cette affaire était évidente. Le majordome hocha la tête, son expression trahissant ses intentions. Il se retira sans dire un mot de plus. J'ouvris le pli aussitôt la porte refermée.

« Tu me manques, princesse… Laisse-moi entrer. »

2 JOURS…

CHAPITRE 32

*J*e n'avais pas répondu à Connor, mais avais longtemps relu chacun de ses mots. Je m'étais endormie les yeux baignés de larmes, le corps meurtri et des sanglots étouffant ma gorge. Je n'avais pas rêvé. Le néant s'empara de mes pensées durant tout mon sommeil.

Une sensation glaçante me réveilla. Puis la dure réalité me happa quand j'entendis une énorme déflagration faire trembler la structure du manoir. Le sang quitta mon visage, ma respiration se coupa, mon cœur se mit à battre à une allure folle. Nous étions attaqués !

Je relevai brusquement le buste, ce qui m'arracha une grimace de douleur. Mon cerveau tenta d'assimiler ce que je venais d'entendre, malgré ce réveil prompt, et n'y parvint pas. Je relevai le drap et constatai rapidement que mes ecchymoses sur mes jambes s'étaient violacées et que mes cicatrices avaient blanchi. Ces blessures ne seraient bientôt plus qu'un lointain souvenir. Ma poitrine me faisait encore souffrir, mais je n'eus pas le temps de m'attarder sur cette sensation, car je me levais déjà du lit. Mes jambes me soutenaient à peine, mais je réussis à garder l'équilibre et me dirigeai vers la sortie, me tenant les côtes par-dessus ma longue chemise de nuit blanche. Pieds nus, j'atteignis les escaliers et ne rencontrai pas âme qui vive. Une fine poussière s'élevait dans l'atmosphère. Soudain, un bruit fracassant déchira le silence. *Connor !* Je descendis les marches lentement, sentant que mes jambes étaient encore trop fragiles pour accélérer le pas. Je faillis les dévaler en tombant, après que la gauche m'eut lâchée en plein milieu de la descente. Je me tenais à la rampe, le souffle court et l'inquiétude à son paroxysme. Mon cœur battait la chamade alors que je longeais le corridor menant à la salle de Vertumne, me soutenant au mur pour l'atteindre. Des cris provenaient de la grande salle. Je tentai de me presser, frustrée de ne pouvoir aller plus vite. Je tirai difficilement une des portes coulissantes, et ma respiration se coupa.

— Maman !

Elle ne m'entendit pas, car elle se tenait de dos à une vingtaine de mètres du trône de Connor, le figeant sous la force de son courroux. Johnny tentait de la résonner en hurlant. Jésus retenait Johnny. Ethan, lui, l'observait depuis le fond de la salle, tandis que Prisca essayait de percer le bouclier que ma mère avait érigé autour d'elle et de Connor. Un vent violent parcourait la vaste pièce. L'énorme fresque était parcourue de profondes fissures, les vitres étaient brisées, les lustres fracassés jonchaient le sol. Les débris alimentaient le vent, et le souffle accélérait encore son allure folle.

— Gabrielle !

Prisca tentait de se faire entendre, mais le tumulte assourdissant de la tempête couvrait sa voix. Ignorant tout autour d'elle, ma mère leva un bras, écarta les doigts de sa main, et lorsqu'elle ferma le poing, le sol en damier se craquela devant elle. Les carreaux s'éjectèrent presque un à un, et un énorme sillon se creusa en ligne droite, dans une course effrénée jusqu'au trône de Connor. Je hurlai quand je vis le phénomène assourdissant se rapprocher de lui. Mon cri se perdit dans le vacarme. Je tombai à genoux de désespoir.

Au moment où le sol s'écartait juste devant le roi natif, Ethan surgit devant ce dernier et stoppa l'avancée de la crevasse en dressant son bras. Sa détermination mentale contra l'acte vengeur de ma mère. Puis il leva lentement les yeux vers sa sœur, et cet échange de regards dura un long moment. La tension dans la salle était insoutenable.

— Pas maintenant, lança mon oncle, d'une voix sans emphase.

Ma mère resta figée devant lui, mais la bourrasque ne se calma pas. Ses cheveux blancs voletaient autour d'elle. Je remarquai alors qu'elle était pieds nus, ne portant que la combinaison bleue dont elle était affublée durant son long sommeil. Elle habitait de toute sa puissance la moindre parcelle de la salle de Vertumne. Subitement, elle lévita vers son frère et se posa face à lui.

— Écarte-toi, ordonna-t-elle sèchement.

— Non.

D'un geste lié à sa pensée, elle tenta de le repousser. Ethan demeura immobile. Il haussa la tête en soutenant son regard. Je ne sus si ce fut grâce à mon oncle, mais Connor fut libéré du joug mental de ma mère, car je le vis se lever. Dès qu'il m'aperçut à terre, contre le chambranle de l'entrée, il se rua dans ma direction à toute vitesse et s'agenouilla devant moi. Raphaël, qui se tenait dans un angle et que je n'avais pas vu jusqu'alors, se matérialisa à ses côtés. Connor le fusilla du regard.

— Il me reste deux jours ! lui rappela-t-il, menaçant.

Sans que je puisse m'interposer vu mon état de faiblesse, ils furent soudain tous deux violemment éjectés en arrière. Ma mère se tint devant moi la seconde d'après. Les yeux horrifiés, la mine stupéfaite de me découvrir dans un tel état. Et la tempête se calma.

— Belle... déclara-t-elle d'une voix émue.

Elle me prit dans ses bras, mais je tressaillis à son contact. La surprise marqua les traits de son visage.

— Parle-moi, Isabelle, parle-moi.

— Tu es revenue, chuchotai-je.

— Oui, je suis là, mon cœur. Que t'est-il arrivé ?

— Laisse Connor tranquille.

— Pardon ?

— Ne fais pas de mal à Connor !

Sa tête marqua un mouvement de recul. Je l'observai avec des yeux défaits et la mâchoire serrée. J'aurais dû me montrer heureuse de la revoir, mais les circonstances de nos retrouvailles m'en empêchaient. Je voulais que tout ça s'arrête !

— Où est sa chambre ? demanda-t-elle sans détourner le regard.

Johnny s'avança derrière elle et lui expliqua. Elle fit léviter mon corps et m'emporta, flottant derrière elle. Sa démarche était lente, tandis qu'elle gravissait les escaliers. Personne ne nous suivit, et j'en fus soulagée. Lorsque nous parvînmes jusqu'à mon lit, elle prit soin de m'y poser délicatement.

— Explique-moi ce qu'il t'est arrivé, Isabelle.

Je la dévisageai et me rappelai soudain l'état de son corps après l'explosion. Elle était si belle, là, à me regarder comme si j'avais perdu la raison, s'inquiétant devant ma triste apparence, que c'en était presque irréel. Elle s'assit à mes côtés.

— Je vais mieux, la rassurai-je, tandis que ses yeux dénombraient mes blessures. Je pense que demain je pourrai me tenir debout sans difficulté.

— Qui t'a fait ça ?

— C'est une longue histoire.

— J'ai tout mon temps.

Je n'avais pas la force de lui expliquer de vive voix, alors je portais mes mains sur son visage et lui demandai de fermer les yeux. Elle s'exécuta, et je laissai mes souvenirs traverser lentement mes mains.

Je commençai par l'explosion d'Altérac, le carnet bleu et les révélations de Connor. Puis je poursuivis en lui montrant ses attentions, ses marques d'amour, sa peine et son désarroi à l'idée que nous allions nous quitter. Les images s'élevaient dans mon esprit comme des souvenirs précieux, et mes larmes silencieuses coulèrent, alors que je le revoyais m'embrasser, m'enlacer, me taquiner et prendre soin de moi chaque jour, encore et encore. Personne ne le connaissait autant que moi, et moi je l'aimais tant que je crus que mon cœur allait percer ma cage thoracique. Mais le rêve était terminé. Le mariage aurait lieu dans deux jours, et ma merveilleuse aventure s'était achevée dans le sang et la rancune. Ma gorge se serra, et ma mère ouvrit grands ses magnifiques yeux verts.

— Il... t'aime... vraiment, dit-elle, d'une voix peu assurée.

Je hochai timidement la tête et essuyai mes joues humides. Après m'avoir considérée quelques instants, elle m'enlaça, et son étreinte se voulut douce et réconfortante. Ses mains passèrent dans mes cheveux et sa bouche m'embrassa la tempe.

— Tu as failli le tuer, murmurai-je.

— C'est le frère de mon mari. Je l'aurais seulement blessé. Mais savoir qu'il t'aime… Connor ! Non, j'aurais dû le tuer finalement.

Je souris un peu devant son air caustique.

— Ce n'est pas un homme bien, Isabelle.

— Il s'améliore.

— Une cellule ?

Elle avait vu ça dans mes projections. Un passage fugace de la première fois où Connor et moi avions fait l'amour, et qui se rappela à ma mémoire sans que je puisse le retenir. Mes joues rosirent. Ma mère se mit à rire.

— J'aurais vraiment dû le tuer, asséna-t-elle, un rictus logé au coin des lèvres.

— Il a regretté de m'avoir emmenée dans cet endroit, tentai-je de le défendre.

— Tu m'en diras tant…

— Je ne suis pas surprise que tu le prennes comme ça. Je suis certaine que papa et toi avez vécu votre première fois dans un lit confortable et douillet. Mais je ne regrette pas cette nuit-là, maman. Pour rien au monde.

Un silence suivit mes paroles, durant lequel ma mère devint étrangement écarlate.

— Quoi ?

— Non, rien, dit-elle avec un petit sourire.

Ce n'était peut-être pas un lit confortable et douillet…

— Il ne doit pas se marier, dit-elle enfin.

— Si. Il le faut, affirmai-je en baissant les yeux.

— Tu vas être malheureuse.

— Je ne pensais pas que tu lui pardonnerais aussi vite, maman.

— Oh, je suis loin d'avoir changé d'opinion sur lui. Je le déteste ! Mais tu es éternelle, ma fille…

Elle posa une main sous mon visage et me releva la tête.

— … et je ne veux pas que tu sois seule pour l'éternité.

Je l'observai, étonnée qu'elle puisse envisager un avenir entre Connor et moi. Je me souvins alors de mon père, et d'une discussion que j'avais surpris entre eux deux. Il lui avait dit qu'après sa mort, il voulait qu'elle retourne auprès de Carmichael. Qu'il ne supporterait pas de la savoir seule pour l'éternité sans quelqu'un pour l'aimer à ses côtés. À l'époque, j'avais mal accueilli les mots prononcés par mon père. Maintenant, je savais qu'ils étaient l'illustration d'un amour sans bornes.

— On peut empêcher ça, poursuivit-elle. On peut prendre le risque de s'attirer le courroux de ce Collectif Delta. On se cachera le temps qu'il faudra.

— Non, on ne peut pas.

Je ne lui avais pas confié ce que m'avait dit le messager au sujet de la menace humaine. Ma mère venait de se réveiller de la mort et avait déjà largement assumé son lot de responsabilités. Je ne voulais plus qu'elle souffre. Je ne voulais plus qu'elle endure quoi que ce soit après avoir vu son corps calciné, et après tout ce qu'elle avait vécu. Sa vie n'avait été qu'un combat sans fin. J'étais donc bien décidée à lui épargner de nouveaux sujets d'inquiétude, et une probable nouvelle mort.

— Si ce mariage doit avoir lieu, alors nous partirons dès que Carmichael se réveillera.

— Il a tenté de te protéger lors de l'explosion du château.

— Il n'en fait toujours qu'à sa tête, dit-elle avec un léger sourire.

— C'est à lui que tu dois d'avoir encore des cheveux sur la tienne, lui fis-je remarquer.

Elle eut un regard choqué et je compris qu'elle tentait de s'imaginer sans sa chevelure. Je ris un peu. On toqua à la porte. Ma mère ne prit pas la peine de se retourner, elle savait déjà qui se tenait derrière le battant. Connor entra sans y être invité, l'expérience de la dernière heure face à ma puissante génitrice ne lui ayant manifestement pas servi de leçon. Ma mère soupira.

— Je sais que vous ne vous êtes pas vues depuis longtemps, déclara Connor en se tenant fièrement au pied du lit, mais il me reste deux jours avec ta fille, Gabrielle.

Ma mère se leva sans me quitter des yeux. Sa voix s'éleva après un silence oppressant.

— Alors, fais en sorte de la rendre heureuse durant le temps qu'il te reste.

Elle se tourna vers lui. Ils se dévisagèrent un instant. L'atmosphère se tendit. La colère de ma mère n'avait pas complètement disparu, mais elle passait après moi. Elle savait que nous aurions tout le temps de nous retrouver après le mariage et acceptait enfin mes sentiments pour un homme qu'elle n'aimait pas. Qu'elle n'avait jamais aimé. Elle passa sans un mot devant lui et sortit promptement de la pièce.

Les yeux de Connor se tournèrent vers moi. L'intensité de son regard sous ses longs cils noirs me saisit. Je respirai plus vite. Il s'avança et s'allongea à mes côtés sans prononcer une parole. Son bras tatoué s'enroula autour de ma taille, ma tête se posa au-dessus de la sienne.

— Tu m'as manqué, dit-il en resserrant son étreinte.

Ma main s'enfouit dans ses cheveux. Mes doigts s'entremêlèrent dans ses mèches.

— Pourquoi n'as-tu pas répondu hier soir ? demanda-t-il.

— Je ne savais pas quoi te dire.

— Tu aurais pu me dire d'entrer. Nous avons si peu de temps.

Il releva la tête et ses yeux s'accrochèrent aux miens. Un autre bleu ornait sa pommette, et une large éraflure striait le côté gauche de son front. Il posa une main sur ma joue. Je lui posai la question qui me brûlait les lèvres.

— Pourquoi t'es-tu battu avec Raphaël ?

Il s'y attendait et soupira.

— Certaines choses se règlent à la force des poings, répondit-il.

— Des poings ?

— C'était un combat à l'ancienne.

— C'est ridicule, lâchai-je.

— Ridicule ?

— Vous avez des siècles d'existence derrière vous, mais vous vous comportez comme des gamins.

— Nous avions une divergence d'opinions, ce n'est plus le cas aujourd'hui. Voilà comment un combat aboutit à un accord.

— Comment ça, un accord ?

Connor se releva et se tint en position assise sur le coin du lit. Il respira un grand coup avant de m'éclairer sur les termes ahurissants de cet accord.

— Tu vas partir avec lui après le mariage.

— Non ! rétorquai-je, choquée qu'il l'envisage désormais.

— Il le faut, Isabelle. Il te protégera. Il ne te quittera pas. Je ne permettrai pas au Collectif de s'en prendre à nouveau à toi. Et une fois que je serais marié à Stella, je devrai reprendre les responsabilités que j'ai laissées de côté durant ces dernières semaines. Warren s'arrache les cheveux, et je ne vais plus avoir beaucoup de soutien si je persiste à me tenir à l'écart.

— Mais...

— De tous tes proches, c'est celui dont je suis le plus sûr. Ta mère pourrait s'en charger, mais elle est avec mon frère, et ils ne seront pas toujours à tes côtés. Raphaël éprouve des sentiments pour toi, il veut vivre une histoire avec toi.

— Mais je ne veux pas ! Je te veux, toi !

— Bordel, mais moi aussi, princesse ! tonna-t-il en se levant, soudain furieux. Tu ne t'imagines pas à quel point ça m'est difficile de te dire une chose pareille ! Mais ma décision est prise : je veux que tu sois avec lui !

— Ta décision ? Cela devrait être *ma* décision !

— Tu devras te conformer à la mienne ! Plus tard, tu seras libre de faire un choix entre lui et moi.

— J'ai déjà choisi !

— Bien sûr que non. Tu m'as eu sous le nez durant un mois, sans la présence de Raphaël. Quand je ne serai plus là, tu te souviendras pourquoi tu as eu des sentiments pour lui.

La colère m'échauffa les joues. Je trouvai la force de me lever. Je lui fis face, de l'autre côté du lit, la respiration haletante et les larmes aux bords des yeux.

— Je n'ai pas besoin de me souvenir ! Je t'aime ! Je t'aime, toi !

— Izzy...

— Sors d'ici !

— Non, tu ne peux pas me...

— Sors ! criai-je, à bout de souffle.

À la vitesse du vent, il contourna le lit et m'attrapa par la taille. Je tentai de me débattre, mais mes côtes me faisaient un mal de chien.

— Laisse-moi !

Ses mains se reportèrent sur mon visage en feu, ses lèvres bondirent sur les miennes. Je voulus le repousser de mes bras, mais la chaleur de son baiser irradiait déjà ma gorge et coulait le long de mon échine. Les larmes débordèrent, mes bras attrapèrent sa nuque et pressèrent sa bouche contre la mienne.

— Je t'aime, dit-il entre deux respirations.

Puis il me souleva et m'allongea délicatement sur le lit.

— On en parlera plus tard, d'accord ? déclara-t-il en me prenant dans ses bras.

Non, pas d'accord...

Nous passâmes les heures suivantes enlacés, son corps réconfortant le mien, ses doigts essuyant mes larmes.

QUAND LE SOIR FUT VENU, Connor me prépara un bain. Je m'y plongeai seule, et laissai l'eau détendre mes membres endoloris. Je sentais que mon don de guérison réalisait son prodige et, quand j'en sortis, je me tenais mieux sur mes jambes. La profonde et large cicatrice sur mon ventre commençait à disparaître aux extrémités.

Je me rendis dans ma chambre, mais n'y trouvais pas Connor. Seulement Jack, qui s'affairait visiblement à trouver quelque chose dans ma commode.

— Il me manque des chaussettes ? m'enquis-je en haussant un sourcil.

— Il vous manque tellement plus ! répondit le majordome en refermant le tiroir avec un soupir. Mais j'ai trouvé ce que je voulais !

Il me montra des boucles d'oreilles en or blanc. Je l'observai, ahurie.

— Vous n'avez même pas les oreilles percées, Jack, lâchai-je en esquissant un sourire.

— Voyons, vous savez que ce n'est pas pour moi, Mademoiselle.

— Et avec quoi dois-je porter ces bijoux ?

Le majordome cligna d'un œil et sortit une parure de l'armoire. C'était une longue robe beige aux bretelles fines. Elle me serrait à la poitrine et s'évaporait à partir des hanches. Il mit les escarpins de côté, en constatant que les bleus sur mes jambes n'avaient toujours pas disparu et me tendit plutôt une paire de ballerines. Il ne restait plus qu'à me coiffer et à tenter de camoufler les marques sur mon visage avec un peu de maquillage.

Je le suivis en dehors du manoir, son bras me soutenant, au cas où mes jambes se décideraient soudain à me lâcher. Je fus surprise de le voir bifurquer vers un sentier qui menait dans les bois, alors que je pensais que nous nous dirigions vers le parking.

— Où m'emmenez-vous ?

— Pas loin, eus-je droit comme réponse.

Effectivement, il ne nous fallut pas plus de quelques minutes pour rejoindre un charmant petit pavillon blanc. La porte s'ouvrit sur Connor. Il avait retroussé les manches de sa chemise, et ses bras tatoués s'empressèrent de prendre le relais de ceux de Jack. À peine avais-je franchi le seuil qu'il fermait la porte derrière lui, sans que j'eusse le temps de remercier le majordome pour son aide. Une douce musique parvint aussitôt à mes oreilles. Quand je me rendis dans le salon, je compris que ma dernière nuit en compagnie de Connor se voulait des plus romantiques.

Des dizaines de candélabres étaient disposés partout dans la pièce, les flammes vacillantes éclairaient une petite table où nous allions dîner, et le reste du mobilier était digne d'un décor d'une maison de style champêtre. Le contraste de ces ornements avec le style du propriétaire me fit sourire. Il devina mes pensées.

— C'était le pavillon d'une amie qui est morte il y a une trentaine d'années, m'expliqua Connor en me prenant la main. Personne ne l'a plus habité depuis.

— Ce devait être une bonne amie.

— Elle l'était. Elle l'était tant que je regrette qu'elle ne t'ait pas connue. Elle se serait foutue de moi, si elle avait vu à quel point j'étais devenu une chiffe molle en ta compagnie.

J'élargis mon sourire et le suivis jusqu'à la table. Nous dînâmes à la lumière des chandelles, mais peu de mots furent prononcés. L'atmosphère était lourde. Le temps passait… Chacun de nous savait que le lendemain soir, tout serait terminé. Alors seuls nos yeux, soudés l'un à l'autre, exprimaient nos pensées.

Quand nous en arrivâmes au dessert, il se leva et me tendit le bras. Je pris appui sur lui et fus surprise quand il m'entraîna dans une danse d'une lenteur éprouvante. La mélodie était douce et berçait nos pas. Je m'abreuvais de la chaleur de son corps, ses doigts s'enroulaient dans les miens, son autre main serrait ma hanche. Ce moment se suspendit dans le temps.

Puis il m'emmena dans la chambre. Une petite pièce décorée avec goût entre des murs blancs et une vaste fenêtre qui ouvrait sur un ciel étoilé. J'avançai doucement vers le lit. Connor fit glisser ses doigts sur mes bras, puis enserra ma taille en me déposant un baiser sur la nuque. Je me tournai lentement vers lui, sa main se posa sur mon visage. Je m'assis sur le lit, ôtai mes ballerines, et m'allongeai. Il se pencha, écarta les bretelles de ma robe, et la fit glisser au-dessus de ma tête. Je ne pus réprimer une grimace lorsque je me cambrai. Il la remarqua.

— Je ne veux pas te faire mal, me dit-il en poussant un soupir.

— C'est notre dernière nuit. Tu ne me feras pas mal.

Ses doigts se portèrent alors sur la cicatrice qui me barrait le ventre. Il en caressa lentement les lignes. Ses yeux se levèrent sur mon visage. Ses mains parcoururent mes côtes sans que son regard se détourne. Ses bras se relevèrent. Il défit les boutons de sa chemise, puis se déshabilla entièrement. Il resta nu un certain temps, face au lit. Ses yeux parcoururent mon corps comme s'il le découvrait pour la première fois, photographiant chaque parcelle de ma peau. Et je l'imitai, en admirant son torse tatoué qui se soulevait à chacune de ses respirations, ses bras fermes couverts de dessins, ses cuisses athlétiques, et les lignes de son visage si sublime que je refoulai une larme en le contemplant. Il s'allongea près de moi, ses doigts caressèrent lentement ma hanche. Son autre main se cala sous ma nuque. Il m'embrassa le cou, puis sa langue parcourut mes seins. Ses muscles roulèrent sous sa peau lorsqu'il se positionna au-dessus de moi, sa bouche à quelques centimètres de mon visage. Puis il me pénétra et sa lenteur me parut une douce agonie. Nos souffles se mêlèrent. Son bassin commença à remuer. Ses lèvres se posèrent doucement sur les miennes. Nos langues se trouvèrent et mes mains caressèrent les lignes de son dos, l'invitant à continuer, encore, et encore.

Ce fut lent, et si intense que je ne pus contenir des larmes quand l'orgasme me frappa. Le sien ne tarda pas, et il resta en moi encore un long moment, avant que nous ne nous décollions l'un de l'autre.

Je ne veux pas que ça s'arrête...

Je le pensais si fort que j'eus peur de l'avoir dit tout haut.

DERNIER JOUR...

CHAPITRE 33

*L*e jour s'était levé sur la veille du mariage. Mes yeux s'ouvrirent et contemplèrent les traits endormis de Connor. Un sourire se dessina sur mon visage, vite effacé par le chagrin qui m'emplissait à la pensée de devoir le quitter. Puis, mes lèvres se mirent à trembler, ma gorge se serra. Soudain, il ne me fut plus possible de me tenir à ses côtés. J'avais mal, j'avais si mal dans la poitrine. Et ce n'était pas ma blessure qui me faisait souffrir, c'était déjà le manque. Le manque. Il n'était pas encore loin de moi que je ressentais déjà ce creux dans mon cœur. Une douleur si cuisante que j'en avais du mal à respirer. Ma main caressa sa joue, puis s'enfouit lentement dans ses cheveux. Mes larmes coulaient. J'étouffai mes sanglots. Je fermai les yeux et contins la dévastation qui menaçait de m'engloutir. Alors je me levai, enfilai ma robe et partis à la recherche d'un papier et d'un stylo.

« Connor,
Je sais qu'il nous reste encore quelques heures, mais je ne peux pas...
Merci pour ce mois merveilleux...
Je t'aime.
Izzy »

JE LAISSAI ce mot sur l'oreiller, puis m'en allai.

Je gagnai ma chambre en pleurant, et restai seule. Longtemps seule. Jusqu'à ce que Jack rentre et se tienne à mes côtés, sans un mot. Il caressa mes cheveux et resta là, en silence, tandis que je sombrais. On toqua à la porte, mais le majordome sut trouver les mots pour éconduire mon visiteur. Et s'il s'agissait de Connor, cela ne dut pas lui être aisé. Mais je n'entendais rien, trop happée par le néant dans lequel je glissais. Jack revint et me serra contre lui. Et alors que tous mes proches résidaient dans ce manoir, je ne voulais être nulle part ailleurs que dans ses bras. Lui, le témoin de mon amour pour Connor.

LA NUIT tomba et on toqua de nouveau à la porte. Jack sortit, mais, cette fois, ce fut long avant qu'il réapparaisse. Je surélevai mon buste quand il rentra dans la chambre.

— Monsieur est repassé, dit-il en brandissant une main chargée d'une lettre.

— Je ne veux pas la lire.

— Il m'a imploré d'insister.

— Connor n'implore personne.

— Il l'a pourtant fait, à l'instant.

J'OBSERVAI l'enveloppe dans les doigts de Jack et hochai la tête. Il me la tendit et sortit le temps que j'en prenne connaissance.

« *Princesse,*
Je ne peux pas... Je ne sais pas où, et quand, arrivera le danger, mais ce dont je suis certain, c'est que je ne veux pas te perdre. Dis-moi que nous pouvons vivre ensemble. On se cachera sur l'île Valériane, et personne ne nous trouvera. On se construira une vie, tous les deux. Je laisserai la couronne à mon frère. Je n'en veux plus, si je suis loin de toi. Je ne veux pas que ça s'arrête. Dis-moi oui. Dis-moi que tu es prête à prendre ce risque pour moi. Partons d'ici et ne revenons plus. Restons ensemble. Nous devons être ensemble...

S'il te plaît, réponds-moi...
Connor »

MA GORGE SE SERRA. Il était prêt à renoncer à tout. Maintenant que l'échéance approchait, il était assailli de doutes, et j'aurais dû le deviner. Mais il devait se marier. C'était crucial. Le danger était bien trop grand pour que je laisse mes désirs égoïstes passer avant le bien de la communauté. Lui ne connaissait pas l'ampleur de la menace. Si les humains apprenaient notre existence, nous serions perdus. Nous deviendrions des proies traquées. Des parias... Il devait se marier et je devais trouver un moyen de le convaincre. Quand je sus ce que je devais faire pour y parvenir, je ne pus réprimer un sanglot. Je rassemblai tout mon courage, pris du papier, et écrivis ma réponse.

« Connor,
Il n'est plus l'heure d'avoir des doutes. Tu te comportes en roi, tu protèges les tiens. C'est à toi qu'incombe cette responsabilité, à cause de cette charge royale que tu as tant souhaitée. Et je suis fière de ce que tu vas accomplir. Je t'aimerai toujours, mais je ne peux être celle qui apportera le danger sur nos proches, ou sur notre communauté. Nous avons déjà perdu le château, nous avons déjà perdu des amis. Alors je ferai ce que tu m'as dit, et partirai avec Raphaël. Il me rendra peut-être heureuse... et le jour où nous serons libres de nous aimer, alors nous verrons... Mais avant, tu épouseras Stella. Tu assureras ta tâche à ses côtés, et tu feras un merveilleux roi.
Izzy »

JE PORTAI le pli à Jack. Mais cette fois, je lui intimai de ne plus revenir. Je ne voulais plus des lettres de Connor, je ne voulais plus rien. De toute manière, il ne voudrait sans doute plus me parler après ce que je venais de lui écrire. Alors je restai seule et inondai mon oreiller de larmes.

CELA DEVAIT se finir comme ça. J'avais toujours su que ça se finirait comme ça...

CHAPITRE 34

 *our J...*

IL N'ÉTAIT PAS midi quand Johnny fit irruption dans la chambre. Les volets n'étaient pas ouverts, les lumières tout éteintes, et une odeur de renfermé emplissait la pièce. Seul mon souffle désordonné déchirait le silence.

Johnny s'approcha à pas feutrés. Puis il s'assit à mes côtés et émit un long soupir.

— Cela ne va pas être facile de te rendre sublime si tu t'acharnes à pleurer toutes les larmes de ton corps.

— Je ne veux pas être sublime.

— Ai-je seulement dit que je te laissais le choix ?

— Je saurai me défendre.

— Pas avec toutes tes vilaines blessures. Heureusement, j'ai un super anticerne pour cacher tout ça.

— Laisse-moi, Johnny.

— Non. Ça, ça ne va pas être possible, chérie.

— Laisse-moi ! criai-je cette fois, en me redressant sur le lit.

— Même pas en rêve !

— Je t'en prie… dis-je d'un ton désespéré.

Sa main se porta sur ma joue, et un sourire se dessina sur son visage.

— Ma belle, si tu crois que je vais laisser Stella être la reine de ce mariage, tu te trompes. Alors, tu vas te lever, te laver et je vais m'occuper de ton cas. Et je ne serai pas seul !

Sur ces mots, il se leva et alla ouvrir à Jack. Le majordome, chargé d'une housse, entra dans la pièce en saluant Johnny de la tête.

— Vous… Vous ne vous occupez pas de la mariée ? demandai-je à Jack. Qui se charge d'elle si vous êtes là, tous les deux ?

— Qu'est-ce qu'on s'en fout ! lâcha Johnny, acerbe. Qu'elle se débrouille ! C'est toi que nous sommes venus choyer. Tu vas être majestueuse !

— Je n'en ai pas envie.

C'est alors que la porte s'ouvrit encore, mais cette fois, sur ma mère. Ses longs cheveux blancs cascadaient jusqu'à sa taille. Elle portait une formidable robe en taffetas rouge et des escarpins noirs.

— Tu es… belle, Maman.

— Je n'allais pas rater l'événement qui écartera Connor de ma fille durant peut-être des décennies, répliqua-t-elle dans un sourire moqueur.

— Ce n'est pas drôle, déclarai-je.

— Un peu quand même, non ? dit-elle en écartant une mèche de mes cheveux. Tu sauras faire face, Izzy. Tu l'as toujours fait.

— Je suis loin d'être aussi forte que tu le crois.

— Alors, fais semblant de l'être. Montre-lui que tu le soutiens dans sa démarche.

— Il va en avoir besoin, intervint Jack.

Mes yeux se détournèrent vers le majordome.

— Il est si mal ?

— Il fait son devoir. N'est-ce pas ce que vous lui avez demandé ?

Je hochai timidement la tête. Jack se rapprocha de Johnny. Ils parlèrent à voix basse, un court instant, sans que je puisse entendre un traître mot de leur conversation. Puis Johnny se tourna vers ma mère.

— Elle est canon, cette robe, lui lança-t-il presque sèchement.

— Tu vois, dit-elle, pas peu fière de cette remarque, j'ai la capacité de choisir certaines jolies tenues sans toi.

— J'aurais fait plus original que de simples escarpins noirs.

— Tu fais toujours tout plus original que de simples escarpins noirs.

— Hum… La ferme, Chêne.

Ma mère lui sourit et lui l'imita. Je me levai pour me rendre à la salle de bain. Je restai un moment devant le miroir. Mes yeux étaient bouffis en raison du flot de larmes versées dans la nuit ; mes blessures sur mon visage n'étaient plus que de fines griffures. Ma poitrine se mouvait naturellement, maintenant que la douleur dans mon thorax s'était apaisée. Du moins, celle causée par l'explosion…

Je retournai dans la chambre, les cheveux humides et une serviette enroulée autour du corps. Jack me tendit la main et je le suivis jusqu'à la coiffeuse. Toute l'heure qui suivit, je me laissai faire sans dire un mot. Johnny s'affairait sur mon maquillage, Jack sur ma chevelure.

— Jack, on ne va pas être copains si vous ne laissez pas cette mèche pendre le long de sa nuque, fit remarquer Johnny, tout en poursuivant son travail sur mon visage.

— Monsieur Johnny, je serais triste de me passer de votre amitié, mais cette coiffure me paraît plus à même de se marier avec la tenue que nous avons choisie.

— Jack, ça me chagrinerait de vous planter ce bâton de mascara dans l'œil pour obtenir gain de cause. La robe sous-entend des mèches qui pendent !

— Monsieur Johnny, ça m'ennuierait de devoir contrer votre attaque avec cette brosse à cheveux. Qui sait où elle pourrait finir, si vous insistez !

— Jack, si vous parlez de mon cul, nous allons devoir causer avec Jésus. Il ne sera pas content de savoir que vous menacez d'y introduire autre chose que sa queue.

Ma mère pouffa de rire. Jack se figea et observa Johnny avec des yeux ronds. Lui continuait de me maquiller les paupières comme si de rien n'était, haussant des sourcils fiers et triomphants. Il me lança un clin d'œil, et je ne pus réprimer un sourire que lui seul était capable de m'arracher en ces circonstances.

Je fus enfin prête. On amena un miroir sur pied, et je pus constater les miracles que mes deux amis avaient accomplis. Ma robe était pourpre, ce qui pouvait se concevoir comme une provocation : je portais la couleur de la royauté. Or, ce n'était pas moi qui allais être couronnée reine. Je reconnaissais bien là la désapprobation de Jack et Johnny face aux prochains événements, et je n'eus pas la force de m'en offusquer. Les manches étaient amples et s'achevaient en triangle loin derrière les mains. Ma poitrine était ceinte sous le tissu, mais les plis se relâchaient jusqu'au sol, plus courts à l'avant. Mes jambes se mouvaient donc à l'air libre, et ma marche n'en était que plus aisée. Je refusai de porter les talons que me proposèrent mes acolytes. Ma jambe gauche était encore douloureuse, et je ne voulais pas me donner en spectacle en chutant devant les invités. Après avoir longtemps devisé sur les chaussures adéquates qui s'adapteraient à ma tenue, la sentence tomba. Pas question de porter des ballerines démodées pour Johnny. Alors je n'allais tout simplement pas en porter. Je me rendis donc pieds nus, sous ma belle robe, jusqu'à l'étage inférieur et respirai un grand coup quand les portes de la salle de Vertumne s'ouvrirent.

Le brouhaha cessa au moment où ma mère et moi fîmes notre apparition. Je ne sus jamais laquelle des deux alimenta le plus de chuchotements, mais ils furent nombreux, tandis que nous traversions l'allée menant à nos sièges. Et quelle allée ! Grâce à la démonstration explosive de ma mère, l'énorme crevasse dans le sol fut couverte par des plaques de bois, dissimulées sous un large tapis sombre qui menait jusqu'à deux trônes. La fresque portait encore les stigmates de la colère de la reine déchue. Les lustres n'avaient pas été remplacés, alors des candélabres étaient disposés un peu partout dans la vaste salle. Les fenêtres avaient été remplacées en urgence.

Mon regard se figea sur le second trône et, non loin de lui, je l'aperçus. Ses yeux suivaient chacun de mes pas. Ma gorge se noua en découvrant son expression empreinte d'une tristesse sourde, qui semblait le clouer sur place. Même alors que j'étais assise à deux rangées de lui, ses yeux restaient rivés aux miens, son corps immobilisé dans l'espace qui lui était propre. Warren dut le pousser dans le dos pour qu'il se rapproche du bout de l'allée, et c'est alors que la mariée fit son apparition.

Elle portait une longue robe crème, et son bustier en dentelle soulignait parfaitement ses formes voluptueuses. Ses cheveux étaient noués dans un chignon délicat. Ses mains enserraient un bouquet de roses. Mon regard se tourna vers le sol. Je ne voulais pas la voir. La cérémonie débuta... et mon calvaire avec elle.

Nicolas Souillac assura l'office, sa sœur à ses côtés. Les oracles de notre communauté étaient tout désignés pour assurer cette tâche, même si eux-mêmes ne croyaient plus en leur pouvoir. Nicolas prononça les textes. Quand, enfin, vint le moment des vœux, qui se voulurent sobres et courts, mes yeux se levèrent.

— Tu seras ma reine, envers et contre tout. Et rien ne pourra nous séparer, si ce n'est la mort.

— Tu seras mon roi, envers et contre tout. Et rien ne pourra nous séparer, si ce n'est la mort.

Une coulée de glace parcourut ma colonne vertébrale. Mes yeux étouffèrent des larmes. « *Tu seras ma reine...* ». Ces mots me lacéraient le cœur. Connor détourna la tête dans ma direction, s'inquiétant de ce que j'avais pu penser dès qu'il les eut prononcés. Je lui envoyai un léger sourire en réponse, mais la douleur me ravageait. Nicolas officialisa leur consentement et demanda à ce qu'ils concluent leur union par un baiser. Connor ne m'avait toujours pas quittée des yeux. Alors, je baissai les miens et ne le vis pas l'embrasser. Je ne vis pas non plus la fine couronne que l'on posait sur la tête de Stella. Tout ce que je regardais, c'était mes pieds nus. Ma mère me prit la main.

Puis ce fut fini. La plupart des invités, qui n'étaient d'ailleurs pas très nombreux, furent congédiés. C'était la cérémonie sobre que Connor s'était promise. On invita les derniers convives à s'engager vers la salle à manger. Les jeunes mariés leur emboîtèrent le pas. Je n'avais toujours pas relevé la tête. Ma mère resserra son emprise sur ma main.

— Plus que quelques heures, me dit-elle en m'intimant de me lever.

Alors je la suivis. Je me rendis dans la salle à manger et fus installée loin du marié. Forcément. Je m'assis aux côtés de ma mère et de mon oncle. Johnny, Jésus et une chaise vide complétaient la rangée, tandis que Warren, les Souillac et Patricia se tenaient de l'autre côté. Les mariés s'installèrent chacun en bout de table, l'un face à l'autre.

Les plats furent servis dans le silence. Puis les premières exclamations s'élevèrent d'un côté. Patricia, l'amie de la nouvelle reine, paraissait affable et respirait la gaieté. Elle plaisanta sur le choix de la robe de mariée de son amie, dont les essayages, d'après elle, avaient duré des heures. Stella s'offusqua à peine et réussit à inclure les Souillac dans cet échange verbal. Mes yeux se tournèrent vers Connor. Il fixait son assiette. Et soudain, je réalisai que je n'avais rien à faire là. Je me levai, tandis que mon oncle fustigeait Johnny pour une raison quelconque et m'en allai sans m'excuser pour mon indélicatesse.

Je passai la porte menant à la terrasse, à l'arrière du manoir. Le vent frais me caressa les joues. Je levai les yeux vers le ciel. Je ne voulais pas pleurer. Le mariage avait eu lieu. Nous y avions assisté. Le Collectif avait gagné, et j'étais seule…

— La jeune fille aux pieds nus, s'éleva une voix derrière moi.

Il était assis sur l'un des bancs abrités par l'immense terrasse en pierre, une jambe repliée sur l'assise, un bras négligemment posé sur son genou.

— Le jeune homme à la chaise vide, remarquai-je à mon tour.

— Plus si jeune, je le crains, répliqua Raphaël avec un sourire.

J'allai m'asseoir à ses côtés. La nuit tombait et les derniers oiseaux du jour gazouillaient dans la cime des arbres.

— Les dix jours sont écoulés, me dit-il, le regard perdu sur le parc arboré du manoir.

— Je sais.

— Vas-tu venir avec moi ?

— Vas-tu m'accepter auprès de toi, même si rien ne se passe entre nous ?

— Si c'est ce que tu souhaites, alors je m'y conformerai.

Mes yeux se tournèrent vers lui. Le gris sombre des siens s'y riva. Il passa un bras au-dessus de mon épaule et m'attira contre lui. Et plus un mot ne fut prononcé.

Mais alors que la chaleur du corps de Raphaël se diffusait en moi, je repensais au messager…

IL RESTAIT un mois avant que le Collectif Delta se réunisse, un mois avant que je me confronte à Karl Johannsen, et à tous ceux qui étaient à l'origine de ma séquestration, de ma mort, de la mort de mes proches, des blessures graves de mon amie, et de ce mariage qui me séparait de Connor… Un mois…

Un mois…

CHAPITRE 35

*D*eux jours plus tard, nos valises étaient prêtes. Ma mère ne voulait plus attendre et je supposai ne pas être étrangère à cette décision. Alors, le corps de Carmichael fut préparé pour le transport. Celui de Pia aussi. Ethan n'avait pas pu l'emmener assister à la cérémonie comme il le prévoyait, car une quinte de toux avait anéanti l'espoir de la voir s'asseoir sur son fauteuil roulant, au moment même où il l'y avait installée. Pia s'était mise en colère, avait invectivé mon oncle et avait supplié Prisca. Mais rien n'y avait fait. La décision d'Ethan était prise. Et maintenant, ce dernier s'assurait que rien ne viendrait perturber son voyage, tandis que ses parents se tenaient encore à son chevet. Laura et Jorgen Petersen devaient rester au manoir, en compagnie du roi. Je n'avais pas compris l'intérêt de Connor d'ôter Pia à sa famille et avait voulu promettre à Laura d'aller le convaincre, mais cette dernière avait insisté pour que je m'en abstienne.

— Il a besoin de nous.

— Pia aussi ! rétorquai-je.

— Vous ne comprenez pas. Il a besoin de nos compétences.

— De quoi parlez-vous ?

— Écoutez. Pia est entre de bonnes mains avec votre oncle et Prisca. Nous ne pouvions espérer une telle aide pour elle.

— Mais elle n'est pas guérie, lui fis-je remarquer.

— Je sais, convint Laura en baissant les yeux. Mais nous devons démasquer ceux qui lui ont fait ça. Comprenez-vous ? Et je n'aurai pas les moyens, en Espagne, de réaliser mes recherches.

Je me rappelai alors que Laura avait conçu tout le système de sécurité du bunker dans lequel j'avais été enfermée. Ses compétences en informatique étaient reconnues de tous. Elle était la meilleure dans son domaine, et son mari la secondait dans cette tâche.

— Vous avez raison, concédai-je après un silence.

Nous nous quittâmes après cet échange. Puis une pensée me vint. Qui étais-je pour user de mon influence auprès de Connor ? D'ailleurs, qu'étais-je à ses yeux, désormais ? Je ne l'avais pas revu depuis le repas du mariage. Il avait regagné sa chambre en compagnie de sa reine, et j'avais demandé à Jack de déplacer la mienne au même étage que celle de ma mère.

Le matin même, j'étais venue la chercher, à quelques pas de mes nouveaux appartements. Nous devions nous sustenter avant le voyage, et nous nous dirigeâmes vers la salle à manger. Stella s'y trouvait, en compagnie de Patricia et de Warren. Lorsque nous entrâmes, un silence glacé envahit la pièce. Je crus percevoir un sourire au coin des lèvres de ma mère. Elle prit place sur une chaise à l'opposé de la mariée, et je m'assis à côté d'elle sans dire un mot. Jack nous salua et versa le contenu du petit déjeuner dans nos assiettes.

— Les félicitations sont de rigueur, Stella, lança ma mère après avoir remercié le majordome.

— Ne vous y sentez pas obligée, Gabrielle, déclara la reine d'un ton hésitant.

Patricia se racla la gorge. Warren s'agita sur sa chaise. Aucune parole véhémente n'avait été prononcée, mais le flegme de ma mère n'augurait rien de bon, et chacune des personnes présentes autour de la table l'avait bien compris. Johnny et Jésus choisirent ce moment pour faire irruption et furent aussitôt saisis par l'ambiance polaire de la pièce. Jack alla saluer les nouveaux arrivants et resta derrière eux, voulant, je le devinais, être témoin de ce qui allait suivre.

— Patricia, n'est-ce pas ? demanda soudainement ma mère à l'intéressée.

— Euh... oui.

— Patricia comment ?

— Palmer. Patricia Palmer.

— Américaine ?

— Oui.

— Une amie de longue date de Stella, sans doute ?

Stella se tortilla sur sa chaise, sentant le vent venir. Je n'émis pas un mot et observai la scène. Johnny n'en loupa pas une miette non plus, dissimulant à peine son sourire. Jack et Jésus se contentèrent d'écouter.

— Euh... oui, balbutia Patricia.

— Donc vous la connaissiez à l'époque où elle fut la maîtresse de mon mari ?

Patricia écarquilla des yeux ronds. Stella se leva brusquement.

— Je ne vous autorise pas à...

Ma mère élargit un rictus féroce et lui cloua les lèvres. D'une seule pensée, elle lui posa brusquement son séant sur sa chaise. Johnny entrouvrit la bouche et afficha une moue délicate. Jack scrutait la scène avec dureté. Ma mère se leva à son tour et toisa Stella figée sur son siège. Le mépris dans son regard était à faire pâlir d'effroi.

— Tu ne m'autorises pas à quoi, Stella ? déclara ma mère d'une voix glaciale. Tu as couché avec mon mari, t'y ai-je autorisée, moi ? Je ne m'en souviens pas. Mais je m'interroge. Tu peux le comprendre, n'est-ce pas ? Tu as passé dix ans aux côtés de mon mari, qui était roi, à cette époque. Et je dois reconnaître que malgré les conseils des messieurs ici présents...

Elle désigna Johnny et Jésus de l'index sans les regarder. Ces derniers roulèrent des yeux.

— ... j'ai accepté de te laisser auprès de mon mari, à assurer ta charge de première assistante. Je t'ai même soutenue quand il a fallu choisir un remplaçant pour Connor. Ma confiance en toi était telle que j'ai demandé à mon frère et à Prisca de t'aider à prendre les rênes du Territoire du Milieu. Et voici que je me réveille de la mort, et apprends qu'une explosion a décimé ma maison, qu'une amie très chère est morte, et que tu vas te marier au nouveau roi !

La respiration de ma mère eut une saccade sur ces derniers mots.

— Comme c'est étrange, poursuivit-elle d'un ton acerbe, que ton cœur soit si irrémédiablement attiré par le pouvoir ! Comme c'est étrange, que ma fille ait eu à subir la séquestration, la mort et un attentat pour que tu puisses parvenir à accéder au trône ! On pourrait se demander comment tu as réussi à te hisser si haut, ma chère Stella !

Le timbre de voix qu'employait ma mère était empreint d'une telle fureur que mon sang se glaça.

— S'il vous plaît, laissez-la, l'implora Patricia. Elle n'a rien à voir avec tout ça.

Ma mère ignora sa supplique, mais une autre voix vint soutenir l'amie de Stella.

— Laisse-la, Gabrielle.

Connor se tenait près de l'entrée et observait la scène d'un œil sombre. Mes yeux se baissèrent. Ma mère parut surprise par cette apparition, puis elle libéra Stella, qui se rua aussitôt dans les bras de son jeune époux. Il n'eut aucun geste de réconfort pour elle, mais je remarquai sa main qui se posa sur sa hanche. Ma gorge se serra. Il était temps de partir de cet endroit.

NOUS ÉTIONS devant l'entrée du manoir, attendant les voitures qui devaient nous mener à l'aéroport. Connor avait accepté de me confier les journaux de Carmichael, qui furent disposés dans des cartons. Nos valises étaient prêtes. Raphaël se tenait à mes côtés, soulagé de quitter enfin la demeure de Connor.

Ce dernier ne se présenta pas. Je ne l'avais pas revu depuis le matin même, lors de l'altercation entre ma mère et Stella. Des camionnettes parcoururent l'allée et s'arrêtèrent. L'une emmena le corps de Carmichael, l'autre, médicalisée, emmena Pia. Ethan et Prisca l'accompagnèrent après de touchantes accolades avec ses parents. Quelqu'un me tapota l'épaule, et je me tournai pour découvrir Jack, aux côtés de Warren et son inimitable look de biker.

— Ce fut un plaisir de te rencontrer, Isabelle, me lança Warren en hochant la tête.

— J'aurais aimé que nous puissions faire mieux connaissance. J'espère que tes gardes ne me détestent plus autant.

— Oh, ils s'en sont remis. Et maintenant, je peux les charrier en leur rappelant qu'ils ont été maîtrisés par une petite blonde d'un mètre soixante. Tu m'as donné une très bonne occasion de les faire bosser plus dur, en réalité.

J'affichai un air affable.

— Donc ils me détestent toujours autant ?

— C'est possible, avoua-t-il enfin avec un clin d'œil.

Il me serra la main et se dirigea vers Raphaël. J'en profitai pour attraper le bras de Jack, et nous écarter du reste des personnes encombrant l'allée.

— Vous allez tant me manquer, Jack.

— Mademoiselle ne sait pas à quel point son sentiment est réciproque.

— Vous savez que vous m'avez appelée Isabelle, une fois. Je m'en souviens très bien.

— C'est vrai.

— Alors, peut-être est-il temps que vous arrêtiez de m'appeler « Mademoiselle ».

— Monsieur n'apprécierait pas.

— Monsieur n'est pas là, que je sache.

— Pas ici, corrigea le majordome, mais il est là.

Jack leva légèrement les yeux. Mon regard s'éleva vers le manoir. Je parcourus la série de fenêtres, quand je vis une ombre dans l'une d'entre elles. *Connor...*

Je restai un long moment la tête levée dans sa direction. Un sanglot remonta ma gorge, des larmes s'immiscèrent entre mes cils. J'étais certaine qu'il m'observait, je le sentais dans mes tripes qui se tordaient. Malgré la distance, je pouvais éprouver sa peine, car la mienne m'arrachait le cœur. Ma mâchoire se mit à trembler. Je n'arrivais plus à contenir ce chagrin atroce qui déchirait mes entrailles.

— Et il est seul, remarqua Jack.

Je baissai mon regard vers le majordome, penchai la tête, et un mince sourire se dessina sur mes lèvres. Puis je me retournai. Tout ce petit monde conversait ou se saluait, s'affairant à déplacer les valises et le reste de notre équipement.

Je fis un premier pas, puis un deuxième. La minute d'après, je courais dans les escaliers, la jambe gauche encore douloureuse. Je me ruai dans le couloir où je savais qu'il se trouvait. Quand je le vis, et qu'il détourna ses yeux vers moi, je ralentis ma course et repris mon souffle. Je m'arrêtai à quelques pas de lui. Ses yeux se fixèrent dans les miens, et je les vis s'embuer de larmes. Je ne pus le supporter, alors je me jetai dans ses bras et attrapai sa nuque. Je l'embrassai d'un baiser désespéré. La chaleur de sa bouche m'échauffa les joues. Des joues qu'il dévorait de ses lèvres sans discontinuer.

— Je t'aime. Je t'aime ! clamai-je entre deux respirations.

— Mon amour…

Et notre fougueux baiser redoubla d'intensité, nos mains erraient partout sur le corps de l'autre. Il me serrait fort. Très fort. Mes larmes roulèrent sur mes joues écarlates. Je voulais que le temps s'arrête. Je le voulais tellement… Mais un coup de klaxon nous rappela à la réalité, et je me détachai de ses lèvres. Il serra la mâchoire, contenant ses émotions par cette simple contraction musculaire, tandis que je reculai, puis me retournai. Lorsque je fis le chemin inverse, je dus contenir mes sanglots et me retenir de hurler. Je me ruai dans la voiture et m'assis aux côtés de ma mère. Elle posa une main sur ma jambe et tourna son regard vers moi.

— C'est fini, maintenant, lui dis-je, la voix chevrotante.

— Rien n'est fini puisque nous sommes immortels, me corrigea ma mère avec un sourire.

Puis elle me serra dans ses bras, et je m'y effondrai.

28 jours…

CHAPITRE 36

— *B*on, maintenant, je pense qu'il faut faire quelque chose ! s'exclama ma mère en traversant la terrasse de l'hacienda.

— Un verre d'eau glacée n'y fera rien, ma sœur, déclara nonchalamment Ethan, sans s'émouvoir de son état de nerf.

— Il est mort, Gaby, asséna Johnny. Il n'est pas en train de se remettre d'une cuite !

— C'est trop long !

— Cela ne devrait plus tarder, voulut la rassurer Prisca.

— Mais, dis-moi, Gaby, reprit Johnny, tout à son aise en sirotant une pina-colada, est-ce l'épouse transie d'amour qui s'impatiente pour son mari, ou son vagin négligé ?

— La ferme, Johnny, cracha-t-elle à l'attention de son meilleur ami.

Jésus rigola, et chacun de nous ne put s'empêcher de l'imiter. Elle fit les cent pas un moment, puis décida de s'asseoir à mes côtés, un peu à l'écart des autres.

— Il me manque, m'avoua-t-elle, toute nervosité disparue de sa voix.

— Je sais, maman.

— Toi, tu as ses journaux pour le voir.

— Je m'en passerais bien.

— Vraiment ?

— Ces lectures ne sont pas aussi paisibles que tu l'imagines. Ton mari a eu une vie bien remplie, et souvent très sombre.

— Mais elles t'aident quand même à t'évader d'ici, n'est-ce pas ?

Je posai le journal n° 70 et observai ma mère. Son teint était devenu légèrement hâlé après ces deux semaines passées en Espagne. Son impatience de retrouver son mari s'était amplifiée chaque jour. Je pouvais la comprendre, puisqu'une partie de mon cœur était restée à New York, et j'aurais tout donné pour partir la retrouver.

— Ça m'aide, en effet, répondis-je sans afficher les émotions réelles qui me traversaient.

— Et comment se passe ta relation avec Raphaël ?

— Elle est... platonique.

— Il n'a rien tenté ?

— Raphaël est un gentleman.

— Raphaël est un homme.

— L'un n'empêche pas l'autre, lui fis-je remarquer.

— Certes, mais je ne suis pas certaine qu'il se contente d'une telle situation bien longtemps.

Mes yeux se posèrent sur le journal n° 70.

— Je ne suis pas prête, affirmai-je d'une voix plus faible.

— Et personne ne te demande de te presser.

— Chaque jour, il s'attelle à me réconforter, a des attentions charmantes, et veut toujours m'occuper l'esprit. Il tente parfois quelques rapprochements, mais reste toujours délicat et compréhensif. Il mérite tellement mieux que moi. Je n'ai rien à lui offrir.

— Ce n'est pas ce qu'il a l'air de penser.

— Je ne suis pas capable d'aimer deux hommes à la fois.

Ma mère prit une profonde inspiration et posa sa main sur la mienne.

— Quand j'étais retenue en Grèce, commença-t-elle, et que ton père est venu me retrouver, j'ai fait un choix moi aussi. J'étais l'épouse du roi, je savais ce que cela signifiait, mais j'étais folle amoureuse d'Éric, et je n'ai pas pu passer à côté de la chance de vivre une histoire avec lui. Et jamais je ne le regretterai.

— Papa était mortel.

— C'est vrai. Seulement, je ne te dis pas ça pour parler de ton père, mais pour aborder les sentiments que j'éprouvais pour Carmichael, à cette époque. J'étais loin d'être aussi éprise de lui que je le suis à présent.

— Le temps a fait son office.

— Le temps, et beaucoup de concessions ! Carmichael était loin d'être le gentleman qu'est son fils quand nous nous sommes rencontrés. Je le détestais. Il a ruiné toutes mes chances avec Thomas en poussant Naomi, la mère de Guillaume, dans ses bras. Mais, malgré son comportement déplacé et ses actes égoïstes, il m'attirait.

— Comme toutes les femmes natives.

— Un obstacle de plus ! lâcha-t-elle. Mais... il m'aimait. Il m'a toujours aimé. Et je l'ai quitté quand même. J'ai vécu quarante ans avec un autre homme, et son amour ne s'est jamais tari malgré cela. Puis j'ai appris à l'aimer aussi.

— Si tu me dis ça pour me laisser une chance avec Raphaël, je...

— Ce n'est pas mon intention, me coupa-t-elle. Je crois que... que j'ai juste besoin d'en parler. Carmichael me manque, horriblement. J'en ai assez d'attendre qu'il se réveille !

J'étirai mes lèvres en une ligne fine. Cela intrigua aussitôt ma mère. Je lui avouai alors quelque chose que j'avais longtemps gardé pour moi.

— J'ai lu les passages de ta rencontre avec Carmichael.

— Pardon ? dit-elle, soudain ahurie.

— Un jour, tu as fait une remarque sur ta rencontre avec lui. Cela m'a rendue curieuse. Quand j'étais dans le bunker, je me suis mise en quête de ce passage. C'est dans son journal n° 114.

— Il a écrit notre rencontre ?

— Je peux te le montrer si tu veux.

Elle afficha un sourire si large que ses yeux se plissèrent. Je pris ça pour un oui. Je posai mes mains sur ses tempes, et l'autorisai enfin à revoir son mari à travers moi.

« JOURNAL DE CARMICHAEL N° 114, 2013 »

« J'étais loin de me douter que cette journée marquerait un tournant dans

mon existence tricentenaire. J'avais longtemps repoussé cette rencontre, mais les derniers événements ne me laissaient plus le choix. Mes hommes avaient enlevé son petit ami, le matin même. Ce Thomas Valérian n'était archivé dans aucun de nos livres, et sa proximité avec cette fille commençait à poser problème. Il me tardait maintenant de rencontrer la sœur d'Ethan, même si cette dernière ignorait tout de son existence. Ce dernier semblait de plus en plus agité ces derniers temps. Je commençais à espérer ces retrouvailles, pour qu'enfin il redevienne le flegmatique jeune homme que je connaissais. Il avait fait des progrès depuis deux ans qu'il vivait au château. Le soustraire à Magnus n'avait pas été chose aisée, mais je ne pouvais décemment laisser cet adolescent aux mains de mon père. L'expérience de Connor m'avait servi de leçon. Qu'Ethan souhaite me rejoindre avait finalement convaincu le Grand Maître, bien malgré lui. Cependant, je trouvais la capitulation de mon père un peu trop rapide et me demandais s'il n'avait pas accepté qu'Ethan vienne à Altérac pour une raison précise. Mais il n'était pas l'heure de se poser la question. Le rapport de Grégoire au sujet de l'incident du train nous avait confirmé la puissance de sa sœur, aussi je devais m'assurer moi-même que cette première approche se passerait sans incident.

Sᴏᴘʜɪᴇ *me donna rendez-vous derrière la porte d'entrée des professeurs. Je levai les yeux au ciel en rentrant dans le lycée. Me retrouver en compagnie d'adolescents humains et boutonneux me soulevait l'estomac. Que faisais-je là, bon sang ?! Si mon père n'avait pas été aussi empressé à l'égard des pouvoirs de cette fille, j'aurais pu tranquillement me prélasser dans mon lit de châtelain, et dans les bras de la très charmante Naomi. Il me tardait maintenant de livrer Gabrielle Chêne à Magnus.*

Nous arrivâmes à l'étage. Sophie s'arrêta devant une porte et me fit signe de l'ouvrir. Je soupirai avant de poser mes doigts sur la poignée.

Au début, je ne vis que la lumière abondante et la tristesse de cette salle de classe. Mes yeux se portèrent ensuite vers le tableau, puis sur la jeune femme assise derrière le bureau. Ses cheveux longs et noirs se répandaient jusqu'à sa taille. Une étrange ardeur me parcourut. Quand elle tourna légèrement son visage, j'entraperçus son profil. Puis ce fut comme une claque. Une chaleur suffocante traversa mon visage, s'insinua le long de ma nuque et de mon échine pour se lover dans mes entrailles. Mes mains tremblaient presque, tandis que j'éprouvais les ondes manifestement puissantes de cette jeune fille. Je manquai de me racler la gorge, mais je m'abstins. Perdre le contrôle ainsi, après des siècles de maîtrise, n'était pas digne de moi. J'avançai vers elle.

Je me souvins à peine de ce que nous nous sommes dit. Car dès qu'elle leva ses grands yeux verts et timides sur moi, je sentis comme un souffle m'emporter. Elle m'attirait. Nom de Dieu, je me contrôlais à peine ! Je voulus immédiatement la toucher, caresser ses lèvres pleines et anxieuses, et l'embrasser. Il fallait que je l'embrasse. Je devais le faire. Je ne me reconnaissais plus...

Elle n'avait même pas dix-huit ans, et je me comportais comme un de ces fameux adolescents humains et boutonneux en rut. Quand elle réussit à contrer les pouvoirs de Sophie, je l'admirais déjà. Je voyais bien que je ne lui inspirais que du mépris, mais je m'en moquais. Je restai là, littéralement fasciné par son regard émeraude, qui me toisait comme si j'étais le dernier homme sur Terre qu'elle consentirait à embrasser. Puis ce fut plus fort que moi. Je calai un doigt sous son visage, relevai sa tête et plaquai ma bouche contre la sienne. La sensation de ses lèvres sur les miennes descendit en flèche jusqu'à mon bas-ventre. Mon pantalon devint soudain trop étroit. Je me retins de ne pas arracher ses vêtements sur le champ. Je me voyais déjà la plaquer sur le bureau et lui soutirer des gémissements de plaisir, me perdant en elle et humant l'odeur de sa peau délicate.

Le désir qu'elle m'inspirait devint vite insoutenable. Je dus rassembler toutes les forces qui me restaient après cette lutte intérieure pour réussir à me détacher de sa bouche. Que m'arrivait-il ?

Hébétée, elle me lança un regard noir. Je souris, pourtant conscient que je l'avais mérité. Mais elle était à moi. Elle était comme moi. Je l'aimais déjà. Et il n'était plus question que je la livre à mon père. »

J'ÔTAI mes doigts de son visage. Ma mère ouvrit les yeux, les joues rouges et toujours transies par les émotions de Carmichael. Un touchant sourire se dessina sur ses lèvres.

— Je ne savais pas que...

— C'était à ce point, la coupai-je en riant.

— Il me manque.

— Il va bientôt se réveiller, Maman.

Elle souriait encore et toucha ses joues brûlantes avec ses mains. Soudain, ses yeux s'écarquillèrent.

— Tu n'as pas lu d'autres passages, n'est-ce pas ?

— Crois-moi, celui-ci était déjà assez embarrassant pour que je m'en abstienne. Je ne veux même pas imaginer les autres !

Elle pouffa et me prit la main.

— Merci.

— De rien, Maman.

— Il a fallu quarante ans pour que je laisse mes sentiments pour lui faire pleinement surface, après l'avoir proprement détesté. Et maintenant, je le veux à jamais à mes côtés. Comment en suis-je arrivée là ?

Je ris un peu.

— Les voies de l'amour sont impénétrables, déclarai-je.

— Il n'y a qu'à voir Ethan pour se rendre compte que ce que tu dis est vrai, dit-elle en détournant la tête.

Le regard de ma mère se porta alors sur son frère. Pia était à ses côtés, dans son fauteuil roulant. Prisca, pas loin derrière elle, se tenait prête à aider la jeune femme, si jamais elle en ressentait le besoin.

— C'est une relation étrange qu'ils ont tous les trois, n'est-ce pas ? lança ma mère sans les quitter des yeux.

— Ethan est amoureux de Pia, il me l'a confié.

— Ethan t'a confié ça ! s'étonna ma mère en tournant son regard effaré vers moi.

— C'était un peu avant ton réveil. J'ai été aussi surprise que toi.

— Je veux bien te croire.

— Quant à Prisca, poursuivis-je, elle n'a jamais eu d'enfant, que je sache. Peut-être s'est-elle attachée à Pia parce qu'elle a besoin de prendre soin des autres, pour compenser cette absence.

— C'est sans doute la raison, commenta ma mère en observant l'intéressée. Prisca a toujours pris soin des autres. Quand un natif était mal en point, ils prenaient illico la direction de son palais. Et mon frère...

Elle laissa cette phrase en suspens une minute.

— Mon frère ne pouvait tomber amoureux que d'une petite chose abîmée par la vie. Pia est charmante, drôle et incroyablement positive malgré ce qu'elle a subi. Ce sont des qualités qu'Ethan admire. Mais... je suis inquiète.

— Comment ça ?

— Elle va bientôt mourir.

Ma bouche s'entrouvrit. Mes yeux suivirent ceux de ma mère et se dirigèrent vers Pia, qui riait tout en se tenant l'abdomen. Son teint était pâle, elle avait beaucoup maigri. Mais elle souriait, et Ethan dut trouver sa remarque drôle, car il pouffa de rire une courte seconde.

— Elle peut encore s'en remettre, remarquai-je, refusant de concevoir que mon amie n'en avait plus pour longtemps.

— Tu sais que non, asséna-t-elle tristement. Et comment Ethan va-t-il réagir quand cela arrivera ? Tout le monde ici devrait se poser la question.

Sur cette affirmation inquiétante, ma mère se leva, m'embrassa sur le front, et alla retrouver le corps de son mari. Mon regard se reporta sur mon oncle qui contemplait Pia. Il demanda à Prisca un coussin pour soutenir le dos de la jeune femme. Cette dernière sourit avant de s'exécuter.

— Ne me remercie pas et ne crie pas en découvrant ce que j'ai trouvé ! claironna une voix ténébreuse derrière mon oreille.

Un pack de Diet Coke se matérialisa devant mes yeux.

— Oh, putain ! m'écriai-je en me levant brusquement.

— J'ai dû me rendre jusqu'à Séville pour mettre la main dessus, déclara Raphaël en riant.

Je l'enlaçai tant son geste me touchait. Séville était à près de quarante kilomètres, et il avait fait tout ce chemin, car aucune supérette dans les environs de l'hacienda n'en vendait. Elles n'étaient d'ailleurs pas nombreuses, puisque la maison de notre hôte était plantée au beau milieu de nulle part. Notre hôte, Le descendant d'Alejandro – l'homme qui avait recueilli Raphaël près de deux cent cinquante ans plus tôt – nous avait laissés jouir de sa propriété en son absence. Il s'était installé, avec sa famille, dans sa maison en bord de plage, dès que les beaux jours avaient commencé à poindre.

— OK, dis-je en m'écartant de Raphaël, je vais tout de suite en mettre un au congèl' !

— Accorde-toi ce plaisir, me lança mon dénicheur de Diet Coke. J'en ai acheté cinquante packs.

— Oh, Seigneur, bénis cet homme pour sa générosité !

Je filai en direction de la cuisine et passai devant les autres, les bras chargés de mon pack.

— Séduire une femme avec un pack de soda, bien joué, Raphaël ! lança Johnny, qui riait aux éclats.

— Elle vient de m'enlacer, je m'en sors plutôt bien, répliqua l'intéressé.

Ma respiration se coupa en entendant ces mots, et l'image de Connor s'immisça dans mon esprit, comme à chaque fois qu'un geste ou qu'une parole de Raphaël évoquait notre relation. Je ressortis de la cuisine sans rien laisser paraître de mon trouble. Dès mon retour, Raphaël me prit la main et m'entraîna de l'autre côté des jardins de l'hacienda. Je connaissais l'endroit pour m'y être projetée dans le passé, au moment où il planta, de rage, un couteau dans le dos de son père. La fontaine avait été remplacée par une piscine chauffée, dont les carreaux en mosaïque reflétaient les couleurs des fleurs qui l'encerclaient. Nous la longeâmes et, plus loin, nous parvînmes dans le couloir qui menait à notre aile. Je savais déjà où il m'emmenait.

— Si Jamie Lannister meurt dans cette bataille, je te jure que j'arrête de regarder cette série !

— Tu as promis, me rappela Raphaël en se vautrant sur le lit, face à l'énorme écran plat accroché au mur.

Le marathon de la série *Game Of Thrones* avait débuté dix jours plus tôt. Nous avions déjà visionné plusieurs saisons, et je m'étais passionnée pour cet univers incroyable, mêlant la fantasy et les intrigues de pouvoir à la perfection.

— Je suis sérieuse, dis-je en m'installant à mon tour.

— Les femmes préfèrent Jon Snow, en général.

— J'adore Jon Snow ! m'emportai-je, comme s'il venait de me lancer une insulte. Mais je préfère Jamie.

— Il couche avec sa sœur !

C'était surtout le personnage le plus difficile à cerner, à mon sens. Celui qui progressait, qui s'améliorait à mesure que les épisodes s'enchaînaient. Il me rappelait Connor, d'une certaine manière, sauf qu'heureusement, ce dernier ne couchait pas avec sa sœur !

L'épisode fut si passionnant que j'en oubliai mon soda au congélateur. Et quand le générique de fin défila, il était l'heure de débriefer. Raphaël me faisait rire tant il prenait ça au sérieux, et je le suivais bien volontiers dans ses délires de geek.

— La vengeance est le moteur d'Arya.

— Elle donne beaucoup d'elle-même pour devenir une tueuse !

— La vengeance prend toujours du temps, il faut méticuleusement la préparer.

Je me rappelai alors que lui-même s'était vengé. Il avait tué le responsable du meurtre de sa mère et de sa propre mort. Et la cible était l'auteur de ses jours. Il avait mis des années à accomplir cet acte qui le hantait encore aujourd'hui.

— À quoi penses-tu ? s'enquit-il à cause de mon silence.

— À rien.

— Tu ne sais pas mentir, Plume !

S'il savait ! J'avais menti à tout le monde. J'avais caché ce que le messager m'avait révélé. Car, moi aussi, je préparais ma vengeance, et il n'était pas question que ma détermination et mon possible échec atteignent l'un de mes proches, et surtout pas Raphaël.

— Parle-moi de la femme que tu as aimée, demandai-je, désireuse de détourner la conversation.

Il se redressa et ses pensées semblèrent s'agiter. Je ne l'avais pas préparé à cette question. Je me souvenais bien du jour où il m'avait confié avoir déjà été amoureux d'une femme. Cela faisait longtemps que je voulais satisfaire ma curiosité.

— Elle était très douce, commença-t-il en baissant les yeux. Une femme intelligente et d'une générosité exceptionnelle. Je l'ai rencontré lors d'une vente aux enchères, et j'ai tout de suite su qu'elle était une native. Elle a ressenti ma présence en même temps que moi la sienne, bien sûr. Le sort a voulu que nous aspirions tous deux au même objet de la vente. Je voulais un piano bien particulier, sur lequel elle n'a cessé de surenchérir. Au début, cela m'a énervé. Mais j'avais de gros moyens, alors je n'ai pas tardé à remporter la mise. Quand le marteau a frappé son socle, j'ai éprouvé de la peine pour elle en découvrant la déception sur son visage. Elle voulait vraiment ce piano.

— Alors qu'as-tu fait ?

— Je l'ai invitée à dîner. Mais j'ai été éconduit, alors je suis parti avec ma nouvelle acquisition. Et lorsque j'ai retrouvé l'hacienda, je n'arrivais plus à penser à autre chose qu'à elle. Son regard et l'expression de son visage, en réalisant qu'elle devait se résoudre à renoncer à ce piano, ont hanté mes songes durant des semaines.

— Des semaines !

— Je l'ai revue une année plus tard, environ. En pleine rue.

— Et cette fois, qu'as-tu fait ?

— Je l'ai courtisée.

— Un synonyme de draguer, en somme.

— Oui, c'est vrai, concéda-t-il en souriant.

— Et alors ?

— Alors nous avons vécu une très belle histoire, et un jour je ne l'ai plus revue. Elle était partie.

— Pour quelles raisons ?

— Mon immortalité, j'imagine. Du moins, c'est ce que je me suis toujours dit. Elle vieillissait à mes côtés, et avait parfois du mal à l'accepter. Je ne me doutais pas que c'était à ce point, mais je pouvais le comprendre. J'ai quand même essayé de la retrouver, mais n'y suis jamais parvenu.

— Comment t'es-tu senti après ça ?

— Comme tu l'imagines. Dévasté.

Raphaël se leva et alla se poster près de la fenêtre. Ses yeux gris sombre se perdirent sur les roses du jardin qui venaient tout juste d'éclore.

— J'étais si anéanti que j'ai vécu en ermite durant des années. Je me suis posé beaucoup de questions sur mon immortalité. J'ai cru un moment qu'elle était morte, puis j'ai envisagé d'autres possibilités. Elle m'avait peut-être quitté pour refaire sa vie, et dans ce cas je n'étais plus qu'un amoureux éconduit. Et le temps a passé, puis est arrivé le jour où je ne pouvais plus qu'être certain de sa mort. Le temps avait accompli son office, il avait déjà emporté tous mes proches de cette époque.

Il marqua une pause. J'avalai difficilement ma salive après ses confidences. Son amour pour elle vibrait dans chacun de ses mots.

— Pourquoi penses-tu que je te sois si lié ? demanda-t-il soudainement.

— Je... je ne me l'explique pas.

— Ici, nous sommes tous liés. Soit par l'éternité, soit par l'amour. Des siècles de solitude te font apprécier d'avoir tes semblables à tes côtés. D'immortel, avant, je ne connaissais que mon père. Je n'avais jamais envisagé d'en rencontrer un autre. Lorsqu'ils t'ont enfermée dans le bunker, j'ai tout de suite été attiré par toi. J'ai su que tu étais native à la seconde où je t'ai vue, et le contexte le confirmait. Mais je ne savais pas qui tu étais, jusqu'à ce que ton ravisseur te rende visite. Quand j'ai compris que tu étais la fille de Gabrielle, la grande reine qui avait vaincu les Sept en faisant disparaître Egéria, la grande prêtresse, puis toute sa fratrie, j'ai espéré que tu sois une immortelle. Chaque jour, dans le bunker, et avant que l'on puisse communiquer, je passais des heures à me demander qui tu étais vraiment. Quelle avait été ta vie ? Quel style de musique tu aimais ? Si tu étais le genre de fille à aimer sortir, ou si tu étais plutôt casanière. Et tant d'autres questions... Cela m'a occupé de longues semaines.

— Moi aussi, révélai-je en souriant.

— Puis tu t'es présentée nue devant moi.

Qu'il le rappelle de manière aussi soudaine me fit rougir. Il se tourna pour observer ma réaction et s'esclaffa en la découvrant.

— C'est parce que tu me regardais que tu m'as vue nue ! tentai-je péniblement de riposter. Tu aurais bien pu ne jamais me découvrir en tenue d'Ève si tu l'avais voulu.

— C'est tout à fait juste, concéda-t-il, et je ne regrette pas un seul instant d'avoir détourné les yeux pendant que tu te lavais.

— Je te rappelle que nous n'avions pas d'endroits pour nous cacher, je n'avais pas vraiment le choix.

— Oui, cela s'est bien ressenti quand tu t'es caressée devant moi.

Je lui balançai un coussin à la figure en affichant un choc amusé sur mon visage.

— Je me rappelle que tu as eu l'air d'apprécier ma démarche !

— Je te le confirme.

— Et cela faisait un long moment que je n'avais pas… enfin, tu vois ce que je veux dire.

— Non.

Je lui balançai un autre coussin. Il se gaussa.

— Je me rappelle que tu avais envie de moi, dit-il en se rapprochant lentement.

Je rougis et n'osai le regarder. Une chaleur diffuse se répandait dans ma poitrine en me rappelant ce torride épisode de nos vies.

— Je me rappelle aussi l'avoir lu sur tes lèvres, poursuivit-il la voix plus rauque. Quels étaient tes mots, déjà ? Ah oui ! « *J'ai envie de toi, qui que tu sois* ». Ce n'est pas prudent pour une jeune femme de révéler une chose pareille à un inconnu.

— Nous étions séparés par deux mètres de blindage. Sur le moment, cela ne m'a pas paru une mauvaise idée.

Il posa ses poings sur le matelas et s'avança jusqu'à se positionner en tailleur, face à moi. Sa main se leva et me caressa la joue.

— Je n'avais plus rien éprouvé pour une femme depuis « elle », reprit-il, un ton plus bas. Tu m'as fait tant de bien, Isabelle Valérian.

Mes yeux se fixèrent dans le gris sombre de ses iris. Son regard parcourut mon visage.

— Je sais que tu souffres, je ne le sais que trop bien. Et je le ressens.

— Je suis désolée de te faire subir ça, déclarai-je en baissant la tête.

— Ne le sois pas. Tu n'as que vingt-sept ans, je ne vais pas te reprocher de….

— Bientôt vingt-huit ! le corrigeai-je, souhaitant détourner la conversation de peur qu'il en arrive à prononcer *son* prénom.

En évitant les discussions à *son* sujet, je réalisais que c'était moins difficile… Dès que son prénom était cité dans une conversation, ma gorge se serrait, des larmes menaçaient de jaillir, et de formidables images de mes jours passés avec lui s'envolaient dans mon esprit.

Son absence était une agonie.

— Oui, bientôt vingt-huit, corrigea Raphaël en continuant de me caresser lentement la joue.

Puis nous ne dîmes plus un mot et nous allongeâmes, les yeux rivés dans ceux de l'autre, comme au temps du bunker.

UNE HEURE PLUS TARD...

— Venez voir ! s'écria Jésus, son accent beaucoup plus prononcé qu'à l'accoutumée.

— C'est pas le moment de faire la sieste, les tourtereaux. Venez, on vous dit ! beugla Johnny en me secouant comme un prunier.

Après s'être assurés de notre réveil, ils filèrent tous deux vers l'extérieur. Raphaël et moi ne tardâmes pas à les suivre, curieux de découvrir quel était l'objet de cette excitation soudaine.

Nous traversâmes les jardins et parvînmes à la cuisine de l'autre aile. Je compris aussitôt ce qui nous avait valu d'être réveillés de cette manière. Carmichael se tenait là, vivant, en pleine conversation avec Ethan. Je marquai un arrêt de surprise de le voir si animé, après avoir repensé une seconde au souvenir de son corps inerte.

— L'immortalité est un miracle ! lançai-je en m'approchant. Bon retour à toi, Carmichael.

— J'ai en effet beaucoup de chance, d'après ce que j'ai déjà cru comprendre.

Je réalisai, à son attitude, qu'il n'était pas au fait de tout.

— Cela n'a pas été le cas d'Estelle, lâcha soudain Ethan.

Carmichael se tourna vivement vers mon oncle et afficha des yeux effarés. C'était la première fois que je voyais cette expression sur son visage. La peine traversa son regard et se transforma lentement en colère. Il respira plus vite, bien plus vite. Ma mère serra son bras.

— Et sa famille ? demanda-t-il d'une voix lugubre. A-t-elle survécu ?

Ma mère secoua la tête. Carmichael serra les poings. Il tapa si fort sur le plan de travail qu'il céda sous l'impact. Ses muscles se tendirent. Il se retint de hurler, puis sortit de la pièce d'un pas vif.

Nous ne le revîmes que le lendemain.

Nous allâmes tous dîner en évoquant son retour.

Comme personne n'était doué ou motivé pour faire la cuisine, on se faisait livrer tous les soirs par un restaurant du coin.

Et à chaque repas, je repensai à Connor. Je le voyais cuisiner pour moi, et y mettre toute son ardeur.

Et à chaque fois, je couvais des larmes silencieuses.

Et chaque jour, je masquais ma peine en serrant les dents et en affichant un sourire de façade.

Et chaque jour, je conversais et tentais de paraître normale, alors qu'intérieurement j'étais ravagée par le chagrin.

Il me manquait tant…

Connor…

Je voulais parfois me l'extirper de la tête, établir une sorte de mode « pause » dans mes pensées, ou dormir suffisamment longtemps pour ne plus ressentir la douleur de cette absence dans mon cœur. Mais je ne faisais rien pour l'oublier, bien au contraire…

J'avais pris l'habitude d'aller me coucher tout de suite après le dîner. Ce jour-là, j'avais dormi dans l'après-midi et n'étais donc pas fatiguée. Alors je partis me doucher, m'habillai pour la nuit, et plongeai sous les draps, prête à m'adonner à l'activité qui occupait presque tout mon temps dernièrement : penser à lui.

Je me repassai des pans entiers de nos journées. De chaque journée. J'essayai de les mettre dans l'ordre, parfois j'en choisissais une en particulier, même si elle ne suivait pas forcément le cours de notre histoire. Cette fois, je choisis un de mes souvenirs sur l'île Valériane :

Connor s'était levé de méchante humeur et cela m'avait fait sourire. Il se plaignait tout le temps pour rien quand c'était le cas. C'est-à-dire souvent.

— Jack me pique des tee-shirts, c'est obligé ! avait-il lâché, énervé de ne pas en trouver un propre dans la commode.

— Jack n'ose même pas éternuer sans ton consentement, et tu vas me faire croire qu'il est devenu un voleur ! Si tu les rangeais, ça pourrait peut-être résoudre ce mystère de disparition de tee-shirts.

— Tu pourrais les ranger pour moi.

— Tu rêves !

Il avait mollement pouffé puis avait attrapé un tee-shirt roulé en boule dans un panier.

— On va devoir demander à Jack de passer à la cabane, avait-il déclaré en l'enfilant.

— C'est toi-même qui as demandé à ce qu'il n'entre pas ici durant notre séjour.

— Je n'avais pas pensé à mes vêtements !

— Quel dur labeur que de vivre comme le commun des mortels, Votre Majesté !

— Princesse, tu me cherches...

— Tu n'es jamais difficile à trouver.

Connor était revenu sur le lit. Il avait posé ses mains de chaque côté de mes jambes, et s'était avancé jusqu'à ce que sa bouche ne soit plus qu'à trois centimètres de la mienne.

— Je porte un tee-shirt sale, avait-il dit avec un léger sourire.

— Et il te va divinement bien, l'avais-je rassuré, imaginant que cela devait faire bien longtemps qu'il n'avait pas porté le même vêtement deux fois de suite.

J'avais soulevé un peu la tête pour me placer à la hauteur de sa nuque. J'avais inspiré son parfum et reposé ma tête sur l'oreiller.

— Et il sent divinement bon, avais-je rajouté.

— Tu viens de humer mon odeur sur mon tee-shirt sale, là, ou j'ai rêvé ? avait-il déclaré, la voix plus rauque.

— Ouais

— Et qui t'a autorisée à faire une chose pareille ?

— Personne.

— Tu insinues que je n'ai fixé aucune règle à ce sujet.

— Aucune.

— Je crois me souvenir que j'ai établi depuis longtemps qu'on ne devait pas renifler dans les affaires sales de l'autre.

— Je ne m'en souviens pas.

— Non, parce que si les règles ont changé, je veux bien que ce soir tu me files la petite culotte sexy que tu vas porter toute la journée.

J'avais ri avant d'attraper sa mâchoire d'une main. Mes doigts avaient caressé sa fine barbe. Il ne s'était pas rasé depuis notre arrivée sur l'île.

— *J'ai pas prévu de porter de sous-vêtements, aujourd'hui, avais-je affirmé avant de me mordiller la lèvre.*

— *Tu es impitoyable, princesse.*

Notre baiser avait été ardent. Ce qui avait suivi, j'en revivais chaque image. Essayant de me souvenir de chacune des sensations qui avaient traversé mon corps. Et je m'endormais chaque soir en y pensant.

13 JOURS...

CHAPITRE 37

*J*e me réveillai tard.

Comme chaque jour depuis mon arrivée en Espagne.

Lorsque je me levai, j'allai trouver ma mère.

Comme tous les matins…

ELLE ÉTAIT PLONGÉE dans la piscine et barbotait, le regard perdu dans le vague.

— Il est revenu ?

— Pas encore, dit-elle, ses yeux tristes se tournant vers moi. Je… j'aurais aimé qu'il reste. Mais il tenait beaucoup à Estelle. Il la connaissait depuis sa naissance. Et… moi aussi, je tenais beaucoup à elle.

— C'était une amie chère à ton cœur. Elle y demeurera, Maman.

— Je sais bien. C'est seulement que… qu'elle représente l'une des dernières personnes à m'avoir connue avec Éric. Ils sont peu aujourd'hui, les témoins de notre amour… J'ai l'impression que le jour où tous mes proches seront partis, alors tout ce pan de ma vie que je chéris tant sera comme effacé de la mémoire des hommes. Heureusement que je t'ai, toi…

Des larmes surgirent au coin de ses yeux. Je posai mes genoux sur la margelle.

— Oh, Maman…

— Ça va aller, me rassura-t-elle en essuyant ses larmes. J'ai juste hâte qu'il revienne.

— Il ne va plus tarder.

Nous restâmes un moment dans le silence que seuls les oiseaux troublaient par leur chant matinal.

— Je comprends mieux pourquoi Carmichael a tenu à écrire ces journaux, déclara-t-elle en attrapant mes mains. Le souvenir est la seule chose qu'il nous reste face à la perte de nos proches. Nous deviendrions fous sans eux.

Je déglutis. Ma mère remarqua la douleur qu'avait réveillée cette phrase en moi.

— Qu'y a-t-il ?

— Ce n'est rien.

— Izzy…

Elle attendit que je lui livre mes pensées et devant ses grands yeux inquiets, j'inspirai profondément de peur de ne pas pouvoir l'exprimer.

— Chaque jour, je passe des heures à penser à ce que j'ai vécu avec Connor, lui avouai-je d'une voix faible. Hier soir, je n'arrivais pas à dormir. J'ai passé tout mon temps à ressasser mes souvenirs. J'essaie de n'omettre aucun détail. Quand j'oublie ce que nous avons mangé, ça m'agace, car c'est lui qui avait préparé le repas, et je m'en veux terriblement d'avoir déjà oublié. Quand nous étions ensemble et que je n'arrivais pas à dormir, comme c'était le cas hier soir, il me giflait une fesse et me disait toujours : « *Maintenant, t'as une bonne raison de ne pas dormir !* ».

— J'aurais dû tuer cet homme, plaisanta ma mère, un léger sourire aux lèvres.

Je l'imitai, puis mon sourire s'effaça. Je levai mes yeux vers le ciel, et ma bouche se mit à trembler, tandis que je retenais vainement des larmes.

— Il me manque tant…

Mes larmes débordèrent. Ma poitrine se souleva sous l'effet d'un sanglot. Parler de lui était trop dur… Seule la lecture des journaux me permettait de le voir, et ainsi je pouvais, en toute solitude, apprécier ses traits, sa voix et son sourire. Qui n'étaient plus que dans mes souvenirs. Ma mère lévita et m'enserra dans ses bras. L'humidité de son corps imprégna mes vêtements. Nous restâmes de longues minutes dans cette position. Quand elle replongea dans l'eau, un bruit derrière moi me fit soudain me retourner. *Carmichael.*

Il avait ses grands yeux émeraude figés sur le corps de ma mère, qui venait de s'immerger dans l'eau.

— Je me rappelle une époque où tu m'as rejeté dans une piscine, lança ce dernier en direction de son épouse.

J'essuyai mes yeux et reculai d'un pas, me demandant combien il m'en resterait à faire avant de parvenir à la galerie menant à ma chambre. L'intensité de leur regard me prouvait que c'était le moment des véritables retrouvailles, entre un mari et son épouse. Je devais m'éclipser.

— J'ai souvenir que tu m'avais rejointe, ce jour-là, lui rappela ma mère.

— Je m'en souviens aussi.

— Je crois aussi me rappeler que tu ne portais rien sur toi et que ça m'avait profondément choquée.

— Si innocente…

— Si effarée, tu veux dire !

— Est-ce une façon détournée de m'inviter à te rejoindre ?

J'allais bientôt me trouver en dehors du champ auditif de ce moment qui n'appartenait qu'à eux seuls.

— C'en est une, mon amour.

Un bref silence. Un bruit de vêtements qu'on retirait. Puis j'entendis mon beau-père plonger dans les eaux. J'étais presque à la porte.

— Elle n'est plus là, déclara tristement Carmichael, sa voix caverneuse se tendant un peu au souvenir d'Estelle. Et le château… Seigneur… Elle, et le château…

— Je suis désolée, Mick.

— Tu n'as pas à l'être.

— Mais je… je n'ai pas réalisé l'ampleur de la menace.

— Moi non plus, ma puce, lui dit-il, son timbre hésitant et plus tiraillé encore. Gabrielle, j'ai... enfin... je sais que nous n'avons pas encore vécu ensemble, du moins pas longtemps, depuis toutes ces années. Et que tes sentiments sont... enfin, je sais qu'ils ne sont pas encore...

— Je suis amoureuse de toi, Carmichael, le rassura son épouse d'une voix céleste.

— J'avais besoin d'entendre ça... J'ai besoin de toi.

— Je suis là...

Je fermai enfin la porte derrière moi en soufflant. Le temps des retrouvailles était venu, ainsi que le temps du deuil. Désormais, ils pouvaient se soutenir l'un l'autre.

Nous dînâmes, comme chaque soir, dans l'immense salle à manger de l'hacienda. Mais, cette fois, Carmichael s'était joint à nous. Il avait pris chacun d'entre nous à part pour manifester son plaisir de nous revoir individuellement. Quand ce fut mon tour, je rougis, comme à chaque fois qu'il m'approchait, auréolé de son fameux don d'attraction, et redoutant qu'il me parle de *lui*.

— Je suis heureuse que tu sois revenu, lui lançai-je avec sourire. Ma mère a failli nous rendre tous fous, ici !

— Il paraît qu'elle a utilisé des procédés originaux pour me réveiller.

— Elle en avait même établi une liste !

Il rit, et ses yeux se détournèrent vers son épouse qui s'apprêtait à quitter la pièce. Quand ils revinrent sur moi, je sus à leur expression sérieuse qu'il allait me parler de Connor.

— Elle m'a expliqué, déclara-t-il, plus solennel. Je comprends que tu le protèges, mais ce qu'il a fait, ce qu'il a décidé de faire sans m'en parler, est une erreur que je ne peux pardonner.

— Il a fait de mauvais choix.

— Je suis un peu las de devoir passer outre les mauvais choix de mon frère.

— Il a cru pouvoir tous nous protéger.

— Son échec n'aurait pu être plus cuisant. Comment a-t-il pu avoir confiance en eux ?

— Il n'a jamais eu confiance. Il a désobéi une fois, et ça nous a coûté cher.

— Que veux-tu dire ?

— Il m'a confié son rôle dans tout ça, dans un carnet. Je ne sais pas comment le Collectif l'a su, mais ils en ont été informés, et c'est alors que le château a explosé. S'il n'avait pas accepté la proposition du Collectif dès le départ, il aurait explosé bien avant.

— Il t'a tout confié ?

— Tout.

— Et a mis nos vies en jeu, en le faisant.

— Tu lui reprochais à l'instant de ne pas en avoir parlé !

— Il ne t'en a pas parlé, il te l'a écrit, espérant que tu pourrais lui pardonner, car il est amoureux de toi ! Ce n'est pas sa raison qui l'a poussé à le faire, c'est son égoïsme. Il a mis ta vie en danger ! Et toutes les nôtres.

— Je suis prête à prendre ce risque.

— Nous le sommes tous, mais nous devons être plus malins qu'eux. Nous devons trouver un moyen de remonter la piste de ce messager.

Je pâlis un peu, mais me repris aussitôt.

— Connor t'a-t-il laissé entendre une quelconque information qui nous serait utile ?

— Non, dis-je fermement, tandis que mes doigts se mettaient à trembler. Il n'a pas eu de nouvelles du Collectif depuis un bail.

— Et ce messager dont Gaby m'a parlé ? C'est lui qui a approché Connor pour nous faire abdiquer, n'est-ce pas ?

— En effet, répondis-je, tentant de cacher mon embarras.

— Qu'y a-t-il ?

— Rien.

— Je ressens quelque chose. Tu ne me dis pas tout…

— Je te dis ce que je sais.

— Isabelle, si tu caches quelque chose, dis-le-moi. Il faut que nous mettions la main sur ce Collectif.

— Je ne sais rien de plus !

Carmichael m'observa de ses yeux de jade, hypnotisants, et les plissa un instant. Je me tortillai presque devant cet examen.

Je ne dirai rien. Ma mère vient de se réveiller de la mort. Tu viens de te réveiller de la mort. Comment le pourrais-je ? Et si j'échoue, peut-être qu'ils ne mettront pas leurs menaces à exécution, car seule moi serai impliquée, et pas vous...

Et ça, je ne peux pas te le révéler, Carmichael... Sous aucun prétexte.

— Puisque tu es décidée à ne rien me dire, lâcha-t-il après ce silence oppressant, je vais contacter mon frère et voir où en sont ses recherches.

— Je ne crois pas qu'il sache quoique ce soit, tu sais.

— C'est que tu ne connais pas encore très bien Connor, me lança Carmichael. Il en sait toujours beaucoup plus que ce qu'il veut bien nous faire croire.

Sur cette dernière phrase, il s'apprêta à me quitter. Mais avant, il se tourna un peu vers moi.

— Depuis des siècles que je le connais, il n'y a qu'un seul de ses choix que j'ai approuvé.

— Lequel ?

— Toi.

Je souris légèrement, puis vis le regard bienveillant de mon beau-père lentement se rembrunir.

— Mais que devient mon fils, alors ?

Il n'attendait pas de réponse. Mon sourire s'effaça, je baissai les yeux. Carmichael s'en alla, et se rendit auprès de ma mère.

12 JOURS...

CHAPITRE 38

 « *Journal de Carmichael n° 76, 1883* »

« Nous arrivâmes au palais de Prisca avec un jour d'avance. Je refoulai une certaine anxiété à l'idée de revenir en ces lieux. Ma sœur ne s'entourait que de très peu d'hommes, et nombre de femmes papillonnaient toujours autour d'elle. Je m'étais longtemps vautré dans la luxure jusqu'à l'arrivée de Cécile, cinquante ans plus tôt. Depuis, je me montrais plus mesuré dans mes conquêtes, et y trouvais un certain plaisir. Je n'avais étonnamment pas courtisé une femme depuis des mois. Mais la tâche était plus aisée en m'éloignant de la gent féminine ! Mon frère Connor me disait souvent que le château allait finir par ressembler à un monastère, si je persistais à ne recruter que des hommes. Ma présence ici prouvait à elle seule que je n'avais pas l'intention de me faire moine. Il se gaussait justement de moi, tandis que je m'inquiétais au sujet de cet aspect de notre séjour.

— Je ne t'envie pas, tu sais ? m'annonça-t-il en enfonçant le clou.

— Et tu as bien raison.

Il arborait un sourire qui ne lui était pas coutumier.

— *Tu crois que Prisca nous a réservé un comité d'accueil ? s'enquit-il, un peu mal à l'aise.*

— *Je suppose. D'où ma légère inquiétude.*

— *T'as qu'à en profiter, dit-il en haussant les épaules.*

— *C'est déjà fait. Et refait.*

— *Y'en a-t-il seulement une que tu as aimée ?*

Mes yeux se tournèrent vers mon frère. Ils cachèrent la sincère surprise que j'éprouvais à entendre cette question sortir de sa bouche.

— *J'ai eu de l'admiration pour certaines, répondis-je en étirant un sourire.*

— *De l'admiration ?*

— *Oui. Peut-être parfois de l'amour. Mais qu'en sais-je ?*

— *Moi, je sais.*

— *Alors tu as déjà fréquenté une femme !*

— *Très drôle. J'ai fréquenté plusieurs dames, figure-toi. Mais je sais que je n'en ai aimé aucune.*

— *Plusieurs dames ! Mais que va donc penser Père ?!*

Il s'esclaffa après s'être un peu retenu. C'était la première fois, après toutes ces années, que je voyais mon jeune frère éclater de rire devant moi. Que lui était-il arrivé ? Était-ce une femme qui était à l'origine de ce changement spectaculaire ? Certes, nous nous étions peu vus depuis son accession à la seigneurie du Territoire de l'Ouest, mais j'aurais remarqué cette soudaine transformation. Je lui posai ces questions et sa réponse me désarçonna.

— *J'ai eu un fils.*

Le sang déserta mon visage.

— *Que dis-tu ?*

— *J'ai eu un fils. Il a trois mois, tout juste.*

— *Connor...*

— *Quoi ? Je veux être père. C'est le lot de tout homme.*

— *Mais s'il n'est pas...*

— *Immortel ? Il aura une vie. Une vie d'homme.*

— *Il va mourir. Tu verras ton fils mourir !*

— *Peut-être pas.*

— *C'est un risque pour toi, en as-tu conscience ?*

— *J'y ai réfléchi. Je ne suis pas si irresponsable. Mais imaginons que l'un de mes enfants devienne un immortel, je ne serai plus...*

— Seul ?

Connor serra la mâchoire. Je repensai à Raphaël et me demandai si j'avais eu d'autres enfants, sans le savoir, avant ou après lui. Qu'il soit immortel était une bénédiction.

— J'aurais une famille, lâcha Connor d'un ton ferme.

— Mais je suis ta famille. Prisca est ta famille.

— Père aussi ?

— Ce n'est pas pareil.

— Tu mènes ta vie au château. On a seulement vécu quelques mois ensemble depuis toutes ces années. Prisca, c'est pareil. Père est tout ce que tu veux, mais je le vois souvent, lui.

— Père a fait de toi son bourreau. Tu sais comment il t'appelle ? "Le bourreau des cœurs", parce que tu arraches toujours le cœur du coupable dont la faute est la plus lourde.

— Il m'appelle comme ça ?

Il s'esclaffa de nouveau.

— Qu'est-ce qui te fait rire ?

— C'est un nom qu'il aurait dû t'attribuer, à toi.

— Tu es impertinent.

— Tu es dans la mélasse.

— Tu as tout à fait raison.

Le fiacre s'arrêta devant l'immense entrée du palais indien. Le magnifique porche, soutenu par des colonnes de marbre blanc, était orné de délicats motifs floraux. De beaux jardins symétriques s'étendaient devant nous. La décoration me paraissait trop clinquante, mais je ne pouvais que m'incliner devant la majesté du lieu.

Sous la grande porte voûtée se tenait Prisca, et neuf demoiselles l'entouraient. Je soupirai. Connor me tapa dans le dos avec un large sourire.

APRÈS AVOIR AFFRONTÉ cette épreuve et ce si long voyage, je pris un bain pour détendre mes muscles. Puis je rejoignis ma sœur et mon frère. Tandis que je descendais les marches, je réalisai soudain que c'était la première fois que nous dînions seuls tous les trois.

— Prisca, je suis vraiment heureux d'être ici, dis-je, inspiré par cette pensée, *quand j'entrai dans la vaste salle à manger du palais.*

— Connor me parlait pourtant de tes appréhensions quant à ce séjour. J'ai beaucoup souri, si tu veux savoir.

— Eh bien, j'aurais volontiers pu me passer de cet accueil si... féminin. Tu savais très bien ce qu'il se passerait.

— Mes plus chères amies se sont bien comportées.

— Pas toutes.

Elle serra les lèvres pour ne pas glousser.

— Je ne t'envie pas, tu sais ?

— Notre frère m'a dit la même chose, tout à l'heure. Vous êtes-vous donné le mot ?

Elle rit.

— Venez donc vous installer.

Nous prîmes place tous trois au bout de la grande tablée. Prisca avait ses cheveux blonds relevés dans un élégant chignon et portait une robe de style victorien. Son corset mettait en valeur la finesse de sa taille. Ses jupons étroitement ajustés au niveau des hanches s'évasaient sur ses jambes grâce aux armatures de sa crinoline.

— Je suis ravie de vous avoir tous les deux, ici, mes frères, déclara-t-elle de sa voix cristalline.

Connor et moi sourîmes de conserve.

— Peut-être serait-ce une bonne chose de convenir de ce genre de rendez-vous plus souvent.

— Ça perdrait de son extraordinaire exceptionnalité, ironisa Connor.

— Eh bien, moi, j'affirme que c'est une excellente idée ! lança Prisca en levant son verre.

Nous dînâmes dans une atmosphère étrangement sereine. Ce soir-là, mon père ne faisait pas partie de l'équation. Je pensais, alors, à ce que seraient nos vies sans l'autorité du Grand Maître. C'était la première fois que je me posais aussi clairement la question. Puis nous parlâmes du quotidien de notre charge seigneuriale et plus le temps passait, plus j'espérais que se multiplient ces rencontres entre nous.

Je ne savais pas encore qu'après les événements qui se produiraient au cours de ce séjour, aucun de nous ne penserait à fixer de nouveaux rendez-vous. »

· · ·

— Est-ce captivant ? s'enquit Raphaël.

— Ça l'est toujours, dis-je, en m'extirpant de mes pensées projectives.

Il me fallut une minute pour que l'image du visage de Connor s'estompe de mon esprit. Ma lecture des journaux avait aussi ce but… Le revoir.

J'étais à demi allongée dans ce joli coin de l'hacienda où un fauteuil deux places suspendu me permettait d'enchaîner mes lectures dans le plus grand confort. Raphaël s'assit à mes pieds et s'attacha les cheveux dans un chignon imparfait. J'adorais quand il se coiffait de cette manière. Son port de tête était si majestueux que j'aimais voir sa nuque sous les quelques mèches rebelles qui s'échappaient de cette coupe approximative.

— Durant tes trois cent vingt-neuf années d'existence, y'a-t-il des périodes de l'Histoire que tu as appréciées plus que d'autres ? m'enquis-je en fermant le journal n° 76.

— Pour ta gouverne, j'ai fêté mes trois cent trente ans il y a un mois.

— *Fuck* ! Je ne savais pas ! Je ne te l'ai même pas souhaité !

Il se mit à rire face à mon expression confuse.

— Rassure-toi, tu n'aurais pas pu le faire, j'étais mort.

— Oh oui, c'est vrai… commentai-je, encore plus embarrassée. Mais on doit quand même fêter ça !

— Je ne fête plus mes anniversaires depuis au moins… Je ne sais même plus, tant ça remonte à loin.

— OK, alors je vais m'en occuper. Je vais prévoir un gâteau énormissime !

— Aucun gâteau ne supportera trois cent trente bougies.

— Ouais, ça risque d'être compliqué. Qu'est-ce qui te ferait plaisir ?

— Tu me poses vraiment cette question ?

— Euh… Oui, je te la pose.

Il tapota son menton de son index. Sa réflexion marqua une petite ride très mignonne au milieu de son front.

— Un baiser, dit-il après ce court silence.

— Pardon ?

— Un baiser. De toi.

— Raphaël…

Je me redressai, tandis que mes joues s'harmonisaient avec la couleur des roses.

— Je ne pense pas que ce soit une bonne idée, déclarai-je, troublée.

— Tu m'as demandé ce que je voulais. Je te le dis.

— Je pensais à… Je ne sais pas, moi… une montre !

— Une montre ? répéta-t-il, perplexe.

— Bah oui. Tu n'en as pas.

— Je n'ai pas vraiment envie de compter les heures de mon éternité. Je préfère un baiser.

Je baissai les yeux, un peu gênée. Je ne pouvais pas lui en vouloir de tenter sa chance, j'avais ouvert la voie. En me rendant en Espagne, il n'était pas exclu que j'accepte les conditions de l'accord qu'il avait passé avec Connor. Mais je n'arrivais toujours pas à me faire à l'idée de m'impliquer émotionnellement avec Raphaël, tout en pensant à Connor avec autant d'intensité. Je n'étais pas prête à mettre de côté mes souvenirs que je ressassais encore chaque jour. Je me complaisais dans mon chagrin et ne voulais pas que le trou béant dans mon cœur cicatrise. Le manque de lui était tout ce qu'il me restait. Raphaël, qui comprit que mes réflexions s'agitaient dans mon esprit, n'insista pas davantage et se leva.

— J'étais venu te demander si tu accepterais de déjeuner en tête à tête avec moi.

— Raphaël…

— Quoi ? Nous déjeunons ensemble tous les jours.

— Pas que tous les deux.

— Donc nous ne pourrons plus manger au restaurant à deux ?

— Au restaurant, ce n'est pas possible. La dernière fois, j'ai été empalée.

— Donc dans un autre lieu, tu serais d'accord ?

— Euh… Je crois, oui. Ça dépend du lieu.

— Me fais-tu confiance ?

— Absolument pas !

Il s'esclaffa. Je me retins de l'imiter.

— Si tu refuses, poursuivit-il, j'insiste pour recevoir mon cadeau d'anniversaire immédiatement.

— Bon, OK !

— OK, quoi ? Le baiser ou le déjeuner ?

— Le déjeuner.

— Alors, habille-toi confortablement, mets un maillot de bain, et rejoins-moi dans une heure à l'arrière de l'hacienda.

— On part à la plage ?

— Non, pas tout à fait.

— Dans une heure ? relevai-je. Comment tu le sauras puisque tu n'as pas de montre ?

— Non, Plume. Tu ne me feras pas changer d'avis sur mon cadeau !

Ses yeux gris se plissèrent dans un sourire. Le soleil nimbait sa peau hâlée. Son visage était si captivant que je dus baisser les yeux lorsque je m'aperçus que je le fixai un peu trop longtemps.

Après tout, juste un baiser...

Je RETROUVAI Raphaël à l'arrière de l'hacienda, comme convenu. Ma surprise fut totale lorsque je vis deux chevaux andalous pure race, scellés et préparés pour une balade. J'esquissai un large sourire en caressant le chanfrein du premier.

— Elle s'appelle Volta, m'annonça Raphaël.

— Elle est magnifique.

— Elle est surtout très rapide.

— Voyons ça !

Je mis aussitôt un pied à l'étrier et me hissai sur le dos de Volta. Raphaël sourit et monta à son tour d'un mouvement souple.

— Mais pas aussi rapide qu'Hector ! lança-t-il en tapant sur son encolure. Hein, mon vieux ?

Comme si son cheval avait compris que Raphaël s'adressait à lui, il hennit un peu et dressa ses naseaux en secouant sa crinière. Puis son cavalier claqua des talons et Hector se rua sur le chemin caillouteux.

— Volta, à nous deux !

Je talonnai Volta à mon tour et elle s'ébroua avant de partir au galop. La jument était réellement rapide, car il ne lui fallut que peu de temps pour rattraper Hector et Raphaël.

— La direction ? demandai-je.

— Tout droit !

— OK, mousquetaire ! Essaie de me rattraper si tu l'oses ! Ya !

Volta s'élança, et le vent caressa mon visage. Les muscles de mes jambes se bandèrent, tandis que j'écoutais le formidable bruit des sabots de mon Andalouse frappant le sol. Raphaël réussit à s'engager sur ma gauche. Je jetai un coup d'œil sur lui. Son chignon n'en était plus un, tant la vitesse malmenait sa longue crinière noire. Il perdit son élastique dans la course. Je lâchai un peu les rênes, claquai à nouveau des talons ; je me délectais de cette sensation de liberté sur le dos de ma monture. Raphaël tenta de me dépasser, mais Volta ne se laissa pas distancer et galopa plus vite encore. Nous nous sourîmes alors que nous nous évertuions chacun à doubler l'autre.

— À gauche ! s'écria Raphaël.

Nous bifurquâmes sur un étroit sentier et dûmes rapidement adopter le trot. Les arbres déployaient leurs branches dans une ombre bienvenue, les oiseaux et les cigales chantaient. Nous arrivâmes devant un lac, dont l'eau scintillait sous les rayons du soleil. Une clairière permettait de profiter de la vue, auréolée d'une forêt de pins.

— Laisse Volta récupérer, Plume. Tu vas manger un véritable pique-nique espagnol !

Ma bouche afficha un « O » de surprise. L'attention était charmante, la balade exquise, le cadre merveilleux, et cela n'était pas désagréable de sortir un peu de l'hacienda.

Raphaël partit un instant à l'orée du bois et revint les bras chargés d'un panier et d'un sac. Il avait dû tout emmener avant notre départ de l'hacienda. Tandis qu'il disposait la couverture et notre déjeuner, je profitai de ce moment paisible et de la vue saisissante du soleil miroitant sur les eaux calmes du lac. Quand nous fûmes installés, je dégustai de la charcuterie avec un verre de vin et manifestai une profonde faiblesse pour le jambon serrano.

— C'est un très bel endroit, lui dis-je, conquise.

— J'y viens souvent.

— Tu restes la plupart du temps en Espagne, ou il t'arrive de partir vivre ailleurs ?

— Ici est mon ancrage. Mais je voyage beaucoup. Je crois avoir visité tous les pays de cette planète.

— Y'en a-t-il un qui t'a marqué plus que les autres ?

— J'ai un faible pour l'Égypte. J'ai une petite maison proche d'Alexandrie, j'y vais assez souvent.

— Et pourquoi l'Égypte ?

— Son histoire, les pyramides, le Nil... Je suis tombé amoureux de ce pays.

— J'aimerais le découvrir.

— Un jour, je pourrais t'y amener.

Mes yeux se portèrent vers le lac.

— Pourquoi pas.

Un silence suivit mes paroles. Je sentis le poids du regard de Raphaël sur moi. L'image de Connor se matérialisa dans mon esprit, mais je tentai de la repousser. Raphaël méritait que mon humeur reste agréable. Je voulais lui être agréable. Et le temps passait... Le temps passait sans Connor... et mon cœur se serra malgré tout.

Raphaël ôta son tee-shirt et son pantalon. Revoir son corps était un rappel de ces mois vécus dans le bunker, et de ces nuits passées au château. Il n'eut pas l'air de remarquer mon trouble et partit en direction du lac, vêtu d'un simple boxer noir. Il ne mit pas longtemps avant de s'enfoncer dans les eaux. Quand il en ressortit, sa peau mate luisait à la lumière des rayons du soleil.

— Tu sais que ta mère a provoqué une vague gigantesque lors de l'attaque de l'île d'Eos ?

— On me l'a raconté, répondis-je.

— As-tu déjà utilisé ta télékinésie sur l'eau ?

— Jamais, affirmai-je en me levant, soudain impatiente de le faire.

Une nébuleuse cristalline s'éleva et forma une arche au-dessus du corps de Raphaël. Cette vision majestueuse de son torse humide, de sa chevelure plaquée sur ses épaules et de son sourire face à la manifestation aqueuse de son prodige me subjugua. J'ôtai mon pantalon et mon tee-shirt, dévoilant ainsi le bikini bleu nuit que je portais. Je me tortillai un peu en constatant que Raphaël parcourait mon corps des yeux. Mais je préférai ne pas songer à ce que ses pensées semblaient lui dicter et allai le rejoindre. Quand je posai un premier pied dans l'eau, elle se dressa en deux lignes parallèles, tel un rideau, et forma une allée menant tout droit à Raphaël. Je concentrai mon pouvoir, et plusieurs jets se dirigèrent sur lui. Il me sourit et avança dans ce couloir éphémère. Lorsque je ne fus plus qu'à quelques mètres, la forme de l'eau sinua comme un gigantesque serpent et s'érigea tel un barrage devant Raphaël. Je fixai mon regard sur le rideau liquide et me concentrai afin d'y dégager un espace. Raphaël n'était plus là.

— On me cherche, Plume ?

Je me tournai vivement et lui fis face. Il était proche, trop proche. Sa carrure massive masquait la vue de la clairière derrière lui, sa peau nimbée de reflets scintillants attira aussitôt mon regard. C'est alors que le lac s'agita. Les eaux se rassemblèrent et formèrent une cascade au-dessus de nos têtes. Mes cheveux se plaquèrent sur mon visage. J'y portai les mains pour les dégager, mais il me devança. Quand j'ouvris mes paupières, l'eau ruisselait sur nous. Mes yeux accrochèrent les siens, son sourire m'hypnotisa. Des couleurs arc-en-ciel traversaient chaque goutte, qui s'écrasait sur les épaules de cet homme au physique divin. Il me prit la main et posa un délicat baiser dans ma paume. Je l'observai sans dire un mot. Je ne voulais pas qu'il se fasse des idées, mais en même temps, son contact et son attention m'apportaient une forme de réconfort que je ne pouvais repousser.

— Allez, viens, rentrons, petite plume.

Je lui souris. Il posa ses deux mains autour de mon visage et me déposa un baiser sur le front. Je refoulai une envie de le serrer contre moi. J'avais envie de le serrer contre moi. Il se tourna et se dirigea vers la clairière.

— Attends ! lui criai-je.

Je concentrai mon pouvoir et utilisai les eaux du lac pour qu'il revienne. Une vague s'éleva devant lui et le porta jusqu'à moi. Dès qu'il fut à ma portée, j'attrapai sa nuque et me hissai jusqu'à son visage.

— C'est juste un cadeau, Raphaël.

— Juste un cadeau, répéta-t-il, ses yeux déjà fixés sur ma bouche.

Je posai mes lèvres sur les siennes et me rappelai aussitôt toutes les fois où nous nous étions embrassés. Je me rappelai ce dîner où il m'avait caressée sous une table, ou quand nous avions fait l'amour pour la première fois. Je me remémorai sa bouche parcourant ma peau et sa langue explorant mon corps. Ces souvenirs agitèrent mes entrailles. La chaleur de ses lèvres irradiait mon visage. Son corps humide pressé contre le mien m'électrisait la peau. Je me détachai de Raphaël, consciente des émotions qu'il provoquait en moi.

— Bon anniversaire, Raphaël.

— Je pense que je vais recommencer à le fêter, après ça, dit-il, son regard chargé du désir qu'avait déclenché chez lui cet acte charnel.

Je lui souris, sentant encore sur mes lèvres le goût de ce baiser.

Mais ce n'était qu'un baiser...

Même si je l'avais apprécié, même si je devais admettre que continuer ne m'aurait pas dérangée, et même si mon attirance pour Raphaël était manifestement toujours intacte, mon cœur n'appartenait qu'à Connor... Ce jour-là, je le sus tout à fait.

Il était encore là. Tapi dans un coin de ma cervelle, et j'entendais sa voix me dire « Tu me cherches, princesse. »

Cette fois, tu es difficile à trouver...

9 JOURS...

CHAPITRE 39

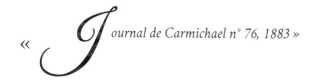

« *Journal de Carmichael n° 76, 1883* »

« QUAND PRISCA *nous présenta sa sélection, Connor et moi siégions sur deux méridiennes en velours pourpre et aux moulures dorées. Le palais était trop clinquant à mon goût. Mon frère partageait cet avis. Il était rare que nous partagions des opinions communes, aussi nous ne cessâmes de taquiner Prisca pour son goût immodéré du luxe et de la couleur. Mais il n'était plus l'heure de s'appesantir sur les ornements de la place forte du Territoire de l'Est. Nous étions venus chacun recruter deux guerrières, et personne ne savait aussi bien détecter le potentiel des natives les plus émérites que Prisca Burton Race.*

Six jeunes femmes se présentèrent. Mon don d'attraction attira aussitôt l'attention de ces dames, et je levai les yeux au ciel en constatant le manque de maîtrise de deux d'entre elles. Mon regard s'attarda sur la dernière que Prisca nomma Calliope. Elle fixait mon frère avec des yeux déterminés à attirer son attention. Cela m'intrigua. Je pouvais nettement ressentir que ma présence la malmenait, mais elle s'évertuait à contempler mon frère, et pas moi. Quand elle s'avança pour se présenter et nous parler de son pouvoir de puissante, à aucun moment elle ne détourna ses yeux de Connor.

— *Je souhaite vous servir dans le Territoire de l'Ouest.*

— *Pourquoi ça ? demanda mon frère, sans s'émouvoir un instant de l'attention manifeste de la jeune femme.*

— *Car je vous veux, vous.*

Connor marqua un bref instant de surprise. La jeune femme blonde aux yeux noisette sentit des ailes lui pousser quand mon frère lui adressa un sourire. Elle déchanta vite.

— *C'est très aimable à vous de me porter autant d'intérêt, mais vous ne ferez pas l'affaire.*

Le regard stupéfait par cette rebuffade, elle avait le rose qui lui montait aux joues.

— *Laissez-moi une chance de vous convaincre.*

— *Vous venez de l'avoir, ça n'a pas été concluant.*

— *Comment puis-je vous faire changer d'avis ?*

— *Écoutez, dit Connor en se levant et se postant juste devant elle.*

Il posa un doigt sous son menton. Je sentis que la température du corps de la jeune demoiselle grimpait de quelques degrés.

— *Je sais reconnaître une intrigante quand j'en vois une, asséna-t-il, devant ses yeux effarouchés.*

— *Je ne suis pas une intrigante ! se défendit-elle.*

— *J'en doute.*

— *Et je partage l'avis de mon frère, asséna Prisca, qui n'en revenait toujours pas du culot de la jeune femme.*

L'affaire était classée. Du moins pour l'instant. Connor et moi choisîmes les deux plus aptes à remporter des combats au corps à corps. La vitesse était un atout, certes, mais lorsqu'il s'agit de se battre, c'est à la fois la force et l'intelligence de bien l'utiliser qui comptent. Je rentrai donc vers mes appartements quand je croisai une jeune femme dans le couloir, chargée d'un coffre qu'elle semblait avoir de la peine à transporter. Elle se tourna aussitôt vers moi, sous l'effet de mon pouvoir magnétique. Ses joues se colorèrent agréablement.

— *Puis-je vous aider ? demandai-je en inclinant la tête.*

— *Euh... Volontiers, merci, répondit-elle d'une voix claire, qui laissait présager de sa douceur.*

Le coffre était lourd et devait sans doute contenir des briques. Ma force naturelle ne le perçut que par la résistance que j'éprouvais en lui prenant des mains. Elle n'était pas une puissante ni une télékinésique, de toute évidence.

— Vous êtes télépathe ?

— Oui, Monseigneur, dit-elle en affichant une expression intriguée. Mais je ne peux pas lire en vous.

— Personne ne le peut, rassurez-vous.

J'entendis moi-même comme soudain ma voix s'était faite rauque. Ses joues devinrent écarlates. Son corps se tortilla. Je la trouvai à mon goût. Brune, les pommettes saillantes, des yeux en amande d'un noir étincelant et une poitrine généreuse. Je m'étais pourtant promis de prendre sur moi et d'éviter les distractions durant ce séjour. Mais les yeux ensorcelants de cette splendide demoiselle échauffaient déjà mon esprit.

— Comment vous appelez-vous ?

— Mila. Mila Flores.

— Et d'où venez-vous, Mila ? Je crois détecter un accent latin dans vos paroles.

Nous atteignîmes une porte qui ouvrait sur la bibliothèque. Elle m'indiqua une table où je pus poser le coffre.

— Je suis madrilène.

— Et pourquoi n'avez-vous pas préféré vivre sous ma seigneurie, plutôt que sous celle de Prisca ?

Elle esquissa un mouvement pour que nous quittions la pièce, mais je lui attrapai le bras pour la retenir.

— Vous êtes pressée ?

— Euh... non. Je ne veux pas vous faire perdre votre temps, Seigneur.

— Carmichael. Appelez-moi Carmichael.

— Je connais déjà votre prénom, Seigneur.

Je souris et allai m'installer sur un fauteuil. D'un geste du bras, je lui désignai celui face à moi. Elle sembla hésiter, puis se décida à s'asseoir.

— Mes parents ont préféré partir il y a quelques années, à cause de problèmes d'argent. Votre sœur nous a accueillis ici. Depuis ce temps-là, je vis auprès d'elle.

— Et quelles sont vos fonctions ?

— Je suis une spécialiste en objets rares. Votre sœur a un certain goût pour les antiquités et je l'aide dans ses recherches.

— *Alors, c'est à vous que nous devons cette multitude d'ornements dans ce palais ?*

Elle me sourit.

— *Je ne fais que dénicher les objets, je n'en dispose pas après les avoir trouvés.*

Un silence suivit cette réponse. Je contemplais son port de tête et son regard hypnotique. Elle baissa les yeux, consciente de mes intentions. Je tentai péniblement de maîtriser les émotions qui me traversaient, tandis que je m'efforçai de canaliser mon don, bien malmené depuis mon arrivée en ces lieux.

— *Vous êtes captivante, Mila. Puis-je vous appeler Mila ?*

— *Oui, répondit-elle timidement.*

— *Qu'avez-vous apporté dans ce coffre qui nous vaut cette délicieuse rencontre ?*

— *Des éditions rares de littérature ottomane.*

— *J'espère que vous aurez la délicatesse de me montrer toutes les belles pièces de ce palais, et que ma sœur vous doit.*

— *Si vous le souhaitez, je peux vous les montrer maintenant.*

Elle se leva, empressée, et son regard se reporta sur moi. Je me levai à mon tour et m'approchai d'elle. Je lui pris la main et ressentis aussitôt une secousse dans mes entrailles. Elle respira plus vite, mais garda ses doigts enchevêtrés autour des miens.

— *Je n'ai pas dit que nous devions le faire immédiatement, Mila. Souhaitez-vous donc tant me quitter ?*

— *Oh non, je... suis juste... Mes parents seraient...*

— *Vos parents ne sont pas là, que je sache.*

Elle baissa la tête. Je posai mon autre main sur sa joue brûlante. Elle releva les yeux et fixa les miens de longues secondes. Elle n'avait pas l'air d'avoir conscience que son corps se rapprochait du mien.

— *M'autorisez-vous à vous embrasser, Mila ?*

Elle ne répondit pas, mais ses lèvres appelaient déjà les miennes. Mon chant l'avait attirée dans ses filets, et je me réjouissais déjà de poser ma bouche sur ses lignes charnues. J'y déposai un premier baiser chaste et d'une douceur infinie, effleurant ses lèvres, puis le creux de son cou. Ses yeux se fermèrent, sa bouche s'entrouvrit. Le deuxième baiser m'invita à rencontrer sa langue. Le troisième avait enflammé son esprit et le mien, et je passai toute la nuit dans les bras de Mila. »

— EH BAH, si ça c'est pas une méchante surprise ! s'exclama une voix sur ma gauche.

— Wassim ! criai-je, en reconnaissant mon si cher ami d'Altérac.

Elias, son frère jumeau, se tenait juste derrière lui et se jeta sur moi avant de me hisser dans ses bras.

— Putain, tu m'as manqué, petite chose blonde !

— Moi aussi, vous m'avez manqué les gars. Qu'est-ce que vous faites ici ?

— Les vacances scolaires ! Enfin ! lança mon cousin Guillaume en s'approchant.

Mon cousin portait une chemise blanche, ouverte au col. Ses cheveux bruns étaient retenus par des lunettes de soleil, et ses yeux bleus semblaient plus clairs qu'à l'accoutumée sous le soleil de midi.

— Comment vas-tu ? Ils n'ont pas été trop pénibles ? demandai-je en riant de voir la tête déconfite de mes deux amis, à l'écoute de cette petite taquinerie.

— Tu sors déjà les armes, Valérian ? dit Wassim en haussant les sourcils. Tu vas mordre la poussière !

— J'aimerais bien voir ça.

— Oui, eh bien, une minute. On doit donner des trucs à Johnny de la part de notre père. On se voit tout à l'heure, ma belle !

Je ne pus retenir une mine affligée de les voir partir si vite, mais l'affaire devait être importante pour qu'ils souhaitent se débarrasser de leur mission. Et personne ne faisait patienter Johnny sans s'exposer à de lourdes représailles.

— Elvis et Soraya sont restés dans le lieu tenu secret que j'ai choisi pour leur sécurité, m'expliqua Guillaume. Elias et Wassim sont en vacances deux semaines, alors nous avons décidé de sortir un peu de notre cachette pour venir vous retrouver. On est d'abord allés voir mon père, puis nous avons loué une voiture pour venir jusqu'ici.

— Une bien longue route !

— Je ne te le fais pas dire. Et imagine ce temps passé avec deux jumeaux qui se relaient tout le trajet pour demander quand est-ce qu'on arrive !

— Tu dois être épuisé !

— Je suis au bout de ma vie ! lâcha-t-il. J'ai passé ces dernières semaines à aider ces deux hyperactifs pour leurs cours à domicile. Je loue plus que jamais l'éducation que j'ai reçue lors de mes études à la prestigieuse université Paris 8 pour m'avoir aidé dans cette tâche. Il m'en a fallu de la patience ! Et au moins, mon parcours, ils le respectent !

Je ris et l'invitai à s'asseoir à mes côtés. Son regard se porta sur le journal de Carmichael.

— Tu continues de les lire ?

— Oui. J'espère y trouver un indice ou quelque chose qui nous mènera aux membres du Collectif Delta. Nous avons appris qu'un immortel était sans doute à la tête de l'organisation, alors peut-être que je le trouverai dans ces lectures. C'est forcément quelqu'un que Carmichael a connu. Personne ne lui en voudrait au point de le faire abdiquer et tuer sans une bonne raison. Il a dû se passer quelque chose en rapport avec lui.

— Ou peut-être ta mère.

— Ouais… ou ma mère.

— Ou peut-être les deux, supposa-t-il encore, à juste titre.

— C'est possible. Mais, au moins, j'ai l'impression de me rendre utile en les lisant.

— Et ta lecture t'amène à retrouver Connor, pas vrai ?

Entendre son nom me fit tressaillir. Je marquai une expression de surprise. Mes joues rosirent aussitôt. Mon cousin me connaissait bien et n'était pas dupe. Maintenant que je me trouvais loin de Connor, et même si je ne voulais pas entendre parler de lui, je me plongeais dans les mémoires de Carmichael avec avidité. Il m'arrivait même de sauter certains passages sans intérêt, si ce n'était celui de l'auteur, pour parvenir à trouver des moments où il était évoqué. Quand ce dernier, comme c'était le cas dans le dernier texte, était physiquement présent, je le détaillai de mon regard projectif. Il portait ses costumes d'époque avec une prestance saisissante, et ses cheveux longs toujours noués en arrière affinaient son visage. J'avais eu dans l'idée d'écrire moi-même mes propres mémoires pour ne plus rien oublier, en couchant sur le papier le mois que j'avais vécu avec lui. Quelle n'avait pas été ma déception quand j'avais réalisé que mon pouvoir de projection ne fonctionnait pas avec mes propres souvenirs ! Est-ce parce que justement j'avais moi-même vécu ces souvenirs ? Je ne le savais pas. Mais le résultat était là, alors je devais veiller à ce que ces souvenirs ne s'estompent pas.

— Pardon, Izzy, me lança mon cousin. Je n'aurais pas dû.

— Ce n'est rien. Tu as parfaitement raison. Je suis pathétique, n'est-ce pas ?

— Non, je ne crois pas.

— Il me manque.

— J'ai su, par l'intermédiaire d'Ethan, à quel point vous étiez devenus proches juste avant son mariage, et les raisons qui ont motivé son union avec Stella.

— C'est pour ça que je dois lire ces journaux. Je dois mettre la main sur ceux qui nous ont fait ça.

— Ethan met déjà de nombreuses ressources pour retrouver les membres du Collectif. Avec Connor, ils ont établi une liste des personnes mortes sur l'île d'Eos. Si des parents sont encore en vie, on enquête. Prisca a envoyé des télépathes pour sonder l'esprit de ceux que nous avons déjà découverts, et Connor fait vérifier leurs emplois du temps, leurs antécédents, bref, tout ce qui pourrait nous aider. Certains d'entre eux manquent à l'appel. On suppose que ce sont eux, les coupables.

— Tu participes à cette enquête ?

— Il faut bien que je m'occupe si je ne veux pas devenir accro aux jeux vidéo. Les jumeaux vont me rendre fou !

— Oh merde…

— Tu peux le dire. Maintenant qu'ils prennent des cours à domicile, Elvis doit taper du poing sur la table pour qu'ils lâchent leurs manettes et se mettent à bosser. Je ne compte plus le nombre de fois où je l'ai vu soupirer après une énième répartie mordante de sa progéniture.

— Mon pauvre Guillaume… lançai-je, avec un sourire facétieux.

— Moque-toi !

Il se lança alors sur moi et me chatouilla les côtes. Je ris tant que nous attirâmes un public. Johnny et Jésus furent les suivants à venir me torturer, Wassim et Elias ne se firent pas prier longtemps.

QUAND LE SOIR FUT VENU, nous savourâmes le délicieux repas que Guillaume avait cuisiné avec bonheur.

— Mais pas tous les soirs ! annonça-t-il aussitôt que les remarques élogieuses commencèrent à s'accumuler.

— Guil, je suis sûr qu'on peut négocier, lui dit Johnny. Personne ici n'est foutu de faire cuire un steak.

— T'exagères ! m'insurgeai-je. T'oublies un peu mes délicieux burgers maison et ses pommes de terre au four au cheddar fondu.

— Crois-moi, j'espère un jour les oublier.

Ma moue choquée en fit rire plus d'un.

— Mon foie porte encore les stigmates de cette soirée, reprit Johnny. C'était pas bon, Izzy. Non, vraiment pas bon. Désolé.

Mon regard parcourut la table, et tous baissèrent les yeux en se retenant de sourire.

— Eh bien, tout le monde n'est pas de votre avis ! me défendis-je, en pensant que Connor les avait adorés.

— Ma chérie, je t'aime et je te trouve merveilleuse, rétorqua Johnny, mais si quelqu'un t'a dit que tes burgers maison et tes pommes au four au cheddar fondu étaient délicieux, c'est qu'il avait envie de te baiser. Point barre.

Jésus s'esclaffa devant ma mine déconfite et me passa un bras sur les épaules. Connor avait donc détesté le plat que je lui avais fait ?! Je n'en revenais pas. Il avait tout mangé en me jurant que c'était bon ! Soudain, je souris en songeant qu'il avait dû beaucoup prendre sur lui. Une folle envie de l'appeler pour lui révéler que j'avais découvert le pot au rose s'empara de moi. Je me levai et allai chercher mon téléphone. Je composai son numéro. Puis mes yeux restèrent fixés un moment sur l'écran.

Il est marié. Il est marié maintenant. À quoi ça va te mener de l'appeler ? Que vas-tu lui dire, ensuite ? Il refait sa vie en attendant... en attendant quoi ? Que tout s'arrête ? Que le Collectif soit démasqué ? Et comment être sûr qu'il le sera ? Même si j'assouvis ma vengeance bientôt, rien ne me garantira que toute l'organisation sera tombée. Il faudra des années, une vie d'homme, pour en être certain. Cela pourrait durer des décennies, autant t'y faire. Et peut-être a-t-il trouvé en Stella une épouse aimante. Elle est brillante, elle sera une bonne reine. Et toi, tu dois t'y résoudre.

Je n'appuyais pas sur le bouton d'appel et posai le téléphone. Je repartis en direction de mes amis.

— Gaby fait super bien la cuisine, mais c'est une feignasse !

— La ferme, Jo ! rétorqua ma mère. Vous êtes trop nombreux, je passerais ma vie aux fourneaux. Je profite donc de ce temps avec mon mari, maintenant que je l'ai retrouvé.

Elle se tourna vers son époux et lui sourit avec tendresse. Carmichael lui prit la main et l'embrassa. Son regard ne la quittait plus depuis son retour.

— Ouais, bah, on est nettement plus tranquille depuis que tu es revenu, Carmichael, poursuivit Johnny après avoir avalé une bouchée. Mais va falloir sérieusement revoir la disposition des chambres.

— Jo...

Carmichael se mit à rire. Johnny interpella Raphaël.

— Tu peux sans doute nous trouver une chambre un peu plus loin que ces deux lapins en rut ?

— Tu dis n'importe quoi, Johnny ! lança ma mère, sans toutefois sembler bien sûr d'elle.

— Toutes les chambres sont désormais prises, désolé, répondit Raphaël, non sans un sourire.

— On veut bien échanger ! clamèrent les jumeaux.

Ma mère tourna vivement la tête dans leur direction avec des yeux écarquillés. Carmichael s'esclaffa de plus belle.

— Tous les deux, vous la fermez ! répliqua Johnny, à l'intention des jumeaux.

— Cette conversation est super gênante, lâchai-je.

— On voit que t'es pas dans notre aile, petite maligne.

— N'exagères pas, Jo ! s'insurgea ma mère. On a compris.

— Qui d'autre que moi peut dire à cette femme qu'elle a le plaisir bruyant ? renchérit ce dernier en la désignant de l'index.

— T'es pas la meilleure personne pour me faire la leçon, figure-toi ! le contra ma mère.

— Je ne vois pas de quoi tu parles.

— *Oh Jésus ! Seigneur ! Oh Jésus ! Seigneur !* Heureusement que des catholiques ne résident pas près de ta chambre, ils pourraient penser que tu pries avec beaucoup d'enthousiasme !

— Ta gueule, Chêne.

Chacun pouffa de rire et les commentaires grivois alimentèrent encore un peu nos discussions et l'ambiance de cette soirée. Puis Ethan tira le fauteuil de Pia jusqu'au salon. Chacun leva son assiette et partit le rejoindre. Carmichael lança une musique qui échauffa les esprits. Wassim et Elias furent les premiers à enchaîner quelques pas, rapidement suivis par ma mère et Johnny. Jésus poussa Carmichael sur la petite piste improvisée, et Prisca se joignit à la troupe. Pia encouragea Ethan à danser, et je crus que ma mâchoire allait se décrocher quand je vis mon oncle esquisser quelques mouvements aux côtés de la sœur de Carmichael. Cette dernière se mit à rire à une phrase soufflée à son oreille, tandis que j'apercevais les yeux ahuris de ma mère, aussi stupéfaite que moi en découvrant que son frère savait très bien danser.

Après une bonne heure de gesticulations, Carmichael choisit une musique douce et envoûtante. Il se serra contre ma mère, et le monde n'appartint plus qu'à eux. Jésus et Johnny leur emboîtèrent le pas, Wassim et Elias allèrent retrouver leur console de jeu. Guillaume partit se coucher. Ethan, qui avait déjà fait un pas pour quitter la piste, sembla soudain se raviser puis se tourna lentement vers Prisca, qui allait elle-même partir. Il lui tendit la main, qu'elle accepta après une courte seconde de surprise. Mon oncle l'attira un peu vers lui et posa une main sur sa hanche. Ce geste avait l'air d'avoir été réalisé sans qu'il respire. Leurs corps n'étaient plus qu'à quelques centimètres l'un de l'autre, leurs regards se croisèrent. Ethan détourna aussitôt les yeux, Prisca baissa un peu la tête.

Je fus arrachée à mon observation par des mains qui s'enroulaient autour de ma taille.

— Si je ne savais pas que tu détestais danser, je t'inviterais sur le champ, me murmura la voix ténébreuse de Raphaël.

— Tu rends un grand service à tes orteils.

Il sourit derrière mon oreille et se mut lentement contre moi. La musique entraîna mon corps à suivre chacun de ses mouvements et nous restâmes ainsi, à observer les autres, tanguant l'un contre l'autre.

6 JOURS...

CHAPITRE 40

« *Journal de Carmichael, n° 76, 1883* »

« LE MATIN, *après cette nuit fabuleuse avec Mila, je pris le petit déjeuner en compagnie de ma sœur. Celle-ci m'avait accueilli en me fusillant des yeux. J'en arrivais presque à espérer que Connor nous rejoigne, ce qui ne devait plus tarder.*

— *De toutes, tu as choisi Mila ? déclara ma sœur d'un ton sec.*

— *Oh, Prisca ! Tu ne peux pas me demander de venir dans ton palais empli d'une foule de natives, et me demander de rester chaste.*

— *Eh bien, finalement si, je te le demande !*

— *Prisca...*

— *Tu agis comme un adolescent. Elles ne sont pas des choses ! Elles ont une vie, des parents, des coutumes ! Tu traverses leur existence sans te soucier des conséquences pour elles !*

— *Bon, très bien ! Je m'excuse !*

— *De toute manière, tu ne la reverras plus, puisque ses parents repartent avec elle dans leur pays natal, grâce à toi !*

— *Comme tu y vas !*

— *Elle a vingt et un ans, Carmichael. Ses parents tenaient à ce qu'elle se préserve pour le mariage.*

— *Je ne vais pas la laisser partir si facilement, dis-je en ignorant sa remarque. Je compte bien profiter de ce petit bout de femme quelque temps encore, si elle l'accepte.*

— *Comme Cécile ?*

— *Comme Cécile.*

— *Et ensuite, elle refera sa vie, trop âgée pour trouver un mari.*

— *Je ne resterai pas avec elle aussi longtemps, si tu me le demandes.*

— *Je te le demande, Carmichael. Quelques mois, pas plus.*

— *Accorde-moi quelques années, ma sœur !*

— *Trois ans. Et elle refait sa vie.*

— *Entendu.*

Je ne pus m'empêcher de pouffer un peu, après cet accord quelque peu inédit.

— *J'ai vraiment hâte que tu tombes amoureux et que l'heureuse élue fasse en sorte que tu gardes ton pantalon bien fermé, déclara Prisca après un lourd silence.*

— *Ce n'est pas demain la veille, ma chère sœur. J'arpente ce monde depuis, quoi ? Deux siècles. Et aucune n'a réussi à enflammer mon cœur. Tu sais bien qu'on ne peut pas se le permettre. Ni toi, ni Connor, ni moi n'avons connu de telles relations. Les conséquences d'un tel attachement sont trop lourdes. Blake en est l'exemple parfait. Qu'il s'immole par le feu, après avoir perdu la femme de sa vie, m'a convaincu qu'il est préférable de me prémunir de ce genre de sentiments.*

— *Un jour, cela nous tombera dessus, et nous ne pourrons rien faire pour l'en empêcher. Cela arrivera forcément.*

— *J'espère que non !*

— *Moi, j'espère que oui.*

Le regard de ma sœur se porta sur son assiette. Son sentiment de solitude me parvint aussi clairement que sa précédente colère. Ses longs cheveux blonds, noués en chignon, dégageaient son visage, et ses yeux bleus ornaient joliment sa peau de lait.

— *Tu te sens seule ?*

— *Je l'admets. Je suis lasse de ne pas trouver, ou plutôt d'avoir peur de trouver un homme pour réchauffer mes nuits.*

— Tu as déjà eu de nombreux amants, pourtant.

— Des amants, Carmichael. Je veux un compagnon de vie, pas un amant.

— Tu connais le prix.

— Évidemment.

— Connor a eu un fils, lâchai-je, pensant qu'il était temps de la tenir informée de cette ahurissante nouvelle.

La réaction de Prisca fut exactement celle que j'avais adoptée lorsque mon frère m'avait annoncé sa paternité.

— Et je pense que ce n'est pas le premier.

— Est-il devenu fou ?! s'insurgea ma sœur.

— Il est comme toi, Prisca. Il cherche quelqu'un pour lui tenir compagnie, sauf que lui ne veut pas de femme. Il veut un être immortel auprès de lui. Une famille.

— Il nous a, nous !

— Tu sais bien que non. Nous sommes Seigneurs de Territoire à des milliers de kilomètres les uns des autres. Il nous a fallu deux mois pour te rejoindre ici.

— Il veut un enfant immortel ?

— C'est la seule façon de s'assurer qu'il ne sera plus seul pour l'éternité. Notre père a réussi trois fois dans cette entreprise, pourquoi pas lui ?

J'omis consciemment de lui parler de l'existence de Raphaël.

— Notre père a eu des centaines d'enfants avant nous ! s'exclama-t-elle.

— Tu crois que ça va arrêter Connor ?

Les portes s'ouvrirent brusquement, et une des caméristes de Prisca fit irruption dans la pièce avec un regard affolé.

— Madame, votre frère, il...

— Il, quoi ?

— Il est mort !

Prisca et moi échangeâmes un regard stupéfait, et nous lançâmes vers la chambre de Connor à la vitesse du vent. La seconde d'après, nous franchîmes le seuil de la pièce et le trouvâmes dans son lit, gisant dans une mare de sang.

Nous apprîmes plus tard que la jolie Calliope, que Connor avait rabrouée lors de la sélection, avait finalement trouvé le chemin de son lit. Son impertinence avait dû séduire mon jeune frère. Elle l'avait poignardé dans son sommeil et s'était échappée dans la nuit. La première mort de Connor avait donc eu lieu sous le toit de Prisca et cela avait beaucoup affecté ma sœur. Il se réveilla trois semaines plus tard et se vengea peu après. Quand il mit la main sur Calliope et les instigateurs de sa mort – des rebelles infiltrés sur son territoire –, il s'attela à mériter le surnom dont l'affublait notre père. Et chacun des traîtres eut le cœur arraché. »

JE FERMAI le journal sur cette lecture horrifiante. L'image de Connor, étendu mort dans son lit, avait provoqué un séisme dans mes entrailles. J'étais si transie d'effroi que je tremblais de la tête aux pieds, et haletais quand je refermai le journal n° 76. *Sa première mort.* Celle qui lui avait valu son premier tatouage, et cette phrase de Shakespeare gravée en gaélique sur le torse « *Certains sont nés grands, certains atteignent la grandeur, et certains ont la grandeur imposée à eux* ». C'était donc une femme qui l'avait tué. Une femme qui avait partagé son lit.

Je repris un peu mes esprits quand Wassim vint me demander de me rendre sur la terrasse.

— Bah, t'as quoi ? On dirait que tu viens de voir un fantôme.

Je tentai de reprendre une respiration plus sereine et de contrôler les spasmes nerveux dans mes membres.

— C'est un peu ça, en réalité.

— Bon, allez, viens, poulette, c'est l'heure de l'apéro !

— *Fuck*, déjà ! lâchai-je en regardant ma montre.

Après une minute, je me sentis prête à l'accompagner et me dirigeai vers la terrasse, où Jésus avait disposé tous les alcools de la maison, ainsi que son fameux cake salé à l'espagnole coupé en dés. Le tout fut consommé très rapidement autour d'une discussion sur les énergies atomiques, devenues la principale ressource d'énergie de la planète, en raison de l'imminente pénurie de pétrole. Comme je ne voyais ni Pia ni Ethan, et que la discussion allait au-delà de mes compétences de profane, je partis en direction de la chambre de mon amie pour prendre de ses nouvelles. Lorsque j'y parvins, je trouvai la porte entrouverte. Je faillis reculer d'un pas quand je vis Ethan, penché sur elle, déposant un délicat baiser sur ses lèvres.

— Tu vas le faire, n'est-ce pas ? lui demanda Pia d'une voix faible.

— Ne dis pas de bêtises.

— Ethan, je t'aime. Mais quand je ne serai plus là...

— Arrête, s'il te plaît, dit-il d'un ton doux, en lui caressant le front.

Je reculais d'un pas et fis marche arrière. Des questions m'assaillirent sur ce que Pia entendait demander à Ethan, mais je pris la décision de ne pas m'attarder sur des suppositions déplacées, après avoir assisté à une scène intime dont je n'aurais jamais dû être témoin.

Je descendais les marches quand un cri perçant me déclencha un frisson dans tout le corps.

— C'est toi ! entendis-je crier Prisca.

Je me ruai vers le salon à toute vitesse, aussitôt suivie d'Ethan. Prisca avait perdu son souffle et fixait Raphaël avec des yeux épouvantés.

— C'est toi ! répéta-t-elle.

— Que t'arrive-t-il, Prisca ? demanda Carmichael en débarquant dans la pièce aux côtés de ma mère.

La minute d'après, le salon était plein. Seule Pia, qui gardait le lit, était absente. Raphaël observait Prisca avec un air ahuri.

— Mais de quoi tu parles ?

— Elle !

Prisca lui tendit quelque chose qu'elle avait dans les mains. Lorsque Raphaël s'en saisit, il changea d'expression. La douleur et l'incompréhension marquaient ses traits, sa respiration hachée soulevait sa poitrine en mouvements irréguliers.

— Où as-tu eu ça ?! demanda-t-il, la voix empreinte de colère.

— C'était là, sur le linteau de la cheminée !

— C'était là ?

— Peux-tu me dire quel rôle tu joues exactement, Raphaël ? s'énerva Prisca, dont tous les muscles étaient tendus.

— Calme-toi, ma sœur ! lança Carmichael en haussant la voix.

— Que je me calme ! Il te hait, Carmichael ! Il te hait ! C'est pour cette raison qu'il nous a tous trahis !

— Raphaël et moi avons réglé nos différends. Je méritais sa haine.

— Il n'y a pas que ça !

— Cela ne te regarde pas, Prisca ! tonna Raphaël qui ne se calmait pas.

Devant cette attitude que je ne lui connaissais pas, sans parler de celle, ahurissante, de Prisca, je m'élançai et m'arrêtai près de Raphaël et de l'objet qu'il avait entre les mains, et qu'il semblait chérir aussi précieusement qu'un trésor inestimable. C'était un portrait. Je fixai des yeux la femme photographiée, à une époque si lointaine que des taches blanches parsemaient l'image. Le portrait était celui d'une femme prise vers la fin du XIXème siècle, à en juger par la posture du modèle, ses vêtements, et sa coiffure. Elle ne souriait pas, comme le voulaient les standards des clichés de l'époque. Mon cœur manqua un battement en le découvrant. Le sang quitta mes joues. Je me reculai de quelques pas en dévisageant Raphaël avec des yeux effarés.

— C'est elle ? réussis-je à dire. C'est elle dont tu m'as parlé ? La femme que tu as aimée ?

— Oui, c'est elle, confirma-t-il en reposant les yeux sur la photo. Mais ce portrait était dans ma chamb…

— C'est pour ça que tu le hais tant, n'est-ce pas ? continua Prisca, véhémente.

Je tournai ma tête vers Carmichael, et vit qu'il ne comprenait pas un traître mot de ce qui était en train de se passer. *Oh mon Dieu !*

— Je te demande de te mêler de ce qui te regarde ! vociféra Raphaël qui n'en tenait plus des accusations de sa tante.

— Je crois que tu devrais baisser d'un ton, asséna Ethan qui se positionna subtilement un pas devant Prisca.

— Ton père a tué ta mère, poursuivit-elle, et t'a tué, toi ! Mais ce n'est pas tout, n'est-ce pas ?

Des chuchotements et des exclamations accueillirent la révélation du Seigneur du Territoire de l'Est. Sa colère avait fait rosir ses joues, ses yeux n'étaient plus que flammes.

— Arrête, Prisca ! lui lançai-je, sentant ce qui allait suivre. Il y a une erreur. Une grosse erreur !

— Ce que tu veux te borner à croire, car tu as des sentiments pour lui, Isabelle !

— Arrête ! Je t'en prie, insistai-je. Ne dis plus un mot !

— Mais putain de quoi vous parlez ?! lâcha ma mère, excédée.

— Raphaël est l'immortel que nous recherchons.

Un silence de plomb suivit cette accusation froide de Prisca. Raphaël eut l'air de prendre un coup de poing dans l'estomac. Son regard se portait partout autour de lui. Hébété, il recula d'un pas.

— Qu'est-ce que tu racontes, ma sœur ? la somma de s'expliquer Carmichael.

— Dis-nous comment s'appelle cette femme sur ce portrait, Raphaël !

Il observa le cadre dans ses mains tremblantes.

— Ne le dis pas, Raphaël ! l'implorai-je en lui attrapant le bras. Je t'en prie, ne le dis pas.

— Mila, révéla-t-il d'une voix plus incertaine. Mila Flores.

Mes yeux se tournèrent vers Carmichael, qui avait pâli. Je compris que Mila avait sans doute fait partie de sa vie durant les trois années que sa sœur avait fixées, pour qu'il s'en souvienne aussitôt que son nom fut prononcé.

— Tu as appris que ton père l'avait déflorée et avait vécu une relation avec elle, c'est ça ? l'accusa sèchement Prisca. C'est toi, Raphaël, admets-le ! Le meurtre de ta mère, ton propre meurtre, et cette révélation, c'était trop pour que tu puisses lui pardonner ! Depuis quand prépares-tu ta vengeance ?

Je sentis les muscles de Raphaël se tendre. Sa respiration allait vite, trop vite. Son visage se détourna lentement vers son père.

— Tu as couché avec Mila ? Tu as vécu avec elle ?

Ma mère gigota aux côtés de son mari et se rapprocha de lui. La colère sourde dans la voix de Raphaël était perceptible pour chacun de nous. Carmichael resta mutique.

— Je comprends maintenant, déclara son fils. Elle m'a quitté du jour au lendemain. Mais aujourd'hui, je me rappelle la discussion que j'ai eue avec elle avant son départ. Je lui avais confié qui était mon père !

Sa tonalité furieuse déclencha un frisson le long de mon échine.

— Raphaël, je suis désolé, murmura presque Carmichael. C'était sans doute bien avant que tu la rencontres.

Raphaël jeta le portrait qui se fracassa contre un mur. Le souffle court, il fusilla son père du regard.

— Même elle, tu me l'as prise ! tonna la voix emplie de rage de Raphaël.

Prisca s'agita un peu, comprenant que Raphaël ignorait la relation de Carmichael avec Mila. Moi-même, je l'avais récemment découverte et m'étonnais de la coïncidence de cette lecture. Raphaël fit volte-face et se dirigea vers l'extérieur de l'hacienda. Je le rattrapai dans le couloir et retins son bras.

— Raphaël, lui dis-je doucement, reste avec moi.

Ses yeux accrochèrent un instant les miens. Je le sentis hésiter, mais sa peine et sa colère étaient si fortes qu'elles irradiaient sous mes doigts.

— C'est Connor que tu veux. Pas moi, lâcha-t-il, plein d'amertume. Ça n'a jamais été moi. Laisse-moi, Isabelle.

Je laissai couler des larmes silencieuses en le regardant s'éloigner. Il tapa du poing sur un mur qui faillit s'écrouler sous l'impact. Puis il partit, et personne ne descendit dîner ce soir-là.

3 JOURS...

CHAPITRE 41

*L*e départ de Raphaël tonna tel un cataclysme. Carmichael s'enferma durant deux jours. Ma mère me confia qu'il était rongé par le remords et exprima ses doutes quant à sa capacité à l'aider à traverser cette épreuve. Il venait tout juste de retrouver son fils, après trois siècles de brouille...

La peine de Carmichael marqua tous les résidents de l'hacienda. L'ambiance festive des derniers jours n'était plus qu'un lointain souvenir. Prisca s'en voulait affreusement, désormais convaincue que Raphaël n'avait jamais su que son père avait eu une aventure avec la seule femme qu'il ait jamais aimée, et qui l'avait quitté en l'apprenant.

Pour moi, l'absence de Raphaël sonna comme le coup de grâce. Je passais mes jours entiers avec lui. Nos discussions, sa présence magnétique, ses mains, ses attentions et tout ce qu'il avait fait, ou tenter de faire, pour m'aider à ne plus penser à Connor me manquaient horriblement. L'expression de son visage, le jour de son départ, me hantait.

Même si je trouvais de la compagnie auprès des jumeaux, Jésus et Johnny, le cœur n'y était plus. Mon cousin tenta de me consoler en préparant des desserts délicieux, et bien que je les engloutisse avec gourmandise, je n'arrivais pas à rester plus d'une heure à faire semblant. Ma mère était trop occupée à consoler son mari. Ethan et Prisca passaient leur temps au chevet de Pia, dont l'état semblait s'aggraver. Ma pauvre amie estropiée était une source d'inquiétude constante, désormais. Ethan redoutait de devoir appeler ses parents pour les faire venir. Quand je l'appris, je pleurai pour elle. Je pleurai pour ce que ce Collectif lui avait fait subir. Et ma détermination à me venger était à son apogée lorsque je préparai un sac rempli de vêtements chauds. De quoi tenir trois jours.

Il me restait quelques heures, et je trépignais d'impatience. J'étais à la veille d'accomplir ma vengeance. Je me souvins alors de ma confrontation avec le messager et de la rage avec laquelle j'avais obtenu des informations. Je devais me calmer. Je devais respirer et patienter. Alors je m'enfermai dans ma chambre, posai ma tête sur mon bras et choisis une journée sur l'île Valériane. Une journée où Connor et moi nous étions rendus à cheval à l'autre bout de l'île.

— *C'est quand même un peu grand pour un seul homme, avais-je lancé en descendant de ma monture, parcourant des yeux le paysage de l'île.*

— *Rien n'est assez grand pour moi, tu devrais le savoir !*

— *Je n'aime pas quand tu parles de cette façon.*

— *Je le sais, s'était amusé Connor en m'enlaçant. C'est si facile de t'agacer...*

Il avait tiré sur mon bras et nous avions pris la direction de la plage, puis étions remontés par un chemin escarpé au pied de la montagne. Un étroit sentier abrupt descendait ensuite vers une petite falaise. J'avais failli tomber tant la pente était raide.

— *On pourrait peut-être léviter ? avais-je suggéré, un peu essoufflée.*

— *Oh, arrête de chouiner, fillette, et mérite ta surprise !*

— *Va falloir m'en mettre plein la vue dans ce cas ! Aïe ! m'étais-je plainte en me tordant la cheville, ce qui l'avait fait glousser.*

Les vagues se fracassaient contre le récif et éclaboussaient mes vêtements. Nous avions longé un étroit chemin entre deux rochers et étions arrivés, face à la mer, sur une petite corniche naturellement formée dans la pierre. Cette escapade avait un goût d'aventure et la vue était une splendeur.

Après quelques pas sur la corniche, nous avions fait face à une entrée caverneuse, creusée dans un énorme rocher érodé par les eaux. Une large cavité se dissimulait là, et plusieurs autres, nettement plus petites, trouaient la roche dans toute sa largeur. Nous étions entrés dans cet étrange passage sombre. Connor m'avait pris la main. Nous avions marché sur les premiers mètres dans un noir quasi complet, puis, alors que je pensais que nous n'en verrions jamais le bout, une lumière s'était répandue sur nos pas et une vision majestueuse s'était imposée à moi.

Un large bassin d'eau scintillait sous les quelques rayons de soleil perçant la voûte souterraine. De la végétation entourait le magnifique plan d'eau, et une petite plage s'étirait devant nos pieds. Quelques oiseaux pépiaient et voletaient sous le plafond de la grotte, et leur chant délicat résonnait magnifiquement sur la roche. J'étais restée ébahie quelques instants avant de sourire largement. Connor avait apprécié ma réaction et retiré ses vêtements. Je n'avais pas eu le temps de reprendre mes esprits, que je le vis déjà plonger nu dans les eaux douces de cet endroit ignoré du monde.

— Et tu voudrais que je partage ça ! m'avait-il lancé, sa voix provoquant un écho dans la caverne.

J'avais ôté tous mes habits en observant les oiseaux. Puis, dans un élan formidable, j'avais lévité jusqu'à eux, et avais roulé sur moi-même en souriant. Je n'aurais jamais pu être plus heureuse qu'en cet instant.

— J'envisageais plutôt une petite baignade ! avait crié Connor, tandis que je volais.

— Tu n'as pas que la baignade en tête ! avais-je remarqué.

— Effectivement.

Connor s'était élancé dans les airs et m'avait attrapée par la taille. Nous avions tourné un moment, l'un en face de l'autre, et étions progressivement descendus jusqu'à nous plonger dans l'eau. Quand nous avions refait surface, nos corps s'étaient imbriqués, et nous avions fait l'amour dans la féérie de cet endroit.

APRÈS AVOIR PASSÉ et repassé ce moment dans mon esprit, en me délectant de chaque seconde, je refoulai mes larmes et partis dîner. Je profitai de la compagnie de tous. Malgré l'ambiance chagrine, je regardai chacun d'eux et me confortai dans ma décision d'affronter seule le Collectif. Tous avaient déjà vécu leur lot de malheurs, alors je me jurai de les protéger de la menace. J'étais une immortelle moi aussi, et j'étais puissante. Si je me montrais maligne, je pouvais mettre fin à tout ça. Et si j'échouais, seule, alors peut-être que le Collectif ne se vengerait pas en révélant notre existence aux humains. Je m'accrochais à cette pensée.

Après le dîner, je partis rejoindre Pia. La porte était béante et un courant d'air s'échappait de sa chambre. Ces derniers temps, il fallait laisser les fenêtres constamment ouvertes. Le médecin disait que ce n'était pas nécessaire, mais Pia ne se sentait bien qu'avec l'air frais emplissant sa chambre, qu'elle ne quittait plus que rarement. Je m'arrêtai devant la pièce, et découvris Ethan et Prisca assis sur le lit, chacun d'un côté de la jeune femme.

— … Vous êtes immortels, dit-elle d'une petite voix faible. Vous êtes si seuls… et je vous aime tous les deux. Essayez au moins.

— Pia…

— Ethan, je vais mourir.

— Arrête ça.

— Non, je le sais ! La mort vient me prendre. Mais toi, elle ne te prendra jamais, Ethan, comme elle n'emportera pas Prisca.

— Ce que tu demandes… commença Prisca avant d'être interrompue.

— Je vous demande juste d'essayer. Bientôt, je ne serai plus là, et le savoir m'aiderait à…

Elle se mit à sangloter et étouffa une quinte de toux. Quand elle parla de nouveau, les larmes l'empêchèrent de s'exprimer comme elle l'aurait souhaité.

— Je veux partir en sachant que vous ne serez pas seuls.

Prisca releva ses yeux sur Ethan. Ethan tourna les siens vers elle. Un silence traversa la pièce, tandis qu'une étrange atmosphère s'en emparait. Je compris alors qu'il n'était pas encore temps de dire au revoir à mon amie, et reculai.

Dernier jour…

CHAPITRE 42

*J*our J...

J'AVAIS PASSÉ la nuit dans un village niché aux pieds du plus haut sommet de la Sibérie. Le mont Béloukha culminait à quatre mille cinq cent six mètres d'altitude, et les températures en avril étaient dignes d'un hiver des plus rugueux à New York. J'étais arrivée la veille et avais réservé ma chambre sur Internet dans un humble petit hôtel, en espérant que le standing des membres du Collectif ne les amènerait pas à choisir un endroit aussi modeste. Mais au regard du faible nombre de bâtisses dans le seul village alentour, je passai ma nuit à redouter que l'un d'eux se cache parmi les clients et ressente mon inexorable présence native. Fort heureusement, je ne ressentis aucune émanation masculine propre à notre race, et le check-in de l'hôtel fut réglé en quelques minutes. Le réceptionniste eut l'air surpris de voir une jeune femme s'aventurer seule dans les parages, d'autant plus quand je lui demandai où je pouvais trouver des vêtements de montagne.

— Vous n'allez pas faire l'ascension, n'est-ce pas ? s'inquiéta-t-il dans un anglais approximatif. Il fait encore moins vingt degrés la nuit, Mademoiselle !

— Non, rassurez-vous. Je veux simplement être chaudement vêtue.

Il parut soulagé et me conseilla une petite boutique proche de l'hôtel. Je m'y rendis et pris le catalogue du magasin pour le feuilleter plus tard dans ma chambre. L'affaire ne m'avait pris que quinze secondes avant que je m'enferme dans mes appartements. Je n'avais pas croisé une seule âme native et expirai un souffle. Je me fis livrer les vêtements directement dans ma chambre.

Et attendis…

La nuit tombait tôt sur le massif de l'Altaï. Dès que les lueurs du crépuscule embrasèrent le ciel, je m'habillai. Je passai des sous-vêtements, des chaussettes de montagne, une combinaison en nylon sous un pantalon isolant, et une doudoune en plume d'oie. Une fois que j'eus enfilé mes chaussures de randonnée, mon bonnet et mes gants, je fus enfin prête. C'est alors que ma respiration s'accéléra, que mes doigts commencèrent à frémir, que mon excitation d'en découdre galvanisa la moindre parcelle de mon corps tendu. Le sang me battait dans les tempes. Mes mains tremblaient. Ma vengeance allait s'abattre sur le Collectif Delta. Je partis plus déterminée que jamais.

En lévitant à flanc de montagne, mes pensées me ramenèrent au bunker, et au massacre que j'avais commis le jour de ma libération. Je savais que j'allais devoir tuer à nouveau. Cette pensée aurait dû m'horrifier, mais ce n'était pas le cas. Les méfaits du Collectif et la menace qui pesait sur nous justifiaient mes actions. L'explosion du château, la mort de ma mère, ma propre mort, Pia, la famille d'Estelle qui y avait laissé la vie étaient des actes criminels qu'il fallait condamner d'une manière implacable. Je savais qu'il y aurait du sang, et maintenant j'étais prête. Plus que prête à le faire couler. En torrent, s'il le fallait.

Je parvins à l'orée d'un bois, au milieu du versant de la montagne. Il régnait un froid intense. Un lac gelé me séparait du chalet, dont les lumières vacillantes et les volutes de fumée, s'échappant du toit, m'invitaient à rapidement y entrer. Mais ce n'était pas le plan. J'aperçus des 4X4 suréquipés sinuer avec difficulté vers le chalet. Le bal des véhicules dura près d'une heure. Je tremblais de froid. Le Collectif avait choisi cet endroit pour son isolement et sa difficulté d'accès. Cette réunion était sans doute exceptionnelle, et je m'interrogeai sur la raison de ce rassemblement. Des gardes surarmés se postèrent à l'entrée et devant chaque fenêtre du chalet. Je devais donc le contourner par le bois, afin de ne pas être repérée lévitant au-dessus du vaste lac gelé.

Je me cachai derrière un arbre, à dix mètres de la bâtisse. La neige commençait à tomber. Ma respiration se fit plus rapide, mais je devais encore patienter. Je tentai de repérer un endroit où je pourrais me poster sans être vue. Je ne pouvais décemment m'introduire à l'intérieur sans que l'on ressente ma présence. Je grimpai à l'arbre et me tins accrochée sur la cime. J'aperçus un puits de lumière encastré dans la toiture. J'espérais qu'il me donnerait vue sur le rassemblement sans être moi-même repérée. Je vérifiai la position des gardes en contrebas, puis m'élançai à la vitesse du vent au-dessus du toit. Une vue imprenable sur les membres du Collectif, assis autour d'une vaste table rectangulaire, se présenta à moi. Je souris devant tant de chance, et me postai horizontalement au-dessus de la vitre en lévitant, laissant seulement le haut de mon visage dépasser du cadre. Je me réjouis aussi d'entendre si bien les discussions qui s'élevaient vers le plafond en cathédrale et traversaient la vitre dans un écho dû au vide de la grande pièce.

— Sera-t-il là ?

— Je l'ignore, répondit une voix que je connaissais.

Le messager nordique...

— Cela fait presque quatre ans que nous suivons ses ordres, il devrait se présenter, enfin ! s'insurgea un autre.

— J'ai peur que ce ne soit pas possible.

— Burton Race a épousé Stella, les comptes du royaume sont à notre portée, et les natifs plus divisés que jamais. C'est le moment de tuer « définitivement » les immortels et de prendre le pouvoir !

Cette voix s'insinua dans mes tympans et me fit aussitôt réagir. Je tremblai de tous mes membres, mais, cette fois, ce n'était pas le froid qui en était la cause.

Le vieux Karl Johannsen, mon assassin...

— Il pense que ce n'est pas encore le moment de mettre ce plan à exécution.

— Et pourquoi donc ? demanda le vieil homme.

— C'est son opinion. Il m'a transmis un message que je vais vous lire.

Un silence théâtral s'imposa dans la vaste pièce, où pas moins de trente traîtres se trouvaient accompagnés de leurs hommes de main, patientant nerveusement en attendant les dernières directives de leur maître.

Le messager s'éclaircit la gorge avant de commencer.

« Mes chers amis,

Personne mieux que moi ne peut apprécier votre engagement avec autant de gratitude. L'ère des Burton Race touche à sa fin, et chacun de vous sera récompensé à sa juste valeur pour les risques encourus. Cependant, la victoire n'est pas complète, et quelques actions encore nous attendent avant de prendre pleinement possession du royaume. Je sais pouvoir compter sur vous, et charge Klaus de vous passer ce message en mon absence.

Merci à tous. Rien n'aurait été possible sans vous. »

Le messager, que je savais maintenant s'appeler Klaus, replia la lettre et toisa son assistance. Je devais lui reconnaître un sacré courage, car il me semblait que c'était le seul humain parmi cette horde de natifs. Je tentai de reconnaître les visages des autres membres assis autour de la table, mais n'en connaissais aucun, excepté Karl Johannsen.

— Vous n'allez pas me dire que nous sommes venus ici pour écouter ces quelques lignes ? s'égosilla l'un des membres en se levant subitement de son siège.

— Vous souhaitiez vous rencontrer, déclara le messager. C'est chose faite.

— Nous voulions voir notre chef !

— Il n'est pas disponible, rappela le messager.

C'est alors que l'impossible se produisit. Le sang fuit mes joues et ma respiration devint soudain haletante quand je reconnus l'homme qui s'avançait, si lentement que c'en était insoutenable. Il tendit le bras et actionna sa télékinésie pour plaquer froidement le messager contre le mur.

— Eh bien, eh bien ! clama Connor avec un sourire sinistre. Le voilà, votre chef, mes amis ! Je dirais même plus, votre roi !

Les membres du Collectif se levèrent, outrés, et tempêtèrent dans un brouhaha inaudible. Les gardes disposés dans chaque coin de la pièce se rapprochèrent.

— Que faites-vous ici ?! l'invectiva Johannsen.

Connor tira le siège du messager et s'installa nonchalamment dessus. Il croisa les jambes et fit pendre son bras au-dessus de son genou. Le messager, derrière lui, tentait en vain de se défaire de l'étau télékinésique qui le retenait.

— Vous ne pouvez pas être notre chef ! Ce n'est pas possible !

Soudain, je me figeai. Serait-il... le chef ? Même le froid n'avait plus aucune prise sur mon corps. Non. Ce n'était pas possible. Non. Connor n'aurait pas fait ça. Non. Connor n'aurait jamais fait exploser le château. Il n'aurait pas été à l'origine de la mort de son frère, de ma mort, de la famille d'Estelle. Et il n'aurait pas tenté de tuer Pia. Que faisait-il là, alors ? Comment avait-il su ?

— Bande de crétins ! lança-t-il, la voix sombre et glaçante. Vous pensez honnêtement que je pourrais m'entourer d'une assemblée de vieillards tels que vous !

— Je ne vous autorise pas à...

L'homme debout, qui venait de s'insurger, fut rassis si vite par la pensée de Connor que son siège céda sous son poids. Un silence lugubre tomba sur la grande tablée.

— Alors, c'est ça, le Collectif Delta... reprit Connor, flegmatique. Une armée de vieux croûtons qui ont perdu des membres de leur famille, dans une guerre qui remonte à plus de quarante ans.

Nouveau silence. Les membres du Collectif se dévisagèrent les uns après les autres.

— C'était la guerre ! tonna Connor. Vos enfants, frères ou sœurs, sont morts durant une guerre ! Et vous reprochez à vos souverains de les avoir menés à l'abattoir, alors que chacun d'entre vous se prélassait en comptant ses billets octroyés par le royaume, pendant que vos progénitures se battaient pour vous ! Voilà ce que vous êtes. Des idiots. Et des lâches.

— Les immortels n'ont pas pris les risques que les nôtres ont courus !

— Les immortels ont fait en sorte que vous ne soyez pas asservis !

— Parce que vous pensez sérieusement que le royaume a brillé sous le règne de votre frère et de la tentatrice ! Elle a quitté ses sujets dès qu'elle en a eu l'occasion ! Préférant suivre son amant plutôt que défendre les intérêts natifs !

— Elle a fait un choix après vous avoir sauvé les miches, bande de connards, rétorqua sèchement Connor.

— Vous êtes roi maintenant, vous n'avez pas eu l'air de regretter nos actions quand elles vous ont été proposées.

— « Proposées » est un bien joli mot pour dire « imposées ». Mais oui, je le reconnais, c'est agréable d'être roi.

— Et vous avez une reine, désormais.

— En effet. Mais je m'interroge toujours sur votre choix de reine, justement. L'un d'entre vous pourrait peut-être éclairer ma lanterne.

— Ce n'était pas notre décision.

— Celle de votre chef, alors ? Ce fameux chef absent...

— Nous savons tous que vous auriez préféré épouser Isabelle Valérian, mais c'est la fille de la tentatrice et...

Connor leva les yeux vers l'homme qui parlait de moi et le propulsa contre un mur. Sa tête heurta violemment une pierre apparente et l'homme s'écroula sur le sol. Son crâne pissait le sang.

— Y en a-t-il d'autres qui souhaitent parler de mes préférences personnelles ? déclara Connor en se redressant.

Sa voix polaire engloutissait le moindre chuchotement dans la pièce.

— Vous êtes tous ici en l'absence de votre chef, reprit-il, et j'ai cru entendre, tout à l'heure, que l'un d'entre vous suggérait qu'il était temps de prendre le pouvoir. Alors, laissez-moi vous expliquer deux ou trois petites choses : grâce à ce monsieur derrière moi (il désigna le messager), qui a commis l'erreur de venir me rencontrer une deuxième fois, j'ai eu l'occasion de mettre un traceur dans son téléphone. Vous m'avez envoyé un humain, quelle erreur ! Ses yeux n'y ont vu que du feu ! Je l'ai laissé partir, attendant patiemment qu'il me mène à vous. Voici donc la raison de ma présence, ici. Si vous pensiez qu'être incapable de lire dans son esprit m'empêcherait de trouver d'autres stratagèmes, c'est que vous me connaissez très mal. Je n'avais donc plus qu'à attendre. Une native de confiance le suit à distance, depuis qu'il a rejoint le continent, et à l'heure où je vous parle, elle s'occupe de faire transférer tous vos avoirs sur les comptes du royaume.

Laura...

— Vous fabulez ! vociféra un des membres.

Connor pouffa un peu et se leva. Quelque chose attira cependant mon attention, le messager commençait à légèrement se mouvoir derrière lui.

— Vous avez choisi cet endroit à l'écart du monde pour organiser votre rencontre. Quel mal vous en a pris ! Il n'y a pas de réseau ici, et chacun d'entre vous s'est empressé de se connecter au wifi de ce chalet, à peine en avait-il franchi le seuil. Je vous remercie sincèrement d'être aussi stupides. Vos connexions sont désormais toutes déroutées, et il ne nous reste plus qu'à vous prendre tout ce que vous avez construit durant votre longue vie de labeur.

— Vous mentez !

Mais plusieurs hommes jetèrent un œil sur leur téléphone et pâlirent.

— De plus, et parce que vos actes ont forcément des conséquences, reprit Connor en élargissant un rictus macabre, je compte tous vous tuer.

Le calme avec lequel il avait lancé cette sentence contrastait singuliè-rement avec la nervosité des membres du Collectif. Un silence haletant traversa la vaste pièce.

Puis tout s'enchaîna. Le messager se libéra du joug mental de Connor. Je pâlis en constatant que ce dernier n'avait pas réalisé avoir baissé sa garde. Plusieurs hommes de main surarmés se postèrent devant les membres du Collectif et entreprirent de décharger leur mitraillette sur Connor, qui fut aussitôt arraché à son siège par un homme grand, à la carrure charpentée ; sa capuche de combinaison était relevée sur la tête et son visage était couvert d'un masque à gaz.

Du gaz... Connor n'a plus ses pouvoirs !

L'homme encercla d'un bras le cou de Connor. Je brisai la vitre du puits de lumière en retenant ma respiration. Je concentrai mon pouvoir sur les gardes du corps et arrachai les armes de leurs mains, pour les expulser à travers la pièce.

— Qu'est-ce que tu fais là, toi ?! m'interpella une voix.

Un des gardes extérieurs du chalet lévitait derrière moi et tira. Je stoppai les balles à l'aide de ma télékinésie et bondis sur lui. Mon élan nous fit chuter de plusieurs mètres et je lui brisai la nuque avant même d'avoir touché le sol. Des bruits de mitraillettes me firent vivement tourner la tête. Je me ruai vers l'entrée du chalet, mais plusieurs gardiens, alertés par leurs collègues, me firent barrage. Ils tirèrent tous. J'esquivai chaque balle grâce à ma vitesse et à mon bouclier. *Ne pas être touchée...* J'esquissai un mouvement de la main et éjectai une arme à l'aide de ma pensée. Elle s'élança dans les airs, je l'attrapai. Je tirai sur le garde à ma gauche. Celui de droite, je le figeai, mais sa puissance l'aida à se défaire de mon étau mental. Je l'attrapai par le crâne, levai ma jambe, calai mon pied derrière sa nuque, et tirai si fort en arrière que son cou se brisa. Un autre surgit. Je me ruai sur lui, tirai dans son genou, me jetai de tout mon poids au-dessus de son corps, portai ma main sur sa gorge et la lui arrachai. Le sang gicla sur la neige et ma combinaison. D'autres tentèrent de m'arrêter. Quand je décimai le dernier, j'avais encore le pistolet en bout de bras. J'ouvris les portes d'entrée, et fus saisie par l'étrange silence qui régnait à l'intérieur du chalet. J'appelais le gaz inodorant et invisible à s'extirper de l'endroit à l'aide de ma télékinésie. Après une minute, je ne savais toujours pas si j'avais réussi, mais ne pouvais plus me permettre d'attendre. Mon inquiétude pour Connor grandissait. Je ne savais pas s'il était la cause de ce silence, ou bien sa victime. Je courus jusqu'à l'intérieur, quand un horrible spectacle me frappa. Tous les membres du Collectif Delta, ainsi que leurs hommes de main, gisaient dans un bain de sang, leurs corps criblés de balles. Je levai les yeux sur chacun d'entre eux quand je perçus un mouvement sur ma gauche. L'homme était prostré derrière une commode en chêne et tremblait de la tête aux pieds.

Le messager...

La seconde d'après, je m'accroupissais devant lui et remarquais son visage blême.

— Où est Connor ? demandai-je en le secouant par les pans de sa chemise.

— Il vient de... de l'emmener à l'instant, balbutia le messager, transi de peur.

— Où ça ?!

Le messager parcourut des yeux le massacre et s'agita.

— Où ça, Klaus ?!

L'appeler par son prénom attira son attention. Son regard épouvanté se reporta sur moi. Il tendit un doigt hésitant vers la porte arrière du chalet, celle qui menait au lac. Je sortis à toute allure et vis une silhouette au loin. Elle était debout, se tenant au beau milieu du lac gelé. Elle se tourna un instant vers moi, puis détala seule vers le bois. Je fonçai dans sa direction et aperçus le trou dans la glace.

Connor !

Par cette nuit noire, je ne voyais rien, et je ne pouvais talonner l'homme au masque à gaz au risque de ne plus trouver le corps de Connor dans les vastes eaux du lac.

Je criai de désespoir et balançai mon poing sur la surface de la glace. Elle se fissura. Par la pensée, je formai un orifice colossal. Je concentrai ensuite mon pouvoir télékinésique sur l'eau du lac et la fis jaillir. Des blocs de glace s'envolèrent. Je me protégeai de l'eau gelée grâce à mon bouclier invisible, et vis enfin le corps de Connor surgir parmi les flots. Je lévitai et l'attrapai, avant de filer à la vitesse de l'éclair dans le chalet. Le messager avait disparu, mais je ne pris pas le temps de m'en inquiéter. J'allongeai Connor sur le sol. Je posai mon oreille au-dessus de sa bouche violacée. Il ne respirait plus. Je défis son blouson rigidifié par le froid et exposai son torse d'une pâleur extrême à l'air libre. Je pratiquai un massage cardiaque en pleurant toutes mes larmes.

— Réveille-toi ! Je t'en prie, réveille-toi ! Connor, réveille-toi ! J'ai besoin de toi !

Il me restait encore quinze impulsions sur son cœur avant de souffler deux fois dans sa gorge. Quand mes lèvres se posèrent sur sa bouche gelée, un frisson irradia mon visage jusqu'aux épaules. Je repris le massage jusqu'à ce qu'enfin il toussât dans un râle et crachât l'eau de ses poumons. Mais il restait inconscient. Je tremblai comme une feuille.

Non. Non. NON !

Je posai mon visage à un centimètre de ses lèvres et sentis un léger souffle. Il était en train de mourir d'hypothermie. Je me redressai, et mon regard parcourut la salle et les flammes vacillantes dans les cheminées. Mais il faisait trop froid. J'avais brisé le puits de lumière, et l'air extérieur investissait la pièce. Je passai mes bras sous le corps de Connor et fonçai à l'étage du chalet. Un rai de lumière, sous le seuil d'une porte, m'invita à me diriger vers ce qui s'avéra être une chambre. Des bûches calcinées se consumaient dans l'âtre. Le feu avait besoin d'être attisé. Je posai Connor à même le sol et me ruai vers le lit. Je tirai la couverture épaisse, puis avançai un large tapis juste devant la cheminée. J'y déposai son corps. Je retournai ensuite vers le premier niveau, et fis voler une vingtaine de bûches derrière moi, tandis que je m'élançai à nouveau vers l'étage. Je tombai à genou devant Connor et le déshabillai entièrement. Ses muscles frémissaient convulsivement sous sa peau, et mes yeux retinrent de nouvelles larmes en le regardant ainsi, nu et transi de froid. Je posai la couverture sur lui et me reculai. Le feu alimenté diffusait une forte chaleur dans la pièce. Je touchai son front, haletante. Le tout ne m'avait pris que quelques minutes, grâce à ma vitesse prodigieuse. Mais la succession des événements et la découverte du corps glacé de Connor avaient mis mes nerfs à rude épreuve. Sa peau était gelée, il ne se réchauffait pas assez vite. Son cœur battait trop lentement.

Ça ne suffit pas !

Mes yeux se levèrent vers la cheminée, et je sus ce que je devais faire. Alors, je me levai et me déshabillai à mon tour. Je restai un instant debout, nue, à observer son corps lutter. Ma respiration s'accéléra. Lentement, je m'abaissai et me glissai sous la couverture. Puis je pris appui sur mes bras et me positionnai au-dessus de lui. Mes yeux fixant son visage, je plaquai mon corps contre le sien. La morsure du froid de sa peau sur mes seins me fit frissonner. Je luttai contre la froideur glaciale de sa chair et serrai la mâchoire, tentant de m'habituer à cette sensation. Après un long moment à trembloter, mes muscles se détendirent enfin. Et je restai là, à espérer, dans les bras de l'homme que j'aimais, que la chaleur de mon corps et son don de guérison puissent rapidement le réveiller.

CHAPITRE 43

*L*a nuit passa sans que je puisse fermer l'œil. Dès que les flammes faiblissaient, j'utilisais ma télékinésie pour alimenter le feu. À mesure que les heures s'égrainaient, le corps de Connor se réchauffait. Ses muscles se relâchaient petit à petit. Son souffle reprit une allure normale. Son don de guérison avait réalisé son prodige.

À L'AUBE, je souris contre son torse. Il était dans mes bras. Il était contre moi. Et je savourais d'entendre chacun des battements de son cœur. Je tombais de fatigue, mais je ne voulais pas dormir. Je voulais revoir ses yeux et son sourire. Je voulais entendre sa voix et son rire. Je ne pensais plus qu'à ça. Puis je le sentis. Son corps s'agita imperceptiblement, au début, puis des gestes réflexes parcoururent ses bras. Je l'entendis déglutir et émettre une plainte. Il se réveillait.

Je n'osai lever les yeux. Sous mon visage, sa respiration devint plus rapide. Je sentis qu'il relevait un peu la tête. Je pris mon courage à deux mains, et relevai la mienne. Ses yeux azur se rivèrent à mes prunelles, avant de parcourir la pièce et d'assimiler notre posture délicate. Je vis dans son regard qu'il comprenait ce qu'il s'était passé, et ce qui lui valait mon corps nu collé contre le sien. Ses yeux revinrent vers moi. Son souffle s'accéléra encore. Je n'avais pas encore émis le moindre mot, soutenant ses iris bleu liquide et son attention muette. Il se passa de longues secondes, tandis que nous nous dévisagions dans la chaleur de l'âtre. Et avant que je puisse prononcer le moindre mot, il me plaqua brusquement contre sa bouche.

Ce fut une frénésie. Sa langue s'invita entre mes lèvres, ses mains attrapèrent mes fesses, me caressèrent le dos, et s'enfouirent dans mes cheveux. Il me serra si fort que j'en avais du mal à respirer, alors que je l'embrassais encore et encore. Des larmes coulaient sur mes joues. Mais c'était des larmes de bonheur, car c'était merveilleux de le toucher, de le sentir, et d'être dans ses bras. Ses genoux se dressèrent et écartèrent mes jambes. Je m'agenouillai au-dessus de ses hanches sans quitter sa bouche et m'empalai autour de lui. Mes doigts attrapèrent des mèches de ses cheveux, tandis que je le chevauchais. Après le froid glacial de la nuit, nous n'étions plus qu'un feu ardent. La chaleur de ses baisers échauffait mes joues, ma gorge haletait, mes seins ne réclamaient que ses mains avides. Mon sang bouillonnait. J'accélérai le rythme. Des gémissements s'échappèrent de mes lèvres. Des grondements s'élevaient des siennes. Subitement, il s'assit et releva mon bassin en mouvement. Sa bouche avala mes tétons dressés de plaisir, ses mains parcoururent mon dos de caresses enivrantes.

— Mon amour, me souffla-t-il d'une voix rauque à l'oreille, avant de me plaquer au sol.

Il claqua ses hanches contre les miennes. Sa langue visita ma bouche, ses mains serrèrent mes épaules, tandis qu'il s'enfonçait, chaque fois plus véhément.

— Connor... Connor...

— Dis-le encore. Ta voix m'a tellement manqué.

Je l'appelais encore, entre deux complaintes. Son désir n'avait plus de limites. Le mien était à son paroxysme.

— Tu es là, tu es là ! répétait-il en continuant ses élans sauvages entre mes cuisses.

Je me cabrai soudain. Il m'embrassa le menton tandis que je criais son nom. Mes membres tremblèrent, mes ongles s'enfoncèrent dans sa chair. Il me suivit dans un grondement rauque et se répandit en moi, sa tête enfouie dans mes cheveux. Il ralentit le mouvement de ses hanches et s'arrêta dans un dernier râle.

Sans se retirer, il cala ses coudes au-dessus de mes épaules et me caressa le visage.

— Ma princesse, murmura-t-il.

— Si tu savais comme ce surnom dans ta bouche m'a manqué, lui révélai-je, tandis que mes yeux s'embuaient d'un sentiment de joie.

— Si j'avais su qu'il fallait me plonger dans un lac gelé pour t'avoir enfin nue contre moi, je l'aurais fait bien avant.

Il me fit sourire.

— Tu m'as fait peur.

— Je sais, me dit-il. Qu'est-ce que tu fais ici ? Comment as-tu su ?

— J'ai… J'ai eu cette information par le messager.

Il s'écarta, et je ressentis la séparation de nos corps comme une amputation de mon âme.

— Tu savais ?!

— Oui… Je savais, confirmai-je.

— Pourquoi ne m'as-tu rien dit ?

— Parce que je ne voulais pas qu'il t'arrive malheur. Parce que je ne voulais pas que tu annules le mariage avec l'espoir d'éradiquer le Collectif en utilisant cette information.

— Cela aurait pourtant mieux valu ! Je serais resté avec toi ! tonna-t-il, furieux.

— La menace est trop dangereuse.

Je baissai les yeux et avalai difficilement ma salive. Je lui narrai enfin ce que le messager m'avait révélé au sujet de la menace humaine. Connor resta hébété. Ses sourcils se froncèrent, ses yeux faisant des va-et-vient dans ses globes oculaires.

— Aucun natif ne prendrait un tel risque ! lâcha-t-il, en dissimulant son inquiétude.

— Au regard de ce qui a déjà été fait, je n'en suis pas du tout certaine.

— Que t'a-t-il dit d'autre ?

— Il m'a donné la date de cette rencontre. C'est tout. Je m'attendais à voir leur chef !

— Il était là, me lança Connor. Il avait pris soin de rester en dehors du chalet, tandis qu'il répandait un gaz qui a annihilé les pouvoirs de tous les membres, y compris les miens.

— L'homme au masque à gaz.

— Il m'a sorti en me traînant avec une force phénoménale et une rapidité surprenante. Cet enfoiré a descendu tous ses sous-fifres et m'a plongé dans le lac gelé. Jamais je ne serais revenu à la vie si tu n'avais pas été là. Personne ne m'aurait trouvé. Même immortel, on ne se réveille pas une fois noyé dans des eaux glaciales. Mon corps aurait lentement pourri dans ce putain de lac !

Un silence.

— Mais c'était sans compter sur Isabelle Valérian, pas vrai ?

Il me sourit, ce qui dessina de petites rides sous ses yeux. Je me mordis la lèvre et mes joues rosirent sous son regard. Ce regard dont j'avais tant rêvé. Mes yeux se baissèrent sur son torse tatoué, mes doigts caressèrent son bras et suivirent les lignes d'une étoile au-dessus de ses phalanges.

— Et qu'allons-nous faire maintenant ? m'enquis-je.

Je parlais bien sûr de ce que nous allions devoir faire dans les heures à venir. Le chef du Collectif étant encore de ce monde, et cette situation ne pouvait perdurer.

— D'abord, nous allons fouiller ce chalet et mettre la main sur un indice qui nous mènera à l'enfoiré qui a monté ce coup, dit-il. Ensuite, je ferai sauter ce bâtiment, comme je l'ai prévu, et une fois que nous aurons retrouvé et buté ce mec, je prendrai les dispositions nécessaires. Et alors...

Il marqua une pause. Mes yeux se relevèrent et s'ancrèrent dans les siens. Son sourire ensorcelant s'élargit.

— Et alors je t'épouserai.

CHAPITRE 44

*N*ous nous rhabillâmes avec nos vêtements chauds. Ceux de Connor avaient séché durant la nuit. Chaque seconde que nous passâmes à nous vêtir, nos yeux ne pouvaient s'empêcher d'examiner l'autre. Comme s'il fallait s'assurer que nous étions bien là. Ensemble. Le silence avait pris possession de la petite chambre. Je n'avais pas émis le moindre mot depuis qu'il avait évoqué la possibilité de m'épouser. Les obstacles m'avaient l'air encore si infranchissables que je n'osais espérer une telle issue. Le manque de lui imprégnait encore mon cœur, et quand je passai mon haut en nylon, je vérifiai qu'il était encore là, tout près, après qu'une courte seconde m'eut éloignée de ses yeux.

Aucun de nous n'osa aborder les dernières semaines. Mes questions au sujet de son mariage et de sa relation avec Stella restaient bloquées dans ma gorge. Je ne voulais pas altérer nos retrouvailles en satisfaisant ma curiosité. Il y avait trop de risques que les réponses ne me plaisent pas. Alors je me tus. Et dès que j'eus terminé de m'emmitoufler, je gagnai, à ses côtés, le premier niveau du chalet. Un froid glacial avait envahi la vaste pièce. Les corps gisant sur le sol rouge de sang ne pouvaient ainsi répandre leur odeur fétide. Il nous fut donc plus facile de fouiller chacun d'entre eux.

Nous ouvrîmes chacune des pochettes, attachés-cases et portefeuilles que les membres avaient apportés avec eux. C'est dans la mallette de Karl Johannsen que nous trouvâmes une liasse de documents dont le contenu nous désarçonna.

Des pochettes contenaient tout un tas de feuilles, de photos et portaient nos noms, ou ceux de natifs proches de notre cercle. Mes yeux parcoururent la pochette à mon nom et les éléments mentionnés dessus.

Isabelle Valérian.
3 août 2025
1, 59 m ; 53 kgs.
Américaine.
Fille de Gabrielle Chène et d'Éric Valérian.
Passions : équitation, aquarelle, lecture.
Ne regarde pas la télévision.
Goût prononcé pour le Diet Coke, l'alcool, le sexe et les hommes.

LES ENFOIRÉS !

Caractère : de mauvaise foi, pernicieuse.
Pouvoirs : télékinésie, pouvoir projectif, immortelle.
Amants : Connor Burton Race, Raphaël.
Diplômée de littérature anglaise à l'Université de Missoula.

DE SON CÔTÉ, Connor feuilletait une liasse où se succédaient les dossiers de ma mère, de Carmichael, des Souillac, d'Ethan, de Prisca, de Warren et de beaucoup d'autres natifs, plus ou moins dans les sphères proches du pouvoir.

— Alors, ton séjour en Espagne s'est bien passé ? demanda Connor, tout en parcourant des yeux les feuillets d'une pochette.

Le ton de sa voix n'était pas innocent. Sa curiosité se lisait dans sa posture soudain un peu raide.

— Va-t-on en parler maintenant ? Avec tous ces cadavres autour de nous ?

— Quoi ? Ils ne vont pas te couper la parole, répliqua-t-il sans s'émouvoir du contexte. Alors ? Comment c'était ?

— J'ai continué à lire les journaux de Carmichael, répondis-je enfin.

— Et ?

— J'ai appris que mes burgers maison étaient dégueulasses.

Il se pinça les lèvres.

— Tu aurais pu me le dire ! m'insurgeai-je.

— Je ne voulais pas te vexer. L'intention était trop charmante.

Je lui souris et reportai mon regard sur mon dossier.

— Et toi ? osai-je. Ta lune de miel ?

— Pas avant que tu me répondes pour Raphaël.

— Quoi, Raphaël ?

— Tu as... entretenu... une relation avec lui ?

C'était à mon tour de pincer les lèvres. Sa jalousie, qu'il tentait de dissimuler par un calme apparent, était manifeste.

— Il a été d'un grand réconfort, répondis-je.

Connor se tourna vivement vers moi. Ses yeux lançaient des flammes.

— T'as couché avec lui ?

Cette fois, le ton n'était plus le même. J'hésitai à faire durer cet instant, mais je ne voulais pas vraiment le peiner. Je trouvai néanmoins de quoi assouvir une petite vengeance.

— N'est-ce pas l'accord que vous aviez conclu, sans même m'en parler ? Moi, la première concernée !

— Si.

Il baissa les yeux et avala sa salive. La contraction de sa mâchoire soulignait sa peine, et je ne le laissai pas une minute de plus à se torturer.

— Je n'ai pas couché avec Raphaël.

Il soupira de soulagement et sa main attrapa le bas de mon visage.

— Vilaine petite princesse !

Il m'embrassa, puis ses lèvres se retroussèrent. Je lui tendis mon dossier, qu'il parcourut en gloussant jusqu'à la ligne mentionnant mes amants. Je feuilletais les siens. Je tombai alors sur celui de Stella et l'ouvris.

Stella Percy
14 juin 2016
1,74 m, 64 kgs
Franco-Américaine
Fille de Prudence Sabatier et de Marc Percy.
Passions : fitness, athlétisme, lecture, théâtre.
Goût prononcé pour le chocolat chaud et les hommes de pouvoir.

...

JE PARCOURUS DES yeux le reste de sa description et m'arrêtai sur un détail qui m'interpella. Ma gorge se serra soudain d'anxiété ; j'attrapai les autres dossiers et m'empressai de regarder les noms sur chacun d'eux, mais ne trouvais pas celui que je recherchais. Je repris celui de Stella et le relus. Alors, je virai au blanc et refoulai une envie de vomir. Mes doigts tremblèrent, tandis que la pochette commençait à se froisser dans mes mains.

— Qu'y a-t-il ? s'inquiéta Connor.

Je trouvai la force de le regarder, mais ma pâleur ne lui échappa pas. Il m'attrapa par les épaules.

— Qu'est-ce qu'il y a, Izzy ? Parle-moi.

J'avais des difficultés à respirer et levai mes yeux vers lui.

— Je sais qui est l'homme au masque à gaz.

ÉPILOGUE

ous arrivâmes en Espagne en plein milieu de la nuit. Je n'avais pas dormi depuis notre terrible découverte. Elle m'avait tant chamboulée que j'avais à peine émis un mot durant tout le trajet. Connor, voyant que je ne pouvais plus m'extirper de mes pensées obscures, ne chercha pas à alimenter la conversation. Il me tenait la main, caressait mes cheveux, déposait des baisers sur ma peau, m'assurant ainsi de sa présence. J'aurais tant aimé pouvoir l'imiter, mais je n'y parvenais pas. Une dure épreuve m'attendait, et je n'arrivais pas à le croire. La confrontation qui se profilait m'ôtait tout autre chose de l'esprit.

— Je dois le faire seule, dis-je à Connor alors que nous passions l'entrée de l'hacienda.

— Pas question, putain !

— Ce n'est pas une requête.

— Ce n'est pas négociable, rétorqua-t-il.

Je soupirai.

— Alors, tiens-toi derrière la porte et écoute. Si ça tourne mal, interviens.

Il réfléchit longuement, puis hocha la tête.

Nous nous rendîmes à l'étage, et j'ouvris la porte de sa chambre. Je m'attendais à le voir endormi. Mais non. Il était là, assis derrière son bureau, et pas surpris de me voir à une heure si tardive, après trois jours de disparition.

— Alors, c'était toi ?

— Alors, c'était moi.

Un sourire se dessina sur son visage sans défaut. Ses yeux translucides scrutaient chacune de mes réactions. Le flegme avec lequel il me répondit en déclencha une.

— Pourquoi ?

Guillaume posa ses coudes sur le bureau, et son menton sur la paume de sa main.

— Pourquoi pas ? dit-il en haussant légèrement les épaules.

— Tu veux notre mort à tous ? l'interrogeai-je, un sanglot de déception dans la voix.

— Pas à tous.

— Je suis morte par ta faute !

— Tu m'as l'air bien vivante.

— Ma mère, ta tante ! Carmichael ! Pia ! Estelle et sa famille !

— Je n'avais pas prévu qu'Estelle et sa famille seraient dans le château et honnêtement, je n'ai pas eu le temps de m'en assurer.

— Tu as vécu à Altérac toute ton enfance. Elle t'a gardé, nourri, s'est occupée de toi quand ton père ne le pouvait pas. Comment as-tu pu ?

— J'ai été attristé par sa disparition, bien plus que tu ne le crois. Mais tu ne m'as pas laissé le choix, Isabelle !

Je tirai une chaise face à son bureau et m'assis dessus. Une profonde lassitude s'empara de mes membres. Je me pinçai l'arête du nez.

— Pas beaucoup dormi depuis ta petite escapade en Sibérie, n'est-ce pas ? demanda Guillaume, plus calme.

— Tu les as tous tués. Pourquoi ?

— Les membres du Collectif ne m'étaient plus d'aucune utilité. Connor et Stella sont mariés. Les comptes du royaume sont désormais à moi.

— Tu as fait ça pour l'argent ?

Il s'esclaffa, puis m'observa en plissant les yeux.

— Bien sûr que non.

— Alors, pourquoi, Guillaume ? Pourquoi nous avoir tous trahis ? Nous sommes ta famille !

— Tu te fous de moi, Izzy ? rétorqua-t-il, glacial. Je ne suis rien pour vous. Dans votre petit groupe d'immortels, il n'y a pas de place pour moi.

— C'est faux ! Ma mère et moi, nous t'aimons.

Cette fois, il rit à gorge déployée.

— Ah, Izzy. Izzy… Ce que tu peux être candide parfois ! Enfin, ne vois-tu pas ce qu'il se passe ?

— Je sais seulement que tu as voulu tous nous tuer.

— Je te corrige, je n'ai jamais voulu *te* tuer. Tu n'as fait que me rendre dingue, mais je n'ai jamais voulu te tuer.

— Je suis morte à Copenhague ! J'ai échappé à un attentat à New York !

— Karl Johannsen a pris lui-même la décision de t'assassiner dans le bunker. J'ai menacé mon organisation de graves représailles après ça. Ça les a tenus tranquilles un moment, mais comme tu fréquentais Connor malgré l'approche du mariage, certains d'entre eux ont jugé bon de t'écarter de l'équation.

— Mais que t'a-t-on fait pour que tu nous en veuilles à ce point ?!

— Je ne suis pas certain que tu sois prête à affronter cette histoire, ma chère cousine.

— Guillaume… On se connaît depuis que je suis bébé. Je ne peux pas le croire !

— Bien sûr que tu le crois, puisque tu es ici.

— J'ai lu le dossier de Stella.

— Et qu'est-ce qui t'a mise sur la voie ?

— Elle est brillante et a eu de l'avance dans son parcours scolaire. Vous avez été au même endroit durant deux ans, quand elle a fréquenté l'université Paris 8.

— Quoi d'autre ?

— Nous avons trouvé des dossiers sur tous nos proches, sauf le tien. Quand j'ai lu celui de Stella et que j'ai fait le rapprochement, j'ai compris pour le carnet bleu. Tu étais à Altérac, ce jour-là. Tu as dû le trouver dans les affaires de Laura Petersen, à qui Connor l'avait confié.

De là, tu t'es décidé à faire sauter le château, avant de m'aider à sortir les corps des décombres. Tu avais tes pouvoirs, pas moi. Je n'aurais pas pu lutter contre toi. Alors, pourquoi ne les as-tu pas tués « définitivement » ?

— Car ma vengeance n'était pas accomplie, répondit-il avec flegme.

— Ta vengeance ?

Il se leva et alla se poster près de la fenêtre. Son regard se perdit dans la nuit.

— Izzy, es-tu prête à entendre mon histoire ?

— Je n'attends que ça.

Il se détourna et prit appui contre le mur.

— Sais-tu pourquoi je suis venu au monde ? me demanda-t-il.

— Thomas et Naomi ont…

— Ne prononce pas le prénom de ma mère !

— Je te réponds !

Il prit une profonde inspiration, et se calma un peu avant de répondre à sa propre question.

— Mon père a été enlevé par Carmichael afin de l'écarter de Gaby. Puis il a poussé ma mère dans ses bras. Tu ne le sais peut-être pas, mais ma mère était très éprise de Carmichael. Sa rencontre avec Gaby a anéanti cette idylle. Il ne lui adressa plus un regard dès lors que ta mère est entrée dans sa vie.

Il marqua une pause et soupira.

— Ma mère est tombée enceinte en piégeant mon père. Après m'avoir mis au monde, elle m'a abandonné. Mon père, toujours fol amoureux de Gabrielle, n'a même pas cherché à la retrouver. C'est alors que Blake Burton Race a pris possession de l'esprit de ma mère. Il a dirigé sa colère contre Gaby et s'est bien assuré qu'elle mourrait en tentant d'accomplir sa vengeance. Et ta mère l'a tuée !

— Elle n'a pas eu le choix, Guillaume ! la défendis-je. Naomi était en train de la réduire en poussière !

— Tu parles ! Elle n'avait qu'une once des pouvoirs de ta mère. Gabrielle aurait pu lui éviter une mort aussi atroce. Elle l'a réduite en une flaque de sang, non, mais tu imagines ça !

— Guillaume…

— Arrête, Izzy, même toi tu peux réaliser qu'un tel pouvoir dans les mains d'Ethan et Gaby est dangereux.

— Naomi voulait la tuer !

— Oh, mais mon malheur ne s'arrête pas au meurtre de ma mère ! As-tu une idée de ce que c'est de vivre auprès d'un père pitoyable ? Non. Toi tu ne le sais pas ! Éric Valérian, lui, baignait dans le bonheur ! Thomas Valérian, lui, a été rejeté par ta mère, a vu son frère partir vivre avec la femme qu'il aimait, a vu un homme tel que Carmichael, celui qui l'avait piégé, l'épouser. Et même encore maintenant, alors même qu'il est marié à Laetitia, il regarde encore Gabrielle avec des yeux enamourés. Je n'en peux plus de le voir ainsi !

— Car tu crois que Thomas va te féliciter pour tes actes ?!

— Bien sûr que non. Il serait dévasté s'il l'apprenait.

Je sentis dans cette dernière phrase qu'il tanguait dans ses résolutions.

— Alors c'est pour cette raison que tu as voulu qu'ils abdiquent et que tu m'as utilisée pour y parvenir ?

— Entre autres, oui.

— Et pourquoi t'acharner sur Connor ?!

— M'acharner ? Il devrait me remercier, oui !

— Tu l'as obligé à épouser Stella !

— Je veux qu'elle paie !

Son souffle se fit soudain plus court. Il replaça une mèche de cheveux, prit une nouvelle inspiration et fit les cent pas devant la fenêtre.

— Non content d'avoir rendu folle ma mère, reprit-il plus calmement, Carmichael a détourné de moi la seule femme que j'aie jamais aimée.

— Stella ?

— Oui, Stella. Nous nous sommes rencontrés à l'université, et je suis tombé amoureux d'elle. C'était évidemment la seule native des environs, mais ce n'est pas pour cette raison que je me suis épris d'elle. Elle était brillante, intelligente, douce, magnifique et pleine d'esprit. Nous avons vécu quelques années ensemble. Nous projetions même d'avoir un enfant. Puis, du jour au lendemain, elle a décidé de me quitter. À l'époque, je ne savais pas ce qui m'avait valu d'être rejeté avec si peu d'égard. Imagine un peu ma surprise quand j'ai su qu'elle était devenue la favorite de Carmichael ! Imagine un peu comme j'ai été dévasté en l'apprenant ! Le schéma se répétait, mais ce n'était plus ni mon père ni ma mère les victimes, c'était moi. J'ai maudit Carmichael et j'ai maudit Stella. Et ce sentiment de rage ne s'est jamais tari. Durant dix longues années, ils ont couché ensemble. Elle savait qu'il ne l'aimait pas, mais ce n'était pas si grave. Elle pouvait se consoler en se disant qu'il était roi et, année après année, elle gravissait les échelons.

— Tu l'y as fortement aidé en la faisant reine ! lui rappelai-je.

— Il faut parvenir au sommet pour réaliser comme la chute est fracassante. Stella ne va pas tarder à le découvrir.

— De quoi tu parles ?

— Laisse-moi poursuivre, nous y arrivons. J'ai fait croire à tout mon entourage que j'allais épouser une femme quelconque afin de brouiller les pistes. J'attendais le retour de ta mère au château avec impatience pour mettre mon plan à exécution. Même si je ne savais pas encore comment j'allais m'y prendre. Je ne voulais pas réveiller les visions des Souillac. Durant plus de dix ans, j'ai rassemblé tout un tas de détails sur la vie de chacun d'entre vous. Je suis venu vous rendre visite aux États-Unis. J'ai gardé un contact étroit avec mon père, afin de prendre la relève le moment venu en tant que directeur financier. Mon objectif était de mettre la main sur tout ce dont j'avais besoin si je devais liquider la fortune du royaume. Toutes ces années, j'ai drogué les Souillac à chacune de mes visites au château, avec une solution qui, je l'ai découvert plus tard, annihile les ondes télépathiques de certains humains. Lorsqu'Éric est mort, j'ai su qu'il fallait que j'accélère dans mes projets, et ai augmenté les doses progressivement. Stella devait devenir reine, mais je n'avais pas encore trouvé le moyen de faire abdiquer Carmichael. J'étais certain que ta mère renoncerait à sa couronne sans difficulté, si elle savait que nous te retenions. En revanche, je doutais que Carmichael abdique pour cette seule raison. Je devais donc trouver un moyen pour que ma vengeance froide s'abatte aussi bien sur lui que sur ta mère. Je voulais lui faire mal. Quand ta mère est revenue à Altérac, ils sont partis presque aussitôt dans les Alpes. Un de mes contacts, qui avait tracé l'hélico de Carmichael, m'a dit qu'un jour, durant cette période, Carmichael s'était rendu en Suisse. J'ai rapidement découvert ce qu'il cachait là-bas en faisant appel à un puissant télépathe du Collectif. Les portes de la banque se sont ouvertes comme par magie. C'est alors que j'ai mis la main sur ses mémoires, et découvert l'existence de Raphaël. J'avais la clé de l'abdication du roi ! Enfin ! D'ailleurs, tu remarqueras mon excellent timing quand j'ai posé la photographie de Mila Flores dans le salon, à la vue de tous. J'avais vu que tu lisais le journal n° 76. Je savais que Mila était la femme que Raphaël avait tant aimée. Nous avions évoqué son existence au château et quand il m'a dit son nom, j'ai aussitôt fait le rapprochement avec les journaux. J'ai frémi d'excitation, à deux doigts d'éclater de rire d'avoir en main une information pareille, qui anéantirait définitivement la relation qu'il entretenait avec son père. Je ne voulais pas seulement la mort de Carmichael et de ta mère, je voulais les faire souffrir, je voulais qu'ils paient ! Avec ces journaux en main, il ne me restait plus qu'à mettre mon plan à exécution. Et tout se déroulait comme prévu, jusqu'à ce que Connor tombe amoureux de toi.

Je me disloquais sur ma chaise. Toutes les pièces s'imbriquaient les unes aux autres. J'arrivais à peine à respirer.

— Quand tu es arrivée au manoir, j'ai failli craquer, reprit-il. Connor était à un cheveu d'épouser Stella et voilà que tu débarquais ! Puis vous êtes partis et durant six longs jours, vous avez disparu de la surface de la Terre. J'ai commencé à paniquer.

L'île Valériane...

— Puis Connor a passé un coup de fil à sa sœur, qui m'a donné, sans le vouloir, le nom de la ville où je pourrais vous trouver. De peur que Connor disparaisse à nouveau, j'ai envoyé Klaus lui rappeler nos conditions. Et c'est là que j'ai commis ma première et monumentale erreur. Ce contact a permis à ton cher et tendre, ainsi qu'à toi, de remonter la trace du Collectif. Après avoir rencontré Connor en Jamaïque, Klaus m'a convaincu que tout se déroulerait comme prévu. Que Connor était fermement décidé à ne pas tenter le diable en refusant de se soumettre. J'ai donc laissé les choses se faire, et j'ai veillé sur la famille Forbe, jusqu'à ce qu'Ethan décide de se rendre à New York. Le mariage a eu lieu, et tout est bien qui finit bien, finalement.

— Comment ça ?

— Stella va chuter de tellement haut qu'elle ne s'en remettra jamais.

— Qu'as-tu fait ?

— En dehors d'avoir détruit le berceau des natifs, pillé les comptes du royaume et mis fin à la souveraineté des Burton Race ?

Il se pencha au-dessus d'une petite table basse, prit la télécommande et sélectionna une chaîne d'information. Le son de la télévision fut si fort qu'il attira aussitôt Connor. Nous nous figeâmes. Rapidement, le bruit fit venir tous les résidents de l'hacienda, excepté Wassim et Elias que même une tornade de force cinq n'aurait pu réveiller. Tous découvrirent les nouvelles du jour avec horreur.

— Que se passe-t-il ? demanda ma mère qui entrait, la voix inquiète et encore ensommeillée. Izzy !

Elle me sauta dans les bras, puis marqua un temps de recul en découvrant Connor à mes côtés.

— Mais où étais-tu, nom de Dieu ? me lança-t-elle.

Je secouai la tête, incapable de lui répondre. Je désignai l'écran de l'index. Livide. Connor me prit la main et la serra fort. Nous échangeâmes un regard lourd de sens, chargé d'une profonde anxiété.

Sur l'écran défilaient des images de chacun des immortels présents dans la pièce et de Raphaël.

« *Des images choquantes nous sont parvenues à la suite d'un envoi anonyme. Elles ont déjà été authentifiées et sont inédites. Si des enfants sont près de vous, je vous demande de les mettre à l'écart, car certaines scènes peuvent heurter les âmes sensibles* ».

Un montage montra chacun de nous en train d'utiliser nos pouvoirs. La lévitation, la puissance, la télékinésie, la vitesse. On m'aperçut à Copenhague en train d'éclater le crâne d'un homme contre un mur. Raphaël fut filmé en train de briser une nuque. Puis le pire arriva. Des photos de Carmichael, Connor, Raphaël et Prisca furent projetés sur les écrans à différentes époques, jusqu'à ce qu'elles aboutissent à la nôtre. Des images, datant de quarante ans en arrière sur l'île d'Eos, présentèrent ma mère et mon père en position délicate, qui se succédèrent avec le jour et l'heure dans l'angle du cadre. Une autre la montrait lors d'un match de basket-ball, qui s'était déroulé trois ans plus tôt. Cela confirmait qu'il s'agissait de la même femme, malgré son changement de couleur capillaire. Sa jeunesse aux côtés de mon père détonnait. On projeta ensuite les images de ma pendaison, et j'entendis ma mère hurler tandis que j'expirai mon dernier souffle à l'écran. La date était indiquée en haut à gauche de la vidéo. L'image d'après me montrait en train d'arpenter le château, m'arrêtant dans la salle commune. On zooma sur l'image pour constater que le journal derrière moi affichait une date ultérieure à ma mort.

— Qu'as-tu fait, Guillaume ? dis-je d'une voix faible, que pourtant tout le monde entendit.

Ma mère pleurait et regardait ses mains avec insistance. Qu'avait-elle ? Carmichael semblait horrifié. Ethan restait de marbre en regardant chaque image passer à l'écran, mais ses poings étaient si serrés que ses phalanges blanchissaient. Prisca recula de quelques pas, épouvantée. Puis tous les regards convergèrent vers Guillaume, excepté celui de ma mère qui restait fixé sur ses mains ; elle semblait tétanisée. Et alors je compris.

Du gaz...

Je m'étais étonnée que ma mère ne réagisse pas plus violemment à la vue de ma pendaison en invoquant ses pouvoirs destructeurs. Transie d'angoisse, je filai tout droit sur Johnny.

— Johnny ! criai-je, pour qu'il détourne ses yeux de l'écran. Prends la voiture avec Jésus, Pia, Wassim et Elias. Fuyez immédiatement d'ici !

— Co... comment ?

— FUYEZ ! hurlai-je.

Jésus m'observa, interloqué, et tira le bras de Johnny.

— Non ! protesta-t-il. Pas sans Gaby !

— Maman ! appelai-je. Maman !

Elle détourna les yeux de ses mains.

— Mes... Mes pouvoirs ?

C'est le moment que choisit Raphaël pour revenir parmi nous. Là où il était, il avait dû prendre connaissance du dernier scoop planétaire, et avait utilisé sa super-vitesse pour nous rejoindre. Il se posta aux côtés de

Connor, sans un regard pour les autres, et fixa bouche bée les images qui défilaient en boucle.

« Des sources confirment que les Européens savaient que de tels monstres existaient et n'ont jamais partagé cette information depuis plus de quarante ans. Toutes les grandes puissances mondiales attendent des explications et vont faire valoir les textes internationaux pour prendre possession de leurs informations. »

Raphaël se jeta sur moi.

— Qu'est-ce qu'il se passe ?

— Il... Il nous a dénoncés.

— Qui ?

Mes yeux se tournèrent vers Guillaume. Raphaël fonça sur lui, attrapa sa gorge avec sa main et le souleva. Il ne lui fallut pas plus de quelques secondes avant de réaliser qu'il n'avait plus ses pouvoirs, et le poids de sa victime le fit flancher.

— Qu'est-ce que... ?

— Johnny ! Fais ce que je te dis ! hurlai-je.

— Fais ce qu'elle te dit, Jo, lui ordonna ma mère en lui tenant les mains. Mettez-vous à l'abri.

— Mais...

— Promets-le-moi.

— Gaby...

— Promets-le-moi, Jo, insista-t-elle au bord des larmes. Si j'ai à surmonter d'autres épreuves, je veux savoir que tu ne risques rien.

— OK, promit Johnny en hochant la tête, les yeux voilés d'inquiétude. Tu t'en sortiras, Chêne. Putain, t'as pas intérêt à me laisser tomber ! Tu feras face, hein ? Tu feras face.

— Comme je l'ai toujours fait, répondit-elle en se jetant dans ses bras.

La scène faillit m'arracher des larmes. Mais un bruit à l'étage en dessous nous fit tous sursauter. Johnny attrapa Jésus et ils coururent dans le couloir.

— Pia ! s'écria Ethan en se ruant lui aussi vers le couloir.

C'est alors que tout s'enchaîna. Prisca courut après Ethan. Carmichael, dont la respiration était incertaine, se jeta sur Guillaume en écartant Raphaël et lui colla son poing dans la mâchoire. Guillaume s'effondra sur le sol, la bouche en sang. Ma mère s'élança devant son mari.

— Non ! hurla-t-elle.

— Écarte-toi, Gabrielle, le somma son époux. C'est à cause de lui, tout ça !

— C'est le fils de Thomas ! Le neveu d'Éric !

— Il a tué Estelle et sa famille ! Il nous a tués ! Il a mis le royaume à genoux ! Et tu voudrais que je le laisse s'en sortir aussi facilement !

Guillaume se releva péniblement. Le sang dans sa bouche coulait sur le sol. Il se mit à rire.

— Vous êtes déjà tous foutus, lâcha-t-il en redressant la tête.

Raphaël le frappa d'un coup de poing à l'estomac.

— Il faut fuir, criai-je.

Ma mère posa une main tremblante sur le torse de Carmichael. Ses yeux inquiets s'accrochèrent à ceux de son mari.

— Ethan, dit-elle.

— Prisca, dit-il.

Ils se ruèrent vers la sortie.

— Je vais chercher une camionnette, déclara Raphaël à bout de souffle. Retrouvez-moi dehors dans trois minutes.

Je hochai la tête. Connor, qui jusque-là était resté étrangement calme, bondit sur Guillaume. Il l'attrapa par le col et le plaqua brutalement sur le bureau.

— Elle est morte et a encore failli y passer il y a quelques semaines, enfoiré ! hurla-t-il en lui assénant un premier coup de poing au visage.

— Je ne savais pas qu'ils attenteraient à sa vie !

— Elle a été empalée, une poutre lui est tombée dessus !

— Je ne savais pas !

— Tous les os de sa jambe ont été brisés !

Guillaume pissait le sang sur le bureau.

— Connor, lâche-le ! criai-je. Nous devons partir !

Il le frappa une dernière fois avant de me rejoindre. Son souffle était court, ses yeux pleins de colère.

— Allons-nous-en.

Je serrai sa main et le suivis. Nous fûmes arrêtés par la voix de Guillaume qui s'élevait derrière nous.

— Oh, je ne vous ai pas dit, au fait ! clama ce dernier en tentant de se redresser péniblement au-dessus du bureau. Toutes mes félicitations !

Connor et moi échangeâmes un regard interloqué et nous tournâmes vers lui. Parlait-il de la proposition de mariage de Connor ? Car, si c'était le cas, et au regard des circonstances, on pouvait aisément deviner que ça ne serait pas pour tout de suite. Et comment pouvait-il être au courant, d'ailleurs ?

— Oh, vous ne savez pas ?

Connor secoua la tête. Nous fîmes un pas en avant, et nous trouvâmes dos au couloir.

— Lorsque tu as été hospitalisée, Izzy, reprit Guillaume, les médecins ont fait toute une batterie d'examens.

— J'ai volé tous les résultats, lâcha Connor en me tirant vers la sortie.

— Sauf un.

— De quoi tu parles ?

— Izzy, tu es enceinte !

Ma bouche s'entrouvrit. Mon cœur accéléra son rythme. Mes yeux se tournèrent vers Connor. Il avait reçu cette information aussi violemment que moi, mais, à mesure que les secondes passaient, et malgré le contexte apocalyptique qui nous entourait, un sourire se dessinait sur son visage.

— Princesse…

Et ce fut le dernier mot que j'entendis de sa bouche. La seconde d'après, il fut criblé de flèches tranquillisantes. Il tomba à genoux le premier. Puis je dus moi-même être touchée, car je chancelai et basculai sur le côté.

Je sentis mon cousin poser délicatement ma tête sur le sol et entendis le son de sa voix pénétrer mollement mes tympans.

— Je veillerai à ce que ton bébé et toi n'ayez pas à subir ce qu'ils feront aux autres. Je te le promets.

Mes yeux larmoyants tentèrent de fixer son regard, mais ma vue se floutait et une étrange béatitude s'insinuait dans mon cerveau. Je ne sentais déjà plus mes membres inférieurs, quand ma main sans force, mais protectrice, se posa sur mon ventre.

— Co… Connor, murmurai-je difficilement.

— Chut…

Les doigts de Guillaume me caressèrent le visage. Le néant envahit mon esprit.

— Bonne nuit, ma chère cousine…

Ce que j'ignorais encore, c'est que ma nuit serait longue. *Très longue…*

MES REMERCIEMENTS

À mes lecteurs, à qui je dois tout. Votre fidélité et votre intérêt pour la Saga Native surpassent mes espérances les plus folles. Grâce à vous, je vais réaliser un rêve et me consacrer à l'écriture. Cela va me permettre de vous concocter plein d'autres histoires. J'ai tellement hâte de m'y mettre !

À mes meilleures amies, Ana et Doudou. Mes chéries, mes confidentes, toujours présentes pour me soutenir. Impossible de me passer de leurs avis. Autant vous dire que sur ce tome ils étaient bons, puisqu'elles sont toutes deux folles amoureuses de Connor !

À Stéphanie Benoit et Laure Sanchez, fans de la première heure et amies proches, mes copines, au soutien indéfectible. Je vous aime.

À mes bêta-lectrices, France Ménard-Baudin, Aurore Ricault et une petite nouvelle : Éloïse Breuzé. Nos conversations WhatsApp sont un vrai bonheur. Merci d'être là pour moi et merci d'être aussi pointilleuses. Quelle chance j'ai de vous avoir auprès de moi dans cette aventure !

À Valérie et Sienna, deux rencontres incontournables sur Instagram, et deux femmes dont le cœur déborde de générosité. Team NATIVE !

À Patrice Peyronnet, le créateur de cette couverture si symbolique.

À Émilie Chevallier Moreux, ma relectrice et membre active du FLBC (Front de Libération des Boxers de Connor).

Et à ma famille que j'aime tant…

À tous, merci.

AVIS LECTURE

Vous avez aimé NATIVE, Compte à rebours ?

Laissez un joli commentaire pour motiver d'autres lecteurs !

Vous souhaitez être informé de mes prochaines sorties ?

N'hésitez pas à cliquer sur le bouton « Suivi » de ma page auteur Amazon.

À très vite dans de nouvelles aventures livresques !

Laurence

LA SAGA NATIVE

DÉCOUVREZ LE SIXIÈME TOME DE LA SAGA NATIVE...

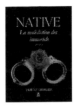

NATIVE

LA MALÉDICTION DES IMMORTELS

Nous avons été trahis.

On nous a vendus et exposés à l'infamie.

Nous relèverons nous de cette nouvelle épreuve ?

Après tant d'années, tant de siècles, avons-nous mérité notre sort ?

Rien ne nous préparait à cela.

Rien.

Mais nous lutterons.

Nous ferons face.

Nous l'avons toujours fait...

Nous sommes des immortels.

Nous sommes des natifs.

Nous sommes maudits.

Il n'y aura que l'Amour pour nous relever.

L'Amour pour nous consoler.

L'Amour. Et rien d'autre.

Exceptés l'espoir,

Et la liberté.

À PROPOS DE L'AUTEUR

Retrouvez toute l'actualité de Laurence Chevallier sur...

Instagram : laurencechevallier_
https://www.instagram.com/laurencechevallier_/

Facebook : Laurence Chevallier Auteure
https://www.facebook.com/laurencechevallier.auteure

Actus et inscription à ma newsletter :
https://www.blackqueeneditions.fr

Printed in Poland
by Amazon Fulfillment
Poland Sp. z o.o., Wrocław

30423875R00212